Zu diesem Buch

»Das Buch des Londoner Autors Will Self wird Furore machen. Ian, zerrissener Held des Romans, erklärt, was er unter Spaß versteht: Obdachlose foltern, Pitbulls quälen, alte Frauen morden. Mal was ganz anderes eben. Warum ist das Buch wichtig? Es verstört. Der Leser erfährt Dinge, die er nicht wirklich wissen wollte, aber die Sprachgewalt des Autors hält ihn gefangen. Macht das Buch Spaß? Jein! Man lacht zwar, aber es ist ein Lachen der Verzweiflung, weil man befürchtet, daß ein kleiner Ian in jedem von uns steckt.« (»Petra«)

»SPASS muß sein.« (»FAZ«)

Will Self
SPASS

Eine Moritat

Deutsch von Klaus Berr

Rowohlt Taschenbuch Verlag

Veröffentlicht im Rowohlt
Taschenbuch Verlag GmbH,
Reinbek bei Hamburg, Oktober 1998
Copyright © 1993 by Will Self
Copyright der deutschen Übersetzung
© 1997 by Luchterhand
Literaturverlag GmbH, München
Weitere Copyrightvermerke Seite 414
Gesamtherstellung Clausen & Bosse, Leck
Printed in Germany
ISBN 3 499 22319 8

Für Alexis

INHALT

Erstes Buch
DIE ERSTE PERSON

Prolog 11

1 Der Schein trügt nicht 25
2 Die Querung des Abgrunds 49
3 Der Dicke Kontrolleur 83
4 Meine Universitäten 125
5 Rehabilitation 165

Zwischenspiel 207

Zweites Buch
DIE DRITTE PERSON

6 Das Land der Kinderwitze 227
7 Schmacko 267
8 Wiederauftritt: Der Dicke Kontrolleur 299
9 Der Geldkritiker 335
10 Das Nordlondoner Buch der Toten (Wiederaufnahme) 377

Epilog
An der Austernbar in der Grand Central Station 405
Anmerkung des Übersetzers.
Die Insel Sodor und die Lokomotivenmenschen 411

Erstes Buch
DIE ERSTE PERSON

Ich habe mir tausendmal eingeschärft, nicht entsetzt zu sein, aber jedesmal bin ich wieder entsetzt darüber, was Leute tun, um Spaß zu haben, aus Gründen, die sie nicht erklären können.

ISAAC BASHEVIS SINGER

PROLOG

»Und was stellst du dir unter Spaß vor, Ian?« Es war die Frau, die mir diagonal gegenüber saß, die mit der Sonnenbräune aus Agadir. Gut eine halbe Sekunde lang dachte ich, ich hätte die Frage nicht richtig verstanden, aber dann wiederholte sie sie. »Und was stellst du dir unter Spaß vor, Ian?« Es passiert oft, daß gerade solche Sachen meine Aufmerksamkeit auf sich ziehen, Sachen, die zweimal passieren. Als sie es zum ersten Mal sagte, klang es für mich wie: »Unwaschtlst duda unna spaß vorjan?« Nur das Heben der Stimme am Ende deutete auf eine Frage hin. Beim zweiten Mal allerdings kam es bei mir an, ich saugte Klang und Bedeutung auf wie zielgerichtetes Kleenex. Und dann durchtränkte es mich – was ich mir unter Spaß vorstelle –, nahm all meine Schichten, meine viellagigen Ichs und zermanschte sie zu feuchter Pampe. Ich saß da, krallte mich an der Tischkante fest und spürte, wie das Leinen qualvoll knitternd über das polierte Holz rutschte, während in mir alles sich zusammendrängte, verschmolz.

Da sah Jane quer über den Tisch zu mir herüber. Sah mich an mit ihrem speziellen Blick, dieser winzigen Grimasse, die totale Intimität bedeutet, totales Wir-gegen-den-Rest-der-Welt, und sagte: »Ach, ich glaube nicht, daß sich der Arme im Augenblick überhaupt was unter Spaß vorstellen kann, so tief steckt er in seiner Arbeit drin.« Aber inzwischen war das Gespräch schon weitergewandert; ein Gast weiter unten am Tisch – er war mir bei unserem Eintreffen vorgestellt worden, aber ich hatte seinen Namen nicht behalten – vertraute uns an, was er sich unter Spaß vorstellte. Ich erinnere mich, daß es zutiefst gewöhnlich war und exakt zu seiner vidal-sassoonierten Frisur und der Onyxbrille paßte. Sie können es sich vorstellen, nichts als nackte Mädchen, Kokain und eine Hotel-Suite in Acapulco. Es war Werbefritzenscheiß, glatte, geleckte Kicks für eine polymediale Persönlichkeit. Aber ich hörte nicht zu, ich war in mich selbst versunken, gefangen in meiner persönlichen Horrorshow, meinem privaten Programm. Ich dachte: Was ich mir unter Spaß vorstelle? Diese Frau – die ich nicht einmal kenne –, sie will wissen, was es ist? He, die wenn wüßte ... oh, là, là ... Die wenn sehen könnte, nein ... aber das darf ja nicht sein. Sehen, wie ich dem alten Penner in der U-Bahn den von der Zeit zerschundenen Schädel abreiße. Sehen, wie ich ihn mit einem Ruck abreiße und mich dann über seine Leiche hermache. Sehen, wie ich meinen großen Körper auf seinen Ziehharmonika-Torso plumpsen lasse und mich dann biege wie ein Junge, der seine harten, kleinen Bauchmuskeln als Hebelpunkt einsetzt, wenn er über einen Metallpfosten springt.
Genau das dachte ich, und zur gleichen Zeit überlegte ich mir – eine müßige Spekulation –, wie ich ihr diese spezielle Empfindung, diese Vorstellung von Spaß, vermitteln könnte. Vermutlich hatte sie noch nie einen Hals ohne Kopf darauf gesehen, geschweige denn gespürt. Mit Hilfe einer Analogie, die sie begreifen würde, hätte ich natürlich sagen

können: Es fühlt sich ein bißchen an wie eine Makrele, ein bißchen wie eine Makrele insofern, als all das Gewebe, die Sehnen und Muskeln, ziemlich fest in die Hauthülle gestopft sind. Als ich die Hand um diesen Hals legte, war es, als würde ich die silbrige Haut eines Fisches umfassen und darin die kompakte Steife seines Körpers spüren. Deshalb mußte ich mich komplett über ihn hieven, ich brauchte mein ganzes Gewicht, um diesen noch triefenden Strunk zu penetrieren. Und der Kopf des Penners, auch der paßte in die Analogie; während ich mich abrackerte, während ich immer wieder in seine saugende, gerippte, schwärende Gurgel stieß, starrte ich hinunter auf sein Gesicht – die Nase in der Gummifurche, die den Wagenboden teilte – und betrachtete seine Persönlichkeit, seine Seele, seine Identität? Was Sie wollen. Ich beobachtete, wie sie zurückwich, verschwand. Es war das spitze Antlitz einer Makrele, die, frisch gefangen, doch schon trübe wird, an Glanz verliert und, wer weiß, zu einem panierten Fischstäbchen mutiert – sich davon entfernt, überhaupt eine Lebensform zu sein.
Dennoch, und trotz meiner mühsam erworbenen deskriptiven Fähigkeiten, glaube ich nicht, daß ich dem Erlebnis hätte gerecht werden können. Alles, was dieser Frau aufgefallen wäre, dieser namenlosen Frau, dieser Bekannten einer Bekannten, die mit mir einige Stunden lang auf geselligem Gewässer dümpelte, wäre – was? Die Entsetzlichkeit des Ganzen, die grausige, antimenschliche Entsetzlichkeit? Die geflissentliche Menschenverachtung, die eine solche Handlung erforderte? Hätte sie es denn, so wie ich, als das moralische Äquivalent einer kosmologischen Singularität, als Holocaust *en miniature* sehen können? Hätte sie erkennen können, welcher beinahe sakrosankte Schwall der Verzweiflung aus meinen Eingeweiden spritzt? Ein Schwall katatonischer Samen, Sperma für eine neue, aber noch unheilvollere Spezies.

Ich bezweifle es – sie rauschte an mir vorüber. Die Begegnung war so beiläufig, als hätte sie gar nicht stattgefunden; in dem Augenblick, da wir uns trafen, rasten wir schon wieder voneinander weg – tschüüüüüs – kreischende Kinder in Zügen der Zeit. Hätte ich ihr Einblick gewährt in das, was ich mir unter Spaß vorstelle, hätte das höchstwahrscheinlich nur dazu geführt, daß sie ein oder zwei Wochen später zu jemandem gesagt hätte: »Ich habe da vor ein paar Tagen auf einer Dinnerparty einen Mann kennengelernt, also, das war echt komisch. Wir unterhielten uns gerade über Spaß. Du weißt schon, ›Spaß haben‹, sich mal so richtig gehenlassen und einen draufmachen, und der Kerl sagt zu mir, für ihn ist Spaß – und dabei betont er, daß das nur ein beliebiges Beispiel ist, das ihm gerade eingefallen ist –, in der U-Bahn einen geköpften Penner in den Hals zu ficken. Also ich meine, das ist doch echt abgefahren. Was die Leute heutzutage so alles sagen, nur weil sie glauben, sie können einen damit aus der Reserve locken!«

Nein, als das passierte, als ich mich auf dieses zufällig hingeworfene Stichwort einließ und es zum Herold der Sintflut machte, da dachte ich nicht an sie, weil ich sie gar nicht kenne. Ich dachte an den einzigen Menschen, der wirklich betroffen wäre von der Wahrheit über das, was ich mir unter Spaß vorstelle, ich dachte an Jane.

Denn ich liebe Jane, ich liebe sie wirklich, ich liebe sie, wie es den Menschen bestimmt ist, einander zu lieben: indem sie sich aufopern für die kleinen Dinge, die bedeutungslosen Dinge, aber auch für die großen, die Lebensentscheidungen. Und ich habe meine Schranken geöffnet, müssen Sie wissen – habe die Zugbrücke zu meinem Ego heruntergelassen. Sie kommt in mich, zur gleichen Zeit, da ich in sie eindringe. Ich habe ihr das gestattet, habe ihr gestattet, die Schüchternheit, die Verletzlichkeit in meinem Gesicht zu sehen, wenn wir uns lieben. Das klingt schmalzig, nicht?

Kitschig, meinen Sie nicht auch? Aber das ist die Wahrheit, Liebe heißt, dieses schmalzige Schmachten zu wollen, diesen schmalzigen Marathon miteinander zu laufen, Brust an Brust bis zum Zielband. Leute, die sich lieben, sehen sich nach dem Orgasmus eine ganze Minute lang in die Augen, ohne Zögern, ohne Ermüden, ohne Ausweichen. Sie sind wie der Zusammenfluß von zwei Strömen, eher zwei Prozesse als zwei Objekte. Ja – und auch das – eher zwei Verben als zwei Substantive.

Natürlich habe ich auch in diesen Augenblicken, diesen ganz besonderen Augenblicken, die wir miteinander erleben, etwas für mich behalten. Dieses Pennerficken, um genau zu sein, dieses Böse. Ich habe es für mich behalten, weil ich sie wirklich nicht verletzen will, weil ich sie vor allem jetzt nicht verletzen will, da sie kurz vor der Niederkunft steht und wir das Haus fast fertig haben. Das sind zwei große Ungewißheiten – oder eher zwei große Unsicherheiten –, mit denen sie sich bereits herumschlagen muß. Warum ihr also noch eine dritte vorsetzen der Art: »Ach, übrigens, ich bin des Satans Schüler – ich hab mir gedacht, du solltest das wissen, Schatz, wo du doch jetzt mein Kind trägst und so.«

Noch nie habe ich mich auf diese komischen Phrasen verlassen, auf diese Wegwerfzeilen, die wie sprachliche Dosenöffner die Deckel von all meinen verdorbten Ichs heben. Schließlich ist meine Identität vermikularer Aufwurf, meine Seele von Würmern zerfressen.

Während des restlichen Abends, der an mir vorüberwischte, hatte ich Augen nur für Jane. Ich wußte, daß ich ihr über kurz oder lang mehr von mir würde erzählen müssen, daß ich ihr zumindest annäherungsweise die Wahrheit würde sagen müssen.

Kaffee folgte auf Crème brulée. Wir wechselten vom Eßtisch ins Wohnzimmer. Das Gespräch drehte sich um Leute, gemeinsame Freunde, die passenderweise nicht an-

wesend waren. Mit unglaublicher Geschwindigkeit stieg und fiel deren Kurs auf dem konversationellen Nikkei. Jemand sagte zum Beispiel über X: »Also, für mich ist der ein Idiot, mit dem ist nichts anzufangen –«, und dann erzählte jemand eine Anekdote, die dies bestätigte. Bald darauf herrschte reger Wettstreit unter den Anwesenden, wer die besten Beispiele für X' Unmöglichkeit auftischen konnte. Innerhalb von fünf Minuten war klar, daß X absolut nichts retten konnte, von der Wiederkunft Christi einmal abgesehen. Er war korrupt, er war unehrlich, er war taktlos, er war anmaßend, er war versnobt und dennoch ... und dennoch ... In dem Augenblick, da X plattgepreßt und fertig zur Entsorgung war, wendete sich das Blatt. Jemand sagte: »Aber das Gute an X ist, daß er einem immer hilft, wenn man mal wirklich in der Klemme steckt, in der Hinsicht ist er loyal.« Die Gefühlsbroker drehten sich zu ihren Monitoren um und betrachteten die Kursentwicklung. Da X jetzt so tief stand, rentierte es sich wieder, in ihn zu investieren. Kurz darauf riß man sich um seine Aktien. X war jetzt witzig, bescheiden, und er besaß eine überragende Sensibilität ...
So ging es immer weiter. Ich hob träge mein Weinglas an die Lippen und musterte die Streifen meiner Anzughose. Jane saß wieder mir gegenüber, in einer skandinavischen Konkavität aus der Ikea-Palette. Sie saß da mit leicht gespreizten Beinen, ihr schwangerer Bauch umfaßt und emporgehoben von Körper und Stuhl, als wollte sie ihn den hier Versammelten darbringen. Sie warf mir wieder »unseren Blick« zu und sagte, zwischen Gesprächsfetzen, sagte allein zu mir: »Du siehst müde aus, Liebling, willst du nach Hause?« Ich bestätigte es, weil es der einfachste Ausweg war. Zwecklos zu sagen, daß es mir egal sei, daß ich überall sein könnte. Hier oder dort. Ob auf dem Rücken liegend im Wüstensand unter dem kalten Funkeln der Sterne oder zusammengesunken an weinenden Backsteinen in einer

Fixergasse an der Charing Cross Road – für mich war das ein und dasselbe.
Wir verabschiedeten uns von unserem Gastgeber und unserer Gastgeberin und unseren Gästekollegen. Ich nickte der Frau mit der Sonnenbräune aus Agadir, meiner verhinderten Beichtmutter, zu. Sie nickte zurück. Die Laternen draußen auf der Straße hatten orange Aureolen, Geruch nach feuchtem Laub ballte sich auf dem triefenden Trottoir.
»Hast du viel getrunken?« fragte Jane. »Soll ich fahren?« Ich gab ihr die Schlüssel, und sie richtete den blinkenden Schlüsselanhänger auf unser Auto, unseren Stahlkokon. Die Zentralverriegelung klickte, ich stieg auf der Beifahrerseite ein und ließ den Kopf gegen die Kopfstütze sinken.
Als Jane auf ihrer Seite einstieg, war ich erneut verblüfft, wie alle Gegenstände nur für ihren Bauch gemacht schienen. Hier hatte das Auto die primäre Funktion, ihre Wölbung zu schützen. Das Plastik des Armaturenbretts krümmte sich, um sie zu umklammern, der Schaumstoff des Sitzes quoll hoch, um sie zu stützen. Als sie niedersank und an dem Griff zog, um den Sitz nach vorne zu ruckeln, war es, als würde sie ihr ungeborenes Kind genau ins Zentrum der Autohülle schieben, damit es, umfangen von stoßabsorbierenden Materialien, sicher nach Hause transportiert werden konnte. Sie ließ den Motor an und fuhr los.
»Die waren nett, nicht?« Sie klang nicht sehr überzeugt.
»Auf jeden Fall haben sie anständig aufgetischt. Diese Freundin von ihr kann ich allerdings nicht ausstehen, wie heißt sie gleich wieder – die so auf Motorgleiter steht?« Sie plapperte weiter. Wir fuhren. Im künstlichen Licht hatte das Straßenmobiliar seine Proportionen verloren, es hätten ebensogut Modellbushaltestellen und Modellampen sein können, die unseren Weg säumten. Wie sollte ich es ihr sagen – das war es, was mich beschäftigte –, wie sollte ich das Thema zur Sprache bringen? Ich dachte über unsere Beziehung nach, fuhr ihren konventionellen Verlauf mit

meiner hitzeempfindlichen Luftkamera nach. Unsere Assimilierung war wunderbar getimt gewesen, jede Enthüllung einer kleinen Unerfreulichkeit fungierte als bescheidener Dämpfer, als Buhne gegen unsere wechselseitige Überflutung. Jetzt sollte all dies überschwemmt werden, ertränkt in giftigem Ichor.

Zu Hause schaltete ich die Küchenlampen an. Während ich in den Eßbereich hinunterging, blieb Jane oben auf dem von unserem Sortiment weißer Ware gesäumten Podest. Sie ging hin und her, stützte ihren Bauch auf saubere Küchenoberfläche um saubere Küchenoberfläche. In ihren schwarzen Leggings sah sie aus wie ein weiblicher Marcel Marceau – Mimenmimikry. »Ich mach dir einen Kamillentee«, sagte sie. »Der wird dich wieder rehydrieren.« Ich brummte, und sie schaltete den Elektrokessel an.

Und dann kam es mir plötzlich – wie es weitergehen würde. Ich saß an dem runden Eßtisch, die Ellbogen auf hellem Holz, gefangen im Spektralnetz der natürlichen Beige- und Grautöne, die in unserem Wohnbereich harmonierten. Ich fühlte mich fötal, wie in Fruchtwasser dümpelnd. Ich fühlte mich, wie ich mir vorstellte, daß mein zukünftiger Sohn sich fühlte. Aber um das ging es ja, er war nicht mein Sohn, nicht im entferntesten. Ich wußte, daß er es nicht sein konnte, nicht, wenn ich mir überlegte, wie die Dinge standen. Ich konnte nicht sagen, wie er es getan hatte – Der Dicke Kontrolleur, meine ich –, zu umfassend sind seine Kräfte. Er hätte in jedem Stadium eingreifen können. Er hätte sich selbst miniaturisieren und kurz vor der fraglichen Ejakulation meinen Harnleiter hinunterkriechen können, um dort einige meiner Spermatozoen durch seine zu ersetzen. Er hätte sich noch kleiner machen können, klein genug, um in die Erbmasse selbst einzudringen. Dort hätte er die langen Stränge der Desoxyribonukleinsäure so beiläufig entkuppeln und wieder verbinden können, wie ein Bauer einen Zaun repariert. Gleichgültig, wie er es getan hatte, ich war mir sicher, er hatte es getan. Hatte meine Vaterschaft usurpiert.

Jane spricht eben über das neue Haus. »Ich habe mit Radley telefoniert.« (Das ist der Anwalt, der sich um die Transaktion kümmert.) »Er sagt, er hat die Verträge alle fertig, und jetzt dauert es nur noch ein paar Tage.« Ich grummle unverbindlich. »Du klingst aber nicht sehr interessiert.« Sie ist pikiert, und mit eingeschnappter Miene gießt sie das kochende Wasser auf die Teebeutel.

»Doch, das interessiert mich schon, wirklich, es ist nur –«

»Du bist müde, ich weiß. Denk dir nichts, trink das und komm ins Bett.« Sie knallt meine Tasse auf den Tisch und steigt mit der ihren die winklige Treppe hoch. Ich höre, wie sie oben herumgeht. Sie zieht die feuchten Kleider aus und stellt sich vor den Spiegel, um die dunkler werdende Schwellung ihres Bauchs zu betrachten, den fruchtbaren braunen Streifen vom Nabel zum Schamhügel. Sie ist eine robuste junge Frau, zum Kinderkriegen so geschaffen wie ein Tongefäß zum Trinken. So wie die Adern blaue Blitze über ihre Brüste schicken oder gesunde Ödeme die Knöchel anschwellen lassen – das alles zeugt von Erfolg, von glöckchenklingender Mutterschaft und pralinensüßer Blutsverwandtschaft.

Ach, aber wenn ich in sie tauche, mich durch die straffgespannte Haut zwänge und weiterschwimme, dann weiß ich, was ich finden werde. Keinen ungeformten Jane-Klumpen oder Ich-Klumpen, der an einem rudimentären Daumen saugt und Nahrung per Schlauch zu sich nimmt, wie ein Baby-Tanker in einem Mama-Tender. Statt dessen wird *er* da sein, oder zumindest sein neuer Homunkulus. Sofort erkenne ich sein glattes, gleichmütiges Gesicht, haarlos und rund wie ein Fußball, seine hartknochigen Stirnwülste, die platte breite Nase, den verschlagenen Mund – dicklippig und höhnisch – und dann diese Stimme:

»Willste mal 'n Auge riskiern, Junge?« Er ist nicht erstaunt, das ist er nie. Sein stämmiger Körper ist konservativ gekleidet, wie immer, trotz der Bluthitze. Und, wie als pränataler Seitenhieb auf die Gesünder-Leben-Lobby, klemmt zwischen seinen Fingern einer seiner stinkenden Stumpen, der, den Elementen zum Hohn, in all der Flüssigkeit fröhlich vor sich hinglimmt. »Mir gefällt's sehr gut hier drin, dir nicht? Es ist warm und kuschelig. Ein Fäßchen Malvasierwein wär mir jetzt sehr recht, aber in Ermangelung desselben bin ich auch mit einem Vollbad in diesem Fruchtwässerchen zufrieden.« Um zu unterstreichen, wie sehr er sich zu Hause fühlt, vollführt er, einem Astronauten gleich, der für die Kamera Faxen macht, einen schwerelosen Luftsprung und knallt gegen die weichen Wände seiner Kapsel.

Krankhafter Ironie noch nicht genug: Jane lehnt sich, kurz bevor sie das Bad betritt, gegen den Türpfosten und spürt Den Dicken Kontrolleur in sich strampeln. Er horcht auf sie, erspürt ihre Reaktion; mit einem Schlenkern seiner Straßenschuhe schwingt er sich in die Höhe, wo die plazentale Makkaroni sich aus der Gebärmutterwand schlängelt. Er streckt die Hand aus, schneeweiß zeigt sich die Manschette, und greift nach dem Zeug, stößt in die elastische Membran und schnappt sich eine Handvoll. Jane bleibt die Luft weg und mir ebenfalls.

»Es liegt an dir, Junge«, kichert er, voller Behagen, voller Vergnügen. »Du hast dich verpflichtet. Du kannst jetzt deinen Spaß haben oder noch einen guten Monat warten, in welchem Fall es mir das größte Vergnügen bereiten wird, sie persönlich zu informieren. Was ist dir lieber?«

Diese Frage verdient keine Antwort. Ich werde es ihr selbst sagen. Schließlich macht dieses Erzählen einen Großteil des Spaßes aus, vielleicht macht es sogar mehr Spaß als der Spaß selbst. Dies ist, das erkenne ich jetzt, das Resultat meines Lebens, das ruhige Vorstadthaus, die liebende, mir vertrauende Frau und ich, der ich hier im Halbdunkel sitze und weiß, daß ich in Kürze das alles niederreißen und sie dabei zerreißen werde.

Beharrlich habe ich diesen Augenblick gesucht, ihn sogar ersehnt. Es ist schön und gut, sich zu berauschen, indem man Leute quält, sie schändet, ihnen unbeschreibliches Leid zufügt, aber wenn sie einen nicht einmal kennen, ist das eigentlich nicht viel wert. Unwissenheit ist, relativ gesprochen, Seligkeit, denn noch während sie den Geist aufgeben, können sie sich damit trösten, daß man eine Art Dämon ist, nicht menschlich, nicht wie sie.

Bei Jane wird das anders sein. Sie kennt mich, sie vertraut mir, sie sagt, sie liebt mich, sie glaubt, daß sie unser Kind trägt. Wenn ich ihr sage, daß die Dinge ganz und gar nicht sind, wie sie scheinen, was für ein exquisiter Schmerz, was für ein vollkommener Verrat wird das sein. Der Mann, dem sie zärtlich zugetan ist, dessen Wange sie mit ihren Wimpern streichelt, an den sie sich im Schlaf anschmiegt wie Löffel an Löffel. Er ist es, der ihr böse will, er ist es, der geschworen hat, sie zu zerstören, ein emotionaler Quisling allererster Güte.

Jetzt, da ich weiß, was ich tun will, kann ich den rechten Augenblick abpassen, kann ich meinem diamantharten Verrat noch den letzten Schliff geben. Es hat keinen Sinn, lange über die unsportliche Taktik Des Dicken Kontrolleurs nachzudenken. War das Böse denn nicht immer so, banal, fremde Federn stehlend und schamlos sich mit ihnen schmückend? Dieses Einnisten in Janes Schoß, das ist nur der jüngste aus einer langen Reihe schäbiger Tricks. Ich will mich nicht darüber aufregen, will mich nicht schwächer zeigen, als ich bin, denn das ist schon schwach genug.

Jane wird bald eingeschlafen sein, sie ist keine Nachteule. Wahrscheinlich wird sie ein paar Schluck Kamillentee trinken, ein paar Zeilen eines Romans lesen und dann langsam hinabsinken in die dunkle Höhle des Schlafs. Normalerweise streiche ich ihr die Decke glatt und schalte ihre Nachttischlampe aus, wenn ich nach oben komme.

So sitze ich also hier und kann ungestört mit dem Verstören beginnen. Hier in der dämmrigen Küche, dem Kühlschrank lauschend, die ganze Nacht noch vor mir, will ich versuchen zu erklären, so ich es kann, wie es zu alldem kam. Wie es passieren konnte, daß das, was ich mir unter Spaß vorstelle, sich so schnell und so weit von dem entfernte, was man von jemandem wie mir eigentlich erwartet hätte. Aber es muß Ihnen auch klar sein, daß dies nicht als Rechtfertigung gedacht ist. Ich brauche mich nicht zu rechtfertigen, ich will nur verstanden werden. Das war schon immer der Schrei des schwachen Mannes, nicht? Er schreit nach Verständnis, wo er doch selbst keins besitzt. Aber ich frage Sie, verstehen Sie, begreifen Sie wirklich, was mit Ihnen passiert ist? Wenn Sie sich den gesamten Verlauf Ihres Lebens betrachten, zeigt es sich da als eine Kette von klaren Entscheidungen, von Weggabelungen, an denen Sie immer den rechten Weg gegangen sind, nie den linken? Hätte es nicht genausogut die Hand des Schicksals, ob blind oder nicht, gewesen sein können, die Sie vorwärtsschob? Beides wäre bei fast jedem Menschen vorstellbar. Bei mir zumindest ist es nicht so, ich kann Ihnen meine Determinanten zeigen, kann sie sogar beim Namen nennen: zum einen Der Dicke Kontrolleur, zum zweiten Dr. Gyggle, und falls ich noch eine dritte Person angeben müßte, wäre das wohl Mummy.

Und hier ist der Köder: Wenn ich fertig bin, werden wir es gemeinsam entscheiden, Sie und ich. Ich werde Ihnen Gelegenheit geben, an der Lösung des Rätsels teilzunehmen. Ich bin ein großer Befürworter der Publikumsbeteiligung. Denn was ist Ihre flüchtige Verlegenheit im Vergleich zu meiner Lebensarbeit? Keine Angst, ich werde unserer Beratung die gebührende Bedeutung zumessen.

Wenn wir damit fertig sind, werde ich entweder nach oben gehen, Jane wecken, ihr die Wahrheit sagen und meinen Spaß haben, während sie dahinscheidet, oder ich lasse die ganze Sache sein, steige in meine Stiefel und latsche davon in eine ganz andere Dimension.

Ich habe nicht das Gefühl, diese Geschichte übermäßig zu dramatisieren oder sie Ihnen aufzuzwingen. Schließlich sind Sie doch wie alle anderen, Sie haben gern die Welt auf Ihrem Teller, damit Sie sie mit der Gabel in zwei Häufchen teilen können, nicht? Es gibt nichts Tröstenderes für Sie, als sagen zu können: »Das ist entweder so oder so.« Sie tun es die ganze Zeit, das ist so wichtig für Sie wie atmen. Ich biete Ihnen lediglich eine weitere Gelegenheit, ihre exzellente Urteilskraft anzuwenden.

Ach, und noch etwas, bevor ich gehe, bevor ich mich in meine eigene Geschichte versenke. Über diese Frau, die bei der Dinnerparty an diesem Abend, die mit der Sonnenbräune aus Agadir. Warum hat das, was sie sagte, mich so aufgewühlt, diesen Schwall provoziert, dieses Aufbrechen aller Schotten in meiner unsinkbaren Titanic-Seele? Nun, Sie müssen wissen, ich mag getötet haben, ich mag gequält haben, ich mag Ungeheuerlichstes begangen haben, aber es hat auch mir weh getan. Nicht so sehr, wie es meinen Opfern weh getan hat, das gebe ich zu, aber es hat mir weh getan. Ich fühlte es ihnen nach, wissen Sie, allen und jedem. Von der Frau, die Der Dicke Kontrolleur mit seinem vergifteten Stock im Theatre Royal erledigte, bis hin zu Fucker Finchs Pitbull, ohne Ausnahme. Ich fühlte es ihnen nach, als sie wimmerten, als ihre Gedärme sich entleerten – ich fühlte es ihnen nach, wie es nur jemand tun kann, der davon ausgeschlossen ist, mit ihnen zu fühlen.

Verstehen Sie, worauf ich hinauswill? Ich werde es Ihnen noch ein wenig deutlicher machen. Gestatten Sie mir eine kleine Übung. Wie würden Sie »Empathie« definieren? Haben Sie das? Gut. Und jetzt, wie würden Sie

»Sympathie« definieren? Schreiben Sie es sich auf einen Zettel, damit Sie es sich besser merken können. Und jetzt schlagen Sie diese beiden Begriffe im Lexikon nach. Ich glaube, Sie werden erkennen, daß Sie sie verwechselt haben, daß das, was Sie für Empathie hielten, in Wirklichkeit Sympathie ist und andersherum. Sehen Sie, das ist mein Problem – während ich die ganze Zeit dachte, ich würde Sympathie empfinden, war es tatsächlich nur Empathie. Ich bilde mir nichts ein auf diese semantische Feinunterscheidung, aber zumindest erwähnen wollte ich sie, denn wenn zwei Schlüsselbegriffe auf diese Art übereinanderstolpern, kann man sicher sein, daß etwas im Gange ist.

1 DER SCHEIN TRÜGT NICHT

»Warum nennen Sie sich das Große Tier?« fragte ich ihn bei unserer ersten Begegnung. »Meine Mutter nannte mich das Große Tier«, erwiderte er zu meiner Überraschung.
JULIAN SYMONDS, in der Einführung zu *The Confessions of Aleister Crowley. An Autohagiography*

EIN WORT ZUNÄCHST zu einem komplizierten Phänomen, das zu verstehen Sie in der in Lage sein müssen, falls sie mich, ohne zu ermüden oder den Faden zu verlieren, durch das Folgende begleiten wollen. Wehe Ihnen, wenn Sie es tun, denn was wir in Kürze betreten werden, ist jungfräuliches Land. Es ist ein wilder, urzeitlicher Ort, das Reich des Es, wo die Schonbezüge Ihrer Identität sehr leicht aufgeschlitzt, zerfetzt werden können, so daß all die kleinen Reflexe, die Sie Ihr »Ich« nennen, herausquellen, lauter Persönlichkeitskügelchen aus Styropor, wie sie aus einem aufgeplatzten Sitzkissen rieseln. Ich werde nicht in der Lage sein, Ihnen an diesem Ort zu helfen, und, wenn ich das sagen darf, will es auch gar nicht.
Dieses Phänomen heißt eidetisches Gedächtnis, und ich bin ein Eidetiker. Vielleicht war es mir immer bestimmt, einer zu sein – was das auch bedeuten mag – oder vielleicht gehörte es zum Plan und hatte etwas zu tun mit der Art, wie mein Schicksal von Sie-wissen-schon-wem pervertiert wurde. Wie auch immer, darum geht es hier nicht.
Eidetische Bilder sind Bilder im Kopf. Es sind innerliche Bilder, die die volle Wucht eines konventionellen Anblicks besitzen, die aber ausschließlich im Bewußtsein des Eidetikers erzeugt werden. Wenn ich, zum Beispiel, an ei-

nen Philosophen denke, sehe ich ihn so deutlich, als würde er vor mir auf dem Tisch liegen – wie es anders sein könnte, kann ich mir kaum vorstellen. Er liegt auf der Seite, die tiefe Kerbe zwischen Hängebauch und harter Hüfte ganz offensichtlich ein Gebirgspaß in ein glücklicheres Tal.
Wenn ich mir das Bild, das ich von diesem Philosophen habe, genauer betrachte, kann ich außerdem alle Details sehen, die Maschen seines Pullovers, die Schuppen auf dem Kragen, den ganz speziellen Schimmer seines Brillengestells. Ich kann meinen Philosophen sogar drehen, kann ihn mit hoher Geschwindigkeit um dreihundertsechzig Grad in allen drei Dimensionen rotieren lassen und ihn doch, wenn ich will, sofort wieder anhalten, ohne auch nur ein Härchen seines Barts zu verwirbeln. Es ist gleichgültig, was ich mit meinem Philosophen anstelle, vor meinem geistigen Auge behält er seine bildliche Integrität, seinen beachtlichen Facettenreichtum, sein subtiles Zusammenspiel von Teilen und Ganzem.
Ich weiß, daß das bei Ihnen anders ist. Ich weiß, wenn Sie sich einen Philosophen vorstellen, irgendeinen Philosophen, zum Beispiel den, den Sie gestern im Park schlafen gesehen haben, mit seinem Schorfschädel, der mit moosigem Mauerwerk verschmolz, dann ist ihr geistiges Bild nur scharf, wenn es verschwommen ist, und es verschwimmt, sobald sie versuchen, es schärfer zu stellen. Oder nicht? Je stärker sie sich auf diese visuelle Erinnerung konzentrieren, je mehr sie versuchen, sie zu fixieren, desto eiliger flutscht sie davon, wie ein Quecksilberkügelchen.
Falls Ihnen dieses Beispiel zu weit hergeholt erscheint, wollen wir es mit etwas weniger Abstraktem als einem Philosophen versuchen, warum nicht mit dem Gesicht des Menschen, den Sie am meisten lieben? Kommen Sie, es muß doch jemanden geben, auf den dieses Attribut zutrifft. Rufen Sie sich diesen Menschen in Erinnerung, erfreuen

Sie sich an der charmanten Einzigartigkeit dieses Antlitzes. Und was sehen Sie? Daß die Augen genau diese Farbe haben, die Haare genau auf jene Art frisiert sind, daß die Haut sehr, sehr feinkörnig ist, fast wie die eines mikroskopisch kleinen Tiers? Das alles glaube ich Ihnen, aber nicht alles auf einmal. Mit ihrem Liebling haben Sie nichts anderes gemacht, als zuerst einen Umriß zu beschreiben, und den dann, wie verlangt, Stück für Stück auszufüllen. Was auf die Sympathie zutrifft, gilt auch für die Photographie. Sie können mir nicht erzählen, daß Sie, als Sie sich an der Farbe dieser sympathischen Augen ergötzten, gleichzeitig das rötliche Dreieck der Tränenkanäle gesehen haben. Und falls doch, haben Sie zufällig auch bemerkt, ob dort Flüssigkeit steht oder nicht?

Das ist das so schmerzlich Traurige an Ihrer Liebe – deswegen drückt sie Ihnen aufs Herz wie ein beginnendes Aneurysma. Denn je verzweifelter Sie versuchen, diese Liebe an ihr Objekt zu zementieren, desto mehr entgleitet Ihnen das Objekt.

Lassen Sie mich wiederholen: Bei mir ist das nicht so. Ich kann Gesichter aus meiner Vergangenheit hervorziehen und ihnen einen Schweißbrenner an die Wangen halten. Und dann, sobald die Haut anfängt zu knospen, kann ich den Brenner wegstellen und die Bläschen zählen, eins nach dem anderen, die großen und die kleinen. Ich kann sogar in sie hineintauchen und mich am Geflüster ihres unterschiedlichen Knisterns und Knackens erfreuen.

Das also ist der Unterschied zwischen der Eidetik und dem normalsterblichen Vorstellungsvermögen.

Normalerweise sind Eidetiker weise Narren. Viele sind Autisten. Es ist fast so, als wäre dieses Talent eine Entschädigung für die Unfähigkeit, mit anderen zu kommunizieren. Es ist deshalb kaum überraschend, daß sie mit ihrer außergewöhnlichen Gabe nicht viel anfangen können. Von Zeit zu Zeit taucht einer im Fernsehen auf und gibt den wohltätigen Spendern zu Hause Gelegenheit, sich am Leiden anderer moralisch zu laben. Oder aber ihr Lebenslauf erscheint, eingerahmt von Vier-Punkt-Linien, in einem viertklassigen Bilderblättchen. Diese Wunderkinder sehen sich Chartres nur einmal kurz an und skizzieren die Kathedrale dann mit Bleistift, bis hin zur Fratze des obersten Wasserspeiers auf der höchsten Fiale. Große Sache. Dieser Wasserspeier könnte gut auch der Eidetiker selbst sein, bei all der Freude, die seine ungewöhnliche Fähigkeit ihm bereitet.

Bei mir war das nicht so, das kann ich Ihnen sagen. Ich mußte meine Kindheit nicht in einer Institution verbringen, mußte nicht anorakbesabbernd auf Elternbesuche warten, die nie stattfanden. Ich war eine Ausnahme – ein Eidetiker, der normal kommunizieren konnte, der nicht im Kopf die Quadratwurzel fünfzehnstelliger Zahlen ziehen mußte, um ein wenig Aufmerksamkeit zu bekommen.

Da dies nun gesagt ist, kann ich auch hinzufügen, daß meine Eidetik etwas war, dessen ich mir als Kind praktisch nicht bewußt war. Ja, wäre ich nicht unter den Einfluß eines außergewöhnlichen Mannes geraten, wäre daraus wohl kaum etwas entstanden. Wen kümmert es schließlich, ob irgend jemands visuelle Vorstellungskraft außergewöhnlich lebhaft ist oder nicht? Und darüber hinaus, wie kann diese Lebhaftigkeit präzise beschrieben werden? Ich habe mein Bestes gegeben, aber ich weiß, daß ich ebenso viele Fragen aufgeworfen wie beantwortet habe. Es genügt vielleicht, wenn ich sage, daß ich, so weit ich zurückdenken kann, immer in der Lage war, visuelle Erinnerungen mit erstaunlicher Präzision heraufzubeschwören und sie beliebig zu manipulieren.

Meistens wollte ich das allerdings nicht, und für einen längeren Zeitraum, zu Beginn meines Erwachsenseins, hatte ich die Fähigkeit verloren. Aber jetzt habe ich sie wieder. Wenn ich zurückdenke, mir über die Schulter blicke und den verrückten, verspiegelten Korridor hinuntersehe, der meine Vergangenheit ist, dann kommt diese Fähigkeit mir sehr gelegen. Denn ich merke, daß ich nur ein Bild, nur einen verschwommenen Schnappschuß – gezackte Ränder, künstliche Farben – heraufbeschwören muß, um das ganze Album vor mir zu haben.

AN EINEM ORT, der kein Ort ist, und in einer Zeit, die keine Zeit ist, habe ich meine Kindheit verbracht. An einem Ort, der gemeißelt und umrissen war vom wogenden Grün des Meeres, und in einer Zeit, die nie Zeitlichkeit war, sondern immer Jetzt.
Wenn ich an diesem Ort stehe, einer hohen Kalkklippe, die steil abfällt zum gebleichten Knochen eines felsigen Vorlands, was sehe ich da? Nicht, was ich als Kind sah, denn damals rief dieser Horizont nur die nackte Ahnung von etwas Kommendem in mir hervor. Zeit war die Zeit eines Kindes, die Zeit, die wie Wasser ist, schwappend unter dem Meniskus der Gegenwart. Inzwischen bin ich mir – wie wir alle – der wahren Dreieinigkeit bewußt geworden. Gott der Vater, Gott der Sohn und Gott der Kameramann. Und deshalb erwarte ich eher das Wort als das Fleisch. Denn nur riesenhafte Untertitel, die aus der Naht zwischen Meer und Himmel hervorwachsen, werden mich überzeugen, daß ich wirklich schon begonnen habe. Ohne sie wird mir klar, daß mein Leben nichts anderes gewesen ist als ein langatmiger Filmvorspann, und daß die dürftige Charakterisierung genau das war, was der Regisseur für einen Statisten wie mich wollte.
Mein Vater war ein düsterer und auch ein schweigsamer Mann. Als ich noch ein kleines Kind war, sagen wir bis zum siebten Lebensjahr, war er in meinem Leben kaum mehr als eine schattenhafte Präsenz. Und bald nach meinem siebten Geburtstag verbesserte er seinen Status, indem er sich allmählich von Heim und Familie entfernte. Er ging fort,

anfangs nur für Tage, doch schon bald für Wochen, und reiste die Südküste entlang, von Ort zu Ort, um in öffentlichen Büchereien zu lesen. Als ich zehn war, war er kaum mehr als ein Geist in der häuslichen Maschinerie. Und als ich elf war, hatte ich ihn ganze eineinhalb Jahre nicht mehr gesehen. Ich weiß nicht mehr genau, wann es passierte, so flüchtig war meine Beziehung zu ihm geworden, aber eines Tages erkannte ich, daß er nicht mehr zurückkommen würde. Seitdem habe ich ihn nicht gesehen.

Und wie um seine eigentümliche Bedeutungslosigkeit zu unterstreichen, betreffen die Erinnerungen an meinen Vater, im Gegensatz zu den meisten meiner anderen Erinnerungen, nicht sein Aussehen, sein Verhalten, seinen Witz oder seine Weisheit, sondern ausschließlich seinen Geruch. Es stimmt, daß ich nur in den Spiegel schauen muß, um zu sehen, wie er aussah. Denn, wie meine Mutter mir unermüdlich bestätigt, ich bin ihm wie aus dem Gesicht geschnitten, sein Doppelgänger. Aber noch merkwürdiger ist, daß sein Geruch mein Geruch ist. Stellen Sie sich das vor! Wenn ich den Arm hebe, schnuppere ich ihn im urinscharfen Geruch meiner starren Löckchen. Und wenn ich die rötlichen Härchen auf meinem sommersprossigen Arm glattstreiche, ist auch der staubige Mief toter Haut der seine. Ich glaube, ich könnte überzeugend argumentieren, daß dies – dieses olfaktorische Erbe – ausreicht als Erklärung für alles Folgende. Aber als wäre es noch nicht genug, den Körpergeruch eines anderen zu haben, kommt zu dem auch noch der Mummy-Geruch. Was mich betrifft, hat die Welt immer nach Mummy gerochen. Damit meine ich, wenn nicht gerade Speck brutzelt, Tabak brennt oder Parfüm wabert, rieche ich sofort die zugrundeliegende Nuance. Es ist etwas Milchiges, Hefiges und doch Saures, wie ein Teigkügelchen, das man in einem verschwitzten Nabel herumgerollt hat. Das ist der Mummy-Geruch, das olfaktorische Substrat.

Ich suche, suche in meiner tragbaren Photothek nach Aufnahmen von Daddy, nach Indizien für ihn, die als Belege dienen könnten für den Anteil, den seine Gene an meiner Erschaffung und Herausbildung gehabt haben mochten. Ah, hier ist der Bungalow ... kahler und schmaler, als er später wurde. Das Spalier um die Tür trägt dürre Ranken, Mummy hält Klein-Ian – der eineinhalb oder vielleicht zwei ist – wie einen mißgebildeten Rugbyball, den ihr irgend jemand zugeworfen hat und den sie am liebsten sofort weiterschießen möchte, hinter die Ziellinie der Reife. Aber an Daddys Stelle ist dieser aufgemalte Klecks, dieser verschwommene Umriß. Jemand hat mein eidetisches Gedächtnis in die Finger bekommen und retuschiert. Man hat Daddy entfernt, so wie die stalinistischen Propagandisten Trotzkij übermalten. Als Lenin auf dem Finnischen Bahnhof ankam und die grobe, hastig zusammengezimmerte Tribüne bestieg, war Lew Dawidowitsch dabei. Aber während Wladimir schwadronierte, begann Lew, wie die Cheshire-Katze, zu verblassen, die Bretter schienen durch seine Stirn, und schließlich war nur noch ein Fleck übrig.

Dasselbe trifft auf meine übrige Kindheit zu. Auf all den Parteitagen, an denen Daddy nach unserem Wissen teilgenommen hat, ist er nicht mehr präsent, gelöscht, aus dem Bild verbannt. Ob vor der Motorhaube des familieneigenen Mark 1 Cortina oder im von Schafen gestutzten und von Schafen verkitschten Gras vor der Chantry, es ist immer dasselbe. Nur Mummy und Ian, oder Mummy, Ian und Verwandte mütterlicherseits – und diese Daddy-Abwesenheit, diese Daddy-Leere, diese Daddy-Löschung.

Ich bin ein kräftiger Mann, wie mein Vater. Ich habe seine mattbraunen Haare und seine niedrige Stirn. Häßlich kann man mich wohl nicht nennen, denn meine Gesichtszüge sind für sich genommen recht wohlgeformt. Das Grübchen in meinem Kinn liegt auf gerader Linie mit der Furche mei-

ner Oberlippe und dem schmalen Rücken meiner Nase. Nein, mein Problem ist dasselbe wie Daddys – meine Züge sind geballt, sie liegen alle zu sehr in der Mitte meines breiten Gesichts. Außerdem ist es ziemlich unschön, wie an den Rändern meines Gesicht alles auseinanderfällt. Es wirkt fransig, triefig, wie der Rand eines Torfmoors.
Ich habe auch die Figur meines Vaters. Manchmal, wenn ich mich beim Heraussteigen aus der Wanne selbst im Spiegel sehe, halte ich erschrocken inne und denke: Wer hat diese russische Bäuerin hier reingelassen? Aber es bin nur ich, denn – wissen Sie – meine Hüften sind breiter als meine Schultern und meine stämmigen Beine sehen aus, als könnten aus ihrer Grätsche Babys so einfach herausgedrückt werden wie die Kerne aus einer Grapefruit. Ich bin gebaut wie eine Babuschka.
Und noch etwas, eine weitere Ähnlichkeit. Als Kind konnte ich mich einigermaßen koordiniert bewegen, aber im Heranwachsen wurde mein Körpergefühl pelzig und diffus. Meine Finger und Zehen sind jetzt entlegene Provinzen, Dacia und Hibernia, jahrelang ohne Kontakt zum Imperialen Nervenzentrum. Ohne Des Dicken Kontrolleurs Einführung in die schwärzeren Künste der Körperlichkeit wäre ich wahrscheinlich so tolpatschig geworden, wie Dad es war. Auf jeden Fall sehe ich aus, als sollte ich es sein.
Wenn ich meinen Vater am Anfang erwähne, dann nur, weil ich sein Wegsein weghaben will. Schließlich hat in meinem Leben die Zucht tausendfach über die Natur triumphiert. Sollte ich Daddy jetzt sehen (ich habe keine Ahnung, ob er am Leben oder tot ist), würde ich mich gezwungen fühlen, ihn zu beseitigen; daran habe ich keinen Zweifel. Seine Anwesenheit wäre eine Beleidigung meines Körpers; für diesen wäre es deshalb das höchste Vergnügen, eine unvollkommene und kümmerliche Version von sich selbst, seinen Prototypen, seine Maquette auszulöschen. Ich würde es genießen, meine Gesichtszüge

zerschlagen, meine Knochen pulverisiert, die ekelerregende Doppelung meines Fleisches zerfetzt zu sehen – vielleicht noch mehr, als ich all meine anderen kleinen Eskapaden genossen habe.

Warum, ach warum, ach waaaarum! Warum hat mein Daddy mich so im Stich gelassen? Das ist die 64000-Dollar-Frage, das ist der Goldene Schuß. Warum hat er sich nicht um mich gekümmert, mich nicht geliebt? Er muß – dieser Schluß drängt sich auf – ein Schwächling, ein emotionaler Eunuch gewesen sein. Soviel ist sicher. Er ist dem rasenden Stier der Vaterschaft ganz beiläufig und gleichgültig ausgewichen. Das kann ich ihm nie verzeihen.

Als ich auf der Universität war, hielt Der Dicke Kontrolleur es für angebracht, die Version der Geschichte meines Vaters, die meine Mutter mir als Kind erzählt hatte, zu ergänzen. Es ist typisch für Den Dicken Kontrolleur, daß er auf diese Art improvisierte und mir Gefühlsgranaten so beiläufig hinwarf wie Brosamen. Wir saßen in einem Café und ich erinnere mich, wie er im Reden ein Doughnut in die Tasse tunkte, ohne sich darum zu kümmern, daß Tee auf seine Manschette tropfte und Brösel auf sein Revers regneten.

»Dein Vater – pah! Ein nichtswürdiger Essener, das kann ich dir sagen – ich kannte ihn natürlich gut.«

»Das haben Sie mir noch nie gesagt.«

»Warum hätte ich es dir sagen sollen? Ich hatte keinen Grund dafür. Aber jetzt stehst du am Beginn einer Karriere, und da ist es nur angemessen, daß du ein bißchen mehr über ihn erfährst. Ich nehme an, daß deine Mutter ihn immer einen ›brillanten Mann‹ genannt hat.«

»Das hat sie.«

»Natürlich, natürlich. Hast du ihr geglaubt?«

»Na ja, nicht ganz. Ich habe ja nie einen Beweis dafür gesehen. Wenn er zu Hause war, hat er die Veranda nie verlassen. Er saß die ganze Zeit nur da und las Zeitung.

Nicht einmal die nationalen – anscheinend hatte er nicht den Grips, um etwas anderes zu bewältigen als das Lokalblättchen.«
»Und dann ging er auf Pilgerreise, mit dem Bus, soweit ich weiß. Das zumindest verstand er, daß nämlich der Fahrplan ein System veränderlicher, quasi-astrologischer Beziehungen darstellt, das Kommen und Gehen eisenhaltiger Körper –«
»Schweifen Sie nicht etwas vom Thema ab?«
»Was für ein Thema!« Er explodierte – Unterbrechungen konnte er nie ertragen. »Sei kein Trottel, Sir, du weißt doch, daß ich einen Trottel als Gesprächspartner nicht dulde!«
»Tut mir leid.«
»Leid tun ist nicht genug – das ist es nie.«
Eine Weile saßen wir schweigend da. Der Dicke Kontrolleur tunkte. Ich beobachtete, wie sich Kunden in einem gegenüberliegenden Warenhaus in unpassende Jeans zwängten.
Schließlich sprach Der Dicke Kontrolleur wieder. »Du weißt natürlich, daß er ein Geschäftsmann war?«
»Ja, das hat Mum mir gesagt. Ich habe angenommen, daß es etwas Unbedeutendes war, Textilgroßhandel vielleicht.«
»O nein, da hast du dich geirrt, mein Junge. Du kannst dich wahrscheinlich nicht mehr daran erinnern, aber die Möbel, die deine Mutter im Bungalow hatte, als du ein Kind warst, stammten aus dem alten Möbelhaus St. John's Wood. Die waren wirklich ziemlich gut, sehr solide. Sie stammten aus der Zeit, als du noch sehr klein warst und dein Vater die Marketingagentur Wharton hatte.«
»Mein Vater hatte damals eine eigene Firma?«
»Selbstredend. Dein Vater war in den Sechzigern einer der erfolgreichsten Marketingexperten Londons. Er hatte ein Gespür dafür. Er wußte, wie er ein Produkt lancieren mußte, welche Aktivitäten nötig waren, ob nun im Ver-

trieb oder in der Werbung. Außerdem hatte er ein ziemlich geschicktes Händchen bei der Interpretation von Statistiken.«

»Was ist passiert, warum ist die Firma kaputtgegangen?«

»Nun, damals hieß es, Mißmanagement sei schuld gewesen. Man sprach über einige große Etats, die dein Vater entweder verloren oder nicht bekommen hatte, aber das war nur eine oberflächliche Erklärung. In Wahrheit war es ihm einfach langweilig geworden.«

»Langweilig?«

»O ja – in der Tat. Wie gesagt, ich kannte ihn. Natürlich, denn ich kannte ja jeden, der wichtig war. Ich hatte sogar einige Male mit ihm Geschäfte gemacht. Und kurz vor dem endgültigen Kollaps ging ich ihn besuchen. Die Liquidatoren scharrten schon mit den Hufen, und im Foyer traf ich einen Mann mit einem Gerichtsbefehl. Aber dein Vater sagte zu mir: ›Das ist mir alles scheißegal, Samuel‹, genau das waren seine Worte, ›ich bringe nicht einmal mehr die Energie auf, einen Scheck zu unterschreiben. Ich kann mich einfach nicht mehr engagieren.‹ Das war die ganze Erklärung, er war das Opfer tödlichen Ennuis. Einen anderen Grund, warum das Geschäft den Bach hinunterging, gab es nicht.«

Also war mein Vater in seiner Apathie versunken und meine Mutter mit der Familie nach Saltdean gezogen. So viel wußte ich bereits, und deswegen begann mein bewußtes Leben auf einer Klippe. Ich sage Klippe, aber eigentlich war es ein monströses Rasenstück, herabgefallen von einem Golfplatz der Götter. Auf dem Rasenstück saßen die miteinander verwachsenen Stadtschaften der beiden Seebäder Saltdean und Peacehaven. Dahinter lag die Hügelkette der South Downs. Deren runde Kuppen hatten einen humanoiden Aspekt, als wären sie die grasbewachsenen Schädel längst begrabener Giganten. Im Windschatten der Downs, zwischen Saltdean und Rottingdean, lagen

zwei widersprüchliche Gebäude. Das eine war ein ausgedehnter roter Backsteinbau, Roedean, die Privatschule für Mädchen. Das andere war ein abscheulicher Modernistenwitz, die Präfiguration von Zehntausenden umgehungsstraßenumschlungener Konzernkomplexe, das Blindenheim St. Dunstan's. Beide Einrichtungen sollten in meiner Erziehung eine Rolle spielen, eine Schlüsselrolle.
Saltdean und Peacehaven – zusammengenommen –, was bedeuteten sie? Nun, die Grundstücksspekulanten, die sie erbauten, glaubten, daß man die nicht ganz so gut Betuchten, wie ihre feineren Pendants im Regency-Brighton, gesundpökeln konnte. Fisch im vorfabrizierten Faß. Aber ihre Blütezeit hatte nur kurz gewährt; eine fünfzigjährige Saison, in der der Bodensatz der englischen Mittelschicht ans Ufer des Kanals gespült wurde, bevor der sie schließlich forttrug, in die Biskaya und das Mittelmeer.
Schon in meiner Kindheit hatten die grün-weißen Lattenzäune, die rosa-rauhverputzen Bungalows, die Tea-Shops und die anderen farbenfrohen Annehmlichkeiten etwas verstimmt Verfallendes. Psychotischer Treibsand rieselte durch Sackgassen und Wohnstraßen. Es war eine Landschaft geworden, wo alles, was provisorisch aussah, in Wahrheit von Dauer war, und allem, was dauerhaft aussah, bereits der Abriß bevorstand.
Der Wohnwagenpark meiner Mutter krönte das Ganze. Neben dem Bungalow mit Bed & Breakfast standen etwa zwanzig Fiberglashütten für Urlauber. Aber ihre Räder waren durch Unkraut und Nesseln mit dem Boden verbunden, und ihre schmucke Fünfziger-Jahre-Aerodynamik unterstrich nur die nackte Tatsache, daß sie – und demzufolge auch wir – nirgendwo mehr hinkamen.
Auf dieser nicht ganz strandnahen Anhöhe bezog also meine Mutter Stellung. Mein Vater war zwar grau, aber keine Eminenz, und meine Erziehung ruhte deshalb in den mehr als kompetenten Händen meiner Mutter.

Es ist schwierig, objektiv über diese Frau zu sprechen, vor allem, da sie noch am Leben ist. Vielleicht wird, wenn sie einmal tot ist, dieser Mummy-Geruch verwehen, wie Senfgas über einem grabennarbigen Schlachtfeld, und ich werde sie sehen – und riechen – können als die, die sie wirklich war. Aber jetzt noch nicht. Jetzt kenne ich sie nur als assistierenden Adepten, als Manipulator im Weiberrock. Denn sie war es, die mich mit Dem Dicken Kontrolleur zusammengebracht hat. Ich habe schon lange den Verdacht, daß sie irgendwann einmal ein Liebespaar gewesen sind. Ich gebe zu, das klingt absurd. Allein schon die praktischen Probleme wären fast unlösbar gewesen. Der Dicke Kontrolleur ist einfach zu fett, um eine Frau in traditioneller Weise penetrieren zu können. Entweder müßte sein Penis unglaublich lang und biegsam sein, oder er bräuchte einen Satz fein abgestimmter, servogesteuerter Klemmen. Diese müßten in den tiefen Falten zwischen Bauch und Geschlecht angebracht werden und im entscheidenden Moment die Fettlappen aus dem Weg ziehen. Ich schweife ab – aber nicht ganz. Diese Frage nach einer potentiellen Beziehung zwischen Dem Dicken Kontrolleur und meiner Mutter ist nicht ohne Bedeutung für das, was noch folgt, und hätte ich die Absicht, für mich eine Verteidigung aufzubauen, wäre dies vermutlich der Kernpunkt.
Weitere Ermittlungen sind mir jedoch verwehrt, denn Der Dicke Kontrolleur hat um seine unteren Gefilde eine mentale Schranke oder ein Kraftfeld errichtet, und – sosehr ich es auch will – ich komme nicht in seine Hose. Das Obige ist also reine Spekulation.
Mutter stammt aus einer Yorkshire-Familie, den Hepplewhites. Obwohl der Name authentisch nach weißer Rose klingt, kann von Reinrassigkeit keine Rede sein. In den Hepplewhites fließt mehr als ein Spritzer Zigeunerblut; und auch irisches. Als meine Mutter ein Kind war, hauste ihre Familie in einem ausgedehnten sippenartigen Ver-

band, den mein Großvater, Old Sidney Hepplewhite, in einer Ansammlung heruntergekommener Farmgebäude außerhalb von Leeds gegründet hatte.

Die Hepplewhites lebten von ambulantem Gemüsehandel, Auto- und Wohnwagenverkauf, Schrottverwertung und Schlimmerem. Es widerstrebte ihnen, das Gesetz zu bemühen, ihre Händel schlichteten sie lieber selber. Sie gehörten zu jenen Familien, deren Kinder heutzutage automatisch als »gefährdet« eingestuft würden. Vielleicht pflegten sie ihren speziellen Lebensstil ganz bewußt, um die Sozialarbeiter zu ärgern. Wie meine Mutter erzählte, trug Old Sidney an einem »Wilderer«-Haken in seinem Mantel immer eine doppelläufige Schrotflinte bei sich, nur für den Fall, daß es Streit gab.

Sie hatte nicht übertrieben. Als ich vor etwa fünf Jahren Old Sidney schließlich kennenlernte, trug er noch immer eine Waffe. Er bedrohte mich damit, als ich nach einer Wanderung durch Erith Marsh sein Schrott- und Wohnlager erreichte. Ich möchte gern glauben, daß er von unserer Verwandtschaft keine Ahnung hatte, als er mich ins Visier nahm, aber sicher sein kann ich nicht.

Die Schrotflinte war jedenfalls nicht nötig, als Mum Dad heiratete. Sie lernten sich kennen, als mein Vater seinen Wehrdienst ableistete, als Zeugmeister oder ähnliches in einem Depot außerhalb von Halifax. Meine Mutter mußte in Wharton senior wohl etwas Besonderes gesehen haben, ein gewisses Potential. Ganz offensichtlich kam er aus besseren Kreisen, und vielleicht genügte das schon. Wie so viele Engländer ist Mum nicht nur im Erkennen der Herkunft anderer Expertin, sondern auch in der Verschleierung der eigenen. Der Dicke Kontrolleur erzählte mir, daß sie, sobald mein Vater Geld verdiente, wie eine Besessene bei Worth und Harrods einkaufte und daß ihr angeborenes Stilempfinden sehr zum gesellschaftlichen Erfolg des aufstrebenden jungen Paars beitrug. Gin Tonics

oder Dry Martinis mixte sie mit vollendeter Souveränität. Als ich alt genug war, um solche Dinge zu bemerken, hatte sie sich in kleinbürgerliches Brackwasser zurückgezogen. Ihr Akzent pendelte willkürlich zwischen den breiten Vokalen der Dales und den knappen Intervallen der Bühnensprache hin und her. Ihr früher so kultivierter Geschmack hatte sich verflüchtigt, wurde merklich flacher und fader.
Inzwischen hat sie natürlich wieder die andere Richtung eingeschlagen. Sie sitzt da und nippt an ihrem »Gläschen«, während Chow-Chows und Spaniels an den Senkeln ihrer Wanderschuhe von Church's knabbern und auf der Ledersofalehne gewachste Regenkleidung dampft. Ich frage mich, ob meiner Mutter Achterbahnfahrt auf dem Rummelplatz der englischen Gesellschaft je ein Ende haben wird.
Sie stillte mich erst ab, als ich drei Jahre alt war. Bei meinem eidetischen Talent ist es deshalb kein Wunder, daß ihre Brust noch immer große Bedeutung für mich hat. Ich sehe sie deutlich vor mir, bis hin zur Anordnung der Knötchen auf ihren ovalen braunen Höfen. O Mummy, Mummy! Das war wirklich Sex – alles andere, alles, was folgte, war nur ein Nachspiel. Ich sehe dich jetzt vor mir, als junge Frau, mit deiner S-Kurven-Figur und den lenkbaren Brüsten, und Blut sickert in deine Gesichtshaut wie dünnflüssige Marmelade in Reispudding. Du mußt beständig feucht gewesen sein; wie du mit mir herumgespielt, mich an deine Brust gehoben hast, so daß meine ersten Ahnungen des Fleischlichen für alle Zeit mit deiner Nylonrüstung verbunden sind.
Nachts hast du mich gefunden, wenn ich leise weinend im Wäschekorb lag, nachdem ich im Schlaf den ganzen Bungalow entlanggewandert war auf der Suche nach der wattigen Wärme der Trockenkammer. Mit meinem Patschhändchen grapschte ich dann nach einem der glatten Kegel deines

Büstenhalters. Es war, als könnte ich, indem ich an ihm kratzte, irgendwie auch an dir kratzen.

An das kann ich mich erinnern und auch daran, daß du mir die ersten Worte beigebracht, sie mir eingeflötet hast. Es war eine Zeit, in der die fiktive Welt noch verwoben war mit der realen, und wie ein Opiumträumer wanderte ich zwischen ihnen hin und her. Mummy nahm mich auf die Knie. Sie befeuchtete den Zipfel eines Taschentuchs und wischte mir mit stahlhartem Zeigefinger Schokoladeflecken vom Mund. Und mit demselben Indikator stieß sie mich auf die Insel Sodor. Ich wanderte über die grüne Seite und staunte, wie sauber der blaue Stahl sie zerteilte. Die Lokomotivenmenschen brausten hierhin und dorthin, daß die Waggons hinter ihnen schwankten. Sie waren apfelwangig, und ihre rosafleischigen humanoiden Gesichter wuchsen aus dem Metall ihrer Dampfkessel, als handelte es sich hier um eine frühe Form von Bio-Engineering.

»Na, und wer ist das?« fragte Mummy. »Du weißt doch, wie diese Lokomotive heißt, nicht?«

»Gor-on«, sagte ich, ganz Zahnfleisch und Lippen, der Gaumen noch kein Sprechwerkzeug.

»Und diese kleine grüne Maschine, wie heißt die?«

»Perthy.«

»Und was ist mit diesem Mann? Dem großen, dicken Mann, der all den Maschinen sagt, was sie zu tun haben? Wie heißt der, Ian?«

»Dig-ga Kor-rol-lä! Dig-ga Kor-rol-lä!« Ich schwelgte in diesen Silben. Ich trällerte und schrie sie.

Mummy hatte den Bungalow zusammen mit dem Wohnwagenpark gekauft. Es war ein L-förmiges Gebäude, dem im Lauf der Jahre einige Anbauten zugewachsen waren. Mummy fügte den vierten und letzten hinzu. Die Längsseite des Bungalows war von einer dreizehn Meter langen Sonnenterrasse mit grünem Wellblechdach gesäumt. Während Vater in seinen provinziellen Werbeblättchen schmö-

kerte, patschte Mummy über das Linoleum und kurbelte telefonierend das Geschäft an. Sie hatte einen Apparat mit extralanger Schnur. Ansonsten schlich sie zwischen den Wohnwagen herum und brachte die Handwerker auf Trab, die den Park aufpolieren sollten, damit er wieder blitzsauber war für die nächste Ladung arbeitsgebeutelter Städter, die für ein oder zwei Wochen Ozon und Salzluft nach Cliff Top kamen.
Wie bei allen Kindern, deren Eltern im Tourismusgewerbe tätig sind, unterteilte sich auch mein Leben in die »Saison« und die »tote Zeit«. Die tote Zeit gehörte der Schule und dem Regen, der auf das Wellblechdach der Sonnenterrasse trommelte, die Saison dagegen gehörte den Urlaubern und deren Kindern. Meine Mutter hatte viele Stammgäste, die jedes Jahr wiederkamen, und ich wurde von ihnen immer akzeptiert. Für ein Kind war das eine freundliche Atmosphäre, und es gab kaum etwas, das sie störte. Als Einzelkind bekam ich die ungeteilte Aufmerksamkeit meiner Mutter, die ganze Wucht ihrer selbstgefälligen Liebe. Und dann gab es ja auch noch die Tanten.
Old Sidney hatte vier Töchter, die allesamt schmächtige, unfähige Männer geheiratet hatten. Der ganze Haufen, die Tanten, ihre Männer und diverse Cousins und Cousinen, fiel jedes Jahr für einen zweiwöchigen Urlaub in Cliff Top ein. Ich glaube sogar, daß während der schlimmen Flaute in den frühen Siebzigern, als auch gewöhnlichste Arbeiterfamilien Kurs aufs Mittelmeer nahmen, die schwesterliche Kundschaft es war, die das Geschäft meiner Mutter über Wasser hielt. Ich kann mich noch an nächtliche Diskussionen erinnern, als in ernsthaftem Erwachsenenton geflüstert wurde:
»Was würdst' denn tun ohne uns, Dawn?«
»Ja, was würdst'n mach'n? Auffem Hund wärste, Kleine, wo mit Derek doch nix mehr los ist – und dein feister Balg frißt dir die Haare vom Kopf.«

Die Tanten waren wie Karikaturen meiner Mutter, so stark war die Familienähnlichkeit. Auch wenn Avril ein wenig dicker in der Taille war als Dawn, und Yvonne vielleicht hübscher als May, hatten doch alle vier die gleichen breiten, ernsten Gesichter, die haselnußbraunen Augen und die mattbraunen Haare. Sie malten sich auch ihre Gesichter auf die gleiche naive Art an, indem sie das gepuderte Fleisch über den Lippen mit einem roten Amorsbogen versahen.

Wenn die Tanten bei uns wohnten, war es, als hätten wir Kinder eine einzige vierköpfige Mutter. Sie schlossen uns in ihre Arme wie ein kicherndes Knäuel der Blutsverwandtschaft. Während der toten Zeit dämpfte die finanzielle Kälteperiode oft die hitzige Zuneigung meiner Mutter – sie fuhr mich an, verweigerte mir die Liebe und entzog mir die körperliche Zuwendung, die ich begehrte. Während des Winters wurde ich manchmal eher zu dem Versagergatten, den sie hatte, als zu dem Liebhaberdämon, nach dem sie sich immer gesehnt hatte.

Aber mit jedem Sommer kam alles wieder ins Lot. Sie lag mit ihren Schwestern herum, und alle tranken Bier, aßen Kammuscheln, Wellhornschnecken, Mies- und Herzmuscheln. Sie schmatzten und leckten sich die Lippen – manchmal unisono. Sobald ein Kind sich diesem fläzenden mütterlichen Schnatterkreis näherte, wurde es gepackt und abgeküßt, oder aber es wurde geprustet auf Kinderfleisch, das klebrig war von Eiskrem und kratzig von Sand.

Wenn die Tanten und Cousins bei uns waren, hatte ich freien Auslauf. Zusammen mit meinen Cousins stürzte ich die steilen Treppen zum felsigen Strand hinunter. Dann schlenderten wir den Felsstufenweg entlang nach Brighton, wo wir mit Volks Electric Railway fuhren, Minigolf spielten oder über die warmen Planken des West Pier polterten. In den Pierarkaden gab es noch immer die antiquierten viktorianischen mechanischen Tableaus. Das waren Kästen, in denen fünfzehn Zentimeter große, bemalte Figuren, wenn von einem schweren Penny animiert, mit ruckenden Bewegungen Szenen wie die Hinrichtung der Maria Stuart oder den Galgentod des Dr. Crippen nachspielten. Die Kiesstrände der Brightoner Küste rieselten und knirschten unter dem Gewicht Abertausender von Gummisohlen. Es gab motorbetriebene Ausflugsboote, in denen man für einen Shilling durch die länglichen Lagunen hinter der Promenade in Hove kreuzen konnte. Und noch weiter hinten, auf das *ultima Thule* von Shoreham zu, lagen die Salzwasserbecken des King Alfred Centre. Das war mein Lieblingsbad, befand es sich doch, als wollte es den Naturgesetzen Hohn sprechen, erhöht am Ende einer steilen, magnoliengesäumten Treppe.

Oft blieben wir bis lange nach Einbruch der Dunkelheit weg.

Die Gerüche nach Pisse und Seife, die über den Betonboden der Duschbaracke waberten. Ein dünner Mann – wahrscheinlich ein Onkel –, die Hosenträger baumelnd, beim Rasieren vor dem angeschlagenen Spiegel. Die Leberflecken auf seinen Schultern leuchten hellrosa in der einfallenden Morgensonne, und er begleitet sich selbst mit einem rhythmischen kleinen Singsang, »Cha, cha, *cha!* Cha, cha, *cha!*«, die Betonung immer auf dem letzten »cha«. Möwen kreischen. Am Horizont zieht schaukelnd ein rostweinender Frachter vorbei, als wäre er nur eine größere Version der Gipsenten im Schießstand auf dem Palace Pier. In dieser eidetisch geschärften Vergangenheit tauche ich immer meinen Mund in die Haare meiner Mutter, die knistern vor angestauter sexueller Aufladung. Sie sind süß, wogend und klebrig wie Zuckerwatte. Sie wissen, was ich meine. Meine Kindheit war problematisch genug, um mich interessant zu machen, aber nicht so problematisch, daß sie eine Belastung gewesen wäre. Zumindest während der Saison.

ICH WAR ETWA ELF, als Mr. Broadhurst nach Cliff Top kam. Ich hatte die Grundschule abgeschlossen und war bereits in der Varndean Oberschule eingeschrieben. Dies würde eine tägliche Rundreise von acht Meilen bis in die Außenbezirke von Brighton bedeuten. Zur Feier der bestandenen Aufnahmeprüfung hatte Mum mir eine neue Schultasche aus blauem Leinen und schwarzem Vinyl sowie eine Blechschachtel mit dem Oxford-Geometrieset und Schulhefte mit Plastikumschlägen gekauft. Wichtigtuerisch schleppte ich die Sachen im Wohnwagenpark herum, wohl wissend um das Wechselspiel meiner Gefühle: das lustvolle Einüben des korrekt gelehrten Auftretens mit der Tasche in der Hand und die dumpfe Vorahnung, die mich kurz vor Beginn der toten Zeit immer befiel.

Unter quicksteppenden Wolken, einer Nimbostratustanztruppe, bilden die Downs, die Klippen und das Meer einen Rahmen, in den nun neue Handlung eingeführt wird. In der klaren Luft liegen die Badeorte über das Land verstreut, jedes westentaschengroße Haus deutlich sichtbar. Ich beobachte, mit meinem Maßstabsgefühl spielend, wie Spielzeugautos, jedes von einer anderen Farbe, die Küstenstraße entlangfahren.

Plötzlich bog der Vater eines Schulkameraden, Mr. Gardiner, von der Küstenstraße ab und fuhr seinen wulstigen schwarzen Lastwagen die dreißig Meter Feldweg zum Wohnwagenpark herunter und zu Normalgröße hoch. Ich stand an die Wand des Bungalows gelehnt, die fleischigen Hände zwischen Hintern und Rauhputz eingeklemmt, während Mr. Gardiner sich mit meiner Mutter unterhielt. Als er dann seinen Lastwagen rückwärts zwischen den Wohnwagen hindurch zum Klippenrand fuhr, begleitete ich ihn.

»Dann hast du die Prüfung also geschafft, hm?« schrie er über den Lärm des knatternden Motors hinweg.

»Ja, habe ich«, erwiderte ich fröhlich, weil ich, zusätzlich zu dem meiner Tanten und Cousinen, auch von ihm Lob erwartete.

»Na, dann kommst du jetzt auf die Varndean, zusammen mit den anderen Klugscheißern.« Zu spät fiel mir ein, wie blöd Dick Gardiner war. Aber ich schluckte diese Demütigung und half seinem Vater, die großen Metallhaken unter einem der Wohnwagen in Position zu bringen.

»Ich nehme den da«, sagte er. Er stöberte im Inneren herum. Er setzte sich auf das Klappbett, drückte dabei die Schaumstoffmatratze pfannkuchenplatt und fummelte aggressiv an den zwerghaften Kücheneinbauten herum. »Wert ist der Kasten ja rein gar nichts mehr, das sag ich dir. Ich stell ihn nur auf Klötzen in den Garten. Als Werkzeugschuppen.« Er stand auf, und der Wohnwagen schaukelte auf seinen funktionslosen Rädern. Mr. Gardiner quoll über vor Fett. Seine Brüste wölbten sich zu beiden Seiten seines Arbeitshosenlatzes heraus, als wäre dieses Kleidungsstück extra dafür gemacht, seine Weibischkeit zu betonen. Er fuhr mit dem Finger an der Schweißnaht des Daches entlang. »Eins sag ich dir, da muß ich noch 'ne Menge Arbeit reinstecken. Ich tu deiner Mutter ja einen Gefallen, wenn ich ihr das Ding abnehme. Schau – schau her.« Er hatte durch das winzige Ausstellfenster zu mir gesprochen, aber jetzt betrat ich die Fiberglaskabine.

»Siehste das?« Mit dem Zeigefinger klaubte er einen feuchten Klumpen von der Decke. »Da muß ich erst mal gründlich mit Polyesterharz drüber. Ehrlich gesagt, es ist 'n Wunder, daß deine Mutter die Dinger überhaupt noch vermieten kann – die sind ja wahrscheinlich verseucht.«

Danach sagte er nichts mehr, hängte nur noch den Caravan an seinen Laster und machte sich fertig zum Losfahren. Er hatte bereits den Gang eingelegt, als ich mich zu fragen traute: »Aber Mr. Gardiner, was wird passieren, wenn der Wagen nicht mehr da ist?« Der Park würde aussehen wie ein Gebiß mit Zahnlücke.

»Na ja …« Er starrte zu mir herunter. Sein Gesicht war fleckig vor Geringschätzung, schmierig vor Intoleranz. »Deine Mum kriegt einen neuen Gast. Das hat sie mir gesagt. Einen Gast für die tote Zeit, und weißte was – er hat seinen eigenen Caravan!«

Seinen eigenen Caravan. Schon bei dem Gedanken wurde ich kribbelig vor Neugier. Der Boden unter mir schwankte, über mir schrien die Möwen sich an. Mr. Gardiner zockelte bereits die Straße hoch, aber er nahm sich noch die Zeit, mir zuzubrüllen: »Scheißzigeuner!« Ich wußte nicht, ob er noch wütend auf mich war oder ob er damit den neuen Gast meinte, den mysteriösen Mann, der seinen eigenen Wohnwagen hatte.

2 DIE QUERUNG DES ABGRUNDS

Es gibt nichts Angenehmeres, als sich für einen Menschen Ungelegenheiten zu machen, der es wirklich verdient. Für die Besten unter uns sind Beschäftigung mit Kunstdingen, Stöbern in Antiquitätengeschäften, Sammlungen, Gärten nichts als Ersatz, Notbehelf, eine Art Alibi. Im Faß sitzend wie Diogenes wollen wir einen Menschen sehen. Wir ziehen Begonien, schneiden Taxus, weil wir nichts Besseres haben und der Taxus und die Begonien es sich gefallen lassen. Lieber aber würden wir unsere Zeit einem menschlichen Setzling widmen, wenn wir sicher wären, daß es sich um ihn lohnt. Das einzig ist die Frage; Sie müssen sich ja selbst einigermaßen kennen! Lohnt es sich um Sie oder nicht? MARCEL PROUST, *Auf der Suche nach der verlorenen Zeit*

MR. BROADHURST traf am folgenden Wochenende ein. Einerseits war seine Ankunft eine Beruhigung – wie ein Zigeuner sah er gewiß nicht aus. Andererseits war sie auch verwirrend, denn die Männer, die ihn begleiteten, waren eindeutig welche.
Zunächst einmal war es wie eine Wiederholung von Mr. Gardiners Besuch. Der Lastwagen war genauso groß und höchstens noch schwärzer – ein ausgedienter Armee-Dreitonner. Der Wohnwagen des geheimnisvollen neuen Gastes war hinten angehängt. Und was für ein Caravan das war! Ganz anders als die blau-weißen Kästen, die auf dem Gelände herumstanden. Der hier war doppelt so groß und bestand aus spiegelndem Aluminium. Er war so lang, daß er hinten Zwillingsreifen hatte.
Während die Erwachsenen plaudernd im Garten herumstanden, erspähte ich auf Zehenspitzen einen flauschigweißen Teppichboden, ein breites Bett mit einer weißen, spitzenbesetzten Tagesdecke, Glasregale mit in Zeitungspapier gewickeltem Zierat und in der Ecke einen Farbfernseher. Mit seinen Panoramafenstern hinten und vorne war der Caravan das reinste Ausstellungsstück amerikanischer Üppigkeit.
Mr. Broadhurst war ein großer, fetter Mann. Er war über

einsachtzig und kahl bis auf ein Schnurrbärtchen feiner, grauer Haare zwischen der dritten und vierten Hautfalte in seinem fleischigen Nacken. Bekleidet war er wie ein Nebenerwerbsleichenbestatter mit einem schäbigen schwarzen Anzug. Auch die Krawatte war schwarz, und sein Hemd ganz offensichtlich ein sogenanntes bügelfreies.

Fett reichte als Beschreibung für Mr. Broadhurst nicht aus, das wußte ich, kaum daß ich ihn das erste Mal gesehen hatte. Denn er war nicht drall auf die Art, wie etwa ich elf Jahre alt war. Ich konnte mir nicht vorstellen, daß sein Fleisch, wenn man es anpikste und den Finger zurückzog, eine blasse Delle zeigte, die sich langsam rot verfärbte. Sein Fett verhieß eher Widerstand als Nachgiebigkeit. Wenn seine Brust einem Faß ähnelte und sein Kopf und seine Glieder fünf kleineren Fässern, so war das nur eine formale Ähnlichkeit. Schon allein der Anblick sagte mir, daß diese Gefäße keine ödematöse Flüssigkeit oder schwammiges Schwabbelzeug enthielten. Nein, Mr. Broadhursts Kompaktheit beruhte ganz offensichtlich auf vergrößerten Organen, die ihn vollständig ausfüllten, ein Doppelherz wie ein Kompressor, eine Leber von der Größe und dem Gewicht eines Medizinballs und Meter um Meter feuerwehrschlauchdicker Gedärme.

Er saugte am Rand seiner blauen Tupperware-Teetasse, als ich mich näherte, um mitzubekommen, was gesagt wurde. Nuckelte gierig, als wollte er gleich den Rand abbeißen. Die beiden Zigeuner standen abseits und betrachteten ihn mit einem Ausdruck, den ich damals nicht interpretieren konnte, den ich aber jetzt – rückblickend betrachtet – als Ehrfurcht bezeichnen würde.

Dann schnappte ich ein Ohrvoll dessen auf, was er sagte, und es war eine Offenbarung. In diesem Augenblick wußte ich, daß ich einem der größten Redner, der vollendetsten Rhetoriker aller Zeiten zuhörte. Denn Mr. Broadhursts Vortrag war einer gewöhnlichen Unterhaltung so unähnlich, wie eine Atombombe einer konventionellen Waffe unähnlich ist. Er war eine Explosion, ein lexikalischer Blitz, der alles in der nächsten Umgebung mit toxischer Weitschweifigkeit bestrahlte. Ich habe davon eine tödliche Dosis abbekommen, die seitdem in meinem Halbwertsleben zerfällt.

Sogar mir als Kind war klar, daß auch noch die sachlichsten Formulierungen, die nackten Tatsachenbehauptungen und die schnoddrigen Nebenbemerkungen, die ihm von den Lippen tropften, eher den Abflüssen und Überlaufbecken eines mächtigen Stromes als den plätschernden Bächen und kressegesäumten Rinnsalen geselliger Plauderei ähnelten. Ich spürte, daß dieser Strom der Sprachgewalt immer da war – in Mr. Broadhursts Kopf – und daß, was wir hörten, nur das gedämpfte Dröhnen einer gegenwärtig unterirdisch verlaufenden Flut war. Wenn er innehielt, erschien es mir, als wäre dieser mächtige Wasserfall der Diktion nur kurzfristig blockiert von einem Baumstumpf oder einem verklumpten Sprühnebel des Nachsinnens, und ich spürte, wie die Macht seines Denkens hinter dem Damm anschwoll, um ihn gleich darauf zu durchbrechen, damit der mäandernde grüne Rücken dieses kommunikativen Amazonas oder Orinoko sich wieder ausbreiten, dem transzendentalen Meer zuwachsen konnte. Keine Hyperbel, wie extrem sie auch sein mag, könnte der Intensität des Eindrucks gerecht werden, den diese erste Begegnung mit Mr. Broadhursts Sprache auf meine pubertäre Empfindsamkeit machte.

»Ein bemerkenswertes Unternehmen, das du hier hast, Dawn«, sagte er. »Die Hügel, die sich im Hinterland erheben, und« – mit seinem Telegrafenmastenarm beschrieb er einen weiten Bogen – »unter uns das Meer. Nichts könnte genehmer sein für einen Mann wie mich, kein Epidaurus könnte mir eine geziemendere Arena bieten, meinen müden Körper darin zu betten. Kein Proszenium könnte

erhabener sein, eine herrlichere Bühne bieten für die verbleibenden Tage meines Rückzugs und Ruhestands.« Er hielt inne und nahm eine nachdenkliche Miene an, die exakt zu dieser prophetischen Beobachtung paßte, und ich starrte gebannt auf die dicken, beinahe neandertalischen Knochenwülste, die auf seinem weltrunden Kopf die Stelle der Augenbrauen einnahmen. Sie liefen zusammen wie die gebogenen Flügel einer Möwe und wurden zum hohen Rücken von Mr. Broadhursts mächtiger Nase. Doch abgesehen davon zeigte sein Kopf einen eigentümlichen Mangel an anderen Charakteristika, wie etwa Wangenknochen oder die zusätzlichen Kinne, die man hätte erwarten können. Außerdem hatte sein Fleisch etwas Enthaartes, Faltenloses. Die Lippen waren breit, dick und bleirot. Die ruhigen, basaltschwarzen Augen waren vorstehend, amphibisch unter wimpernlosen Lidern.
»Sollmern rejnfahrn, denn Wogen?« fragte einer der Zigeuner. Für mich waren sie Stoff für Alpträume, auf keinen Fall zur Welt von Saltdean gehörig – und vielleicht auch zu keiner anderen Gesellschaft.
»Tut es, tut es. Tut es unverzüglich.« Seine Stimme, zuerst nur energisch, gewann an emotionaler Wucht. »Errichtet die Maschine in der Seitenkulisse, damit der Gott am goldenen Drahte herabsteigen kann.« Die Zigeuner stellten ihre Tassen ab, wechselten Kehlkopfverschluß- und Gaumenschnalzlaute und stiegen wieder in ihren Lastwagen. Ihre schwarzen Haarschöpfe, ihre rabenschwarzen Gesichter, ihre schwarzen Mäntel, die in der Taille von einem Stück Seil zusammengehalten wurden, wie sie redeten und tranken und sich bewegten, kurz gesagt, alles unterstrich ihre moralische Unbekümmertheit. »Tun, was wir wollen«, schienen die Zigeuner zu sagen, »das ist unser ganzes Gesetz.«
Aber Mr. Broadhurst wagte es trotz seines fortgeschrittenen Alters, diese Unholde herumzukommandieren. Wenn

er bellte, nahmen sie Haltung an. »Paßt auf meine Sachen auf«, rief er ihnen nach. »meine Siebensachen, mein Hab und Gut, meine Unterpfänder sterblichen Verlangens – ihr bezahlt für alles, was zu Bruch geht!«
In diesem Winter wurde Mr. Broadhurst zum festen Bestandteil von Cliff Top.

DIE ZWEIDEUTIGKEIT der Beziehung meiner Mutter zu ihm verwirrte mich. Von ihren Schwestern abgesehen, hatte sie kaum Freunde, und ich hatte selten gehört, daß ein Nichtfamilienmitglied sie bei ihrem Vornamen nannte. Aber je mehr ich sie deswegen bedrängte, desto verschlossener wurde sie.
»Pscht, Liebling. Für mich gehört Mr. Broadhurst fast schon zur Einrichtung. Er war schon immer da. Ich kann mich gar nicht mehr erinnern, wessen Freund er ist.«
»Aber Mummy, du mußt dich doch erinnern, du mußt.«
Die Gesellschaft meiner neuen Schule, wie die des gesamten provinziellen England, war so erbarmungslos kodifiziert und stratifiziert, daß ich mir einen Menschen nicht vorstellen konnte, dessen Herkunft und emotionaler Stellenwert nicht eindeutig feststanden. Meine Mutter, mit ihren Arbeiterklasse-Attitüden und ihren Gehobene-Mittelschicht-Allüren, war nur ein weiterer Beweis dafür.
»Du bist ein großer Frager, was? Immer fragen und bohren.« Sie bückte sich und küßte mich. Der Mummy-Geruch war überwältigend. Ich spürte ihren Mundwinkel an dem meinen. »Von mir hast du das nicht, das ist mal sicher, aber ich kann mir auch nicht vorstellen, daß du's von deinem Vater hast.« Mir war klar, daß alles, was sie empfand, in der Art zusammengefaßt war, wie sie »Vater« sagte. Sie sprach es aus, wie ein anderer vielleicht »alter Blechhaufen« sagt. Ohne Betonung und Nachdruck, als zählte diese Vaterschaft gar nicht.

Auf diese Art kriegte sie mich immer herum, indem sie ihren Körper gegen meinen drückte, sobald sie sich herausgefordert, geistig angegriffen fühlte. Dadurch, das erkannte ich, zeigte sie mir immer wieder aufs neue die Tatsache ihrer Mutterschaft, ihrer ursprünglichen Macht. Indem sie mich jedesmal mit ihrem immer üppiger werdenden Fleisch kontextualisierte. Gegen meinen Willen wurde ich verführt und wieder zum Kleinkind. Als Objekt der Killekillebegierde verfiel ich wieder Mummys Aura.

Mr. Broadhurst hatte sich in Cliff Top sehr schnell ein- und einen geregelten Lebensablauf angewöhnt. Was natürlich der beste Weg ist, zum festen Bestandteil eines Ortes zu werden. Er hatte sich als freiwilliger Helfer in St. Dunstan's, dem Blindenheim, gemeldet, wo er Dienstag und Donnerstag nachmittags arbeitete. Frühmorgens spazierte er zu den Geschäften in Saltdean, um seine Einkäufe zu erledigen und sich die Zeitung zu besorgen. Dort traf ich ihn oft, wenn ich, mit den Fingern eines angehenden Sensualisten in einer Tüte voller gonadotroper Bonbons wühlend, aus dem Süßwarenladen kam.

»Ah! Der junge Rosenkreuzer.« Obwohl seine Stimme von normaler Laut- und Druckstärke war, hörte ich in ihr doch immer das entfernte Donnern der Stromesbrandung. »Mit einem Sack voll Süßigkeiten – darf ich?« Dann nahm er eins mit Fingern, deren unheimliche Größe noch unterstrichen wurde durch die Präzision und Geschicklichkeit ihrer Bewegungen.

Sonntag nachmittags kam er zum Tee, und er unterhielt sich mit meiner Mutter über gemeinsame Bekannte aus Yorkshire. Daraus schloß ich, daß Mr. Broadhurst ein langjähriger Freund der Hepplewhites war. Er ließ sich außerdem dazu herab, mir bei den Hausaufgaben zu helfen. Bei den künstlerischen und geisteswissenschaftlichen Fächern blieb er unbestimmt und kam oft mit meinen

Schulbüchern nicht zurecht. Aber in Mathematik und den Naturwissenschaften war er ein kundiger, wenn auch hochfahrender Lehrmeister. Vor allem im Mathematik war er hervorragend; er nannte es sein »Lieblingsfach«. Und genau durch diese Mathenachhilfestunden verschaffte er sich ersten Zugang zu meinem Geist.
An einem Sonntag pro Monat lud Mr. Broadhurst meine Mutter und mich ins Sally Lunn ein, einen altmodischen *tea shoppe* in Rottingdean, wo es ein eponymes Teegebäck gab, das wir alle drei besonders mochten. Mr. Broadhurst konnte bis zu dreißig dieser Sally Lunns auf einmal essen. Er schaufelte sich so viel Honig auf die Teilchen, daß sie aussahen wie winzige Pagoden. Und er war ein großer weißer Sambo.
Ich sehe das Sally Lunn jetzt vor mir. In einem kleinen, weiß getünchten Raum mit dunklem, gebohnertem Holzboden hängen an den Wänden Hummerreusen, Netze, Glasschwimmer und andere maritime Dekorationen. Mr. Broadhurst und meine Mutter plaudern über dies und das, nichts von Bedeutung, die Aussichten für die Saison, eine Vierzehnjährige aus Saltdean, die abtreiben ließ (sie üben sich im Euphemismus, aber ich verstehe, worum es geht). An diesem speziellen Sonntag sah Mr. Broadhurst von seinem überquellenden Teller hoch und musterte die Teestube. Betrachtete sie so eingehend, als würde er sie das erste Mal sehen.
»Weißt du, Dawn«, sagte er, »ich glaube, dieser Laden hat sich seit damals, als ich regelmäßig hierher kam, nicht verändert, und das muß vor dem Ersten Weltkrieg gewesen sein.«
Meine Mutter schien sich der Bedeutung dieser Bemerkung nicht bewußt zu sein, aber mir ging sie nicht mehr aus dem Kopf. Als wir später durch regenverhangene Straßen nach Hause gingen, meine Mutter und Mr. Broadhurst vor mir, ihre kontrastierenden Gestalten wie in einer

Grimmschen Illustration eingerahmt von den stupsnasigen Häusern des alten Dorfes, rechnete ich nach. Wenn Mr. Broadhurst vor 1914 alt genug war, um regelmäßig eine Teestube zu besuchen, mußte er jetzt mindestens achtzig sein. Doch trotz seines verkündeten Ruhestands hatte er nichts offensichtlich Hinfälliges. Wäre es so gewesen, hätte ich es mit Sicherheit bemerkt.
Ich kannte mich mit alten Leuten aus, so wie ein Junge, der neben einem Flugplatz wohnt, sich mit Flugzeugen auskennt. Unser Stück der Sussexschen Küste füllte sich damals bereits mit den Moribunden – oder wie man es heutzutage nennt: wurde zu einem Wachstumsgebiet für den grauen Markt. Saltdean konnte sogar Spezialgeschäfte für Senioren aufweisen, die Stützstrümpfe, Gehhilfen und Kräutermedizin feilboten. Aber Mr. Broadhurst hatte einfach nicht den Schlurfegang, den ich bei Alten erwartete, nur eine gewisse beabsichtigte Trägheit in den Bewegungen. Es war eine umfassende Zeitlupe, die sich sowohl auf seine Gesten und volltönenden Worte wie auch auf seine Lokomotion auswirkte.

WAS IST EIN ZIGEUNER, Mum?« Das war in der folgenden Woche. Ich aß nach der Schule zu Abend. Baked Beans auf Toast, schwarzer Johannisbeersaft von Ribena.
»Wir sagen nicht Zigeuner, Ian, das ist vulgär.« Sie wischte eben die Küchenoberflächen mit einem Viledatuch, und sie rubbelte kräftig, das Gesicht vor Ekel verzogen, als wären die Platten Glieder einer Resopalleiche.
»Mr. Gardiner hat gesagt, daß Mr. Broadhurst ein Zigeuner ist, und er hatte doch Zigeuner dabei, als er ankam, nicht, Mum?« Das verstimmte sie, und sie antwortete kurz angebunden.
»Hör mal, Ian, ich weiß nur eins, daß Mr. Broadhurst viele Jahre im Bergungs- und Altwarengewerbe gearbeitet hat,

und ich glaube, daß er in seinem Bekanntenkreis viel fahrendes Volk hat. Das ist alles, und jetzt iß auf.«
Der Felsstufenweg, der von Rottingdean an der Küste entlang nach Brighton führte, war mein liebster Aufenthaltsort. Dort verbrachte ich meine Kindheit. Es war ein ganz besonderer Flecken, vor allem in der toten Zeit, wenn reinigende Wellen gegen den dreckigen Uferwall klatschten. Fast siebzig Meter ragten die Klippen über dem Weg auf, und die Küstenlinie darunter war ein zerklüfteter, zertrümmerter Anblick, übersät mit riesigen Kalkbrocken und Überresten aus dem Zweiten Weltkrieg, Betonbunkern und Panzersperren, die von den Gezeiten zu Schotter zerrieben wurden.
Einige Mütter sagten, der Weg sei gefährlich, und ließen ihre Kinder dort nicht spielen. Sie redeten von Flutwellen, die die Kleinen einfach wegspülten (für über drei Meilen gab es keinen Zugang zum Klippenrand). Meine Mutter gehörte nicht zu ihnen. Ich durfte dort hinunter, sooft ich wollte. Die Bunker verwandelte ich in Arthursburgen und bewohnte sie zusammen mit meinen Ritterkollegen. Es war nur ein Kinderspiel, aber ein sehr bedeutungsschwangeres und für mich gefühlsgeladener als die wirkliche Welt. Meine Eidetik erlaubte es mir, die Figuren aus den Geschichtsbüchern auf die Felsen in meiner Umgebung zu malen, und oft war ich so in meine Scheinwelt verstrickt, daß ein einsamer Hundeausführer auf dem Betondamm mich erschreckte, als wäre er der Schwarze Ritter höchstpersönlich.
Im Winter nach Mr. Broadhursts Ankunft in Cliff Top glaubte ich ihn ein- oder zweimal auf dem Felsstufenweg zu sehen. Das war ziemlich merkwürdig, denn wie konnte ein so großer Mensch so schwer faßbar sein, vor allem für jemanden, der so scharfsichtig ist wie ich? Und doch war ich mir nicht sicher, ob er es war, der da, in einer der Kalkfurchen am Fuß der Klippe, verschwörerisch mit

einem seiner habichtsgesichtigen Zigeunerfreunde plauderte, oder vielleicht nur ein gewöhnlicher regenbemantelter Pensionist, ein trauriger Wanderer an der letzten Küste des Lebens.
Die tote Zeit wurde in zunehmendem Maße Mr. Broadhursts Saison. In meinem Bewußtsein verband sich diese Zeit mit ihm, so wie die Feriensaison meinen Tanten und Cousins gehörte. Wie so viele Einzelkinder von alleinerziehenden Elternteilen war ich emotional frühreif. Ich spürte, daß meine Mutter erfreut, ja sogar erleichtert über das Interesse war, das er an uns zeigte. Er half meiner Mutter bei der Buchhaltung und machte ihr Vorschläge, wie man mehr Kundschaft für den Wohnwagenpark heranziehen könnte. Aus irgendeinem Grund schienen diese Tricks zu funktionieren. Mit jedem Sommer kamen mehr Gäste. Mehr als die Hälfte der immobilen Wohnmobile konnte belegt werden. Die älteren Leute – Paare mittleren Alters oder Senioren – brachte Mutter im »Gästeflügel« des Bungalows unter, wie sie den Anbau hochfliegend nannte. Morgens sah ich sie dann immer, wie sie, in fremdartigen Nachtgewändern, die unserer Sonnenterrasse etwas Sanatoriumhaftes gaben, zwischen ihren Zimmern und dem ihnen zugewiesenen Badezimmer hin und her gingen.
Mr. Broadhurst war nicht anwesend, um die Früchte seiner Geschäftstüchtigkeit zu sehen, denn sobald Ostern kam, reiste er ab, flog davon in andere Klimazonen wie ein stattlicher und verwirrter Zugvogel. Zumindest stellte ich mir das so vor – wohin er ging, wollte er mir nicht sagen. Nicht einmal eine Andeutung machte er.
»Wohin gehen Sie im Sommer, Mr. Broadhurst?«
»Mein Junge, ich fürchte, dir das zu eröffnen, ist mir nicht gestattet. Meine alljährliche Wanderschaft muß unter allen Umständen geheim bleiben. Alles zu seiner Zeit – solltest du dich meines Vertrauens würdig erweisen, werde ich dich in gewisse Aspekte meiner Reisen einweihen.«

Doch viel einschneidender als Mr. Broadhursts saisonale Abwesenheit waren die Auswirkungen des von ihm eingeführten verbesserten Managements von Cliff Top auf unsere häusliche Kultur. Das ging so weit, daß sich im gesellschaftlichen Status des Haushalts meiner Mutter ein Paradigmenwechsel abzeichnete. Je vertrauter Mr. Broadhurst uns wurde, je tiefer verwurzelt in der winterlichen Küste, desto stärker strebte meine Mutter nach Höherem. Es war, als wäre sie, nachdem der väterliche Versager verschwunden war, nun wieder frei, eine ambitioniertere Lebensbahn einzuschlagen. Aus dem Mittagessen wurde Lunch und aus dem Abendessen Diner.
»Diesen Sommer wird es wieder mehr Gäste geben.« Ich erinnere mich noch gut, wie meine Mutter das sagte, dabei den femoralen Hörer auf den Hüftknochen der Gabel legte und ihr Reservierungsbuch zuklappte. »Diese zusätzliche Reklame, die Mr. Broadhurst vorgeschlagen hat, zahlt sich auf jeden Fall aus.«
Mehr Gäste bedeuteten, daß mehr Geld im Haus war; und mehr Geld bedeutete bessere Kleidung, neue Wohnwagen für den Platz und eine neue Inneneinrichtung für den Bungalow.
Eine Einbauküche wurde angeschafft, Teppichböden verlegt. Eine Zentralheizung ersetzte die knatternden Gasfeuer und die kontrollierten Explosionen der Therme. Die Wintermorgen, als ich in der Dunkelheit aus der warmen Höhle meines Betts stürzte, um mich in der Küche anzuziehen, wurden augenblicklich zu Erinnerungen. Nostalgie nach einem einfacheren, technisch primitiveren Zeitalter.
Kaum war der Bungalow mit neuem Leben erfüllt, kamen die Leute auf einen Drink vorbei, anstatt nur etwas zu trinken, wenn sie gerade vorbeikamen. Auch gab es eine Veränderung im Einzugsbereich der gesellschaftlichen Kontakte meiner Mutter, denn die Leute mit den Drinks

waren häufig die Eltern meiner Schulfreunde aus der Varndean-Schule. Sie standen eine Stufe höher als die Ladenbesitzer und Lieferanten, die ich bis dahin gewöhnt war. Ihre Geschäfte liefen auf einer höheren Ebene, waren weiter entfernt von den Derbheiten des Tauschhandels. Ihre Unterhaltungen mit meiner Mutter bezogen sich auf eine Welt, in der die Zweideutigkeit der Beziehung zwischen Wert und Geld hoch geschätzt wurde.

Die Leute, die was tranken, wenn sie vorbeikamen, waren eine deutlich exotischere Truppe, darunter auch Madame Esmeralda, die Kropfkranke, die auf dem Palace Pier die Handlesekonzession hatte. Ihr Männerfreund war ein alter Zirkuszwerg mit dem Namen Little Joey, der noch immer seine Bühnenkostüme trug (Weißt du, Sonny Jim, ich habe sonst nichts, und Kinderkleidung möchte ich keine tragen), Norfolk-Jacken mit grellen Karos und als krönenden Abschluß eine Melone. Joeys und Esmeraldas Gespräche waren farbig, gewürzt mit dem Showbusiness-Jargon einer vergangenen Zeit. Da ich an solche Typen gewohnt war, konnte Mr. Broadhurst sich in mein Leben einschleichen, ohne gleich so anomal zu wirken, wie er sonst vielleicht gewirkt hätte.

Eins will ich meiner Mutter zugute halten. Ein Kompliment will ich ihr machen, allerdings ein deutlich zweischneidiges. Und zwar: Sie hat, während wir gemeinsam den schlüpfrigen Mast gesellschaftlicher Mobilität erklommen, mich kaum einmal in Verlegenheit gebracht. Denn wenn ihr größter Fehler die beinahe sexuelle Intimität war, mit der sie mich im Privaten einwickelte, war ihr größter Vorzug die außergewöhnliche Sensibilität, die sie mir gegenüber in der Öffentlichkeit zeigte. Nie behandelte sie mich herablassend oder ließ mich durch die Feuerreifen des guten Benehmens springen, was andere Eltern mit ihren Kindern durchaus machten. Im Grunde genommen behandelte sie mich mit einem ungezwungenen Egalitarismus, der viel effektiver war – zumindest in Hinblick auf meine erfolgreiche Akkulturation.

Natürlich war die Person, von der wir beide in Wahrheit Anweisungen entgegennahmen, Mr. Broadhurst. Seine langatmigen Formulierungen waren es, die wir beide bald nachäfften – nie ein Wort benutzen, wo auch fünf möglich sind. Und sein schwerhändiges Zartgefühl war es, das wir anstrebten, als unsere alltägliche Tupperware durch feines Porzellan ersetzt wurde.

Auch in der Schule lief es für mich besser. Während meiner Zeit in der Saltdean-Grundschule war ich immer Opfer der Kleingeistigkeit eines kleinen Ortes gewesen. Daß mein Vater uns verlassen hatte, war allgemein bekannt und beliebtes Gesprächsthema. Auch wenn keine Böswilligkeit dahintersteckte, bedeutete es doch, daß ich mich ausgeschlossen fühlte, isoliert, abgegrenzt. Aber in der Varndean-Oberschule wußte niemand über meinen Vater Bescheid. Als ich dort anfing, log ich ganz einfach und sagte, er sei tot, was mir Sympathie einbrachte und mich gleichzeitig in den Mantel des Geheimnisvollen hüllte. Dies, das weiß ich jetzt, war ein Fehler. Vielleicht war es mir auch als Kind schon bewußt, denn meine Mutter unterstützte die Lüge, und für einen zwölfjährigen Jungen war eine solche Komplizenschaft besorgniserregend, vielleicht sogar bizarr.

Trotzdem gewährte sie mir eine kurze Pause, eine Senkung der fiebrigen Temperatur meines Lebens, die ich voll ausnützte. Pubertät und Individualismus passen nicht zusammen. Mit der Meute zu rennen war etwas Neues für mich. Gemeinsam mit schmalhüftigen Jungen masturbieren und die Seele sensibler Referendare quälen, das war es plötzlich, was ich mir unter Spaß vorstellte, aber nicht für lange.

Es kam noch ein letzter Sommer, bevor Mr. Broadhurst begann, sich eingehender mit mir zu beschäftigen. Ein

Sommer, den ich so frei und ungezwungen mit meinen Cousins und den Kindern der anderen Gäste verbrachte wie nie zuvor. Das war der Sommer, in dem mir zum ersten Mal die Beliebigkeit der Trennung zwischen Saison und toter Zeit bewußt wurde; der letzte Sommer, in dem ich sah, wie die Sonne den Nieselstore aufriß, der die hügeligen Downs verbarg, und die Welt verwandelte, so daß der Himmel und das Meer das Land definierten, der Erde ihre Krümmung gaben. Der letzte Sommer, den ich in vollen Zügen genoß.
Ich zeigte den Kindern der Gäste, wo man Süßigkeiten kaufen, wo man Krabben fischen konnte und wie man umsonst ins Delphinarium kam. Wir machten die Küste von Saltdean bis Shoreham unsicher. Ich fühlte mich gebraucht, ich war der Meister. Das hier war mein Revier, mein Bezirk, und das hob mich von den Urlaubern ab. Der schäbige Urlaubsglitter war mein Putz. Ich kannte die Leute, denen die Vergnügungsbuden gehörten, und die Handlanger, die darin arbeiteten. Beim Autoskooter konnte ich auf die Fahrfläche springen und sie überqueren, indem ich von einem gummiberingten Wägelchen zum anderen hüpfte. Meine kleine Truppe sah mir dabei bewundernd zu.
Der einzige falsche Ton, der einzige Hinweis darauf, daß sich für mich etwas ändern sollte – und wohlgemerkt, ich kann mir nicht sicher sein, ob das nicht schon eine Ankündigung dieser ultimativen toten Zeit war, des ersten Herbstes meiner Lehrzeit –, war mein geschärftes Bewußtsein für die sehr merkwürdige Marginalisierung der Hepplewhite-Männer. Diese meine gespensterartigen Onkel, die immer nur zum Wochenende kamen und nie die Woche über blieben, gingen immer »mal raus auf ein Pfeifchen« oder einfach »nur mal raus« ohne Erklärung. Weder meine Mutter noch meine Tanten forderten sie auf, »sich ein wenig mit Ian abzugeben«. Ich kann mich nicht erinnern, daß eine von ihnen, wie man es hätte erwarten

können, gesagt hätte, ich brauche den Einfluß eines Mannes. Statt dessen dämmerte mir allmählich, daß dieses kollektive Schweigen über Männer, diese Weiberherrschaft über die Cliff-Top-Gemeinschaft in gewisser Weise eine beabsichtigte, gewollte Stille zwischen der entmännlichten Ouvertüre und dem mächtigen ersten Akt war. Die Hepplewhite-Schwestern bereiteten mich auf Mr. Broadhursts gewaltigen Stentorbaß vor.

Gegen Ende des Sommers fiel die sexuelle Reife mit ihrem ganzen Gewicht über mich, und mit ihr kam die hormonelle Zurückdrängung des Meeres. Die früher getrennten Kontinente der »Saison« und der »toten Zeit« wurden vereinigt zu einer Landmasse vertikaler Belange: Schulzeit und Buszeit, Ferienzeit und Hausaufgabenzeit. Deutlich wurde mir nun der Unterschied zwischen meinen Cousins und meinen Cousinen bewußt. Kleine, eingerollte Genitalien waren seit langem verborgen unter kompostierender Kleidung, besser, man ließ sie dort im Dunkeln reifen. Ich fürchtete schon, sie wären auf Dauer verschwunden.

Ich kann nicht erklären, warum von Anfang an meine sexuellen Gefühle von solch schrecklicher Scham gezeichnet waren. Es ergab keinen Sinn – aber es war so. Vielleicht war es mein chronischer Mangel an männlichen Rollenmodellen. Mich selbst als Mann in Beziehung zu meiner Mutter und meinen Tanten zu definieren war unmöglich. Ihre Geschlechtlichkeit war unfaßlich, sie nur anzusehen war schon eine Art Astronomie, so unermeßlich und weit entfernt waren ihre Körper. Die Vorstellung, daß meine Onkel sie gebumst haben könnten, war einfach absurd. Mit den Cousinen und den Mädchen am Strand war das eine andere Geschichte. Da gab es Wallungen und Vorahnungen. Wie gerne wäre ich die Kieselsteine oder die Holzplanken gewesen, auf denen sich diese Hintern plattdrückten!

Waren schon die Ferien sexuell verwirrend, so schreckte

ich, als das Schuljahr begann, auch noch vor knabentypischen Zotigkeiten zurück. Ich konnte die Ejakulation nicht als eine Form der Miktion behandeln. Die Betrachtungsweisen dieser Angelegenheit divergierten radikal. Entweder Gonorrhöe, Syphilis oder unspezifische Harnröhrenentzündung, wie von Mr. Robinson anhand der neuen visuellen Hilfsmittel erläutert, oder deutsche Pornos, von den älteren Jungs gekauft und unter der Schulbank herumgezeigt. Diese Bilder, auf denen Männer mit Schnurrbart ihre Fleischschwerter in die wunden Bäuche grimmassierender Häßlichkeiten rammten, hatten absolut nichts zu tun mit meinen Phantasien, die in höchstem Maße ritterlich waren. Für Sie mag das lächerlich klingen, aber damals hieß Mann zu sein für mich, ein Roland oder ein Blondin zu sein. Lauteschlagend unter vierundvierzig Kemenatenfenstern, bereit zu sterben für eines Auges Schein – geschweige denn ein Bein.
Warum das ausbreiten? Wir alle kennen doch die Stoffe pubertärer Sexualität, Wundersames, das im Gedächtnis mächtig anschwillt als Gegengewicht zum rostenden Koloß nachfolgender Enttäuschung. Wieviel schwerer ist es doch zuzugeben, daß die Enttäuschung von Anfang an da war.
Genauer gesagt: Ich war dicklich, rosig und unattraktiv. Mein Körper war angefüllt mit Drüsenschlutze, mein Gesicht übersät von Pickeln. Trotz der boomenden Kummerkastenkultur, trotz der Demokratie der Pornographie – ich fühlte mich von meiner Lust entmündigt. War es ödipal? Wollte ich, nachdem ich Daddy an der A22 nach Southampton erledigt hatte, dringendst nach Hause, die Rätselfrage der Brauereiwerbung auf dem Bierdeckel lösen und mich dann auf Mummy stürzen, die keuchend auf ihrer Heizdecke lag? So einfach war es nicht. Nein, es war die Eidetik. Bis zur Pubertät hatte ich sie für selbstverständlich genommen, darin nicht mehr gesehen als eine besondere

Fertigkeit, doch jetzt begann sie mich völlig in Anspruch zu nehmen. Plötzlich betrachtete ich sie als essentiellen Teil meines Wesens.

ALS ICH AM ERSTEN TAG dieses Schuljahrs von der Varndean-Schule zurückkam, stieg ich wie immer an der Haltestelle zwischen St. Dunstan's und Roedean aus und ließ den Blick zu den Downs hinüberwandern. Die flache Anhöhe, auf der das Blindenheim lag, war überzogen mit einem Netz aus betonierten Wegen. Ihr Dasein wurde definiert von Geländern, alle weiß gestrichen, wie es sich für riesige Blindenstöcke gehört, die sie nun einmal waren. Ich dachte an Mr. Broadhurst und wie er mir einmal gesagt hatte, daß ein Blinder nie einen Blinden führen sollte. Ihr zögerliches Vorwärtskommen auf diesen Wegen erschien mir bereits damals symbolüberfrachtet. War das denn nicht das Schicksal des Menschen überhaupt, sich voranzutasten und doch zu stürzen? Und dann auf dem Rasen zu warten, bis die Helfer kommen, sich bücken und einen aufheben, wieder mit dem lebensspendenden Geländer verbinden?
Ich fragte mich, ob Mr. Broadhurst bei ihnen war – wir erwarteten ihn jeden Tag aus seiner Sommerfrische zurück –, aber ich sah seine faßförmige Gestalt nirgends unter den Helfern und Gesichtskrüppeln, den linkischen Blinden, die unter dem grausamen Witz dieses Gebäudes entlangtorkelten. (Können Sie sich nicht geradezu vorstellen, wie der Architekt sich in die Hose machte vor Lachen, während er diese abscheulichen Traufen schraffierte, die brutalen Senkrechten einzeichnete und die rasierte Scham der Betonfassade skizzierte! Im Vertrauen darauf, daß er wenigstens hier eine Klientel hatte, die nicht in der Lage war, seine Vorstellung von der Moderne zu kritisieren.)
Vielleicht war Mr. Broadhurst drinnen. Da er ein Freiwilliger war, konnte er in jedem Bereich tätig sein, von der

Mithilfe im komplexen Vorspiel der Braille-Unterweisung, wobei seine Hand behutsam über der eines anderen schwebte, bis hin zur Teilnahme am regellosen Reflexritual des Teetrinkens, bei dem er sich – wie er mir oft gesagt hatte – vorstellte, so blind zu sein wie seine Schutzbefohlenen, so daß die Kanne zum Drachen wurde, der seine kochendheiße, nasse Zunge herausschnellen lassen konnte, um ihn zu verbrühen.

Auch ich wurde augenlos in Sussex, tastete mich taumelnd am Rand entlang. Wie viele Schritte konnte ich gehen, bevor ich meine Augen öffnen mußte? Oder würde ich schwanken und mir die Schulter anstoßen, sie mir zertrümmern lassen von einem vorbeirauschendem Bus? Ein ziemlich alltägliches Kinderspiel, aber an diesem gewöhnlichen Nachmittag erhob die Eidetik ihr häßliches Haupt.

Ich starrte in die rote Dunkelheit meines retinalen Nachbilds, in den Plüsch meines Lidinneren. Ich beschwor ein eidetisches Faksimile der vor mir liegenden Straße herauf, ihres perspektivischen Zusammenlaufens, des pickeligen Teers, der Zahnpastaextrusion des weißen Mittelstrichs. Daran war nichts Bemerkenswertes. Meine kopfgeborenen Bilder, das habe ich bereits gesagt, waren immer sehr lebensecht. Doch bei dieser Gelegenheit wurde ich mir eines neuen Blickpunkts bewußt. Anders kann ich es nicht beschreiben denn als Bewußtwerdung des Sehenkönnens, aber mit nichts dahinter, keinem komplizierten Geflecht aus Muskeln und koaxialen Nerven.

In diesem Augenblick – gab es keinen Augenblick. Die Zeit war wieder die Kinderzeit, das Immer-Jetzt, gefangen und umhüllt wie Wasser von der Oberflächenspannung der Gegenwart. Ich war im Inneren meiner eigenen Darstellung, und diese Darstellung war die Welt geworden.

Wie kann ich Ihnen dieses Gefühl beschreiben? Wenn,

dann so: Stellen Sie sich vor, Sie sind eine freischwebende Steadycam, die sich nach eigenem Belieben in jede Richtung drehen kann. Denn in dem Augenblick, da ich in diese neue Perspektive hineinschlüpfte, wurde ich mir einer Reihe okularer Hilfsmittel bewußt, die ähnlich funktionierten wie Joysticks und Steuerhebel.

Mühelos schoß ich hoch in die Luft, vollführte einen 360-Grad-Schwenk und zoomte dann wieder hinunter, um einen halben Meter über dem dahinzockelnden Rottingdeaner Bus zu schweben. Ich schwirrte an den teigigen Gesichtern meiner Schulkameraden vorbei, die bewegungslos in der Bewegung saßen und mit starren Augen durch mich hindurchsahen. Ich war – das erkannte ich, als ich mich wieder in schwindelerregende wolkenkratzende Höhen schwang – frei.

Sofort fing ich an, mir zu überlegen, wohin ich mich wenden sollte. Welchen Gebrauch sollte ich von meinem neuen und offensichtlich astralen Körper machen? Die beiden großen Gebäude an der Flanke der Downs waren ein augenfälliges Ziel. Ich zögerte nicht, ich tauchte ab und betrat den Backsteinbezirk von Roedean. Hier durchstreifte ich die Schlafsäle und schob meine unsichtbare und zugleich unverletzliche Linse in die Duschen, in die Umkleideräume. Ich machte einen Abstecher ins Krankenzimmer, lungerte unter den Schulbänken herum. Und wohin ich auch schwebte, tauchte ich ein in den grandiosen Anblick von Hunderten von eleganten kleinen Dämchen, alle ahnungs- und arglos, aber köstlich wohlduftend nach Überfluß.

Als ich noch in der Grundschule war, hatte die Kunsterzieherin meine eidetischen Fähigkeiten bemerkt. In ihren Stunden kopierte ich alles, was sie mir gab – einen leeren Joghurtbecher oder eine verwelkende Narzisse –, mit beinahe photorealistischer Präzision, sogar auf dickem Papier und mit weichem Bleistift. Sie interessierte sich für mich, und bei einem Elternabend sagte sie zu meiner Mutter: »Mrs. Wharton, Ihr Sohn hat eine wirklich sehr ungewöhnliche Fähigkeit.« Die höheren Tiere der örtlichen Schulbehörde, von Mrs. Hodgkins aktiviert, schickten mich zu einem Psychiater.

Mr. Bateson, der praktischerweise in St. Dunstan's arbeitete, war ein kleiner Ball von einem Mann mit einem dieser Köpfe, die, von Haaren gestützt und gedeckt, auch andersherum als Gesicht wirken. Er war ein unverschämter Grinser, der Verlegenheit nicht zu kennen und dem sogar das Wort Fauxpas fremd zu sein schien.

»Haha!« kollerte er mich hinter seinem Schreibtisch hervor an. »Was haben wir denn hier, einen Eidetiker. Schon komisch, da forsche ich über das Phänomen der Visualisierung bei von Geburt an Blinden« – er deutete mit winziger Hand auf die drei Blinden, die mit uns in seinem Sprechzimmer saßen –, »und wen schickt man mir? Dich! Hihihi!«

Die Blinden drehten ihre Antennenköpfe in die ungefähre Richtung dieses Wunderkinds und richteten drei Paar durchsichtiger Brillen auf mich, hinter deren Gläsern Wattebausche klemmten wie grausige Kondensation.

Obwohl Mr. Bateson mich faszinierend fand und in einer Fachzeitschrift sogar einen Artikel über meine einzigartige Gabe publizierte, sahen weder ich noch – genauer gesagt – meine Mutter irgendeinen Sinn in seinen mentalen Spielchen. Seine experimentelle Methode, der ich später im Leben noch einmal begegnen sollte, erforderte, daß er mir Aufgaben stellte. Ich mußte entweder Gegenstände zeichnen, die er mir nur für Sekundenbruchteile zeigte, oder aber Bilder aus den versteckteren Winkeln meines Gedächtnisses. Er ging sogar noch weiter und brachte mich dazu, mir komplizierte Formen vorzustellen und sie dann im Geiste zu drehen, etwa so, wie ich es zuvor von Ihnen verlangt habe. Etwa zu der Zeit, als ich die Grundschule verließ und auf die Varndean ging, hörten diese Sitzungen wieder auf.

Ich gab die Eidetik auf, außer als Partygag. In der Schule konnten einige Jungs ihre Fürze anzünden, andere konnten sich Zigaretten auf der Zunge ausdrücken, und ich konnte nach kurzem Blick auf eine Seite den Text auswendig hersagen. Leider half mir das nicht beim Verständnis des Stoffes. Ich war kein guter Schüler.

Sex aktivierte meine Eidetik in einem Maße, daß sie wieder allererste Priorität bekam. Ich kann verstehen, warum. Schließlich ist Sex eine Art Sprache, und insofern als Eidetik mit Autismus Hand in Hand geht, war Sex eine Form der Kommunikation, die ich nicht benutzen konnte. Im Reich der Sinne hatte ich keine wirkliche Identität zur Verfügung, nur eine Reihe von Posen, die untrennbar verknüpft waren mit repetitiver Handlung, wie zupfende Hände an zuckenden Schwänzen.

Jetzt, da ich merkte, daß ich mich selbst in diese früher statischen Visionen einbringen konnte, als zielgerichteten, wenn auch körperlosen Handelnden, konnte ich nicht mehr damit aufhören. Die Roedean-Geschichte war nur der Anfang meiner eidetischen Ausflüge – bald bildeten sie meine hauptsächliche Form des Reisens.

Es wurde zu einem Zwang, und zwar zu einem sehr angsteinflößenden. Denn die Entdeckungen, die ich machte, waren ganz und gar nicht nach meinem Geschmack. Obwohl es zutraf, daß die menschliche Anatomie – wie ich vermutet hatte – weder den gräßlichen Farben der Pornographie noch den dürren Strichzeichnungen der Schulbücher entsprach, war ich nicht vorbereitet auf all diese Offenbarungen schwammiger Komplexität. Ich wollte, daß menschliches Fleisch so augenscheinlich und undifferenziert blieb wie das einer Frucht. Noch schlimmer war, daß ich – wie ich bald merkte – unwillkürlich Eidetik betrieb, um meine Aggressionen auszuleben.

In der Schule trat Holland, ein arroganter und selbstgerechter Junge, in Aktion, um mich von der Clique zu trennen, in der ich ein gewisse dünne Akzeptanz erreicht hatte. Zwei oder drei Tage lang schlich ich, in Selbstmitleid erstickend, über die Holzdielen der Korridore. Dann ertappte ich mich plötzlich dabei, wie ich eidetisch seine Gurgel gegen den scharfkantigen Türstock des Klassenzimmers rammte. Der Vakuumröhrenwulst seiner zerfetzten Speiseröhre war ekelerregender als alles, was ich hätte erfinden können. Und obwohl der materielle, der körperliche Holland pfeifend und fluchend herumspazierte, mußte, auf eine gesetzlose und unverständliche Weise, real sein, was ich gesehen hatte.
Wegen dieser Greueltaten sah ich mich nun wieder an den Rand gedrängt, aus der Herde ausgestoßen. Ich suchte verzweifelt nach Mitteln, meine Gabe zu kontrollieren, nach Wegen, das Chaos abzuwehren. In mir wuchs die Überzeugung, daß ich, wenn ich nichts unternähme, aus dem Flugzeugrumpf der Wirklichkeit herausgesaugt und Hals über Kopf ins Nichts gestoßen werden würde.
Rettung fand ich in der Entwicklung persönlicher Rituale. Und ich möchte fast wetten, daß Mr. Broadhurst, hätte er die Geschichte nicht auf andere Weise spitzgekriegt, bald bemerkt hätte, was mit mir los war, einfach an meiner totalen Selbstversunkenheit in diesem Herbst und Winter.
Für diese Rituale hatte ich keine Richtlinien, sie waren allein mein kreatives Werk – vermutlich mein kreativstes überhaupt.
Ich entwickelte eine Galaxie zusammenhängender körperlicher und geistiger Handlungen, die im Verlauf des Tages durchgeführt werden mußten. Sie reichten vom Sublimen zum Profanen, vom Profunden zum Lächerlichen. Es wurde lebenswichtig für mich, auf ganz bestimmte Art zu pissen, zu rülpsen, zu wichsen und zu scheißen und dabei eine Hierarchie mentaler Exerzitien zu absolvieren.

Die Gefühle, die Menschen für mich aufbrachten, sah ich jetzt als etwas Steuerbares, beeinflußt nicht nur von Gänseblümchenblättern (sie liebt mich, sie liebt mich nicht, in einem Kreis des Betrugs), sondern von der Nummer eines Busses: Wenn es ein 14er ist, läuft alles okay zwischen uns, wenn es ein 74er ist, dann ist hier Endstation.
Alle diese Rituale waren wichtig. Indem ich sie perfektionierte, erahnte ich die vielen Versionen, die in meiner einen, dünnen Wirklichkeit steckten. Ich spielte mit Reisen in weit entfernte Welten, ich dachte sogar daran, das Wendeltreppengeländer der Zeit hinunterzurutschen.
Die rein körperlichen Rituale waren die wichtigsten. Sie waren entscheidend, wollte ich vermeiden, mich selbst eidetisch zu betrachten. Ich hatte eine Heidenangst davor, unabsichtlich ein Bild meines eigenen Körpers heraufzubeschwören und dann mein Gefühl für ihn von innen heraus zu zerlegen. Können Sie sich eine schlimmere Qual vorstellen? Nein, das wage ich zu bezweifeln. Diese Rituale hatten außerdem den Zweck, neugierige Blicke abzuhalten. Vielleicht gab es ja noch andere, die so waren wie ich, mit ähnlichen Fähigkeiten ausgestattet. Wie jedem schüchternen Jungen graute mir davor, daß jemand mich nackt im Umkleideraum sah oder von unten einen Blick in meine verpopelte Nase warf. Ich hatte nicht vor, mich zum Spielzeug der anderen machen zu lassen.
Auch wenn es stimmt, daß einige der Rituale das Ziel hatten, mir eine Macht zu verleihen, die nicht natürlich war, benutzte ich sie doch kaum. Ich entwickelte sie als Reaktion auf normale pubertäre Sehnsüchte nach Akzeptanz in der Altersgruppe, elterlichem Lob und ähnlichem. Wenn etwas schiefging – wie bei Holland –, griff ich auf wunscherfüllende visualisierte Gewalt zurück, wobei ich aber den Willen zur Macht, die wahrhaft dunklem Ritual entspringt, aus dem Spiel ließ.
Meine phantastischeren Rituale brauchen uns hier nicht zu

interessieren, betreffen sie doch Dinge, von denen wir wissen, daß sie unmöglich sind oder zumindest unerreichbar für einen Jungen aus Sussex in den frühen Siebzigern. Allerdings sind die Zeitreise-Rituale von gewissem Interesse, war doch meine Eidetik zumindest eine Art temporaler Manipulation. Das wurde mir bewußt, als ich merkte, daß ich, gleichgültig, wie lange ich meine visuellen Welten durchstreifte, immer direkt ins jeweilige Jetzt zurückkehrte. Natürlich war das keine Zeitreise *per se*, sondern eher ein Zeitschneidern, das Anfügen einer Bundfalte oder eines Schlags an ein scheinbar gerade geschnittenes Hosenbein, aber es war ein Anfang.

Wir kommen jetzt zu den Gedankenritualen, und falls ich im Vorangegangenen Schwierigkeiten gehabt haben sollte, mir Ihre Gutgläubigkeit zu erhalten, so hoffe ich, sie jetzt wiederzugewinnen. Mit Gedankenritualen meine ich einfach jene systematisierten Gedankenmuster, die mit Wünschen, Hoffen, Begehren einhergehen. Verdanken wir es nicht diesen kleinen gedanklichen Schrullen, daß wir alle funktionieren, wachsen, Jahresringe zulegen? Es sind Formeln der Art: Denke X, und Y wird passieren – oder andersherum: Denke Y, und X wird nicht passieren. Magische Formeln. Wir alle haben das komische Gefühl, daß ein allsehendes Auge am bestmöglichen Blickpunkt postiert ist, während wir in der schlimmstmöglichen Welt leben; und auch wenn wir zugeben, daß diese Denkgewohnheiten nicht funktionieren, können wir sie genausowenig aufgeben wie unseren Glauben an sie.

SOVIEL ZU DEN RITUALEN. Ich entwickelte sie – wie gesagt –, um die Vorboten des Chaos abzuwehren, die mit meiner wiederbelebten Eidetik einhergingen, und ich entwickelte sie sehr schnell. Binnen eines Monats nach der Roedean-Geschichte war dieses Schema praktisch fertig. Das ist der

Grund, warum meine Begegnung mit Mr. Broadhurst, die erste seit seinem erneuten Dispens, so passierte, wie sie passierte.

Es war ein bleierner, herbstlicher Sonntagnachmittag; ich stand am Strand unterhalb von Cliff Top. Die Stufen war ich mit Bedacht hinuntergestiegen, hatte das Tempo meiner Schritte mit Hilfe einer von mir selbst entwickelten arithmetischen Reihe bestimmt. Ich sagte in schweigendem Singsang die Beschwörungsformeln auf, von denen ich glaubte, daß sie meine darniederliegende Stimmung heben würden. Algen und leere Spülmittelflaschen garnierten die Hush-Puppies an meinen Füßen. Plötzlich wurde ich mir der Anwesenheit eines anderen bewußt, der direkt neben mir stand. Ich schrak hoch, und als ich den Kopf drehte, sah ich Mr. Broadhurst, aber der kam eben erst zum Strand herunter und war noch mindestens vierhundert Meter entfernt.

»Ach, da bist du ja, Ian«, brüllte er. »Ich habe dir zugesehen, und da dachte ich, ich komme herunter zu dir.« Die Worte kamen direkt aus seiner Brust, als steckte ein Megaphon in seinem umfangreichen Brustkorb. Zwei Dinge fielen mir sofort auf. Erstens die Geschmeidigkeit der Bewegungen, mit denen er über den Schotter auf mich zuwalzte. Das bestärkte den Verdacht, den ich schon lange hegte, daß nämlich Mr. Broadhurst, während ich älter wurde, einen zweiten Frühling erlebte oder zumindest ein physiologisches Niveau erreicht hatte, auf dem der Alterungsprozeß zum Stillstand gekommen war. Als er in Cliff Top einzog, jammerte er ständig über den Fußmarsch zu den Geschäften, wie sehr Wind und Regen ihn beutelten und wie schlimm die Winterkälte für seinen Rheumatismus sei. Längere Wege ging er, soweit ich wußte, nur dienstags und donnerstags, wenn er nach St. Dunstan's mußte, und diese Wanderungen, behauptete er, setzten ihm sehr zu. So sehr, daß er die meiste übrige Zeit »rekonvaleszierend« zubrin-

gen mußte. Ich hatte ihn oft gesehen, tief in der Rekonvaleszenz, ausgestreckt auf dem großen weißen Bett in seinem Caravan, eine dralle Wurst von einem Mann, die grellen Farben aus dem Fernseher auf dem breiten Bildschirm seines Gesichts.
Das zweite war sein Anzug, ein ziemlich flottes, teuflisch enges Hahnentritt-Modell. Wie bereits bemerkt, war Mr. Broadhursts übliche Kleidung die eines erfolglosen Leichenbestatters. Ihn elegant, wenn auch etwas archaisch gekleidet zu sehen, war ein Schock.
»Hmmmm-mm!« rief er, tief durch den Mund ein- und geräuschvoll durch die Nase ausatmend. »Das tut gut. Wie sehr ich doch das Meer vermisse, wenn es mir im Sommer entzogen ist.« Ich war entsetzt. Warum tat er das, warum spielte er so schamlos auf die Saison an? Wollte er, daß ich ihn fragte, wo er gewesen war? Seit er mir damals bei diesem Thema ausgewichen war, hatte ich mir oft vorzustellen versucht, wohin Mr. Broadhurst wohl ging, aber alle in Frage kommenden Möglichkeiten schienen undenkbar. Mr. Broadhurst nackt an einem fremden Strand? Mr. Broadhurst mit Kamera vor dem Tadsch Mahal? Mr. Broadhurst bei Verwandten? Nicht einmal ich konnte auch nur das verschwommenste Bild von Mr. Broadhurst während der Saison heraufbeschwören. Er war eine so offensichtlich in sich geschlossene Persönlichkeit, so vollkommen im Augenblick ruhend. Da konnte ich mir noch eher vorstellen, daß er, in einer Art Scheintod, von Ostern bis Ende September in einer salzigen Kaverne unter Cliff Top begraben lag.
Bevor ich die unvertrauten mentalen Schritte machen konnte, die nötig waren zur Behandlung einer solch tiefschürfenden Frage, redete er schon weiter. »Ich war gestern in St. Dunstan's, Junge, und der Direktor hat mich gebeten, ein paar alte Akten auszusortieren, erledigten Formularkram und solches Zeug. Und bei dieser Beschäftigung

bin ich auf das da gestoßen.« Er zog eine gelblichbraune Akte aus seiner zugeknöpften Jacke. »Das ist deine, nicht? Ich wette, du bist Eidetiker, so wie ich, nicht, Junge?«
Zögernd nahm ich die Mappe aus seiner Bananentraubenhand und schlug sie auf. Die Zeichnungen waren die, die ich für Mr. Bateson angefertigt hatte. Sie wirkten vertraut unvertraut, wie eine Art Déjà-vu. Geschichten aus der Kindheit haben eine solche Qualität, nicht? Sie scheinen nur schwach verbunden mit ihrem Besitzer, als würden sie gleich davonschweben und sich an einen anderen anheften.
»J-j-ja ... ich glaub schon. Ich ... ich habe lange nicht mehr dran gedacht. Es ist nicht wichtig.«
»Es ist nicht wichtig«, röhrte er. »Also komm, Junge, nimm mich nicht auf den Arm, wir wissen beide, wie wichtig das ist.« Zur Betonung seiner Behauptung zermalmte Mr. Broadhurst eine Plastikflasche unter seinem fußlangen Fuß in einem Zweitonnenschuh. Sie knirschte im Kies.
»Was ich meine, Mr. Broadhurst, ist, daß ich es nicht mehr benutze, ich machen keine Zeichnungen mehr. Ich mache nicht mal Kunst für den O-Level, ich hab was anderes gewählt.«
»O-Level? Ach, ich verstehe, was du meinst, den Schulabschluß. Nein, nein, das meine ich überhaupt nicht. Diese Zeichnungen sind nichts als billige Tricks, Augenwischerei. Jeder von uns, der wirkliches Potential hat, hört bald damit auf, Psychologen Kunststückchen vorzuführen. Schließlich sind nicht wir die Pawlowschen Hunde, sondern sie. Nein, nein, ich meine die Bilder da drin.« Mr. Broadhurst tippte sich mit dem Zeigefinger kräftig an die Schläfe, als erbitte er Zutritt zu seinem eigenen Bewußtsein.
Mir lief es kalt über den Rücken. Wieviel konnte er wissen? Vermutete er, zu welchen Zwecken ich meine mehr als lebhafte visuelle Phantasie benutzt hatte? Hatte er möglicherweise gesehen, wie meine projizierte Gestalt durch das Portal von Roedean schwebte? Wie demütigend.

Aber Mr. Broadhurst ließ nicht durchblicken, ob er etwas wußte. Statt dessen nahm er mir die Mappe mit den eidetischen Zeichnungen wieder ab, steckte sie in seine Jacke und lud mich zum Tee in seinen Caravan ein.

»Komm mit, Junge«, sagte er. »Laß uns zusammen Tee trinken und über das Noumenon, über Psi und andere heterogene Phänomene reden. Benimm dich, betrage dich nur ein wenig mehr als angemessen, und ich bin vielleicht bereit, um deiner Erziehung willen das Portefeuille meines Könnens einen Spaltbreit zu öffnen. Natürlich wird das nichts sein im Vergleich zum vollen Umfang meiner Betätigungen, aber sozusagen als Einführungsangebot wird es reichen.«

So begann meine Lehrzeit bei Mr. Broadhurst. So begann, wenn man so will, mein eigentliches Leben. Ich hatte den Abgrund überquert, und von nun an würde nichts mehr so sein, wie es war. Zwischen der Sportschau und den Abendnachrichten stülpte sich die Zeit von innen nach außen, die Schleife wurde zum Möbiusschen Band, und ich war auf ewig verurteilt zu einem Leben auf den beiden Seiten, die eine waren. Eigentlich passend, daß dieses extreme Ereignis zum temporalen Maßstab gerade die Fernsehzeit hatte.

Viele Jahre später, inzwischen erwachsen und – wie mein Vater – beschäftigt im Marketinggewerbe, frage ich mich nun, ob man dies als eine Art Faustischen Pakt begreifen soll? Wie sonst kann ich die absolute Abhängigkeit von diesem Mann erklären? Aber das konnte es nicht gewesen sein. Kein Dreizehnjähriger, unbeleckt von jeder Religion – ob monistisch oder manichäisch – und in der säkularen Snackbar nur knabbernd, hätte genug wissen können, um an so etwas auch nur zu denken.

Nein, die Wahrheit war viel beunruhigender. Mr. Broadhurst schnappte sich mich, schnappte sich mich genau im richtigen Augenblick. Schnappte sich mich, als ich noch Opfer planloser Schübe der Transzendenz war, als mein

Bewußtsein mir noch Streiche spielte, als ich noch ein Voodoo-Kind war, das sich gegen die Downs erheben und sie mit der Handkante kleinhacken konnte. Dann spielte er behutsam mit mir wie mit einem Fisch an der Angel, holte mich langsam ein und heran an die Wahrheit über ihn selbst. Langsam und wie im Scherz. Belohnte mich mit gewöhnlichen Tricks, Taschenspielereien und Telekinese, für kleine Aufgaben, Arbeiten, die ich für ihn erledigen konnte.

Vergessen Sie nicht, geneigter Leser (ich sage »geneigter«, was ich aber wirklich meine, ist kleinmütiger Leser, zögerlicher Leser, gegen dunklere Suaden verschlossener Leser), daß dieser Junge war wie ein Würstchen in lockerem Blätterteig. Ich hatte keinen Zugang zur Welt männlichen Machtpotentials. Ich hatte kein Rollenmodell. Mr. Broadhurst war das Mittel gegen diesen Mangel. Vergessen Sie auch nicht, daß er fester Bestandteil der toten Zeit war, die für mich automatisch verknüpft war mit den Welten der Schule, mit formalisierter Freundschaft, mit Haben-wollen und Kriegen-können.

An diesem Nachmittag aber tranken wir nur Tee zusammen und spielten eidetische Spiele. Mr. Broadhurst brauchte nicht lange, bis er mir mein Geheimnis entlockt hatte.

»Du tust, was du sagst? Du tust es wirklich? Ach, wie schlau, wie spaßig.« Der Caravan war ziemlich geräumig, doch Mr. Broadhurst verwandelte ihn in ein Puppenhaus. Wenn er sich bewegte, schwankte das gesamte Chassis auf seiner Federung. »Und du sagst, du entdeckst Sachen – Sachen, die du eigentlich nicht wissen kannst. Na, wenn wir da nicht einen drolligen kleinen Hellseher haben. Aber jetzt schau mal her.« Er knöpfte sein grell kariertes Sakko auf und präsentierte eine grell karierte Weste. »Mach deine Gucker zu und zeig mir, was du kannst. Sag mir, was ich in der oberen Westentasche habe.«

Ich schloß die Augen. Ich betrachtete Mr. Broadhursts erstarrtes Bild. Mein eidetischer Körper löste sich aus dem physischen, die Konturen gepünktelt zur besseren Markierung dieses figurativen Risses, und bewegte sich vorwärts. Schwebend überbrückte er den guten Meter leeren Raums. Meine unsichtbaren Finger zupften gefühllos am flauschigen Rand seiner Westentasche. Mr. Broadhurst saß teilnahmslos da, die Augen starr, die Züge ramsesstreng. Ich spähte in die Tasche, eine goldene Uhr kuschelte sich ins Futter. Ich hatte bereits begonnen, mich zurückzuziehen, wieder in die korrekte Perspektive zu schlüpfen, als etwas passierte. Mr. Broadhurst – oder genauer, mein versteinertes Bild von ihm – bewegte sich. So etwas war noch nie zuvor passiert; es war ja gerade die absolute Bewegungslosigkeit meiner eidetischen Bilder, die ihnen ihren rein mentalen Charakter gab. Starr vor Überraschung riß ich die Augen auf und hörte Mr. Broadhurst, den echten Mr. Broadhurst, den dickfleischigen, kaltblütigen Mr. Broadhurst, vor Vergnügen brüllen.
»Bei Gott, Junge, du bist mir vielleicht ein Spaßvogel! Ein echter Spaßvogel. Ich würde es nicht glauben, hätte ich es nicht mit eigenen Augen gesehen. Nun gut, sitzt du bequem?« Ich merkte, daß es so war – ich saß wieder auf der Polsterbank, und das kühle Caravanfenster fühlte sich weniger gläsern an als mein fragiler Schädel, der dagegendrückte –, und ich nickte zustimmend. »Und, was hast du da in der Hand?« Ich spürte es sofort, wieso hatte ich es nur zuvor nicht gespürt? Es war Mr. Broadhursts Sprungdeckeluhr, flach, kalt und golden. Ich starrte sie verständnislos an. Er brüllte noch einmal. »Haha! Na, so ein gerissener kleiner Halunke. Schnappt sich meine Uhr, ohne daß ich was merke. Also, ich hätte nie, das ist doch wirklich ein Ding, nicht?« Und ich mußte zustimmen, obwohl ich keine Ahnung hatte, wie es passiert war.
Ich wußte, das war etwas, worüber ich mit meiner Mutter

nicht sprechen durfte. Ohne ihn fragen zu müssen, wußte ich, daß Mr. Broadhurst von mir Stillschweigen verlangte. Ich hatte mich nicht getäuscht, denn als ich am Tag darauf einen Tennisball mit der Hand gegen die Wand des Duschhauses schmetterte, stellte mein Meister mich zur Rede.
»Ich habe eben bei deiner Mutter vorbeigeschaut, Ian.« Der große Mann trug nun wieder seine Leichenbestatterkluft, ein in braunes Packpapier gewickeltes und mit Spagat verknotetes Päckchen klemmte unter seinem torsogroßen Arm. »Wir haben über dies und das gesprochen, von Mäusen sozusagen und ihren nahen Verwandten, den Menschen. Deine Mama war so freundlich wie immer.«
»Schön.«
»Was aber wichtiger ist, sie hatte mir nichts zu sagen über das, was gestern nachmittag zwischen uns passiert ist.«
»Ich habe es ihr nicht erzählt.«
»Das ist gut, mein Junge, sehr gut. Weißt du, ich unterhalte mich gern mit einem Mann, der sich gern unterhält, aber ich will auch, daß dieser Mann verschwiegen ist. Ich sehe, daß wir beide uns verstehen, und genauso sollte es sein. Denn wenn ich dir irgend etwas beibringen soll, kann das nur auf der Basis einer solchen Übereinkunft geschehen: fest und entschlossen.«
»Genau das will ich sein, Mr. Broadhurst, fest und entschlossen.«
»Gut ... gut. Na dann, bis später.« Und damit ließ er mich stehen. Sein Rücken, breit wie ein Menhir, verschwand im Zwielicht, als er zu seinem Wohnwagen zurücktrottete.

3 DER DICKE KONTROLLEUR

> Wenn man sich darüber sorgt, wie andere über das eigene Tun denken, könnte man sich ebensogut in einem Ameisenhaufen lebendig begraben lassen oder eine ehrgeizige Geigerin heiraten. Ob ein solcher Mann der Premierminister ist, der seine Meinung nach der Wählergunst ausrichtet, oder ein Bürger, der Angst hat, daß eine harmlose Tat mißverstanden werden und irgendeine kleinliche Konvention verletzen könnte, dieser Mann ist ein minderwertiger Mann und mit ihm will ich ebensowenig zu tun haben wie ich Dosenlachs essen will.
>
> ALEISTER CROWLEY,
> *Autohagiography*

EINE GUTE WOCHE VERGING, bis ich mich wieder mit ihm traf, und in dieser Zeit war ich erfüllt von den wildesten Vorstellungen. Ich bereitete mich vor auf meine Lehrzeit bei Mr. Broadhurst. Ich machte mich gefaßt auf Dämonenbeschwörungen, auf Gespräche mit Toten, darauf, daß Anubis und Osiris sich zu uns gesellten für eine Fahrt in der Geisterbahn am Palace Pier. Aber Mr. Broadhursts Unterricht in den magischen Künsten war ganz anders, als ich es erwartet hatte.

Denn, nachdem er mich zunächst noch einmal eingehend befragt hatte, hielt er mich dazu an, meine kleinen Rituale, diese magischen Formen des Denkens, die ich eigentlich zur Bewältigung meiner anstrengenden Eidetik entwickelt hatte, zu katalogisieren. Mr. Broadhurst legte großen Wert darauf und nahm es sehr ernst. Er holte mich von der Schule ab und ging mit mir in die neueröffnete Smith's-Filiale am Churchill Square. Dort kauften wir ein großformatiges Kassenbuch, eins mit vorgedruckten Rubriken. Als wir dann in Cliff Top in seinem Caravan beim Tee saßen, beschriftete er für mich die Rubriken mit folgenden Überschriften:

ÜBUNG   ABLAUF   HÄUFIGKEIT   ZWECK

und erklärte mir dann, was sie bedeuteten. »Schau her, Junge.« Er klopfte auf die Seite. »Die erste Rubrik bezieht sich auf die Art der Handlung. Einige Rituale – eigentlich der Großteil – haben mit Körperfunktionen zu tun. Zum Beispiel die Art, wie du urinierst. Zielst du auf die Schüsselwand oder auf das darin enthaltene Wasser? Wie ziehst du deine Vorhaut zurück? Welche Formeln rezitierst du beim Stuhlgang? In welcher Reihenfolge schneidest du deine Zehennägel? Und so weiter und so fort, ich brauche das wohl nicht noch zu vertiefen, du verstehst sehr gut, was ich meine ...« Mr. Broadhurst hielt einen Augenblick inne und fuhr dann fort: »Übrigens, masturbierst du schon, Junge?« Ich wurde rot. »Du tust es. Gut, gut. Würdest du es noch nicht tun, hätte ich dir einführende Literatur geliehen – Onanie ist außerordentlich wichtig, mußt du wissen, ein höchst wirkungsvolles Ritual. Natürlich gibt es noch andere Praktiken, die wohl oder übel Rituale zu nennen sind. Es gibt solche, die zu tun haben mit der Art, wie wir essen, der Art, wie wir schlafen, und der Art, wie wir eine Tür öffnen. Sogar die Art, wie wir eine Straße entlanggehen, hat eine rituelle Komponente. Darüber hinaus gibt es Rituale, die wir in uns selbst inszenieren. Ich meine damit natürlich jene inzwischen formalisierten Abläufe des Denkens, gewisse Konvolute, konsistente Kombinationen von Erahntem mit kleinen Fitzelchen kinästhetischer Mitteilung, kannst du mir folgen?«
Nein, ich konnte ihm ganz und gar nicht folgen. Nicht nur das Vokabular war mir viel zu hoch, ich wußte nicht einmal, worauf mein Lehrer hinauswollte.
»Worauf ich hinauswill, Junge, ist folgendes: Sobald du dich mit einem Teil deines Körpers beschäftigst, hat diese Beschäftigung einen charakteristischen mentalen Ablauf. Du denkst: ›Meine Schenkel‹, und verbunden mit diesem sehr ›schenkligen‹ Gefühl ist das Eingeständnis: Sie sind zu fett und kleben schweißig an Oberflächen – kapiert?«

Diesmal kapierte ich, denn er hatte auf unheimliche Weise einen meiner geheimen Minderwertigkeitskomplexe identifiziert und mein dazugehöriges Mantra ausgesprochen. Trotzdem war ich verwirrt. Ich verstand noch immer nicht, woher er wußte, welchen Gebrauch ich von diesen »konsistenten Kombinationen« machte. »Aber Mr. Broadhurst, Sir, alle diese Sachen, die ich tue und denke, das sind doch nur Gewohnheiten, oder? Ich meine, jeder macht doch so was, nicht?«

Er explodierte. »Sei kein Trottel, Junge! Ich kann einen Trottel nicht dulden, unter gar keinen Umständen. Natürlich sind das Gewohnheiten, natürlich tut jeder solche Sachen, aber darum geht's nicht!«

Eine Wut wie seine hatte ich noch bei keinem Menschen erlebt. Unausgesprochen schwang darin die Androhung extremster Vergeltung mit. Eine Strafkolonie, in der einem der Urteilsspruch ins Fleisch gestochen wird, oder Verwahrung am anderen Ufer des Styx. Und immer wenn Mr. Broadhurst mich in der Folgezeit anschrie – schrak ich zusammen.

Worum es ging – wie er mir in diesem Herbst und Winter nicht müde wurde zu erklären –, war zu verstehen, daß Gewohnheit Ritual ist und Ritual Gewohnheit.

»Ich bin der Magus des Alltäglichen!« brüllte Mr. Broadhurst. Wir spazierten auf der Promenade in Brighton am Metropole Hotel entlang. Ich war erstaunt, daß niemand uns anstarrte oder zurückbrüllte. »Ich habe Macht, eben weil ich verstehe, wie die Gewohnheit die Energie des Geistes in Schranken hält, kapiert? All diese Leute« – er beschrieb mit der Teppichrolle seines Arms einen weiten Bogen – »bilden sich ein wahrzunehmen, was wirklich da ist, aber das tun sie nicht. Statt dessen ist ihr Geist verstopft von einer Million Millionen gewöhnlicher kleiner Annahmen, Annahmen, die sie einschnüren wie Winden – und die betrachten sie als erwiesen! Aber es gibt einen

Weg, dies zu überwinden, es aufzulösen, ja in der Tat die Triebkraft freizulegen. Sooft du einem Akt der Gewohnheit frönst, gehst du eine Verbindung ein mit den anderen. Diese Akte der Gewohnheit sind die Rituale der geistigen Gesundheit. Mehr noch, sie sind die geistige Gesundheit selbst, kapiert? Und geistige Gesundheit ist nichts als eine Entmannung, ein drakonischer Dämpfer, und das dulde ich nicht! Auf gar keinen Fall.«

So kam es, daß ich mich daranmachte, penibel das Schema für meine geistige Gesundheit zu katalogisieren, die Gesamtheit meiner persönlichen Gewohnheiten umfassend aufzulisten. Ich tat es sogar gewohnheitsmäßig, jeden Tag fünfundvierzig Minuten lang nach den Hausaufgaben. Eine typische Auflistung sah etwa so aus:

ÜBUNG	ABLAUF	HÄUFIGKEIT	ZWECK
Körperlich: Nasebohren bei halbgetrocknetem Rotz	Den harten Schorf von der Naseninnenwand abziehen	Unterschiedlich, bei Langeweile alle fünf Minuten	Vermeidung einer verstopften Nase

Das war die Art sachlicher Strukturierung der Selbstversunkenheit, von der ich wußte, daß sie Mr. Broadhurst begeistern würde. Aber es gab auch andere Auflistungen, deren magische Bedeutung offensichtlicher war. Etwa:

ÜBUNG	ABLAUF	HÄUFIGKEIT	ZWECK
Geistig: Denken, daß es morgen regnet	Fallenden Regen konzentriert visualisieren und sich Geräusch der Tropfen auf Bungalowdach vorstellen	Fast jeden Abend	Versuch, Regen zu verhindern

NACH ETWA DREI MONATEN hatte ich es geschafft, das Kassenbuch mit dieser Art banalen Blödsinns anzufüllen. Das sage ich jetzt, aber zu der Zeit nahm ich meine Aufgabe äußerst ernst, und mir schwoll die Brust vor Stolz, als Mr. Broadhurst mit mir noch einmal zum Churchill Square ging, um mir ein zweites Buch zu kaufen.

Während ich dieses zweite füllte, und dabei oft die Spaltenüberschriften für mehrere Seiten im voraus schrieb, um mir selbst die Illusion zu geben, ich hätte mehr als meine Pflicht erfüllt, geschah es, daß zwei wichtige Vermutungen, die schon länger in mir geschlummert hatten, sich meldeten und die Gestalt von scheußlich glaubwürdigen Hypothesen annahmen. Ich kann nicht sagen, ob sie mich damals schon mit solcher Wucht trafen, wie es mir rückblickend erscheint. Wie bestürzend präzise mein visuelles Gedächtnis auch sein mag, alles sehen bedeutet keineswegs alles hören, aber so viel sei gesagt: Es gab weitere Hinweise darauf, daß die Brücke, auf der ich den Abgrund überquert hatte, hinter mir gesprengt worden war.

Zum einen war da die mütterliche Komplizenschaft, die ich bereits erwähnt habe. Mr. Broadhurst hatte sich inzwischen angewöhnt, mich Mittwoch nachmittags von der Schule abzuholen; er begleitete mich bis Pool Valley und fuhr dann mit mir im Bus nach Hause. Das war seine mittwöchentliche Kontrolle, ein Vorgeschmack auf gründliche Durchsicht meiner Hausaufgaben am Sonntagnachmittag. (Unsere Gesprächsrunde zwischen Sportschau und Abendnachrichten war zu einer festen Einrichtung geworden.) Diese Routine wurde Gegenstand von nicht unbeträchtlichem Klatsch. Klatsch, der von ebenjenen Leuten ausging, jenen Sprößlingen höherer Ebenen auf dem gesellschaftlichen Gerüst, die auf einen Drink bei uns vorbeikamen. Ohne es mir gegenüber zu erwähnen, torpedierte meine Mutter dieses U-Boot der Gerüchte sehr erfolgreich, indem sie streute, Mr. Broadhurst sei mein Vormund. Das bekam

ich jedoch erst mit, als mein alter Widersacher Holland beim Anblick von Mr. Broadhursts pollerförmiger Gestalt vor dem schmiedeeisernen Tor mit – wie nicht anders zu erwarten – hinterfotziger Betonung sagte: »Da ist dein ›Vormund‹, Wharton, der dich mal wieder für eine Runde Wichsi-wichsi abholt.«
Einen »Vormund« zu haben war für mich und meine Verhältnisse etwas eindeutig Bonziges. Vielleicht sah meine Mutter diese Ausrede nur als wesentlichen Bestandteil ihres unaufhaltsamen gesellschaftlichen Aufstiegs. War es das oder doch eher so, daß Mr. Broadhurst und meine Mutter es untereinander vereinbart hatten? Falls das zutraf, was hatte sie dann davon?
Meine zweite Hypothese betraf Mr. Broadhurst selbst. Ich konnte mir nicht sicher sein, da ich ihn zuvor nicht so genau betrachtet hatte, aber entweder war Mr. Broadhurst nicht wie andere alte Leute, oder er war überhaupt nicht alt. Nun, da ich ihm nahe genug kam, konnte ich jedenfalls sehen, daß seine Hände weder Runzeln noch Altersflecken aufwiesen. Wenn wir zusammen die steilen Straßen von Brighton hochstiegen, keuchte Mr. Broadhurst nie. Und wenn ich in das Funkeln seiner überwölbten Augen sah, konnte ich keine milchige Trübung, kein Glaukom oder Katarakt entdecken.
Er nahm sich noch immer die Freiheiten des Alters heraus – auch wenn sie ihm gar nicht zustanden. Seine freiwillige Arbeit in St. Dunstan's hatte er im November aufgegeben, weil sie ihn zu sehr »mitnehme«, wie er sagte. Aber wie dem auch sein mochte, er bewegte sich nicht mehr mit der beabsichtigten Trägheit, an die ich mich erinnerte. Statt dessen scheuchte er seinen riesigen Körper durch die Gegend, als wäre der ein trödelnder Gefangener, den er zur Todeszelle führte. Von Monat zu Monat wurde er munterer und lebhafter – ich fragte mich, wohin das wohl führen würde.

Fragte es mich, als ich ihm eines Sonntags im Februar bei unserem Termin in seinem Caravan die Stirn bot. Meine Ritualkatalogisierung war zum Stillstand gekommen. So wenig strengte ich mich inzwischen an, daß mein letzter Eintrag allen Ernstes meine Art des Sabberns betraf.
»Gut, gut, sehr gut!« rief Mr. Broadhurst – er blätterte gerade das zweite Buch durch. »Das ist ausgezeichnet, Junge, und ich glaube wirklich, daß diese Übung auch eine wohltuende Nebenwirkung hat, nämlich eine Verbesserung sowohl deiner Grammatik wie der allgemeinen Ordnung deines noch immer unreifen Intellekts. Das ist alles genau so, wie es sein sollte.«
»Aber mir fällt es immer schwerer.«
»Schwerer? Was fällt dir schwerer?«
»Mir Gewohnheiten auszudenken – ich meine Rituale.« Ich senkte den Kopf, froh um einen Vorwand, das Gesicht vor meinem Mentor zu verstecken. Denn in letzter Zeit waren die gelegentlichen Eruptionen und vereinzelten Pickel, die seit einem Jahr Kinn und Stirn sprenkelten, massiert aufgetreten und bildeten erschreckend häßliche Krater und nässende Wunden.
»Nun, das mag ja sein, Junge, aber du hast die Masturbation noch nicht in Angriff genommen, zumindest nicht richtig.«
Ich wurde puterrot, Mr. Broadhurst ignorierte mich. Ich dachte an meine Mutter, wahrscheinlich buk sie gerade Teekuchen, in mehlbestäubter Schürze. Bald würde ein geschniegelter Sprecher mit vorlauter Krawatte das Neueste vom Tage verkünden. »Ähm, Mr. Broadhurst ... Vielleicht sollte ich ...«
»Unsinn, Junge. Ich merke, daß du bei diesem Thema empfindlich bist. Sei es nicht. Masturbation ist wesentlich für unsere Unternehmung, denn sie verbindet die eintönigste und geistloseste Handlung mit der Herbeiführung von Ekstase. Nun, ich bemerke, daß deine Akne dir Scham

und Verlegenheit bereitet – habe ich recht?« Ich nickte. »Natürlich habe ich recht. Nun, du bist zu jung, um das zu wissen, aber in der Vergangenheit sah man eine Verbindung zwischen der sogenannten Selbstbefleckung und den seborrhöischen Härten deines Lebensabschnitts. Ich schlage ein Vorausgreifen auf deinen zukünftigen Status vor, das dir bei diesem Problem helfen und dich auf unserem gemeinsamen Kurs halten wird. Wenn ich dir verrate, wie du diese verdammten Pickel loswerden kannst, tust du dann, was ich dir auftrage?«
Ich überlegte, was ich wohl zu tun bereit war, um das zu erreichen, und kam zu dem Schluß, fast alles. Ich war kein mutiger Junge, zumindest nicht körperlich, aber es war auch sehr unwahrscheinlich, daß Mr. Broadhurst etwas im Sinn hatte, das mit dem Körper zu tun hatte.
»Okay, Mr. Broadhurst, was soll ich tun?«
»Ausgezeichnet. Du erfüllst zur Gänze die Erwartungen, die ich in dich gesetzt habe. Also gut, wenn du masturbierst, ejakulierst du dann Samen?«
»J-ja. Ich glaub schon.«
»Großartig! Ich hatte schon befürchtet, daß du vielleicht noch nicht genügend entwickelt bist. Paß auf. Wenn du das nächste Mal der Selbsterregung frönst, will ich, daß du nicht die liegend lechzende Gestalt einer Nymphe deiner fiebrigen Phantasie heraufbeschwörst, sondern im Augenblick des Höhepunkts dir dein eigenes gesprenkeltes Gesicht vorstellst. Mach dir ein dichtes eidetisches Bild davon, kapiert? Friere es ein, solange es dauert. Kannst du das? Natürlich, ich weiß, daß du es kannst. Dann fängst du deinen Erguß in einem bereitgestellten Gefäß auf und bringst ihn mir, ja? Alles klar? Großartig! Großartig!«
Am folgenden Nachmittag kehrte ich nach der Schule in seinen Caravan zurück und brachte ihm meine Ladung, die zu der Zeit kaum mehr war als ein milchiger Fleck am Boden eines Bechers. Mit rotem Kopf gab ich ihn ihm.

»Ist das alles?« fragte Mr. Broadhurst. »Ist zwar nicht viel, aber wenn du meine Anweisungen befolgt hast, wird es reichen.«

Der große Mann stand vom Bett auf und ging summend im Caravan auf und ab. Dann öffnete er eine Tür der eingebauten Schrankwand. Das kam vollkommen unerwartet. Das Innere von Mr. Broadhursts Caravan war in den vier Jahren, die er nun in Cliff Top stand, unverändert geblieben. Die geschliffenen und mundgeblasenen Ziergläser standen auf den verspiegelten Regalen noch genau dort, wo er sie nach dem Auspacken hingestellt hatte. Die Nirosta-Miniaturküchenzeile sah aus, als wäre darauf noch nie gekocht worden. Mr. Broadhursts Caravan sah so unbewohnt aus wie ein Schauraum in einem Möbelgeschäft.

Obwohl ich wußte, daß ich es wahrscheinlich nicht durfte, konnte ich mich nicht davon abhalten zuzusehen, wie er in den wunderbaren Sachen im Schrank wühlte. An Haken hingen staubige Roben. Sie waren aus Seide und verziert mit Drachen, Schmetterlingen, Affen, jeder Umhang eine ganze Chinoiserie. In den Fächern standen verschiedene Laborgeräte: Retorten, Bechergläser, Destillierkolben und Bunsenbrenner. Dazwischen verstreut lagen Dinge, die aussahen wie Teile von elektrischem – oder elektronischem – Gerät, Platinen, plastikbeschichtete Klemmen, LCD-Anzeigen. Außerdem gab es einen ausgestopften Fuchs und einen menschlichen Schädel. Es war noch mehr Zeug in dem Schrank, aber Mr. Broadhursts Hinterbacken, jede von der Größe eines Biersäuferranzens, versperrten die Sicht.

Als er sich wieder zu mir umdrehte, hielt er in der Hand eine kleine Kugelflasche, aus der seitlich eine Röhre herausragte. Er schraubte den Glasdeckel dieses Gefäßes auf und goß, nachdem er meinen Becher mit Wasser aufgefüllt hatte, die Lösung hinein.

Bombastisch wie ein mit Helium gefüllter Prälat kam er

über den gesprenkelten Flausch des dicken Teppichs auf mich zu und intonierte feierlich: »Nun, Junge, forme deine Hände zur Schale, denn hier kommt die Antischokolade.« Ich formte die Hände zur Schale und Mr. Broadhurst goß die Flüssigkeit hinein. »Sprich mir nach«, sagte der Magus des Alltäglichen, »ich wusch mir halb das Gesicht –«
»Ich wusch mir halb das Gesicht –«
»Mit frischer Samenseife –«
»Mit frischer Samenseife –«
»Eine halbe Woche lang –«
»Eine halbe Woche lang –«
»Die Wirkung war verblüffend!«
»Die Wirkung war verblüffend!«
»Mach's – wasch dir das Gesicht!« Ich tat, wie mir befohlen. Die wässerige Lösung benetzte meine Wangen, und dabei spürte ich eine völlig neue Empfindung, ein Sichlösen, ein Abheben und Davongleiten der Haut. »Genau, genau«, rief er ungeduldig. »Massier es gut ein. Und jetzt...stop!« Ich hörte auf, wagte es aber nicht, meine Hände anzusehen.
»Sieh dir deine Hände an!« befahl Mr. Broadhurst. Ich sah sie an, sie waren beschmiert mit Blut und Schlimmerem. Mir wurde schwindelig. Er zog einen kleinen Spiegel aus seiner Tasche und hielt ihn mir vor. Zuerst begriff ich einfach nicht, was passiert war, denn alle Pickel waren weg, verschwunden, hatten sich aufgelöst. Nicht nur das, sondern mein Gesicht war ohne Narben, ohne Krater. Es war, als hätte ich nie Akne gehabt.
Mr. Broadhurst gab mir zu verstehen, daß das wieder nur eine Art Vorschuß, ein Einführungsangebot war, und daß ich es, oder mich selbst, nicht zu ernst nehmen sollte. Dennoch fiel die Heilung der Hautkrankheit durch Schwarze Magie zusammen mit einer Schwerpunktverlagerung in meiner Unterweisung. Als wäre Mr. Broadhurst nun, da ich den Inhalt seines Einbauschrankes gesehen hatte,

bereit, mich ein wenig in das Wissen einzuweihen, zu dem diese Gerätschaften gehörten. Von nun an erstreckten sich meine Studien auch auf die Bereiche Tarot, Zahlenmystik, Fang-shu, Alchimie, Astrologie und Kabbalah, oder zumindest auf Mr. Broadhursts modifizierte Versionen dieser Künste.
»Das ist alles Unsinn, mußt du wissen – der reinste Quark. Ein erbärmlicher Versuch, mit Hilfe protowissenschaftlicher Methoden sich des Transzendenten zuerst zu versichern und es dann zu verstehen. Was das Jung-chen eine ›massive Projektion‹ nannte.« So sprach Mr. Broadhurst. »Trotzdem ist es nützlich als Gegengift zu dem, was man dir in der Schule aufzupropfen versucht, das ist sein wichtigster Vorzug. Und zusätzlich wird es dir in der Zukunft – solltest du deine Lehre fortsetzen – ein Repertoire hilfreicher Erklärungen liefern. Um ein Bild aus der Welt der Spionage zu gebrauchen, es wird dir ›Deckung‹ bieten.«
Er hatte eine Reihe photokopierter Notizen, was darauf hindeutete, daß ich nicht sein erster Lehrling war. Diese zog er bei unseren mittwöchlichen und sonntäglichen Sitzungen mit schwungvoller Gebärde heraus. Mr. Broadhurst hatte schon immer etwas von einem Marktschreier gehabt, und in der Zeit verstärkte sich diese Marotte noch. Er fuchtelte viel mit den Armen, trug Anzüge, die anzuziehen sich Little Jimmy, der alte Freund meiner Mutter, keineswegs geschämt hätte – einmal abgesehen von dem Größenproblem –, und tat allgemein alles, um extravagant zu wirken.
Zu jedem Satz Notizen gehörte eine Übung, und auf sein Geheiß hin machte ich mich daran, Nummernquadrate zu analysieren und sie mit Hilfe von Schlüsseln in die Buchstaben zu übersetzen, die entweder thaumaturgische Größen oder das Tetragrammaton selbst beschrieben. Dies hatte sogar eine positive Nebenwirkung, nämlich eine Verbesserung meiner Arithmetik. Tarot und Astrologie

präsentierte mir mein Meister auf Billigangebotsebene. Die Prozeduren, die nötig waren, um einer beliebigen Sequenz festgelegter Symbole ein bestimmtes Schicksal oder gewisse Charakterzüge zuzuschreiben, sah ich als amüsantes Spiel. Einmal gelernt, verhalf mir diese Fähigkeit in der Schule zu etwas mehr Beliebtheit und Kontakt, denn dort waren diese Dinge sehr in Mode.

Die Kabbalah allerdings war mir vollkommen unverständlich. Auch wenn ich vielleicht nicht genau wußte, was Rationalismus war, so bestimmte er doch stark mein Bild von der Welt. Mr. Broadhurst drohte mir: »Ich werde sie dir beibringen, diese uralte hebräische Kunst, ihre Herkunft, ihren Verfall und ihre letztendliche Perversion ins Rosenkreuzerische, und wenn ich sie dir gnadenlos einprügeln muß – igitt! Pfui! Pling!« (Das letzte Geräusch rührte von einem zähen Spuckeklumpen her, der einen Messingspucknapf traf.) Zu dieser Zeit frönte Mr. Broadhurst abwechselnd dem Tabakkauen und -schnupfen. Ich wußte nicht, was schlimmer war – sein Rotz oder sein Schleim.

Ich war gezwungen, in Varndean Geschichte und Naturwissenschaften mehr Beachtung zu schenken, einfach nur, um meine andere, dunklere Unterweisung besser zu verstehen.

Was Fang-shu anging, diese Disziplin wurde von Mr. Broadhurst zwar zur lächerlichsten all dieser esoterischen Studien erklärt, aber mir half sie in Geographie. Denn wie kann die Anordnung von materiellen Objekten als an günstigen Meridianen liegend analysiert werden, wenn nicht durch Bezugnahme auf feststehendere und weniger veränderliche Merkmale der Erde?

Mr. Broadhurst selbst war so etwas wie ein Alchimist. »Nur ein begeisterter Amateur, damit wir uns recht verstehen, mein Junge.« Einige der Dinge, die ich an jenem Nachmittag gesehen hatte, als er meine Akne verjagte, gehörten zu seiner Grundausstattung mit alchimistischem Gerät. Auf meine Neugier bezüglich der Umwandlung von Metallen reagierte er, indem er mir gestattete, ihm bei seinen Experimenten mit Destillator und Aludel zu assistieren. Häufig waren die Nachmittage, da ich mit kleinen Blasbälgen den Athanor entfachte, während Mr. Broadhurst einen Caduceus schwenkte, den er aus einer altmodischen Fernsehantenne, umwickelt mit einem Verlängerungskabel, selbst gebastelt hatte. Gemeinsam sahen wir zu, wie die verschiedenen hypostatischen *principiae* destilliert und redestilliert wurden. Wir waren beide gleichermaßen enttäuscht, als die Koagulation nicht gelang.

Doch obwohl er damit spielte, hatte Mr. Broadhurst keine Geduld für die Suche nach dem Stein der Weisen. »Ich möchte wetten, Junge, daß diese Typen es nie geschafft haben, etwas zu verwandeln, höchstens ihre Dummheit in Eitelkeit. Und außerdem ist jede Form der Währung ein wandelbares Ding, das magisch durchtränkt werden kann mit den Gedanken derer, die es benutzen. Allerdings muß ich zugeben, daß ich selbst eine von Paykhulls Münzen besitze.« Er zeigte sie mir und wies mich besonders auf die Inschrift auf der Rückseite der Münze hin: *O. A. Paykhull goß dieses Gold dank chemischer Kunst zu Stockholm 1706.* »Weißt du, Junge«, sagte er nachdenklich, als ich das schwere Ding in der Hand wog, »diese Münzen sind äußerst selten. Ich habe keine Ahnung, wie ich in ihren Besitz gekommen bin. Zweifellos wird sich zeigen, daß ich diesen Paykhull wohl persönlich gekannt habe.«

Vor allem kleine Andeutungen wie diese, ohne Zweifel bewußt ins Gespräch geflochten, brachten mich dazu, mir ein komplexeres Bild von dem zu machen, was Mr. Broadhurst wirklich war.

Auf diese Art verbrachte ich den Rest meiner Kindheit. Das Stroboskop kreiselte geschmeidig, der Chefdesigner der Zeit schmälerte Hosenbeine und verkündete, daß Autos

aerodynamischer sein sollten. Falls es Wechsel in der politischen Führung des Landes gab, hatten sie wenig Einfluß auf mich. Meine O-Level-Prüfungen beschäftigten mich mehr. Ich machte und bestand sie in sieben Fächern, und dann wählte ich, auf Mr. Broadhursts nicht gerade sanftes Drängen hin, Mathematik und Wirtschaftswissenschaften als A-Level-Fächer. In der Schule blieb ich ein Einzelgänger. Das bißchen menschliche Wärme, das ich brauchte, holte ich mir bei meinen Tanten und Cousins, die noch immer für ihren Jahresurlaub nach Cliff Top kamen.
Sie kamen zwar immer noch, aber auch in diesem Bereich meines Lebens gab es neue Unsicherheiten. Der geschäftliche Erfolg meiner Mutter hielt an, und der Bungalow befand sich mitten in den Wirren einer Umwandlung, die erst fünf Jahre später enden sollte, als das Cliff Top Country House Hotel sein Gästebuch für Anmeldungen öffnete. In der Zwischenzeit waren die Tanten und Cousins weiterhin in ihren gewohnten Caravans untergebracht. Meine Mutter und ich bewegten uns zwischen dem touristisch genutzten Teil des Bungalows und den Wohnwagenstellplätzen hin und her und wechselten dabei sowohl Auftreten wie Sprechweise. Wir waren veritable Chamäleons gesellschaftlicher Mobilität.
Was Freundinnen anging, waren mir meine eidetischen Fähigkeiten besonders nützlich. In Bahnen gelenkt vom umfassenden Katalogisieren meiner Gewohnheiten, das ich auf Mr. Broadhursts Beharren hin auch weiterhin betrieb, waren meine visuellen Eskapaden nun leicht zu handhaben. Ich glaubte zwar gar nicht, eine andere Möglichkeit zu haben – schließlich war ich kein jugendlicher Casanova –, aber auf jeden Fall wußte ich instinktiv und ohne ihn fragen zu müssen, daß Mr. Broadhurst einen Verlust meiner Unschuld als unvereinbar mit meiner Lehre betrachten würde. Also verfeinerte ich mit Hilfe meines adleräugigen Gedächtnisses meine Masturbationstechniken und erreich-

te so eine Bandbreite sexueller Erfahrungen, die mich (wie ich jetzt erkenne) für das Nichtvorhandensein des Echten mehr als entschädigte.
Meine Klassenkameraden wetteiferten miteinander um Einlaß ins Kino, damit sie sich nicht-jugendfreie Filme anschauen konnten. Dort sahen sie dann etwas, das sie nicht selber erleben konnten. Ich ging nicht wegen der Unterhaltung ins Kino, sondern aus filmtechnischen Gründen. Denn nur durch das Studium der präzisen Winkel extralanger Schwenks, der Länge von Kamerafahrten und des mageren emotionalen Reizes des harten Schnitts konnte ich das Repertoire meiner geistigen Kameraführung erweitern.

EINES TAGES IM FRÜHEN HERBST meines Abschlußjahres, als bereits feuchte Blätter die grasbewachsenen Mittelstreifen der Schnellstraßen in der Umgebung der Varndean-Schule sprenkelten, sah ich von meinem Platz in der Schulbibliothek aus eine vertraute Gestalt. Mr. Broadhurst war aus seiner Sommerpause zurückgekehrt.
Ich rammte Bücher und Ordner in meine Schulmappe. In großen Sätzen sprang ich die Treppe hinunter und stürmte über den Asphalt zum Schultor. Ich hütete mich davor, Mr. Broadhurst zu umarmen, obwohl ich genau das gern getan hätte, denn nicht nur sein gesamtes Gebaren schreckte von jedem Körperkontakt ab, er hatte es mir auch strikt verboten. Bald nachdem er mich unter seine geräumigen Fittiche genommen hatte, hatte er zu mir gesagt: »Betrachte mich als Brahman des Banalen! Nur die tumbe Erde kann mich reinigen, Kontakt mit allem anderen ist, was mich angeht, eine Besudelung. Versuche deshalb nie, mich zu berühren, Junge, außer wenn ich dich extra dazu auffordere.«
In den sechs Monaten seit unserer letzten Begegnung hatte

Mr. Broadhurst eine weitere Metamorphose durchgemacht, und diesmal war die Veränderung radikaler, umfassender als je zuvor. Zunächst einmal betraf das seine Kleidung. Wie bereits gesagt, hatte er nach Ablegen seiner Leichenbestatterlumpen eine Geck-und-Marktschreier-Periode durchgemacht. Jetzt war er wirklich sehr gut gekleidet. Er trug einen dreiviertellangen Fischgrätmantel mit Samtkragen, einen dunkelblauen Anzug mit feinsten Nadelstreifen und ein schneeweißes Leinenhemd. Der Knoten seiner Seidenkrawatte wurde von einer perlenbesetzten Nadel im Form gehalten. Eine Melone mit der entschlossenen Rundung eines Wehrmachthelms betonte die Eignung dieses Kopfes für den Präsidentenprotz des Mount Rushmore oder ähnlichen Monumentalismus. In der einen Hand lag, locker umkränzt von Sämischlederhandschuhen, ein Stock mit Silberknauf, zwischen den Fingern der anderen steckte ein dicke, lange Zigarre mit zwei Zentimetern weißer Asche an der Spitze.

Mr. Broadhurst lächelte, als ich auf ihn zulief. Sein glattes Gesicht wurde geschlitzt von seinem räuberischen Mund, als würde ein unsichtbares Beil in eine Frucht hacken. Die Knochenwülste, die er statt Brauen hatte, wölbten sich gotisch; und er lachte – bellte Lachen und Rauch.

»Ah, da bist du ja«, stieß er hervor, als wollte er andeuten, daß er mich schon überall gesucht hatte. »Komm jetzt, Junge, wir haben viel zu besprechen und wenig Zeit.« Ich war inzwischen groß und stämmig genug, um mich problemlos bei Mr. Broadhurst einhängen zu können. Und zu meiner großen Überraschung bot er mir seinen Arm an. So gingen wir, Arm in Arm, vorbei an den Sussex Gardens, wo Bowlingspieler in frisch gebügelten weißen Hosen langsam vor sich hin starben, den Sunningdale Drive entlang zur London Road. Mr. Broadhurst schwang große Reden.

»Denk nur an die Ähnlichkeiten zwischen Brighton und Rom«, bemerkte er. »Beide sind auf sieben Hügeln erbaut,

beide waren die Vergnügungszentren mächtiger Reiche. Betrachte die Hügelkuppen, was siehst du?«
Ich überlegte. »Na, da drüben kann ich grad noch den Friedhof erkennen.«
»Richtig – und dort?« Er deutete unbestimmt hinter uns. »Die Rennbahn?«
»Guter Junge, sehr gut. Eigentlich großartig! Die Rennbahn. Die Spiele des Lebens und die Spiele des Todes. Die Sterblichkeit ist hier geographisch definiert. Was für eine Erleichterung!« Er lachte noch einmal, in Verzückung über sein Bonmot. Noch nie zuvor hatte ich Mr. Broadhurst so guter Laune gesehen. Er stürmte förmlich das Trottoir entlang, heftig an seinem Stumpen paffend, als wäre er eine zweibeinige Lokomotive.
»Dir geht doch etwas im Kopf herum, Junge, würg's hoch, spuck's aus, stoß es hervor, erbrich es. In Kürze, sag's mir.«
»Na ja... ich weiß nicht... ich weiß nicht, wie ich's sagen soll, aber Sie sehen irgendwie verändert aus –«
»Und du fragst dich, was das verursacht hat – habe ich recht? Natürlich bin ich es, da brauchst du nicht lang drum herum zu reden. Ja, Sir, es stimmt, ich habe mich verändert. Ich habe mich selbst aufgefressen und in einem beispiellosen Akt der Gastromantie meine neue Inkarnation ausgefurzt – so. Aber du fragst dich noch etwas – nicht? Du möchtest gern wissen, ob es eine Verbindung gibt zwischen dieser Metamorphose und meinem sommerlichen Refugium. Wohin gehe ich? Das ist die Frage. Zur gegebenen Zeit werde ich dir diese Frage beantworten, wie auch die vielen anderen, von denen ich weiß, daß sie dich in diesen Jahren beschäftigt haben.«
So redete also Mr. Broadhurst, während wir auf unserer Wanderung drei der sieben Hügel hinaufstiegen, querten und wieder hinabstiegen. Und was für eine Rede das war. Reich und proteisch, und sein Wortflöz schien der Urquell

des Wissens selbst zu sein, ein üppig gemulchtes Begriffsbeet, dessen Saat das Zuhören ist und das so für alle Zeit alle Ideen hervorbringt.

»Wirklichkeit«, sagte Mr. Broadhurst, »du kannst sie lieben, du kannst sie hassen, aber du kommst nicht ohne sie aus. Würdest du mir da nicht zustimmen? Natürlich stimmst du mir zu, denn du kannst nicht anders. Und doch bist du, Junge, ein perfekter Kandidat für die Rolle des Lenkers, des Verlockers, Verführers und Verleumders dieser Wirklichkeit. Die Wirklichkeit ist eine Jungfrau, an deren Tugend wir alle glauben wollen, und zugleich eine alte Hure, die wir uns alle immer und immer wieder nehmen, bis unsere Augen und Ohren wie wundgescheuerte Genitalien sind. Wir beobachten ihre Regelmäßigkeiten, ihr Kommen und Gehen durch und in uns, und doch sind wir unfähig, abseits zu stehen. Zumindest du kannst nicht abseits stehen, und auch ich kann nicht anders, und deshalb gehören wir zusammen, kapiert? Natürlich kapierst du es nicht, ich werde es dir wohl oder übel demonstrieren müssen.«

Während er deklamierte, schlängelten wir uns durch die Einkaufenden, die jetzt, am späten Nachmittag, das Stadtzentrum verstopften. Oder anders gesagt, so gebieterisch war unser Ausschreiten, daß diese weniger massiven Bürger gezwungen waren, sich zu schlängeln, um nicht mit unserer kombinierten Masse zusammenzustoßen. Unvermittelt blieb Mr. Broadhurst stehen und wirbelte mich herum, so daß wir nun beide vor dem Fenster eines Spielwarengeschäfts standen.

Die Auslage in dem Schaufenster war ein extravagantes Szenario zur Präsentation einer monströsen Spielzeugeisenbahn. Eine steile Böschung aus Pappmaché bildete den Hintergrund, und im Vordergrund fuhren Lokomotiven mit Personenwaggons und Lokomotiven mit Güterwaggons über Hügel, durch winzige Tunnel und ratterten,

elektronisch pfeifend, in Bahnhöfe hinein und wieder heraus, ohne je anzuhalten.
Ich starrte die Szene an und spürte dabei deutlich den Arm des dicken Mannes, der mit dem zusammengerollten Hunger einer Anakonda kurz vor der Nahrungsaufnahme um den meinen geschlungen war. Von all den eidetischen Bildern aus meiner Kindheit, Momentaufnahmen von ungeschönter darstellerischer Genauigkeit, ist dies das lebendigste. Die Züge, die sich mit geschmeidiger Trägheit bewegten; die winzigen Plastikbäume und -gebäude, deren unglaubwürdige Gepflegtheit allzu gut zu der Trompe-l'œil-Wirklichkeit paßte, von der er gesprochen hatte; und über dem Pappmachéhorizont war in den Pinselstrichen des gemalten Himmels das Wirken einer Westentaschengottheit deutlich sichtbar. Während ich die Auslage betrachtete, kamen auch meine und Mr. Broadhursts Reflexionen in der Fensterscheibe in den Blick, als wären sie der Szene aufgesetzt. Eidetik regte sich in mir und verschmolz beide Schichten zu einer dritten, innerlichen. Dann schien Mr. Broadhurst auf mich zuzukommen, und ich wußte plötzlich nicht mehr, wo er war, in meinem Kopf, im Schaufenster oder auf dem Trottoir? An allen drei Orten gleichzeitig?
Er redete in mir. »Wo bin ich, Junge? Willst du das wissen? Nun, ich bin an allen drei Orten auf einmal, das ist des Pudels Kern. Und jetzt schau, schau dir das Weltfaksimile an, projiziere dich hinein, schau neben dem Signalkastenkleinod nach. Was siehst du da?«
Ich versuchte, diesen Angriff auf meine essentiellen Antinomien zu ignorieren und spähte auf die Auslage hinab. Eine winzige rundliche Gestalt hüpfte auf dem gepinselten Grün des falschen Erdbodens auf und ab, wie ein betrunkener Bayer beim Schuhplattler oder ein Aborigine beim Korrobori. Es war Mr. Broadhurst – im Märklin-Format.

»Ich bin Der Dicke Kontrolleur«, sagte der Mr. Broadhurst aus meiner eidetischen Vision. »Ich kontrolliere alle Automaten auf den britischen Inseln, all diese Maschinen, die in dem Traum schwelgen, sie hätten eine Seele. Ich bin außerdem der Große Weiße Geist, der in der fünften Dimension wohnt; alles ist mit meinen Fingerspitzen verbunden – durch Drähte.«

Wir marschierten wieder. Wir durchquerten den Verkehr, der sich am Clock Tower teilte und kamen zu den Lanes. Nachdem wir eine schmale Gasse zwischen zwei windschiefen Antiquitätenläden betreten hatten, waren wir plötzlich allein. Hier blieb Mr. Broadhurst wieder stehen und wirbelte mich herum, so daß ich ihm ins Gesicht sah.

»Wie heiße ich, Junge?«

Ich war verblüfft, ich starrte meinen Lehrer an; noch nie hatte sein aufgedunsenes Gesicht so gestrotzt vor Teilnahmslosigkeit, vor steinerner Ataraxie. »Ahm ... äh ... Mr. Broadhurst, Sir?«

»Falsch!« Eine offene Hand, groß und fett-massig wie ein Beinschinken, traf meine Wange mit grausiger Gewalt. Ich fiel auf die Knie und spürte sofort die klebrige Salzigkeit von Blut in meinem Speichel. »Also komm, Ian – enttäusch mich nicht – beantworte meine Frage.«

»S-sie ... Sie sind ... sind Sie Der Dicke Kontrolleur?« wimmerte ich. Ich war mir sicher, wenn auch ohne zu wissen, warum, daß eine falsche Antwort mein Ende bedeuten konnte.

»Gut, gut. Gut gemacht ... Großartig!« Der Dicke Kontrolleur half mir wieder auf die Beine. »Ich bin froh, daß wir dieses kleine Problem gelöst haben. Einige mögen sagen, ›Was ist denn schon ein Name‹, andererseits bezweifle ich, ob ein Arschloch so süß duftet. Nun, Junge, du wolltest vorher wissen, was es mit meinen Bewegungen und meinem veränderten Aussehen auf sich hat. Die Sache ist die, daß meine fünf Jahre vorüber sind und daher mein Ruhestand zu Ende ist. Vor Christi Mette bin ich wieder fort, kehre ich zurück in die Welt.

Und wie habe ich diesen Sommer verbracht? Nun, ich habe mich wieder vertraut gemacht mit dem Weltgeschehen. Diese letzten fünf Jahre hat meine schändliche Schwäche mich gezwungen, sechs Monate im Jahr Winterschlaf zu halten, mich in dem ausgedienten Bunker unterhalb von Cliff Top zu vergraben, aber jetzt bin ich endlich frei. Frei, wieder den Schweiß auf der Stirn der Börse zu riechen, frei, mich im Windschatten weitrumpfiger Jets zu aalen, frei, in den Beratungen der vorgeblich Guten und vorgeblich Großen zu sitzen.

Ich habe mit den Hyänen der Serengeti Weißschwanzgnus gejagt; ich habe mit den Zulu in den Wohnheimen der Townships den Gummistiefeltanz getanzt; ich bin auf Zehenspitzen durch die Bibliothèque Nationale geschlichen und habe dem gesabberten Gefasel arroganter Gelehrter gelauscht; ich habe mit schlitzäugigen Androgynen auf den Suks des äußersten Ostens Krabben geschält; ich habe den Tiefpunkt einer widersinnigen Anzahl von psychosexuellen Trancen erreicht, und zwar sowohl im amazonischen Hinterland wie in den Plastikkulturen der Pazifikküste; ich habe mich in die Schaltkreise künstlicher Kleinhirne in den Silicon Wadis eingeschleust; ich bin in die Rohre von Geschützen auf allen fünf Kontinenten geklettert, nur um triumphierend wieder herauszuschießen; ich habe gekichert auf Rängen und heftig gekippt auf Gängen voller zwitterhafter Opernfreunde; ich habe mich aufgemacht in die Salons der Alten Welt und der Neuen; ich habe in Bierschwemmen Maßkrüge gestemmt und in Großlondon Champagnerflöten gespitzfingert, ich habe träge Protonen durch das Zyklotron gejagt und mich an den immerwährenden Scheingefechten ergötzt; und – das wollen wir nicht vergessen – ich habe mich unter der Couch versteckt, während geldige Jammerlappen ihre

Lieblingsneurosen tätschelten und sich sicher und allein wähnten.

Um diese vielen Geschichten zusammenzufassen, um eine Eselsbrücke über den verzweigten Strom dieser Erzählung zu schlagen: Ich habe mich wieder bekannt gemacht mit meinem Reich. Und jetzt laß uns essen.«

Wir aßen im Al Forno, einem Restaurant am Ende der Lanes. Nach der präprandialen Gewalt war ich gedrückter Stimmung. Gedrückter Stimmung und eingeschüchtert von der vollendeten Selbstsicherheit im Auftreten Des Dicken Kontrolleurs. Er war nun nicht mehr ein leicht exzentrischer Ruheständler mit einer Vorliebe fürs Meer und einem Portefeuille voller amüsanter Tricks. Er war ein anderer geworden oder, noch schlimmer, war es vielleicht immer gewesen.

Kaum hatten wir das Restaurant betreten, kam der Besitzer, sich die Hände an einem Geschirrtuch öliger reibend, aus der Küche, um uns zu begrüßen.

»Ah! Miesta Northcliffe«, säuselte er – und wie verwirrt ich war, zeigte sich daran, daß ich sogar diese Namensänderung beinahe ohne Augenaufschlag hinnahm. »Wir Sie nicht gesehn seit Ewigkeit. Warum nicht mehr kommen ins Al Forno? Sie finden jemand, der macht bessere Pizza?«

»Aber Tommaso, wo denken Sie hin?« Der Dicke Kontrolleur gab den Gönnerhaften. »Ihr macht die besten Pizzas an der ganzen Sussex-Küste – das habe ich doch immer gesagt. Nein, nein, ich war die letzten paar Monate geschäftlich unterwegs.«

»Und wer ist das, Ihr Sohn?« Tommaso schenkte mir drei Viertel eines einschmeichelnden Lächelns, und Des Dicken Kontrolleurs gute Laune stieg ums Neunfache. Sein Leib schwoll an zum Umfang eines Affenbrotbaums, ein Pendant zur weißgetünchten Wölbung des Holzkohleofens, der das Restaurant beherrschte. Er dröhnte: »Haha, hahaha, nein, nein, wohl eher wie ein Enkel, würde ich sagen, aber nett von Ihnen, daß Sie so schamlos schmeicheln – ihm.« Dann war seine gute Laune verschwunden, als hätte sie nie existiert. »Jetzt aber dalli, Bursche! Bringen Sie uns zwei Liter Ihres gräßlichen Chianti und vier große Spezial – wir sind oben.«

Vorbei an zwei Etagen mit Tischen stiegen wir eine Wendeltreppe hoch und nahmen dann an einem Tisch vor dem Erkerfenster im Obergeschoß Platz. Zur gegebenen Zeit servierte uns Tommaso persönlich den Wein. Der Dicke Kontrolleur schenkte mir ein Glas ein.

»Kipp dir das in dein Schandmaul«, sagte er. »Du bist jetzt aus dem Alter heraus, wo man dir nachsieht, daß du nichts verträgst. Also schütt es dir in die Kehle.« Ich tat wie geheißen.

Die »Spezial« erwies sich als wagenradgroße Pizza wie ein Stück aus der Erdkruste, mit einem Vulkankraterrand von eineinhalb Metern Umfang. Belegt war sie mit allen Früchten des Waldes, den Tieren der Ebene und ein wenig vom Getümmel des Meeres. Obenauf dümpelten dicke Kleckse Mozzarella. Der Dicke Kontrolleur aß drei und ich mühte mich mit der vierten ab. Ich staunte über diese Orgie des Verzehrs. Zwar erinnerte ich mich noch, wie der ehemalige Mr. Broadhurst die Sally Lunns in sich hineinstopfte, aber das war nur eine Aufwärmübung im Vergleich mit dem hier.

Wenn ich als Kind auf Mr. Broadhursts Korpulenz anspielte, hatte meine Mutter mich immer angeschnauzt: »Das ist eine Behinderung wie jede andere, Ian. Mr. Broadhurst hat ein Drüsenproblem, deshalb ist er übergewichtig. Er ißt auch nicht mehr als normale Leute.« Während sie das sagte, hatte ich mir eidetisch die fraglichen Drüsen vorgestellt, eingebettet in Mr. Broadhursts Nacken wie adipöse Bonbons.

»Du denkst über meine Drüsen nach, nicht, Junge?« Die Stimme Des Dicken Kontrolleurs spülte mich aus meinem

Weinnebel. Im Reden sezierte er einen drüsenförmigen Pilz, ganz offensichtlich um sein Gedankenlesen zu illustrieren. »Der einzige Grund, warum Leute fett sind«, fuhr er fort, »ist der, daß sie zuviel essen. Schließlich«, ergänzte er und tunkte mit geschickten Fingern und einem halben Laib Knoblauchbrot die Tomatensoße von seinem letzten Teller, »hat man aus Auschwitz keine Fetten herauskommen sehen.«

Es dauerte ein paar Sekunden, bis ich merkte, daß das als besonders gelungener Witz gemeint war, und dann bemühte ich mich, seinem Gewieher zu entsprechen, und mischte mein ziemlich schrilles Kichern unter seinen vergnügten Baß.

Danach ließ er sich ausführlich über das Wesen des Fetts aus. Er stellte mir die berühmtesten Fettsäcke der Weltgeschichte vor, von Nero über Falstaff bis zu Arbuckle. Vor allem auf die isolierenden und prophylaktischen Eigenschaften überschüssigen Fleisches ging er näher ein und bemerkte an einem Punkt: »Ohne die Polsterung des Embonpoints ist der Körper nichts als eine skelettale Spiralfeder, die einem jeden Augenblick die eigene Sterblichkeit entgegenschleudern kann.« Er frischte mein Wissen in Biochemie auf und informierte mich, daß die langen Kettenzäune der Fettmoleküle das genaue Gegenteil der staubtrockenen Steinwände reiner Proteine seien und daß er selbst den Ehrgeiz habe, seinen ganzen Körper mit einem einzigen, gigantischen Fettmolekül zu überziehen. Er schloß mit einer Betrachtung der sexuellen Vorzüge der Fettleibigkeit und bemerkte, daß man, wenn man fett genug sei, spezielle Liebeshenkel zur Erleichterung sowohl des oralen Sex wie des Koitus entwickeln könne.

Während wir aßen, füllte sich das Restaurant mit Vortheaterpublikum, Brightoner Bürger mit ihren Gattinen. Ich sah sie mit den Augen Des Dicken Kontrolleurs: Sie waren linkisch und schlampig, sie steckten in Kleidern, die so

schlecht paßten, daß sie aussahen wie Nackenrollen, die in Kissenüberzüge gestopft wurden. Sie sprachen leise, berieten sich über die Speisenfolge und tranken ihren Wein in kleinen Schlucken, wie Vögel an einem Wasserloch. Eine davon stand jetzt auf und kam zu unserem Tisch. Wir hatten eben den Kaffee bekommen.
»Entschuldigung«, sagte sie zögernd.
»Nein«, blaffte Der Dicke Kontrolleur. Er sah nicht einmal auf, beschäftigte sich weiter mit seinen Kaffeeutensilien. Ich glotzte die Frau an.
Die Abfuhr hatte ihr ganz und gar nicht gutgetan, ihre Haut wurde fleckig, aber unter Aufbietung all ihrer Kaltblütigkeit fuhr sie fort: »Da Sie mir die Höflichkeit verweigern, werde auch ich mich in meiner Kritik nicht mäßigen. Ich wollte Sie vor Ihrem Enkel nicht in Verlegenheit bringen –«
»Er ist nicht mein Enkel, er ist der Sohn der Frau, bei der ich wohne –«
»Wie auch immer, vielleicht möchte er gern wissen, daß Sie uns den Abend gründlich verdorben haben. Ihre Stimme ist so laut, wie sie aufdringlich ist, und als wäre das nicht schon schlimm genug, ist das, was sie sagen, so langweilig wie unschicklich. Sie sind ohne Ausnahme der ungehobeltste Mann, mit dem in einem Restaurant zu sitzen ich je das Pech hatte, und ich glaube, ich kann hierbei für alle Anwesenden sprechen.«
Ohne eine Reaktion Des Dicken Kontrolleurs abzuwarten, drehte sie sich um und kehrte zu ihrem Tisch zurück, wo sie mit »Gut gemacht« und leichtem Schulterklopfen begrüßt wurde.
Der Dicke Kontrolleur saß stocksteif da, während die Frau ihm die Meinung sagte, wie ein Sporttreibender, dessen Bewegung kurzfristig eingefroren wurde, um sie für den unaufmerksamen Betrachter zu Hause noch einmal abspielen zu können. Ich beobachtete ihn argwöhnisch und

wartete auf den Ausbruch, der meiner Ansicht nach in ihm hochkochen mußte wie der Kaffee in der Espressomaschine, aber er blieb völlig gelassen und krönte seine Mahlzeit mit einem guten Liter Espresso, einer ganzen Blechbüchse voll Amaretti di Saronno und acht Grappas. Mit einem einzigen Aufschlag seiner pulsierenden Augen addierte er die Rechnung. Es war das erste Mal, daß ich Zeuge seiner eigenen eidetischen Fähigkeiten wurde; bis dahin waren all seine diesbezüglichen Demonstrationen auf das Eindringen in meine visuelle Innenwelt gerichtet gewesen. Narr, der ich war, nahm ich das als gutes Zeichen.
Wir traten hinaus in die frühabendliche Flaute. Der Chianti war mir ein wenig zu Kopf gestiegen, aber ich war ein stämmiger Junge und hatte zuvor schon Erfahrungen mit Alkohol gemacht, der Schwips bereitete mir also keine allzu großen Schwierigkeiten. Das gigantische Mahl schien Den Dicken Kontrolleur in bessere Stimmung versetzt zu haben, und während wir uns von der Pizzeria entfernten, kehrte auch die Onkelhaftigkeit in seine Stimme zurück.
»Es gibt zwei Gründe, warum ich mich unbedingt heute nach der Schule mit dir treffen wollte.« Er hielt inne, um sich den grün-braunen Zeppelin einer Partagas perfecto mit einem Sturmfeuerzeug anzuzünden. »Den ersten hast du wahrscheinlich schon erraten«, fuhr er dann, auf den dicken Rauchschwaden kauend, fort, »nämlich, daß ich dir einen etwas tiefergehenden Einblick in mein wahres Wesen geben wollte, ein wenig tiefergehend, aber nicht zu tief – ›Laß sie im ungewissen‹ ist mein Motto. Der zweite Grund war der, daß ich mich einmal in aller Ruhe mit dir über deine Zukunft unterhalten wollte.«
»Meine Zukunft?«
»Genau. Da du keinen Vater hast, der geneigt ist, Interesse an dir zu zeigen – falls er überhaupt noch lebt –, erscheint es mir, daß ich *in loco pater* stehe. Keine Vorstellung, die

mich mit Freude erfüllt. Meine Werte, meine Methoden, ja meine gesamte Weltsicht sind, wie du weißt, nicht konventionell. Trotzdem verspüre ich, wie jeder biologische Vater, das Bedürfnis, mein Vermächtnis weiterzugeben. Deine ungewöhnliche Fähigkeit zur mentalen Bilderzeugung zeichnet dich vor allen anderen Kandidaten aus. Ich habe beschlossen – zumindest vorläufig – dein Verhältnis zu mir aufzuwerten, vom rein formalen des ›Lehrlings‹ zum potentiell intimeren des ›Lizentiaten‹. Weißt du, was das ist?«
»Nein.«
»Um so besser, dann schlag es nach, wenn wir nach Hause kommen.«
Wir betraten den Park, der den Royal Pavilion umgibt. Im herbstlichen Zwielicht wirkte das prächtige Gebäude zugleich schäbig und grandios. Der Dicke Kontrolleur schien in dieser Umgebung mehr zu Hause zu sein, als er es meiner eidetischen Erinnerung nach in Cliff Top oder einem anderen Ort je gewesen war. Es lag etwas Dandyhaftes in der Art, wie er sein Stöckchen nachschleifte und seinen Kugelkopf hin und her drehte, als suche er nach anderen Beaus, die er grüßen konnte. Darüber hinaus suggerierten die kanellierten Säulen, die karyatidengestützten Torwege und die goldenen Kuppeln des Royal Pavilion meinem pubertierenden Ich eine Welt vieldeutiger Vergnügungen mit ihm als Partizipienten, und ich mußte meinen beschwipsten Geist davon abhalten, dieses Bild zu visualisieren.
Warum »Der Dicke Kontrolleur«, dachte ich. Warum nicht »der dicke Kontrolleur«?
»Es ist wichtig, daß du den bestimmten Artikel und das Attribut großschreibst – auch in Gedanken –, verstehst du mich?«
»J-j-ja«, stotterte ich, aufs neue erstaunt über die Präzision seines Gedankenlesens. Wir wandten uns nach links und

folgten der akkurat abgestochenen Krümmung eines Blumenbeets, dessen Bepflanzung ein lebendes Mosaik des Stadtwappens bildete.

»Lust auf einen Theaterbesuch?« Die Frage war beinahe eine Feststellung.

»Ja, sehr gern«, sagte ich. Und dann erkannte ich ganz unvermittelt die Leute, die vor uns durch den Park spazierten. Es war die Beschwerdeführerin aus dem Al Forno mit ihren Freunden. Ich fing hastig zu plappern an, weil ich hoffte, so meinen Begleiter abzulenken. Ich wollte unbedingt vermeiden, daß es hier, an diesem noch öffentlicheren Ort, zu dem wütenden Ausbruch kam, den ich schon im Restaurant erwartet hatte.

Ich sagte: »Ich will auf die Universität«, obwohl in Wahrheit der Wunsch bis zu diesem Augenblick erst halb geformt im Brutkasten meines Bewußtseins geschlummert hatte. »Ich interessiere mich für ... Also, ich interessiere mich für alle möglichen Sachen –«

»Alle möglichen Sachen? Was soll das heißen, Junge?«

»Na ja, Produkte zum Beispiel. All die verschiedenen Arten von Produkten. Wie man Leute dazu bringt, das eine anstatt das andere zu kaufen.« Das stimmte zumindest insofern, als ich oft in der Küche meiner Mutter stand, die Reihen von Gewürzen, Kräutern und Konservendosen anstarrte und mich fragte, warum sie gerade diese Sorte Erbsen und nicht eine andere gekauft hatte. Mir war das alles unverständlich, und seit ich Wirtschaftskunde belegte hatte, machte die Theorie der marginalen Präferenz meine Verwirrung nur noch größer. Denn wie konnte es in einer Welt von so offensichtlicher Irrationalität eine vorhersagetaugliche Quantifizierung der Kaufentscheidung geben? Seit meine Mutter sich gesellschaftlich wieder nach oben orientierte, hatte ihr Kaufverhalten einen tiefgreifenden Wandel durchgemacht. Sie kochte jetzt mit Knoblauch,

interessierte sich für Wein und nannte Frikassee, was früher Restepfanne hieß.
Dinge hatten mich immer mehr interessiert, viel mehr als Menschen. Als kleines Kind kannte ich alle Strophen von Masefields Gedicht »Quinquireme von Ninive aus dem entfernten Ophir/ heimrudert in den Hafen des sonnig' Palästina...« Dann wurde detailverliebt die Fracht beschrieben, Sandelholz und Gewürze, Elfenbein, Öl und Wein. Ich war verzaubert.
»Haha. Hahaha... das ist wirklich sehr interessant. Höchst passend. Nun, du sollst auf die Universität gehen, wenn du das willst.« Der Dicke Kontrolleur klang ungewohnt mütterlich. »Meine Pläne für dich gehen eher in die Richtung einer Agentur. Ich habe nicht vor, mich in dein Leben zu drängen, es direkt zu beeinflussen. Mein Wunsch ist lediglich, daß du deine Ausbildung beendest und eine Beschäftigung aufnimmst, die irgendwann in der Zukunft meinen Zwecken dienlich sein wird. Darüber hinaus erhebe ich keine Ansprüche auf dich.« Er hielt inne, das Mundende seiner Zigarre an die Stirn gedrückt, so daß ein Wölkchen weißen Rauchs in seine Augenhöhle wehte. Das Auge in der Höhle zwinkerte nicht. »Da fällt mir ein, diese Art ist jenem Einfluß gar nicht so unähnlich, die dein leiblicher Vater wohl gern auf dich hätte, wäre er nicht ein so nichtswürdiger Essener, eine klösterliche Null, die kaum zum armseligsten Kontakt zu seinen Mitmenschen fähig ist. Du weißt natürlich, womit er seine Zeit verbringt?«
»Nein, eigentlich nicht. Ich habe ihn seit ungefähr drei Jahren nicht mehr gesehen. Mum hat mir gesagt, daß er mit dem Bus die Küste auf und ab fährt und in öffentlichen Bibliotheken liest.«
»Ganz recht. Und was empfindest du dabei?«
»Ach, ich weiß nicht – «
»Berichtigung: Du weißt es sehr wohl. Du schämst dich, und es macht dich verlegen. Und seiner Vernachlässigung

ist es ebensosehr zuzuschreiben wie meiner Einflußnahme, daß du dich in deiner gegenwärtigen Lage befindest, ausgeschlossen von der normalen Gesellschaft. Hätte ich auch nur einen Funken Verantwortungsgefühl, wäre allein schon dieser Faktor ein gewichtiges Argument für meinen Rückzug. Aber was soll's, da ist das Theater. Und dort steht, wenn ich mich nicht irre, die Ignorantin, die im Al Forno so ungezogen zu mir war.«

»Ich, ich bin mir nicht ganz sicher, ist sie es wirklich?« Ich hoffte, daß meine Unsicherheit sich irgendwie auf Den Dicken Kontrolleur übertragen würde. Aber nichts da.

»O doch, sie ist es«, sagte er mit Nachdruck. »Ich kann mir vorstellen, daß du dich sorgst – sorgst, daß ich eine Szene mache, dich vor diesem Strandgut hier in Verlegenheit bringe.« Er wies mit schaufelbreiter Hand auf den Vorplatz des Theatre Royal, der von Leuten wimmelte, und auf die Straße, wo vor- und zurückmanövrierende Fahrzeuge um einen zeitweiligen Rastplatz wetteiferten. »Das ist nicht mein Stil, Ian – du solltest wissen, daß ich großen Wert darauf lege, eben keine ›Szenen‹ zu veranstalten und die Menschen, die ich schätze, keinen unnötigen Unannehmlichkeiten auszusetzen, ob nun gesellschaftlicher, körperlicher oder anderer Art.«

Damit rauschten wir an der Frau und ihren Freunden vorbei und betraten das Theater. Der Dicke Kontrolleur hatte gute Plätze in einer vorderen Parkettreihe reserviert. Ich lehnte das Angebot eines Eises ab, aber er kaufte sich eine extragroße Tüte und schob sich, nachdem wir Platz genommen hatten, das Ganze samt Waffel in den Mund.

»Hmhm-hmhm«, machte er. »Ich liebe den kalten Schmerz, das eisige Hämmern i... hmhm-hmhm... in den Schläfen. Der kleine Peter Quince hielt das für ein Symptom einer Gesichtsneuralgie, oder schlimmer noch, für den Vorläufer eines Hydrozephalus, wie er seine Schwester dahinraffte... hmhm-hmhm... Jammernder Neurastheni-

ker, hat es als Vorwand für seine Laudanumeskapaden benutzt. Trotzdem, ich schätze, ein Hydrozephaliker bin ich auf jeden Fall, oder zumindest gegen Schwulstköpfigkeit geimpft, was?«
Ich nickte, obwohl ich nicht die geringste Ahnung hatte, wovon er eigentlich redete.
Wir saßen schweigend da, während der Rest des Publikums hereintröpfelte. Nachdem er sein Eis verdrückt hatte, begann Der Dicke Kontrolleur, stöhnend und schnaubend auf seinem Sitz hin und her zu rutschen. Schließlich sagte er: »So geht das nicht. Ich kann es mir einfach nicht bequem machen. Wir müssen versuchen, mit jemandem Plätze zu tauschen, so daß ich die Füße in den Gang strecken kann.«
Das Paar am Ende der Reihe tauschte sehr gern mit uns, und wir nahmen unsere neuen Plätze ein. Doch kaum saßen wir wieder, erkannte ich den wahren Grund, warum er sich hatte umsetzen wollen. Unsere jetzigen Plätze waren genau hinter denen der Beschwerdeführerin und ihrer Begleiter.
»Was für eine glückliche Fügung, nicht?« sagte er und grinste mich mit geschürzten Gummilippen in der künstliche Dämmerung höhnisch an. »Jetzt bekommen wir Gelegenheit, ein wenig für Ausgleich zu sorgen – gefällt dir das?«
»Ich weiß nicht so recht«, heuchelte ich.
»Komm, Junge, es wird Zeit, daß du eine Entscheidung triffst. Ich habe in den letzten Jahren viel Zeit darauf verwandt, dich zu kultivieren, metaphysischen Baumbeschnitt an dir zu üben, dich zurechtzustutzen und in Form zu bringen. Ich habe kein Geheimnis daraus gemacht, daß ich in dir einen Jungen mit Potential sehe, einen Jungen, den ich vielleicht in die wunderbaren Dinge dieser Welt einführen werde. Wie dem auch sei, ich werde es mit Gleichmut aufnehmen, solltest du dich dieser nicht unwesentlichen

Investition als unwürdig erweisen – ich kann sie immer noch als Defizitfinanzierung abschreiben –, aber wenn du unsere Beziehung weiterführen willst, mußt du bereit sein, mir echtes Vertrauen zu schenken. Ohne kann ich nicht fortfahren.« Während er redete, fiel mir etwas Merkwürdiges auf. Obwohl er in normaler Lautstärke sprach – was in seinem Fall natürlich laut bedeutete –, schien keiner in unserer Umgebung ihn hören zu können. Wieder einmal wandte er sich direkt an mein Bewußtsein, sprach direkt in mein inneres Ohr, ohne daß ein Geräusch in die Luft entwich.
»Die Menschen sind nicht alle gleich – das gibst du doch zu, nicht?« Seine Stimme klang jetzt pädagogisch.
»Glaub schon.«
»›Glaub schon‹ genügt nicht. Es ist doch so, mein junger Freund, daß wir gewisse Pflichten haben, nicht im Hinblick auf andere, sondern auf uns selbst. Wir dürfen uns nicht mit Unflätigkeiten überschütten lassen, ohne eine gewisse Form der Vergeltung zu üben.« Er hielt die Spitze seines Stocks knapp vor den Kopf der Beschwerdeführerin. »Diese Frau hier ist nicht im gleichen Sinne ein moralisch handelndes Individuum, wie ich es bin oder du es werden wirst. Ihre moralische Verantwortung entspricht nicht der unseren, und deshalb besitzt sie auch nicht dieselben Rechte. Ich andererseits bin im Besitz von Kräften, die dem Mann von der Straße ehrfurchterregend, übermenschlich, vielleicht sogar gottgleich erscheinen mögen. Natürlich geht mit diesen Kräften ein erhöhtes moralisches Bewußtsein einher.«
Während er das sagte, verstummte das Publikum. Zuerst hörten nur einige wenige auf zu reden, dies erzeugte ein positives Feedback, mehr Leute hörten die anschwellende Lautlosigkeit und reagierten darauf, so daß ganze Sitzreihen plötzlich verstummten. Schließlich herrschte vollkommenes Schweigen. Die Saalbeleuchtung ging aus,

und die kleine Truppe Mietmusiker, die im Orchestergraben hockte, begann lustlos an ihren Instrumenten zu sägen.

Der Vorhang hob sich und zeigte ein Bühnenbild, das in seiner schrillen Künstlichkeit den Vergleich mit der ausgestellten Modelleisenbahn im Spielwarengeschäft nicht zu scheuen brauchte. Die Schichtung der Farbe auf dem Prospekt war deutlich zu erkennen; die Kletterrosen waren aus Plastik und unbeweglich; der Bühnenvordergrund war mit Kunstgras wie aus einem Osternest bedeckt. Aus den Lautsprechern kam ein Zischen, gefolgt vom Zwitschern aufgezeichneten Vogelgesangs. Ich warf einen Blick ins Programm und erfuhr, daß das, was ich hier betrachtete, der Rosengarten eines englischen Landhauses, circa 1922, war. Eine Frau trat von links auf die Bühne. Sie war jung und trug ein Kleid, das um ihre Knöchel wehte. Ihr Kopf verkümmerte unter einem engsitzenden Filzhut. Sie stolzierte die Bühne auf und ab und akzentuierte ihre Sätze mit mächtigen Gesten ihrer Lorgnette und ihrer abstrus langen Zigarettenspitze.

Das Stück war eine Farce, was für mich allerdings keine große Bedeutung hatte. Ich spürte, daß die Schwelle zur unkritischen Hinnahme, die dieses Publikum besaß, weit niedriger war als meine und daß die schmerzhafte Kluft zwischen dem angeblichen Witz des Textes und der übertriebenen Publikumsreaktion kaum auffiel neben jener Kluft, die sowieso schon meine Wirklichkeit von seiner trennte. Ich erkannte außerdem, daß der Großteil dieses Witzes vom Anachronismus der Sexualmoral dieses Stücks herrühren sollte. Aber das alles nahm ich nur am Rande wahr, denn der Großteil meiner Aufmerksamkeit war in Anspruch genommen vom faszinierend amoralischen Vortrag Des Dicken Kontrolleurs.

»Wenn ich töten will, töte ich.« Die Stimme war ölig, höflich, aber eindringlich. »Und nichts, was Leute tun oder

sagen, kann mich davon abbringen. Zum Glück bin ich nicht oft gezwungen, zu diesem Mittel zu greifen, denn ich verfüge über viele andere Stratageme, die ich entwickelt habe, um dasselbe Ziel zu erreichen. Aber hin und wieder, wie zum Beispiel jetzt, erscheint das Töten als der beste Weg. Beachte die Eisenspitze meines Stockes.« Ich spürte etwas an meinem Bein und sah nach unten. Er betätigte einen Hebel oder Schalter am Knauf seines Stocks. Die Frau vor uns – die Frau, die sterben sollte – lachte laut über ein Ereignis auf der Bühne und lenkte mich ab. Als ich wieder nach unten sah, erkannte ich eine lange, in der Dunkelheit glänzende Nadel, die aus der Spitze des Stocks herausragte. So schnell, wie sie herausgeschnellt war, war sie auch wieder verschwunden, eingezogen in den Schaft des Stocks.
Was dann passierte, war unklar. Auf der Bühne spielte sich eine Szene in einem holzgetäfelten Salon ab. Die kümmerköpfige junge Frau wurde von ihrem Gatten beim simulierten Ehebruch ertappt. Ein schusseliger James, ein dienstbarer Machiavell, löschte vorsorglich das Licht und der ganze Saal war in Dunkelheit getaucht. Ich war mir zwar nicht ganz sicher, glaubte aber in dem Tumult, der folgte (schrille Schreie und »Hahas« aus dem Publikum), ein deutliches mechanisches Klicken zu hören, doch als das Licht wieder anging, war nichts passiert. Der Dicke Kontrolleur saß ciceronisch in der Menge, und sein auserwähltes Opfer kreischte mit dem Rest. Sie kreischte, ja schnappte sogar nach Luft ob des köstlichen Witzes.
Gleich darauf gab es eine Pause. Anstatt sich in das Getümmel von Leibern zu stürzen, die sich den Gang entlang zur bereits überfüllten Bar schoben, nahm er mich wieder beim Arm und zog mich in die entgegengesetzte Richtung. Durch einen Notausgang traten wir in ein Seitengäßchen hinaus.
Es war dunkel draußen, und Der Dicke Kontrolleur stellte

den Samtkragen seines Mantels auf. »Hat dir das Stück gefallen?« fragte er, und bevor ich antworten konnte, fuhr er fort: »Mir nicht. Ich fand den Text langweilig und die Darstellung belanglos. Wie lächerlich, daß die Kunst keine bessere Nachahmung des Lebens bieten kann, wo wir doch wissen, daß das Leben selbst schon so illusorisch ist! Würdest du mir nicht zustimmen? Außerdem«, fuhr er fort und zog mich in Richtung Pool Valley, »wird man beständig darauf gestoßen, was für elende Hochstapler diese Schauspieler doch sind. Daß diese Frau, die so gern das kesse Dämchen geben möchte, in Wirklichkeit eine natürlich bejahte Schwulenscharwenzlerin ist, die bald in einer Bar in der Nachbarschaft noch schlimmere Albernheiten von sich geben wird. Findest du nicht auch?«
Ich erwiderte diese rhetorische Frage mit einer eigenen und erwartete eine Abfuhr. »Die Frau, die Sie beleidigt hat, die Frau, die vor uns gesessen hat —«
»Die, von der ich gesagt habe, ich würde sie töten?«
»Ja.«
»Nun, ich habe es getan.« Er verstummte, als wäre das von geringer oder gar keiner Bedeutung.
»Aber ... aber ich habe nichts gesehen. Wie haben Sie es getan?«
»Mit Curare. Keine Magie dahinter, außer insofern, als es eine direkte Umsetzung von Absicht in Wirkung mit einer sehr geringen Ausdünnung der Kausalkette war. Du hast die Injektionsnadel in der Eisenspitze meines Stocks gesehen?« Er klopfte zur Betonung mit dem Stock aufs Pflaster. »Eine Vergiftungsmethode, die ich während eines Aufenthaltes in Bulgarien kennengelernt habe. Damals erschien es mir höchst passend, daß ein so fußgängerisches Volk eine so fußgängerische Methode der verdeckten Tötung entwickelt —« Er brach ab, um über seine eigene Wortwahl zu lachen. »Das Curare wird die Frau lähmen. Unverschämte Schlampe. Ich habe es über dem Haaransatz injiziert. Ich

kann mir nicht vorstellen, daß der Pathologe sich die Mühe machen wird, dort nach einem Einstich zu suchen, und auch schon vor dieser Eventualität ist es nicht sehr wahrscheinlich, daß die Rettungssanitäter, die man vom Brighton General hinschicken wird, sich gut genug mit der Wirkungsweise dieses Giftes auskennen, um rechtzeitig auf das Gegengift zu kommen, das ihr Verscheiden verhindern könnte.«
Vielleicht stand ich unter Schock, aber anstatt über diese Mitteilung ganz einfach entsetzt zu sein, war ich neugierig.
»Aber wenn sie dann die Dings machen, die ...«
»Die Obduktion?«
»Ja, wenn sie die Obduktion machen, was werden sie dann als Todesursache bestimmen?«
»Ersticken, kann ich mir vorstellen. Ich gebe zu, das wird ihnen etwas rätselhaft vorkommen, aber angesichts des bescheidenen künstlerischen Urteilsvermögens provinzieller Theaterbesucher kommen sie womöglich zu dem treffenden Schluß, daß sie mitten in einer übertrieben ausgelassenen Reaktion auf diese erbärmliche Farce keine Luft mehr bekommen hat. Und jetzt –« Der Dicke Kontrolleur sah auf seine Uhr; eine bauchige goldene Rolex hatte die Sprungdeckeluhr ersetzt – »geht es bereits auf neun Uhr dreißig zu. Ich schätze, deine Mutter wird sich schon fragen, wo wir abgeblieben sind, also besteigen wir besser den Bus nach Saltdean. Auf zur Haltestelle.«
Als ich in dieser Nacht auf meiner Bettkante saß und das Gewirr von Pop-Posters betrachtete, die ich mit Tesa auf die Blümchentapete meines Zimmer geklebt hatte, merkte ich plötzlich, daß ich zitterte. Das konnte doch nicht wahr sein, oder? Der Dicke Kontrolleur hatte die Frau doch nicht wirklich umgebracht, oder? Es war nicht zu leugnen, daß die Art, wie er in meinen Geist eindrang, wie er mein eidetisches Gedächtnis benutzte, um die Beziehung zwischen Darstellung und Dargestelltem zu verzerren, sehr heftig, ja

sogar aggressiv war. Aber es bestand noch immer ein himmelweiter Unterschied zwischen seiner Einflußnahme auf mich und der tückischen und willkürlichen Art, wie er diesen Mord begangen hatte. Und er hatte ihn begangen an einer Frau, die ihm nichts getan hatte, die nur ein wenig unverschämt und arrogant gewesen war, hierin ihm selbst nicht ganz unähnlich.
Mir drehte sich alles. Ich verspürte eine Übelkeit, wie sie nur das Erwachen zu einem brandneuen Tag des Leids mit sich bringt, einer Morgendämmerung absoluten Ausgeschlossenseins aus dem Kreis der anderen Sterblichen. Worauf hatte ich mich da eingelassen? Ich stellte mir meinen Mentor vor, wie er, hingestreckt auf seiner schneeweißen Tagesdecke, *Das Wort zum Sonntag* an sich vorüberflimmern ließ und vielleicht seine persönliche televisuelle Predigt improvisierte. Ich wollte das Ganze irgend jemandem beichten, aber wem? Jetzt wurde aus meinen Ahnungen über die Komplizenschaft zwischen Dem Dicken Kontrolleur und meiner Mutter die unumstößliche Gewißheit, daß sie sich sogar bis in diese düsteren Gefilde erstreckte. Ich erkannte, daß das »Vertrauen«, das er suchte, Schweigen war. Ein umfassendes Schweigen, das all jene Bereiche unserer Beziehung abdeckte, die einem Außenstehenden unschicklich oder sogar bizarr vorkommen mochten. Ich wollte mir die Konsequenzen eines Vertrauensbruchs gar nicht erst vorstellen. Wenn er eine Frau, die nur unverschämt war, tötete, dann würde er mich mit Sicherheit aufs Rad binden, mich foltern, kastrieren und mir das Herz herausschneiden.
Mein verdammtes eidetisches Gedächtnis beschwor eine Vision des mittelalterlichen Triptychons im Victoria and Albert Museum herauf, auf dem das Martyrium des hl. Antonius dargestellt ist. Der hl. Antonius und ein geselliger Haufen Märtyrerkollegen in siedendem Öl; der hl. Antonius, durchbohrt von Armbrustbolzen, die Der Dicke

Kontrolleur im Kettenpanzer abschießt; und auf dem alles übertrumpfenden Mittelteil der hl. Antonius – sein weißer Körper so biegsam zweidimensional wie eine Speckschwarte –, wie er der Länge nach entzweigesägt wird. Doch die Mandelaugen des Heiligen in spe, der klaffende, leidgeile Mund im Märtyrerantlitz waren überlagert von meinem Gesicht. Mein eigener kerzengerader, mattbrauner Pony und mein pickeliges Kinn umrahmten meine Schmerzensmiene.

Ich merkte plötzlich, daß ich weinte, und ich weinte mich in den Schlaf.

Der Tag darauf war ein Samstag. Auf dem Weg zum Zeitschriftenkiosk im Dorf ging ich die Ereignisse des vergangenen Abends noch einmal durch. Ich beschwor eine lebendige Darstellung des plüschigen Dunkels im Theatre Royal herauf, ich sah die glänzende Spitze der Injektionsnadel vor dem dunklen Hosenstoff Des Dicken Kontrolleurs funkeln. Ich wollte noch immer glauben, daß er mich zum Narren gehalten oder meine Gutgläubigkeit auf eine mehr als durchschnittlich grausame Art getestet hatte.

Es war ein wolkenloser, sonniger Tag, und der Salzgeruch würzte den Nachhauch des Sommers, der noch immer in der Luft hing, aber nichts konnte meine Verzweiflung, meine zehrende Niedergeschlagenheit vertreiben. Ich konnte nicht einmal darauf achten, wohin ich meine Füße setzte. So stieß ich mit der harten Masse Des Dicken Kontrolleurs zusammen, und der Aufprall nahm mir den Atem. Ich hatte immer vermutet, daß er kompakter war als ein gewöhnlicher Mensch, und dieser Zusammenstoß bestätigte meine Ahnung. Er war so starr und unnachgiebig wie die Rugby-Trainingspuppe in der Schule.

»Na, wenn das nicht mein kleiner Begleiter, mein Theaterkumpel ist. Wo wollen wir denn hin heute morgen, so versunken in die eigenen Phantasien und Vorstellungen, daß wir nicht einmal auf gebrechliche ältere Mitbürger achten können, hm?« Wie immer beantwortete er sich die Frage selbst. »Zum Zeitungskiosk, möchte ich wetten, aber die Mühe brauchst du dir nicht zu machen, denn ich habe die Morgenausgabe hier bei mir.«

Er zog das Lokalblatt unter dem Arm hervor und schwang es wie ein Kurzschwert durch die klare Luft. »Wir haben es auf die Titelseite geschafft!« jubelte er und hielt das Blättchen so, daß ich die Schlagzeile lesen konnte: FRAU STIRBT IM THEATRE ROYAL. Ich fing an, heftig zu zittern und wäre wohl ohnmächtig geworden, hätte er mich nicht am Ellbogen gepackt und mich zu einem Mäuerchen geführt, auf das ich niederplumpste.

»Wie ich sehe, nimmt dich das ein wenig mit«, sagte er nach einer Weile. »Ich werde dir die Meldung vorlesen. ›Eine Frau starb gestern abend während der Pause im Theatre Royal.‹ Was für ein entsetzlicher Stil, da konnte man ja schon vor zwanzig Jahren Besseres erwarten. Aber was soll's, ich schweife ab, wo war ich denn ... ah ja: ›Die Frau, deren Namen noch nicht bekannt ist, besuchte gestern mit vier Bekannten die Vorstellung von *Tea at Five for Six*. Ihre Begleiter alarmierten das Theaterpersonal, als sie merkten, daß sie Atemprobleme hatte. Ein Krankenwagen wurde gerufen, aber alle Versuche, sie wiederzubeleben, schlugen fehl. Bei der Ankunft im Brighton General wurde sie für tot erklärt.‹ Da hast du's. Kein schöner Tod, aber so friedlich, wie sie es sich unter den Umständen erhoffen konnte. Wollen doch mal sehen, was steht denn da: ›Ein Sprecher der Polizei teilte mit, daß gewisse Aspekte des Todes dieser Frau zwar ungewöhnlich seien, daß eine Straftat aber nicht in Betracht gezogen werde.‹ Aber ja, aber ja doch. Hahaha, haha. Natürlich nicht. Warum sollten sie auch? Es war keine Straftat, sondern eine gerechte Strafe, nicht, mein Junge, eine absolut gerechte Strafe. Da stimmst du mir doch zu, oder, mein Junge?«

4 MEINE UNIVERSITÄTEN

> Die beste Beschreibung der Frigidität erhielt ich von der ersten psychotischen Frau, die ich kennenlernte; sie klagte, sie habe einen Eisklumpen in ihrer Vagina. ANTHONY STORR

ER STAND ZU SEINEM WORT. In den fünf Jahren nach dem Mord an der Frau im Theatre Royal blieben seine Eingriffe in mein Leben rein pädagogischer Natur. Er verlangte von mir nicht, wie ich befürchtet hatte, daß ich für ihn verdeckte Tötungen beging, und er bestand auch nicht darauf, daß ich mich mittels meiner eidetischen Fähigkeiten in die Welt des Noumenon projizierte, in der er sich mit so angsteinflößender Souveränität bewegte. Natürlich konnte er es sich nicht verkneifen, mich immer wieder aus der Fassung zu bringen oder mir noch die letzte, geringe Chance zu ruinieren, so zu sein wie irgendein Mensch, geschweige denn alle Menschen. Ständig manipulierte er mich, indem er mich mit diesen Gefühlsgranaten – betreffend unter anderem meinen Vater – bombardierte, die ich bereits erwähnt habe. Für ihn aber waren das nur Lappalien.
Zu gegebener Zeit verließ ich Varndean und ging an die Sussex University, um Wirtschaftswissenschaften zu studieren. Im ersten Jahr hatte ich ein Zimmer auf dem Campus, aber ich war nicht glücklich dort und kehrte deshalb nach Cliff Top zurück, wo meine Mutter mir einen der Wohnwagen zur Verfügung stellte.
Inzwischen gab es nur noch ein paar, und die standen um Des Dicken Kontrolleurs weitrumpfigen Jet eines Zuhauses

herum wie Geräteschuppen. Der Bungalow war nach den Umbauten meiner Mutter so gut wie nicht mehr vorhanden. Aber erhoben wie ein Phönix aus seinen staubigen und wellblechigen Überresten hatte sich die geschmackvoll falsche Fassade von Cliff Top, dem Hotel.
Meine Zeit an der Universität war, zumindest für eine Weile, eine glückliche. Das Studium machte mir Spaß, und ich merkte, daß die Faktizität der Ökonomie ein perfektes Gegengift war zur Magie, die meine Jugend beherrscht hatte. Obwohl die Kunst- und Geisteswissenschaftler höhnisch auf uns Wirtschaftswissenschaftler herabblickten, hatten wir doch das durchaus berechtigte Gefühl, näher am Zeitgeist zu sein als die alten Hippies auf dem Campus.
Inzwischen schämten sich die Leute nicht mehr, gierig zu sein und mehr zu wollen, als ihnen zustand. Ich war zwar kein politischer Parteigänger, aber ich war überzeugt, daß Wahlfreiheit wichtig war, ob es nun darum ging, welche Marke man kaufen oder welche Person man verspotten wollte. Wenigstens in dieser Hinsicht trafen sich meine so disparaten Ausbildungen.
Im ersten Semester war ich sehr schüchtern und unbeholfen. Es war mir fast unmöglich, mit meinen Kommilitonen in Kontakt zu kommen. Ich verstand kaum eine der kulturellen Anspielungen, die sie alle für selbstverständlich nahmen.
Außerdem konnte ich die Prägung durch den Redestil Des Dicken Kontrolleurs nicht abschütteln. Seine Neigung zum Pleonasmus hatte mich angesteckt. Wenn ich versuchte, Teile des Stoffs Mitstudenten zu erklären, die Schwierigkeiten damit hatten, kam es oft vor, daß ich von dem Buch, das wir uns teilten, hochsah und in ihren Gesichtern nackte Verständnislosigkeit entdeckte. Ich wußte, warum, sie hatten das komische Gefühl, jemandem aus einer längst vergangenen Zeit zuzuhören.

Ich war das Sammelbecken für Geheimwissen der aufreibenderen Art. Der Dicke Kontrolleur zwang mir die Schlußfolgerung auf, daß der Anschein immer und in jeder Hinsicht trügt. Zwar steckte zu der Zeit mein Verständnis dieser Dinge noch in den Kinderschuhen, aber ich zweifelte nicht einen Augenblick daran, daß, trotz all meiner Bemühungen in diesen Studien, der wahre Sinn des Lebens ganz woanders lag.
Das träge Bein dieses Bewußtseins war gefesselt an das beherrschende Gefühl in meinem Leben, die Angst. Gemeinsam, mit der Angst als Schrittmacher, liefen Spekulation und Empfindsamkeit das dreibeinige Rennen in die Zukunft.
Es mag den Leser überraschen (der ja immerhin die Aufgabe hat, eine wichtige Entscheidung zu treffen), daß ich meine Zeit an der Universität als glücklich bezeichne und gleichzeitig von der Angst als dem beherrschenden Gefühl spreche, aber das Schlimmste kommt ja erst noch.
Der selbsternannte Brahman des Banalen hielt meinen Angstpegel hoch, indem er immer wieder unerwartet auftauchte. Wie gesagt, schon als Teenager wußte ich, ohne ihn fragen zu müssen, daß Geschlechtsverkehr meinen Zauberkräften, so ich welche besaß, den Garaus machen würde. Aber ich sehnte mich nach körperlicher Zuwendung – nach nackter Berührung – vielleicht noch mehr als nach emotionaler. Ich fühlte mich abnorm übersexualisiert, und obwohl nicht mehr unter dem unmittelbaren Einfluß Des Dicken Kontrolleurs, hielt ich mich dennoch an seine Regel. Ich schmierte mein eidetisches Gedächtnis, tunte es, damit es immer grellere Phantasien produzierte, willig-geile Wechselbälge als Ersatz fürs Echte.
Es wurde so schlimm, daß ich mich nicht mehr auf mein Studium konzentrieren konnte. Ich konnte kein Buch öffnen, kein Seminar, keine Vorlesung und keine Arbeitsgruppe besuchen, ja nicht einmal in die Bibliothek gehen,

ohne eine Erektion zu bekommen. Ich mußte mich in Toiletten, in Kellergewölbe oder ins Magazin der Bibliothek flüchten und dort meinen Feuerstein schlagen. Die Reibung brannte auf meiner Haut, meine Phantasie erstrahlte im Rampenlicht dieser Laterna-magica-Schau.
Wenigstens hatte ich diese Parodien seit meiner Pubertät verfeinert. In meiner Lust wurde ich universal. Ich lechzte nicht länger nach Kongressen kleiner Nymphen, die alle ein Playboy-Plastiknamensschildchen trugen. Ich vögelte mich quer durch die Menge, alle möglichen Leute, fett und dünn, jung und alt, männlich und weiblich. Ich betrieb Cunnilingus, Analverkehr, interkruralen Sex und sogar Safe Sex – lange bevor der modern wurde. Ich war eidetisch so geschickt geworden, daß ich meine Phantompartner mitten im Stoß mutieren lassen konnte, so daß ich zwar eine schmalhüftige, saubere und kindlich duftende Jungfrau deflorierte, dann aber im zahnlosen, essensfleckigen Sabbermund einer Achtzigjährigen kam.
Diese Selbstbefleckungssucht hinterließ bei mir ihre Spuren. Das Wichsen machte mich verrückt. Es war der Berührungsmangel, der mich fertigmachte. Ohne das Gefühl, daß jemand anders mich berührte, verlor ich mit der Zeit auch mein eigenes Körpergefühl. Ich wurde am ganzen Körper taub. Wenn nur wirkliche Hände meine Konturen nachgefahren hätten, dann hätte ich wenigstens gewußt, daß sie noch da waren.
In meinem zweiten Jahr spitzte die Sache sich zu. Seit meiner Rückkehr nach Cliff Top hatte meine Mutter meine Finanzmittel erhöht. Ich konnte mir ein kleines Auto kaufen, mit dem ich täglich die fünfzehnminütige Fahrt zum Campus zurücklegte. Ich stand morgens auf, verließ meinen Wohnwagen, sah aufs Meer hinaus, machte meine Gymnastik und widmete mich anschließend meiner rituellen Routine. Ich war zu einem großen, ziemlich massigen Mann herangewachsen. Die Ähnlichkeit mit meinem Vater

– die schon in meiner Kindheit stets Kommentare ausgelöst hatte – war jetzt verblüffend. Ich wußte, daß ich nicht gerade attraktiv war, und ich tat mir auch keinen Gefallen, indem ich mich kleidete wie ein juveniler Greis in Tweedsakkos, Flanellhosen und Karohemden mit offenem Kragen.

Ich hing in einer Zeitschleife fest, und zwar einer, die auch meinen Teil von Cliff Top umfaßte. Das Hotel hatte meine Mutter zwar aus den Niederungen des gewerblichen Alltags emporgehoben – so weit, daß sie jetzt *Country Life* und andere Nichtfachzeitschriften abonnierte – aber der Wohnwagenpark verfiel aufs neue. Die Farbe blätterte ab, seit meinem vierzehnten Lebensjahr waren die Wagen nicht mehr renoviert worden. Die hemmenden Windenpolster waren nachgewachsen, und die ganze Anlage hatte sich in den frühen Siebzigern festgefahren.

Auch der Campus der Sussex University hing in der Vergangenheit fest. Erbaut in einer Zeit des architektonischen Optimismus, als man noch davon ausging, daß die Technik triumphieren würde, erstreckte er sich in einer Reihe rechteckiger, gepflasterter Höfe, um die sich lange, niedrige Betonbauten drängten, deren einziges herausstechendes Merkmal ihr Brutalismus war. Mir kam es immer ironisch vor, daß diese Gebäude, die errichtet worden waren, um jene Gegenwart futuristisch erscheinen zu lassen, es jetzt so hervorragend schafften, diese Gegenwart genau wie die jüngste Vergangenheit aussehen zu lassen.

Die Kapitaldecke wurde immer dünner, Unkraut wucherte zwischen den Pflastersteinen, der Verputz fiel in großen Platten von den Fassaden der Gebäude, so daß sie heruntergekommen, leprös aussahen. Und als Krönung des Ganzen kleideten sich die meisten Studenten wie zu der Zeit, als die Universität gebaut wurde. Sie folgten der Mode nicht, sie zockelten weit hinter ihr her.

Zu Hause in Cliff Top war Der Dicke Kontrolleur inzwischen kein Dauergast mehr. Im Winter nach dem Vorfall im Theatre Royal hatte es angefangen. Zuerst blieb er immer nur einige Tage weg, dann Wochen und schließlich ganze Monate. Es war fast eine Wiederholung der Zeit, als mein Vater sich aus unserem Leben verflüchtigte. Seine Erklärung lautete »geschäftliche Interessen«, und tatsächlich fand ich in den Finanz- und Wirtschaftsseiten der Zeitungen diskrete Hinweise auf ihn, unter seinem Arbeitsnamen »Samuel Northcliffe«. Offensichtlich war sein Alter ego ein nicht unbedeutender internationaler Finanzier. Der Name Northcliffe wurde mit Kapitalbeschaffung auf allen fünf Kontinenten in Verbindung gebracht, aber nicht auf so auffällige Art, daß er selbst Publicity erlangte. Ein Photo von ihm sah ich in keiner Zeitung.

Sie denken vielleicht, daß diese neuerlichen Erkenntnisse starken Eindruck auf mich gemacht hätten, aber natürlich war ich, was diesen Mann betraf, inzwischen gegen Überraschungen gefeit. Ich hütete mich auch davor, ihm nachzuspüren. Im Gegenteil, ausgehend von seinen eindrucksvollen Machtdemonstrationen mir gegenüber, vermutete ich eher, daß er mich auch während seiner Abwesenheit im Auge behielt. Ich hatte recht.

Doch nun zum Herbst meines zweiten Unijahres. Ein neuer Herbst und eine neue Lebensveränderung. Alles Wichtige war mir immer im Herbst passiert, jeder neue Aufbruch präsentierte sich in einem sterbenden Kontext.

Ich sah ein Mädchen, das mir wirklich gefiel, und ich meine wirklich. Das war zwar nichts Neues. Ich wußte, was ich tun mußte, sie aufnehmen in das Massengrab meiner Phantasiewelt; dort würde ihr wirklicher Charme bald verfallen und eingehen in meine verderbteren Visionen. War sie erst einmal von meiner Phantasie besudelt, würde sie keine Macht mehr über mich haben.

Aber ich schob dieses Projekt vor mir her, und bevor ich ernsthaft dazu kam, passierte etwas Unvorhergesehenes.

Sie fand Gefallen an mir. Wir hatten denselben Kurs belegt, »Marketing und Statistik«. Meiner Einschätzung nach war sie eine der vielen jungen Konservativen aus ziemlich behütetem Hause. Ihre praktischen Schuhe, die ordentlichen Röcke und gebügelten Blusen rochen nach selbstgebackenen Plätzchen und Sonntagsschule, aber sie war nicht so naiv, wie ich gedacht hatte. Sie war feingliedrig und zart, ihre hellbraunen Haare wurden von einer Lederspange zusammengehalten. Ihr Hals war vielleicht ein bißchen lang und ihr Kopf etwas klein, aber sie hatte symmetrische Gesichtszüge und große Augen. Ihr Name war June Richards.
Im Seminar saß sie in der ersten Reihe und stellte dem Dozenten Fragen, die eher Aussagen waren. Sie hob dazu die Hand, um seine Aufmerksamkeit zu wecken, und benutzte dann einen Kugelschreiber, um das, was sie sagte, mit einer Reihe unsichtbarer Kugelpunkte zu akzentuieren. Die anderen Studenten war alle Cro-Magnons, Heavy Metal-Fans, die Graffiti auf ihre Ringordner kritzelten. Sie war anders, sehr gut informiert, und was sie noch attraktiver machte, sie brachte echte Begeisterung für die Marketingtheorie auf. Sie konnte ihre Argumente mit klugen Beispielen aus der realen Wirtschaftswelt illustrieren. Nach nur drei Seminarsitzungen war ich von ihr hingerissen.
June mußte wohl bemerkt haben, daß ich sie anstarrte. Es stimmt, ich konnte meine Augen nicht davon abhalten, ihre schlanken Waden hochzulaufen, über den Grat ihrer spitzen Schultern und die Hügel ihrer Brüste zu wandern, Brüste, die unglaublich knapp unter ihrem malerischen Schlüsselbein standen. Aber als sie nach dieser dritten Sitzung zu mir kam, war ich so erschrocken und verlegen, daß ich kaum ein Wort herausbrachte. Ich fing an zu zittern und meine Schuhe quietschten auf dem Linoleum, als ich nervös mit den Füßen scharrte.

»Du bist Ian, nicht?« Ihr Akzent hatte etwas Abgehacktes und Exkoloniales.
»J-ja.«
»Ich bin June. Ich bin auch in dem Marketingkurs.«
»Ich-ich weiß.«
»Tut mir leid, daß ich dich belästige. Es ist nur so, daß Mr. Hargreaves sagt, daß du immer hervorragende Mitschriften hast, und ich habe den Tutorenkurs in Ökonometrie vom letzten Jahr verpaßt. Er meint, daß du mir vielleicht weiterhelfen kannst.«
»Warum warst du denn letztes Jahr nicht hier?« Ich bereute die Frage augenblicklich, aber zurücknehmen konnte ich sie nicht mehr. Sie klang so aufdringlich, fast wie der Beginn eines Verhörs, aber ihr schien es nichts auszumachen.
»Na ja, meine Eltern leben in Kenia, und ich sollte in Nairobi studieren, aber Moi hat die Universität für dieses Jahr geschlossen, und deshalb habe ich mich hier eingeschrieben.«
»Ah, verstehe.« Kenia, Nairobi, Moi. Wie exotisch, wie unwahrscheinlich.
»Deine Mitschrift, kann ich sie haben?«
»Ja, ja, natürlich. Ich fürchte, ich habe sie nicht bei mir, aber ich kann sie dir morgen bringen.«
Am nächsten Tag photokopierten wir kameradschaftlich zusammen die Notizen. Ich war früh aufgestanden und hatte mir die größte Mühe gegeben, um vorzeigbar auszusehen. Zu der Zeit dachte ich nicht im Traum daran – aus offensichtlichen Gründen –, sie anzumachen, dachte mir aber, es wäre schon schön, wenn sie von mir nicht abgestoßen wäre.
Sie war es nicht. Vielleicht war es die Toner-Flüssigkeit – es waren über hundert Blatt zu kopieren – oder vielleicht auch der Sauerstoffmangel im Kopierzimmer, aber nachdem wir fertig waren und sie mir ein Kompliment für meine umfas-

senden und detailreichen Notizen gemacht hatte, fragte sie mich, ob ich mit ihr ausgehen wolle. Narr, der ich war, nahm ich an.
Wir gingen in irgendein Filmkunstkino in Brighton. Ich konnte mich überhaupt nicht auf den Film konzentrieren, so stark war ich mir ihrer Gegenwart neben mir in der flackernden Dunkelheit bewußt. Ich mußte eine ganze Sektion meines »rituellen Registers« abspulen, um nicht in Eidetik zu verfallen und ihr Bild zu verderben. Steif, die dicken Knie gegen die Rückenlehne des Vordermanns gepreßt, saß ich auf meinem Stuhl und versuchte die quälenden Krämpfe zu ignorieren, die durch meine Schenkel zuckten.
Danach ging wir auf eine Pizza ins Al Forno – ausgerechnet. Seit meinem Besuch mit Dem Dicken Kontrolleur hatte ich keinen Fuß mehr in dieses Lokal gesetzt. Trotzdem wurde ich wiedererkannt. Tommaso erschien, als wir eintraten, und scharwenzelte herum wie beim letzten Mal.
»Ah! Miesta Northcliffes Freund, Sie schon ewig nicht mehr bei uns. Waslos, Sie unsere Pizza nicht mehr mögen?«
»O nein, nein, Tommaso...« Auch ich schlüpfte in meine Rolle.
»Und mit einer so hibschen Dame. Willkommen, willkommen. Sie bekommen beste Tisch. Miesta Northcliffes spezielle Tisch.«
Ich sah, daß June beeindruckt war. Tommaso ließ mich aussehen wie einen reifen Mann, einen wichtigen Mann. Ich fiel nicht darauf herein. In seinem Augenzwinkern lag mehr Komplizenschaft, als angebracht gewesen wäre. Da ich, seit wir uns das letzte Mal gesehen hatten, gute fünfzehn Zentimeter gewachsen war, glaubte ich nicht einen Augenblick lang, daß dieses Wiedererkennen spontan war.
Bei Essen und Wein kam ich June näher. Anfangs sprachen wir über unseren Kurs und unsere Kommilitonen, aber

bald kam die Unterhaltung auf persönlichere Dinge. June erwähnte eine unglückliche Affäre mit einem Jungen in Kenia, ein offensichtlicher Wink mit dem Zaunpfahl. Ich merkte plötzlich, daß ich den Part des Freiers nur zu gut spielte. Es machte nichts, daß ich keine Erfahrung hatte; diese Rolle hatte ich seit Jahren geübt, jede Einzelheit ausgefeilt – bis zu der Art, wie ich zu sitzen und den Worten der Angebeteten zu lauschen hatte – und doch nie daran geglaubt, daß ich sie je wirklich spielen würde.
»Er war eigentlich ein Scheißkerl. Ich glaube, er wollte mich nur ausnutzen.« Sie trommelte mit den Fingern auf den Tisch. Ihre Nägel waren rot lackiert. »Also hab ich ihm gesagt, es ist aus. Ich glaube, das war auch ein Grund, warum ich von dort unten wegwollte.« Ihre Nagelhaut war ausgefranst, waren die Nägel vielleicht falsch? Ich widerstand dem Drang, einen eidetischen Blick darunter zu werfen, indem ich mir das Scherenklicken meiner eigenen Maniküregepflogenheiten in Erinnerung rief. »Meine Tante wohnt in Hastings, also hatten meine blöden überfürsorglichen Eltern nichts dagegen, daß ich nach Sussex gehe. Ich wohne bei Tantchen, sie hat ein Auge auf mich.«
»Ich verstehe.«
»Du bist von hier aus der Gegend, nicht, Ian?«
»Ja, ich wohne in der Nähe von Saltdean, immer schon.«
Ich erzählte ihr ein wenig von Cliff Top, über meine überfürsorgliche Mutter und meinen abwesenden Vater. Ich wußte, daß ich das nicht tun sollte, aber ich konnte nicht anders. Es kam mir so richtig vor, dieses leise Schnurren von zwei Stimmen in einem Tümpel Kerzenlicht.
Der Kellner brachte uns Kaffee und einige Amaretti. June wickelte das dünne Seidenpapier von einem der Mandelkekse und drehte es sorgfältig zu einer Röhre. Ihre Haut war gebräunt, die Haare waren an den Wurzeln heller. An ihrer Wange konnte ich feinen blonden Flaum erkennen.
»Da, schau mal.« Sie nahm die Papierröhre und zündete

das eine Ende an der Kerze an. Dann stellte sie sie auf eine Untertasse. »Schau gut zu, das ist Zauberei.« Die Röhre brannte blau und orange und verwandelte das Papier in schwarzes Filigran. Doch bevor sie ganz verbrannte, erhob sie sich und schoß auf die rauhverputzte Decke zu. Dann segelte der Überrest wieder auf uns herab, und ich fing die zarte Asche mit einem leeren Teller auf. Ich fand es elegant, meisterhaft, wie ich diese Asche fing. Sie sah mich an mit einem Lächeln, das Vereinigung verhieß.

Ich bestand darauf, die Rechnung zu bezahlen und ihr dann die Tür aufzuhalten, als wäre ich ein gewöhnlicher Galan. Wir gingen am Ufer entlang zum Palace Pier, als sie meinen Arm nahm. Vor dem Metropole drehte sie sich zu mir, und wir küßten uns.

Dieser Kuß, mein erster Kuß, erweckte meinen Mund. Ihre galvanischen Arme um meine Schultern knipsten – wie ich es erwartet hatte – den Schalter an für ein Gefühl totaler Verkörperung, das nun mit Macht in mir aufstieg. Ich fühlte mich belebt von diesem Kuß. Davor war ich ein lebloser Haufen verschiedener Körperteile gewesen, aber jetzt war ich Frankensteins Monster, vom Stromschlag der Lust zu Kohärenz und Tatkraft erweckt.

»Wohnst du wirklich in einem Wohnwagen?« Ihr Atem streifte meinen Hals.

»Ja, aber es ist kein Zigeunerwagen. Das Leben im Wagen ist ganz und gar nicht so lustig, wie es immer hingestellt wird. Der meine ist ein häßlicher kleiner Fiberglaskasten, der hat rein gar nichts Romantisches.«

»Ich möchte ihn trotzdem sehen. Können wir vorbeifahren?«

»Meinetwegen. Es liegt eh auf dem Weg nach Hastings.«

Ich hatte wirklich vor, ihr den Wohnwagen zu zeigen und sie dann nach Hause zu fahren. Ich fühlte mich sicher – sie schien eine gesittete junge Frau zu sein. Auch wenn ich einen Vorstoß wagte, würde sie mich davon abhalten, da

war ich mir sicher. Doch als wir in Cliff Top in der frischen violetten Nacht standen und die Lichter der Schiffe auf dem Kanal betrachteten, küßten wir uns wieder. Zwar konnte ich ihr Gesicht nicht richtig sehen, doch ihre Zunge malte mein Bild von ihr nach Zahlen. Ihre kühlen Hände glitten unter meine Jacke, zupften an meinem Hemd, zogen es mir aus der Hose.
Und meine Hände, meine plumpen Hände, schwebten über ihr mit behutsamer Zurückhaltung, weniger ihren Körper berührend oder ertastend, sondern umreißend. Sie fanden ihre Schulterblätter, das Rückgrat, das Kreuz, glitten dann zwischen unsere aneinandergedrückten Körper und wanderten hoch zu den winzigen, weichen Unermeßlichkeiten ihres Busens.
Zum ersten Mal, seit meine Hoden ins Skrotum gerutscht waren, fühlte ich mich gänzlich im Augenblick verhaftet, unbeeinflußt von meinem aufdringlichen inneren Filmvorführer. All meine Wichs-Meter lagen in staubigen Spiralen auf dem Boden des Schneideraums. Ich war frei.
Und plötzlich waren wir irgendwie im Caravan. Das Klappbett wurde heruntergelassen. Ohne Verlegenheit, ohne sich voreinander zu verstecken, zogen wir uns aus. Sie nahm die Lederspange aus den Haaren und schüttelte golden-braunes Gewoge frei. Ich ließ die Hosen herunter. Als ich auf einem Bein balancierte, kippelte der kleine Wagen auf der Federung, aber da war keine Peinlichkeit, nicht einmal in der Diskrepanz zwischen der Zweckdienlichkeit unserer Unterwäsche und der Transzendenz unserer Begierde. Wir waren allein in einer vorsündlichen Grotte. Ihr Körper war ocker vor der hellblauen Wand des Caravans. Ich drückte sie an mich, als wir aufs Bett fielen, spürte ihre geschmeidige Lebenskraft an meinem Körper zucken, so wunderschön wie eine Regenbogenforelle, die aus dem Mühlbach direkt in meine Arme springt.
Sie berührte mich selbstbewußt. Ich konnte es nicht glau-

ben. Ihre beiden Hände um meinen Penis, ihn liebkosend und gleichzeitig bändigend. Ich leckte ihren Hals, meine Fingerrücken stellten ihre rosigen Warzen auf. Wir seufzten. Meine Handwurzel ruhte fest auf ihrem Schamhügel, die Fingerspitzen klimperten sanft auf den Lippen, teilten sie. Wir wanden uns auf dem gelben Laken, die Tagesdecke war – wie wir – längst weg.
Sie führte mich, lehrte mich, zeigte mir ihre Wünsche mit sanftem Kneifen und noch sanfteren Klapsen. Bald war es soweit. Sie legte den Kopf aufs Kissen und zog mich auf sich. Ihre Beine öffneten sich und oh! Die kindliche Weiche ihrer Schenkel, der Honig ihres Atems, diese süße Intensität. Mein Verlangen, in sie einzudringen, in ihr zu sein, war stärker als alles, was ich je erlebt hatte.
»Ja!« seufzte sie. »Jetzt!« keuchte sie.
Ich spürte den Beginn einer feuchten Umfassung. Ich sah zum winzigen Fenster über ihrer Schulter hinaus, zwang mich, es langsam zu machen, es lange dauern zu lassen. Ein hartes Rechteck orangegelben Lichts sprang in der Dunkelheit an. Jemand – das erkannte ich erschrocken – war im Caravan Des Dicken Kontrolleurs.
Junes Körper unter mir erstarrte, wurde vollkommen unbeweglich, leblos. Die Sex-Zeit stand still. Die kleine Tür meines Caravans ging quietschend auf. Er stand da in vollständiger Abendgarderobe, die glänzende schwarze Krempe seines Zylinders durchschnitt die Wölbung seiner massigen Stirn. Die Partagas perfecto klemmte zwischen seinen Schwulstlippen, ein Diamant, so groß wie eine Butterblume, funkelte auf der gestärkten Brust seines Frackhemds, ein langer weißer Seidenschal war salopp um seinen nichtvorhandenen Hals geschlungen.
»Guten Abend«, sagte er, während ich wie ein riesiger, rasierter Nager in die entfernte Ecke des Caravans huschte. »Wir wollten uns wohl mal am echten Vögeln versuchen, was?« Ich sah zum Bett, wo June lag, in Ekstase erstarrt, die

Augen ausdruckslos und verdreht. »Mach dir um sie keine Gedanken.« Der Dicke Kontrolleur trat lässigen Schritts in den Caravan und ließ den Blick über meine spärliche Habe schweifen, unsere verstreuten Kleider, den Stapel Ökonomiebücher auf dem kleinen Tisch. »Hast du einen Aschenbecher? Nein? Macht nichts.« Er schnippte fünf Zentimeter Asche auf den Boden und setzte sich auf die Kante des Betts, das ich eben geräumt hatte. Junes Körper schaukelte längs auf dem durchgedrückten Rücken und kippte dann zur Seite. Er war so steif und spröde wie eine lebensgroße Gipspuppe.
»Hast du die Sprache verloren?« Ich schnatterte leise und spürte, wie sich meine Eichel klebrig in die Vorhaut zurückzog. »Wegen ihr brauchst du dir keine Gedanken zu machen«, wiederholte er und deutete auf das nackte Mädchen. »Sie bekommt ihren Höhepunkt – und das ist mehr, als du zusammengebracht hättest. Ich werde das nach unserer kleinen Unterhaltung persönlich bewerkstelligen. Schämen wirst du dich nicht brauchen, weil sie dich für einen großartigen Liebhaber, einen echten Schwerenöter, einen dollen Don Juan halten wird. Und gerade die Tatsache, daß dieses Erlebnis nie eine Wiederholung finden wird, wird für sie die Erinnerung daran hundertmal so heiß brennen lassen. Kapierst du das? Wenn sie in zehn Jahren verheiratet ist, wird sie die Leistung ihres Gatten mit der deinen vergleichen, und er wird dabei schlecht wegkommen – jedesmal. In dieser Hinsicht sind Erinnerungen grausam zur Gegenwart, und was den Geschlechtsverkehr angeht, so ist es ein Axiom, daß Vertrautheit Verachtung erzeugt.« Wie vorauszusehen, kicherte er über dieses abscheuliche Bonmot.
Ich schnatterte immer noch. Gedämpftes Blöken und ersticktes Gurgeln quoll zwischen meinen Lippen hervor.
»Ach, pack ihn weg, bitte! Komm her, zieh eine Hose drüber oder sonstwas. Wir müssen reden, und ich bin müde.

Ich bin eben von Covent Garden hierher zurückgefahren, und ich will ins Bett. Du hast wirklich Glück, junger Mann. Wenn Tommaso sich nicht die Mühe gemacht hätte, mich in der Oper anzupiepsen, hättest du sicherlich mit dieser jungen Frau den Koitus vollzogen, und weißt du, was dann passiert wäre?«

»N-nein.« Irgendwie hatte ich es geschafft, mir die Hose wieder überzustreifen. Jetzt kauerte ich auf dem winzigen, rechteckigen Boden und umklammerte die einzigen Brüste, die ich noch umklammern konnte – meine eigenen.

»Dein Penis wäre in ihr einfach abgebrochen, und ich meine das wörtlich. Ich dachte, du hättest begriffen, was es mit dem Koitus auf sich hat, dachte, du wüßtest, was es heißt, mein Lizentiat zu sein.«

»J-ja, aber –«

»Mein lieber Junge.« Er klang versöhnlich. »Ich weiß, daß dies schwierig für dich ist, vielleicht sogar ein wenig traumatisch, aber nimm es dir nicht so zu Herzen. Wenn die Zeit dafür reif ist, wirst du eine Bettgespielin haben, und laß dir sagen, du wirst für sie weit mehr empfinden, als du für diese da je empfinden könntest. Es ist eine Funktion deiner Beziehung zu mir, verstehst du? Ich habe, wie soll ich es sagen, für dich bereits eine Wahlverwandtschaft arrangiert. In dieser Abteilung ist alles im Gange, also vermassel es nicht.«

Er stützte seine riesige Hand so beiläufig auf Junes Knie, als wäre es eine Sessellehne. Er drehte seinen Mammutbaum-Torso auf dem Bett und sah aus wimpernlosen Lidern auf sie hinab. Er musterte die Fissur ihrer Lust, die grotesk wirkte in ihrer Unbeweglichkeit. Wir starrten beide ihre Vagina an. Ihre feuchten Lippen »oh«ten uns an. Aus dem Mundwinkel blies Der Dicke Kontrolleur eine Rauchwolke darauf; die blauen Kräusel vermengten sich mit ihren brauneren.

»Gut, das ist alles, ich gehe jetzt ins Bett. Ich bin absolut

fertig, große Oper ist einfach zu ermüdend. Ich mußte neben einem monströs fetten Mann sitzen. Es war verdammt heiß im Parkett, und sein Schweiß stank. Es war, als würde er aus jeder Pore scheißen.« Er sprach beiläufig und ohne jede Ironie. Dann stand er auf und nahm Hut, Zigarre und weiße Handschuhe in eine Hand. An der Tür drehte er sich noch einmal um und richtete den Mittelfinger der rechten Hand aufs Bett. Zum allerersten Mal fiel mir auf, daß der Finger schrecklich lang war. Die Spitze des Fingers begann zu oszillieren. Er schien einen unsichtbaren Strahl zu empfangen, der von Junes Vagina ausgesendet wurde. Farbe kehrte in ihr Gesicht zurück, der Rücken bog sich noch weiter durch, sie wimmerte und warf den Kopf hin und her, klammerte sich mit ausgestreckten Händen an der Matratzenkante fest. Über den Geräuschen ihres Orgasmus sprach Der Dicke Kontrolleur zu mir, er ignorierte sie einfach. Ebensogut hätten wir in einem Einkaufszentrum sein können, mit ihren Schreien als merkwürdige Art von Hintergrundsmusik:
»Ah! Ahh! Ahh-hrr! Oh-oh ...«
»... Ich habe morgen in der Universität zu tun, und ich werde anschließend zu dir kommen. Mir scheint ...«
»H-h-a hnh ... ha, ha! Ha! ...«
»... daß ich deine Erziehung vernachlässigt habe. Ich kann dir, was deine Sehnsüchte betrifft, mehr zu Diensten sein, als ich es bisher gewesen bin. Denk darüber nach.«
»Ja, o ja, ohh-jaaaa ...« Sie erschlaffte.
»... quasi als Entschädigung für das da.« Er deutete auf die junge Frau, die er dort auf dem Bett entmenschlichte. »Jetzt runter mit der Hose und nimm sie in den Arm, und dann sieh zu, daß du sie bald loswirst, ich will nicht, daß sie morgen früh hier noch rumgeistert.« Er wandte sich zum Gehen, drehte sich dann aber noch einmal um. »Vergiß nicht, steck noch einmal deinen Pimmel in sie oder ein anderes Flittchen und« – er hielt seine

Zigarre mit drei Fingern in die Höhe – »genau das wird passieren.« Er zerbrach sie in zwei Teile, lächelte mich anzüglich an und war so schnell verschwunden, wie er aufgetaucht war.
Ich tat wie geheißen. Während June bei mir im Arm lag, weinte ich, vergoß heiße Tränen. Sie war schrecklich gerührt. Sie klammerte sich an mich, schob ihre Beine zwischen meine. Ich erklärte ihr so behutsam wie möglich, daß meine Mutter sehr altmodisch sei und morgens bei mir immer nach dem Rechten sehe. Gegen drei Uhr schaffte ich es, sie ins Auto zu bringen, und fuhr sie zurück zu ihrer Tante nach Hastings.
Als ich dann auf der Rückfahrt nach Cliff Top mein Skateboard von einem Auto über die Küstenstraße jagte, spürte ich, wie die Räder auf dem feuchten Belag schlitterten, und meine Arme sehnten sich danach, das Steuerrad herumzureißen und diesem Alptraum ein Ende zu setzen. Nur Des Dicken Kontrolleurs Ankündigung einer »Wahlverwandtschaft« hielt mich davon ab. Jetzt wünsche ich mir natürlich, ich hätte es getan.

TAGS DARAUF KAM JUNE nach einem Seminar über Managementstrategien zu mir. Inmitten wuselnder Statisten standen wir auf der betonierten Bühne des Hauptplatzes. »Wie wär's mit heute abend?« fragte sie, und so mitleiderregend war die unschuldige Unwissenheit in ihrer Frage, daß mir beinahe übel wurde. Der Anblick der Zigarre Des Dicken Kontrolleurs stieg im Geist vor mir auf. Als ich an diesem Morgen meinen Wohnwagen verließ, war ich auf die zerbrochenen Überreste getreten.
»Ich – ich kann nicht, wirklich nicht, nicht heute abend. Tut mir leid.«
»Was ist denn los? Mußt du mit Mummy Verwandte besuchen gehen? Ich habe gedacht, wir lernen vielleicht zusam-

men. Du weißt schon, ich will nicht, daß ›wir beide‹ unserer Arbeit in die Quere kommen.«

»Haha. Nein, ich würde wirklich sehr gern. Es ist nur so, daß ich noch etwas anderes erledigen muß. Ich kann im Augenblick aber nicht drüber reden. Ich erzähl's dir morgen.« Ich konnte ihren verletzt erwartungsvollen Blick nicht länger ertragen, riß mich deshalb von ihr los und ging davon. Ich erkannte, daß ich, da der Bruch unausweichlich war, den Prozeß der Zurückweisung ebensogut sofort beginnen konnte. Am Ende des Studentenvertretungshauses angelangt, drehte ich mich um und wedelte zum Abschied mit den Fingern. Noch aus fünfzig Metern Entfernung konnte ich ihren gequälten Gesichtsausdruck erkennen.

Als ich um die spitze Ecke aus verstärktem Glas mit dem Millimeterpapiermuster des eingelassenen Drahtgitters bog, stieß ich gegen jemanden – oder gegen etwas. Obwohl ich mit normalem Tempo ging, betäubte mich die Wucht des Zusammenpralls. In meinem Kopf sirrte diese spezielle Vibration unerwarteten Schmerzes, ein Klingeln, das sich immer anfühlt, als sollte es seiner Ursache vorangehen – zur Warnung.

»Mich anrempeln kannst du inzwischen ziemlich gut, was?« An diesem Morgen trug er das Karo des Prince of Wales. Der Anblick einer so weiten Fläche winziger Karos, die seine aufragende Masse umflossen, ließ einen eher an Architektur als an ein Gewand denken. »Ich hoffe, deine Unaufmerksamkeit rührt von gelehrter Versunkenheit her und nicht von pubertärer Schwärmerei.«

»Was macht das für einen Unterschied?« Daß ich es wagte, so hochmütig zu antworten, zeigte, wie verzweifelt ich war.

»Werd nicht frech, Junge, das dulde ich nicht.« Er war zwar knapp angebunden, aber sein Zorn brach nicht mit der Macht über mich herein, wie ich es erwartet hatte. Ich glaube, ich hoffte beinahe, er würde mir meinen Tod verpassen wie er in der Nacht zuvor June ihren Orgasmus verpaßt hatte, aber sein entsetzlicher Mittelfinger war um einen stinkenden Stumpen gekrümmt und machte keine Anstalten, sich zu strecken.

Er steckte meinen verbrecherischen Körper in den Gefangenenblock seines Arms und führte mich zu einem Fleckchen, das in Sussex als Garten durchging, eine Reihe ziegelumfriedeter Parallelogramme, die nicht künstlicher hätten aussehen können, wären sie mit Kathodenstrahlröhren anstelle von winterharten Sträuchern bepflanzt gewesen. Einem zufälligen Betrachter mußten wir wohl vorgekommen sein wie das Musterbild jugendlicher Zerstreutheit und elterlicher Fürsorge.

»Und was hast du heute vormittag studiert?«

»Managementstrategien.«

»Ach ja, und was ist das?«

»Na ja« – ich haßte mich, weil ich auf seine Frage einging –, »wir haben uns verschiedene Formen von Organisationsstrukturen angesehen und uns überlegt, wie Entscheidungsfindungsprozeduren in Firmenkontexten zu optimieren sind.«

»Verstehe. Kannst du diesem ganzen Mist wirklich Glauben schenken?«

»Wie bitte?«

»Diesem Scheiß.«

»Na, aber das ist doch grundlegend, oder? Ich meine, irgendjemand muß doch eine Vorstellung davon haben, was zu tun ist und wie man es den Angestellten mitteilen sollte.«

Ich war ernst, ganz der aufstrebende junge Mensch, der Lob einheimsen will. Doch er schien mein Argument einfach zu ignorieren.

»Was tun?« sagte er nachdenklich. »Das habe ich Wladimir Iljitsch auch gesagt. Er hat natürlich gleich ein Pamphlet draus machen müssen, obwohl ich ihm damit nur einen Rat geben wollte. Ich hatte ihm vorgeschlagen, sich ein paar

von den höheren Töchtern im Smolny-Institut vorzunehmen, bevor er dort sein Hauptquartier einrichtete. Er war zwar halsstarrig, allerdings nicht so kalt und leidenschaftslos, wie er später hingestellt wurde.«
Eine Weile spazierten wir schweigend weiter. Schließlich brachte mich Der Dicke Kontrolleur vor einer brutal gestutzten Buchsbaumhecke zum Stehen. Er nahm seinen Stumpen aus dem Mund und betrachtete das besabberte grüne Ende, als wäre es ein Reptilrumpf, aus dem gleich ein neuer Schwanz wachsen würde. »Ich dachte, du interessierst dich für Produkte«, sagte er und ein schmeichelnder Ton schlich sich in seine Stimme. »In diesem Bereich kann ich dir helfen.«
»Wir haben Angebotsoptimierung, Beschaffungswesen, Finanzierung und Bestandsprüfung durchgenommen.«
»Davon rede ich nicht. Wozu ich dir verhelfen kann, ist ein Verständnis des Wesens eines Produkts, das weit tiefer geht als diese Banalitäten, diese akademischen Kategorien, die sich als Wahrheiten maskieren.«
»Ich interessiere mich für den Marketingaspekt. Wie man eine Strategie entwickelt, um ein Produkt tatsächlich zu verkaufen. Sie wissen schon, Werbung, Verkaufsförderung, solche Sachen.«
»Natürlich, der Apfel fällt nicht weit vom Stamm, was?«
»Ja, ich weiß, ›nichtswürdiger Essener, klösterliche Null‹, so haben Sie ihn genannt.«
»Ein passables Gedächtnis hast du, Junge, das muß ich zugeben. Sag mir, wieviel von deiner Erinnerung ist visuell und wieviel ist verbal?«
»Was meinen Sie damit?«
»Also, mußt du erst ein Bild von uns beiden heraufbeschwören, wie wir in diesem Café sitzen und über deinen Vater reden – ein eidetisches Bild –, bevor du dich an die Worte erinnerst, oder nicht?«
»Ich glaube, ich muß –«

»…Dann warst du unaufrichtig. Du weißt genau, was ich meine.« Mit Daumen und Zeigefinger zwickte er mich in den Hals, eine große Klemme, die meine Halsschlagader zusammenpreßte. In meinem Kopf explodierten Neonsterne, die ich zugleich funkeln sah und brennen spürte. Er redete weiter, jetzt zu meinem Geist. »Und, erinnerst du dich auch an deine Unterhose?« Halb ohnmächtig lehnte ich an ihm, hatte nur noch mitbekommen, daß er mich hinter eine Backstein-Loggia geführt hatte, offensichtlich um vor den Blicken der Leute auf dem Hauptplatz geschützt zu sein, wenn er mich erledigte. »Na, erinnerst du dich?«
»W-was ist denn mit meiner Unterhose?« stammelte, hustete ich. Warum brachte er es nicht hinter sich?
»Ich will, daß du dich an das Etikett besagter Unterhose erinnerst, daß du es dir so vollständig wie möglich vor Augen rufst. Ich will wissen, ob der Text aufgedruckt oder maschinengestickt ist; ob das Etikett selbst in die Hose genäht oder auf andere Art angebracht wurde; ob das Etikett auf ein gewisses Design hinweist oder ob die darauf befindliche Information sich nur auf die Materialbeschaffenheit oben erwähnter Hose bezieht. Kannst du das?« Er wußte, daß ich es konnte, er spielte nur mit mir. »Und wenn du das Bild fertig hast, laß es mich sehen.«
»W-was meinen Sie damit?«
»Du weißt, was ich meine.« Er lockerte seinen Todesgriff und führte mich zu einer nahen Bank. Beiläufig bemerkte ich eine Messingtafel, die verkündete, daß dieses Gartenmöbel dem Gedenken an eine gewisse Person gewidmet sei. Ich wünschte mir, ich wäre diese Person.
Ich tat, wie er befohlen hatte. Das Etikett war an den Elastikbund der Hose angenäht, einer Boxershorts, die blau-weiß gestreift war wie Matratzendrillich. Auf dem Etikett stand: »Barries' Herrenbekleidung, 212 King's Road, London, 100% ägyptische Baumwolle.« Es war einfach für mich, diese alltägliche Vision heraufzubeschwören, denn

sooft ich auf der Toilette saß, spannte sich der Bund um meine Waden, und wenn ich mich vorbeugte, war das Etikett das erste, was mir ins Auge sprang.
»Gut. Was ich dir jetzt beibringen werde, ist eine Erweiterung deiner eidetischen Fähigkeit, die du in deiner beabsichtigten Karriere sehr nützlich finden wirst. Es gibt, zumindest im gegenwärtigen Sprachgebrauch, kein Wort, das dieser fortgeschrittenen Technik gerecht wird, ich muß deshalb einen eigenen Begriff prägen. Ich nenne sie ›Retroszendenz‹.« Er hielt inne und sah mich an, als versuchte er zu ermessen, welche Wirkung dieser Quatsch auf mich hatte. »Bevor wir retroszendieren, gestatte mir einige Bemerkungen zu deiner Unterhose. Erstens wollen wir sie einfach als ›Shorts‹ bezeichnen. Du bist noch zu unerfahren, um zu wissen, daß der Ausdruck ›Boxershorts‹ ein reiner Marketing-Neologismus ist, der nur geprägt wurde, um die Nachfrage nach einer Art der Unterwäsche wiederanzufachen, die in England lange als altmodisch betrachtet wurde. In Amerika, wo dieses lockersitzende, baumwollene männliche Unterbekleidungsstück mit Beinansatz beständig seinen Marktanteil bewahrt hat, war es nie nötig, diese Dinger anders als ›Shorts‹ zu nennen.
Ein zweiter Punkt: Du bist nicht augenfällig modebewußt, ja man muß wohl sagen, du bist erwachsen geworden mit nur wenig Gespür für den Wert einer effektiven Aufmachung. Doch wie dem auch sei, ich erkenne an deiner Entscheidung, diese Shorts zu kaufen – du hast dir diese Shorts doch selbst gekauft, oder?«
»Ja.«
»Einen wenn auch nur leisen Versuch, mit einer Welt außerhalb von Saltdean in Berührung zu kommen. Ich stelle mir dich auf einer Fahrt nach London vor, vielleicht um einen Tag lang Arbeitserfahrung in irgendeinem Mischkonzern zu sammeln. Habe ich recht?«
»Sie haben recht.«

»In deiner Mittagspause schlenderst du vom Sloane Square die King's Road entlang. Du gehst und gehst und schaust dir die schicken Boutiquen an. Hier ist eine, die nur Gürtelschnallen verkauft, eine andere widmet sich ausschließlich spitzen Stiefeln oder Country-and-Western-Accessoires oder was auch immer. Es ist unwichtig. Du hast nicht vor, einzutreten. Du wärst verlegen, schüchtern vor dem Verkäufer, der so viel kosmopolitischer, kultivierter ist als du. Statt dessen spähst du nur hinein und versuchst dich an der Kalkulation: Welcher Warenwert pro Meter Lagerfläche ist nötig, um die allgemeinen Unkosten abzudecken und Profit abzuwerfen. Habe ich recht?«
»Ja.« Seine Stimme war hypnotisch, dunkel.
»Natürlich habe ich recht. Trotzdem besitzt du eine gewisse Eitelkeit, nicht? Zu frisch ist die Erinnerung an die Zeit, als du dich deiner kurzen Hosen schämtest. Und noch immer – Gott weiß warum – willst du dir vorstellen, daß jemand nach dem Autounfall des Geschlechtsverkehrs versehentlich deine Unterwäsche mustert. Nachdem du also eine Weile herumgebummelt bist, betrittst du Barries' und zeigst auf die Shorts, die, mit ihresgleichen zum Fächer ausgebreitet, im Schaufenster liegen. Aber ich greife vor, denn was ich eigentlich will, ist, dir die ganze Geschichte eines solches Produkts beizubringen. So lautet der Titel dieser Vorlesung: ›Die Geschichte des Produkts‹, und wie in allen guten modernen Vorlesungen kommen auch hier visuelle Hilfsmittel zur Anwendung – soll doch Wissen eher garniert denn vermittelt werden.«
Die große Hand war wieder an meinem Hals und drehte ihn wie den Fokussierring einer humanoiden Kamera. Die laublosen, dürren herbstlichen Bäume waren plötzlich in Dunkelheit getaucht, als hätte die bleiche Sonne sich verfinstert. Ich spürte, wie ich nach hinten, nach oben gezogen wurde, so daß mein Gesichtsfeld nun tatsächlich dem einer Kamera ähnelte, einer Kamera in einer

computergraphischen Titelsequenz. Der Sussexsche Campus schrumpfte unter mir zu einer Ansammlung von Kinderspielhäusern zusammen, dann zu Modellen, dann zu Krümeln, dann zu Fliegendreck. Bis die Autos auf den Umgehungsstraßen der Universität nur noch Silberfischchen waren und die ganze Szenerie von tiefhängenden Wolken gesprenkelt wurde. Dann waren wir noch höher, die Erde drehte sich von uns weg und zeigte an ihrem Rand die Aureole der Atmosphäre.

Der Dicke Kontrolleur sprach nun wieder in mir. »Schau nach oben, schau dir die freche Stirn des Universums an.« Ich tat, was er verlangte. Dort oben zwischen den gleichmütigen Sternen prangte wie ein kosmisches Markenzeichen ebenjenes Etikett, das Etikett meiner Boxershorts. »Wie du siehst«, sagte er, »gestattet uns die Retroszendenz, jeden beliebigen Gegenstand in unserem Gesichtsfeld zu nehmen und dessen Geschichte gewissermaßen auszupacken. Wir haben deine Shorts ausgewählt, und ich möchte dich nun über ihre Herkunft und ihr vergangenes Leben unterrichten. Bitte laß dich nicht verwirren von der scheinbaren Auflösung der Einheit deines Gesichtsfeldes. Denk daran, daß in Wahrheit nur der nackteste Solipsismus Realismus ist. Denn wenn ich die Welt bin« – wir tauchten wieder ab, seine Nägel gruben sich in mein Fleisch, und ich konnte das östliche Mittelmeer erkennen –, »dann muß die Welt real sein. Oder etwa nicht?«

IM FLACHEN LAND DES DELTAS weinen Babys sich im luftlosen Schatten in den Schlaf, während alle anderen im flirrenden Sonnenlicht schuften. Wenn grau der Abend kommt, gehen die Jungs hinunter zu den Bewässerungsgräben auf ein Bilharzien-Bad. Es gibt wenig, worauf sie sich freuen können, höchstens ein paar dicke schwabbelige Beine im Schlick eines Flußufers.

Meine Shorts waren auf einen guten Hektar Pflanzen im scharfen, silbrigen Licht dieser Gegend verteilt, in Gestalt weißer Bällchen, faseriger Bäusche. So flauschig fürs Auge, aber so hart unter den Fingern.

»Schau dir diese Köpfchen genau an«, sagte Der Dicke Kontrolleur, »denn während eines langen Tages des Rupfens und Zupfens werden sie zu Dornen, und nach Jahren dieses Dauerschliffs bildet sich auf den Händen der Pflücker eine tote Schwarte. Das ist das Repetitive-Stress-Syndrom des Baumwollpflückers. Zu gegebener Zeit werden wir etwas ganz ähnliches erleben, eine halbe Welt weit weg in der Mile End Road.«

Als nächstes fand ich mich auf dem rohen Bretterboden eines Sammelkarrens wieder, der auf dem Damm eines Bewässerungsgrabens stand. Die Früchte dieser Leute Arbeit (»Sie heißen El Azain«, sagte er, und seine gierigen Lippen schienen an meinen Gehirnlappen zu saugen, seine scharfe Zunge schien meine Synapsen zu ertasten) rieselten mir aufs Gesicht. Und schon ging es weiter, wir wurden zusammen mit der Baumwolle auf den Lastwagen geleert, der die Ernte der El Azain und die der fünf anderen Familien, aus denen die Genossenschaft dieses Fabrikanten bestand, in die nächstgelegene Stadt transportierte, wo der Käufer wartete.

Die Stadt war ein organischer Ort. Ein Komposthaufen weicher Mauern, die sanft verfielen und sich fließend mit dem Schlamm an ihrem Fuß vereinigten. Irgendwann würde die Erde wieder gestochen und zu neuen Ziegeln geformt und getrocknet werden, und aus diesen Ziegeln würden neue Mauern entstehen, die im Lauf der Zeit wieder verfielen.

Wir sahen als Dyade zu, wie Mohammed Sherif, der Leiter der Genossenschaft, gealtert und aufgebläht von einseitiger Ernährung, mit dem Käufer die Formalitäten erledigte. Sie tranken Pfefferminztee aus schmutzigen Gläsern, während in der Tonschüssel der Wasserpfeife ein Holzkohlestück zischte. Von Zeit zu Zeit kippte Sherifs zotteliger alter Kopf, nur locker umhüllt von einer schmutzigen Kopfbedeckung, gegen den fliegenverschmierten Lack des verbliebenen Viertels eines roten Schilds. Das traurige Ding pries auf Arabisch »oca-Cola« an.

Während das immer so weiter ging, begleitete der körperlose Blickpunkt, den ich und Der Dicke Kontrolleur darstellten, das zukünftige Produkt, das nun vom Lastwagen abgeladen und in einen Verschlag aus verzogenen Brettern geworfen wurde. Ein Mann mit nur einem Nasenloch zog eine steife Plane über uns.

»Es gibt keinen anderen Käufer, verstehst du?« sagte Der Dicke Kontrolleur. »Das Feilschen ist nicht einmal eine Formalität, es ist nur ein leeres Ritual. Sherif muß den Preis, den er geboten bekommt, akzeptieren, will er den fünf Familien nicht auch noch die letzte Hoffnung nehmen, die immer länger werdende Schuldenliste beim Lebensmittelhändler zu bezahlen und – haha, ha-haha – ihren dünnen Kindern ein Überleben zu ermöglichen, bei dem sie noch dünner werden. Da, schau« – wir spähten nach draußen –, »jetzt denkt er: Das könnte meine letzte Ernte sein. Da wirst du Pech haben, fürchte ich.«

Als nächstes wurden Der Dicke Kontrolleur und ich gänzlich zu Baumwolle. In holpernden Eisenbahnwagen wurden wir vom Delta zur Küste transportiert, wo wir in einem Wellblechschuppen verschwanden. Hier wurden wir einem Prozeß des Stampfens und Trennens, des Krempelns und Spinnens unterworfen. Bis ich ihn schließlich vor mir dahinschießen sah in Gestalt eines langen knotigen, vor Feuchtigkeit vibrierenden Fadens, der ektoplasmisch im Rachen eines Webstuhls verschwand. Er rief: »Los geht's!«, und ich folgte ihm. Die Maschine ratterte, auf und nieder, auf und nieder, immer wieder, und verschluckte zuerst ihn, dann die zukünftige Shorts, dann mich.

»Verdammtes Glück haben wir« – er sprach wie eine Harfe aus den Fäden des halbfertigen Gewebes –, »daß diese alte Schliemann-Hoffer sich ihre Fingerquote für heute schon geschnappt hat. Siehst du, wie hier diese kleinen Hände mühselig die verhakten Schußfäden lösen müssen, bevor der Rahmen wieder heruntersaust? Wenn sie nicht schnell genug sind – autsch! Dann erzeugt ihr Blut, das so gut ist wie deins und meins, eine Art Moiré-Effekt und schickt deine Shorts schnurstracks auf den Abfallhaufen.«

Bevor wir uns wieder auf die Reise machten, zuerst die Küste entlang und dann übers Meer, hielt Der Dicke Kontrolleur es für angebracht, unser merkwürdiges Bewußtsein zweizuteilen. So kam es, daß ein Teil von mir weiter Baumwollwesen blieb, während ein zweites Zentrum meiner Comicfigur-Existenz jene Symbole begleitete, die, durch ihre Verkettung und Anordnung, parallele Entwicklungen in der Welt der Objekte widerspiegelten. Als solches lag ich in Waben winziger Fächer, in lockeren Stapeln und Bündeln mit Seidendurchschlagpapier. Ich wartete darauf, gelocht und abgeheftet, gestempelt und auf Dorne gespießt zu werden. Später wurde ich digitalisiert und pulsierte über die dunklen Konvexitäten von Computermonitoren. Und während das passierte, dachte ich, daß dieses Blinken meines körperlosen Ich-Bewußtseins ein hübscher Ausdruck des Wertes war, den ich darstellte.

Unterdessen wurde mein Baumwollkörper auf große Ballen gewickelt, jeder fünf Meter lang. Obwohl die Ballen dick waren, bogen sie sich durch, wenn sie, von einem Mann an jedem Ende, hochgehoben und weggetragen wurden. Zusammen mit meinesgleichen wurde ich in einen Container gestopft und dann – Dunkelheit. Eine lange, lange, unaussprechlich eintönige Wartezeit in staubiger Dunkelheit, bis ich schließlich die Zugspannung des Lastkrans spürte und erkannte, daß ich in einen Frachtraum hinabgelassen wurde.

EIN GIGANTISCHES DRÖHNEN, ein Ultraschallzittern, der Geruch von Kohlenwasserstoffen in der Luft, das Gefühl, daß Poren sich öffnen, um Grus einzulassen.
»Alles in Ordnung?« fragte Der Dicke Kontrolleur. »War nicht viel zu sehen im Frachtraum dieses elenden Transporters, was?«
»Nein.«
»Deshalb habe ich dich hierher gebracht.«
»Hier« war die Old Kent Road. Wir sahen hinüber zu einem abgasverkrusteten kuchenstückförmigen Gebäude. Es stand da wie ein Stück einer alten Schokoladentorte, fest verankert am asphaltierten Jochbogen einer Kehre, die zur Sackgasse geworden war, als die Durchgangsstraße sich einen anderen Weg gepflügt hatte. Über dem Portal stand in den Putz gemeißelt: »Success House« – Haus des Erfolgs.
»Gut, was?« Seine Stimme wurde von irgend etwas gedämpft – konnte es sein, daß er sogar als Körperloser eine Zigarre rauchte? »Eine nette Ironie. Die Fassade verkündet Erfolg, aber das Gebäude verliert sich dahinter im Nichts. Schau dir diese stattlichen Säulen an, betrachte die Windungen der Gipsreben, die sich von den Fenstersimsen herunterschlängeln, bewundere an dieser fleckigen Außenhaut die prächtigen Sockelverzierungen in der Form von *fasces*.«
»J-ja.«
»Zeugt denn nicht die ganze Anlage von imperialem Selbstvertrauen, einem globalen industriellen Netzwerk?«
»Sieht so aus.«
»Und trotzdem ist da nichts anderes drin als ein alter Jude. Zekel heißt er.«

»Ich weiß. Ich meine, als ich eine Nummer auf einem dieser Bildschirme war, habe ich seinen Namen neben mir gesehen.«

»Aber natürlich, schließlich ist er ja verantwortlich für den Import des Zeugs, aus dem deine Shorts gemacht werden. Er ist ein Baumwollkommissionär; und jetzt sieh da hinüber.« Mein Blick ging in die angegebene Richtung. »Hier kommt, wenn ich mich nicht irre, sein Kunde.«

Ein jüngerer Grieche bugsierte einen blauen Porsche in das Gäßchen neben dem Success House. Das Auto war so niedrig, als hätte ein Riese versucht, es plattzutreten, und man sah deutlich, daß der Grieche nach dem Aussteigen aus dem Schalensitz kurzfristig an Höhenkrankheit litt. Beim Abschließen sah er sich argwöhnisch um.

»Siehst du, wie er sich umschaut? Er hat Angst, daß Zekel, wenn er merkt, daß er einen Porsche fährt, noch härter verhandelt, und dann das Feilschen zwischen ihnen – das eh schon sehr langwierig ist – endlos wird. Der Grieche heißt Vassily Antinou, und ich kann dir sagen, er ist eine noch ergiebigere Mine dummer Widersprüchlichkeit als du. Sein Vater bekam wegen irgendwelcher Bestechungsgelder mit den Obristen Streit. Natürlich erhob der heranwachsende Antinou, gestrandet im fetten London, sein Exil zu etwas Politischem. Es ist so typisch englisch, daß dieser Revoluzzer schließlich bei einem eigenen Ausbeutungsbetrieb in Clapton landet – zur gegebenen Zeit wirst du ihn sehen. Seine ganzen sozialistischen Phrasen sind verblaßt zu unglaubwürdigen Pseudosorgen über die Ein-Mann-Verwaltung von zwanzig nylonbeblusten Arbeiterinnen. Arme Zypriotinnen, die keine andere Wahl haben als zuzusehen, wie ihr Chef – in Anzügen von Anzio, Schuhen von Hoage's und Hemden von Barries' – auf dem Linoleum herumtigert, gegen die Stromkabel ihrer Nähmaschinen schnippt und über Produktivitätsbeteiligungen und Arbeitnehmeranteile schwadroniert. Erbärmlich, was?«

Wir waren im Success House und sahen nach draußen. Jene stattlichen Säulen rahmten nun einen Ausblick auf die ausgedehnte, wirre Dachlandschaft von South London. Der Kommissionär saß hinter einem Rollpult. Er war so bucklig und arthritisch verkrüppelt, daß er aussah wie ein Krebs im Anzug.

»Was willste, Vassily?« Ganz offensichtlich hatte er für den Griechen, der am Türpfosten lehnte, nicht viel übrig. Er nahm ein frisch zusammengestelltes Stoffmusterbuch vom Tisch und warf es Antinou zu, der das flatternde Ding mit einer Hand auffing und es fachmännisch befingerte.

»Das da«, sagte Antinou, zog ein Muster heraus und rieb es zwischen Zeigefinger und Daumen.

»Das nennt man ›Tuchfühlung nehmen‹«, sagte Der Dicke Kontrolleur leise, »jetzt paß auf, gleich wird er fest daran reißen, um die Dehnbarkeit zu prüfen.« Er hatte recht.

»Ägyptische Baumwolle«, seufzte Zekel. »Ich hab sie persönlich ersteigert – ist noch unter Zollverschluß.« Antinou befühlte weiter das Stoffstück, das einmal ein flauschiges Bällchen im flachen Delta gewesen war.

»Wieviel?« fragte er schließlich. Der Kommissionär nannte einen Preis, Antinou einen anderen, und so ging es eine Weile hin und her.

Der Dicke Kontrolleur und ich waren wieder in dem Ballen, als er aus dem Zollspeicher in Felixstowe eintraf. Die Transportertüren schwangen auf, und während Antinous Männer uns herauswuchteten, kamen wir in den Genuß eines frühmorgendlichen Blicks auf Clapton. Es sah vollkommen unterbelichtet aus, wie ein Photo, das nicht durch die Qualitätskontrolle gekommen war.

»Siehst du den da?« fragte Der Dicke Kontrolleur. Ein blasierter Schwarzer im eleganten Anzug schwebte herbei.

»Das ist Crispin. Er ist der Begründer des Barries'-Look, der Mann hinter deinen Shorts.«
»Halt, Jungs!« Der Schwarze ließ die Hand auf den Baumwollballen fallen. Er nahm ein Stoffende in die Hand und befühlte mit zärtlichen Bewegungen das Tuch, als würde er lustvoll eine erogene Zone enthüllen. Er bauschte es und zog daran und fältelte es schließlich zwischen den Fingerknöcheln, bevor er es wieder fallen ließ. Dann ging er in Richtung auf eine grüne Tür mit der Aufschrift »Narcissus Clothing« davon und murmelte: »Der paßt, der ist der Richtige.«
»Siehst du«, sagte Der Dicke Kontrolleur, als Crispin verschwunden war, »deine Shorts hatten bereits Form und Gestalt – in seiner Vorstellung. Jetzt hat er den Stoff dafür gefunden. Sollen wir weitergehen?«
Wir waren auf der King's Road. Die Vorderseite von Barries' Menswear war pseudoländlich, ein hüfthohes Maßwerk aus weißem Verputz und schwarzen Balken, gekrönt von ausladenden Fenstern. »Dort ist er, das ist Barry – Barry Mercer.« Ein feister Mann, fischförmig, das Schwanzende in kleine Lederhalbschuhe auslaufend, kam gestikulierend und sich die verschwitzten, roten Haare raufend, aus dem Laden. Crispin folgte ihm auf dem Fuß. »Sein richtiger Name lautet natürlich Morgenstern. Sein Vater war Maßschneider an der Mile End Road. Weißt du noch, was ich über Baumwolle und das Repetitive-Stress-Syndrom gesagt habe? Nun, Mercers Vater hatte genau die gleichen Schwarten toten Fleisches an seinen Händen, die wir im Delta gesehen haben. Barry konnte seinen Namen erst ändern, als sein Vater tot war – und Crispin hätte er ihm auf keinen Fall ins Haus bringen dürfen. Sein Vater hätte gesagt: ›Wir verkaufen an die Schwarzen, aber ins Geschäft nehmen wir sie nicht rein.‹ Barrys Mutter ist dafür viel zu höflich, und immer wenn Crispin vorbeischaut, bekommt er Nußschnecken und das Photo-

album wie jeder andere auch. Sollen wir mal zuhören?«
»Accessoirisieren, das ist das A und O, wenn du ein Designkonzept am Markt etablieren willst«, sagte Crispin. Seine Nasenflügel waren breit und am Rand so fein, als wären sie aus Papier.
»Aber was können wir den accessoirisieren?« jammerte Mercer. »Gestern mußte ich nach Clapton und mit Antinou stundenlang um diese verdammte ägyptische Baumwolle feilschen. Wofür brauchst du die denn? Wir haben keine Modellreihe, keine Kollektion, für die Accessoires nötig wären.«
»Macht nichts.« Crispin ließ sich nicht aus dem Konzept bringen. »Wir machen einfach nur die Accessoires. Antinou kann uns Boxershorts für weniger als 50 Pence pro Stück produzieren. Wir können auch Hemden und Socken machen –«

ER WURDE MITTEN IM SATZ AUSGEBLENDET. Als wäre nichts passiert, saßen wir wieder auf der Bank auf dem Campus. Der leere Zierteich war mit verfaulten Blättern verstopft, Stare trieben im Wind wie Papierfetzen. Der Dicke Kontrolleur hatte eine große, metallene Zigarrenkiste offen in der Hand. Er betrachtete sie ehrfürchtig, als wäre sie ein Tabak-Brevier. Er sagte: »Du darfst nie vergessen, daß die Auswahl der richtigen Zigarre eher eine Sache der Intuition als der Analyse ist. Es bringt nichts, sich die verfügbaren Zigarren anzuschauen und dann eine anhand gewisser Kriterien auszusuchen. Nein, man muß warten, bis die Zigarre, die – sozusagen – dafür ausersehen ist, zu dir spricht. Bis sie sagt: ›Rauch mich.‹ Diese da« – er nahm eine behutsam an der Spitze heraus – »sagt, sie sei die Reinkarnation von Cleopatras Natter. Ich glaube es ihr.« Er zündete sie mit seinem Zippo an.

»Ich dachte, Kenner zünden sich ihre Zigarren nie mit einem Benzinfeuerzeug an.«
»Was? Ach ja, strenggenommen stimmt das natürlich, aber es ist ein Fehler, einen sinnlichen Genuß als einschichtige Größe zu betrachten. Solche Erlebnisse sind im Gegenteil sehr vielfältig. Wenn dein Gaumen entsprechend entwikkelt ist, kannst du den Tabak vom Benzin unterscheiden. Ich persönlich mag den Benzingeschmack recht gern. Habe während eines Aufenthalts bei den australischen Aborigines Geschmack daran gefunden... wie auch immer, wir weichen ab. Wie hat dir meine kleine Lektion gefallen, ›Die Geschichte des Produkts‹?«
»Es war sehr interessant. War es eine Halluzination?«
»Sei doch nicht so verdammt blöd! Was für einen Sinn hat es denn, daß ich mir Zeit für dich nehme, dich kultiviere, durch und durch anständig dir gegenüber bin, wenn du eine so kindische Leichtgläubigkeit an den Tag legst?«
»Mir meine Freundin zu nehmen würde ich nicht gerade anständig nennen.«
»Immer noch verschnupft deswegen, was? Also komm, du kannst dir doch unmöglich einbilden, daß aus der Beziehung mit diesem Gänschen irgend etwas hätte werden können. In der Tiefe deines Herzens weißt du doch, daß du unfähig bist zu einer solchen Gemeinschaft, einer solchen Selbstaufgabe –«
»Aber was ist mit meiner ›Wahlverwandtschaft‹?«
»Das ist etwas ganz anderes.«
»Weil es das ist, was Sie wollen?«
»Genau. Nun aber zurück zur ›Geschichte des Produkts‹. Die Fähigkeit, dergestalt zu retroszendieren, wird für dich von unschätzbarem Wert sein; es bedeutet, daß du, wenn du versuchst, den Bedarf für ein bestimmtes Produkt abzuschätzen, dir ein ähnliches ansehen und unverzüglich das Portefeuille seiner Entstehung auspacken kannst. Hierzu

gibt es natürlich noch einen weiteren Aspekt, den kulturellen Überbau, der dieser historischen Basis entspricht. Damit meine ich natürlich die diskreten Anzeigen in der anspruchsvollen Presse, Leute, die albern ›Oh, von Barries‹‹ flüstern, wenn sie sehen, was für ein Hemd du trägst, die Handzettel, die Mercer so geschickt unauffällig an den Rezeptionen der besseren Londoner Hotel plaziert, und so weiter und so fort. Natürlich sind deine Shorts hierfür ein sehr simples Beispiel. Wenn es um Produkte für den Massenmarkt geht, kann die retroszendierende Erfahrung sehr viel verwirrender sein. Ein erfahrener Retroszendent kann zwar lernen, sich durch die gesamte verfügbare historische Bilderwelt hindurchzumanövrieren, doch ich fürchte, davon bist du noch weit entfernt. In der Zwischenzeit – das heißt, bis du trocken hinter den Ohren bist – wirst du dich darauf beschränken müssen, mich zu Hilfe zu rufen, wenn du retroszendieren willst, ist das klar? Gut. Aber jetzt« – er sah seiner Rolex ins Antlitz – »läuft mir die Zeit davon. Ich muß eine Maschine erreichen. Bis demnächst.« Er konnte nie guten Tag oder auf Wiedersehen sagen, er kam einfach und ging wieder. Ich blieb auf der Gedenkbank zurück, einsamer denn je.

NATÜRLICH KONNTE JUNE NICHT VERSTEHEN, warum ich sie weiterhin schnitt. Und ich schnitt sie wirklich. Ich mußte sogar Seminare und Tutorenkurse ausfallen lassen, um eine Unterhaltung mit ihr zu vermeiden. Anfangs war sie darüber nur verwirrt, doch schon bald war sie unverblümt wütend. Sie steckte mir eine Reihe von Nachrichten in mein Fach, am Anfang wehmütige: »Ich bin sehr verunsichert wegen dem, was in dieser Nacht zwischen uns passiert ist. Ich habe dich für einen sehr einfühlsamen Menschen gehalten und jetzt verstehe ich nicht, warum du nicht mehr mit mir reden willst. Hat es etwas mit dem Sex

zu tun?« (wie recht sie doch hatte), am Ende jedoch ausfallende: »Ian Wharton, du bist das größte aller gottverdammten männlichen Chauvinistenschweine. Erst gehst du mit einer Frau aus, und dann läßt du sie fallen. Ist es dir denn vollkommen egal, was andere fühlen?«
Wenn sie nur gewußt hätte, wie wenig egal mir das war. Wenn sie mich nur hätte sehen können, wie ich in Cliff Top herumschlich, die Verkörperung der Melancholie. Mit gesenktem Kopf saß ich auf Mäuerchen herum, niedergeschlagen bis ins Innerste. Ihre Kritik traf mich mit voller Wucht. Irgendwo in meinem Bauch gab es einen Beutel der Zuneigung, eine Blase mit emotionaler Nahrung, so übervoll, daß sie schier platzte vor Sehnsucht, den Hunger im Herzen eines anderen zu stillen. Aber ich war gehemmt, fürchterlich gehemmt.
Abgeschnitten vom Umgang mit meinen Altersgenossen, besann ich mich wieder auf meine Mutter. Seit ich die Universität besuchte, sahen wir uns viel seltener als früher. Es war eine Fortführung – das glaubte ich zumindest – des Takts, den sie mir als Kind gegenüber immer gezeigt hatte, indem sie sich nicht aufdrängte. Doch als ich dann anfing, im neuen Haus herumzuhängen und ihr zuzusehen, wie sie sich mit Personal und Gästen unterhielt, die örtlichen Honoratioren bewirtete, arrogant Lieferanten oder andere Geschäftsleute am Telefon abfertigte, wurde mir klar, daß dieser scheinbare Takt in Wahrheit eine Fortführung jener Komplizenschaft war, die ich schon lange vermutete. Mutter, das spürte ich, wußte nicht nur ein wenig über Mr. Broadhurst, sie wußte alles über ihn. Das war auch der Grund, warum sie als erste wußte, daß er auszog.
Es war ein Sonntagnachmittag mitten im Winter, ich saß in meinem Wohnwagen und studierte. Ich las eben ein Schrottbuch über Ökonomie, voll von diesen Piktogrammen, die halb Diagramm und halb Zeichnung sind, als ich

über dem Tosen des Sturms, der vom Meer hereinblies, und dem Surren des Heizlüfters, der meine Füße marinierte, das Dröhnen eines Dieselmotors hörte.

Das abgerundete Rechteck meines kleinen Fensters zur Welt gewährte mir ein Fernsehbild der Anlage. Draußen im Heulen klatschten ziellose Regenschwaden gegen die wenigen noch übrigen Wohnkästen. Mich packte eine starke Vorahnung, und dann sah ich sie, die Zigeuner. Natürlich erkannte ich sie sofort wieder – die Adlerprofile und die rabenschwarzen Zotteln ihrer Haare zeichneten sich doppelt ab, als das Fenster ihres Lastwagens an meinem vorbeiglitt.

Ich war augenblicklich draußen. Offensichtlich hatten ihre Bremsen blockiert, als sie den Abhang heruntergefahren waren, denn auf dem Rasen zeigte sich eine zwanzig Meter lange Doppelfurche schokoladigen Lehms, wo ihre Reifen das Gras umgepflügt hatten. »Was treiben Sie denn da!« rief ich über den Sturm. »Sehen Sie, was sie angerichtet haben. Das hier ist Privatgrund.« Noch während ich das schrie, spürte ich die absolute Absurdität meiner Worte und der Figur, die ich machte, ich, ein schludriger, feister junger Mann, so offensichtlich tolpatschig und ungeschickt, mit Hemdzipfeln, die mir wie Hasenohren aus der Hose hingen.

Sie sprangen genau so aus der Fahrerkabine, wie ich es noch in Erinnerung hatte, geschmeidig und gefährlich. »Immär mit die Ruh«, sagte der größere der beiden und kam zielstrebig auf mich zu. »Denn sollmer holen.« Er deutete auf den glänzenden Rumpf von Mr. Broadhursts Caravan.

»Aber wo ist Mr. Broadhurst?«

»Ich nix weiß, Klejner. Mocht abärr nix. Hob olle Papeere dobej.« Er hielt mir ein Klemmbrett entgegen wie eine Waffe.

Der andere Zigeuner war neben ihn getreten. Er beugte

und drehte seine Affenarme, wie um sie zum Zuschlagen zu lockern. »Mechst Strejt, Orschloch?« keifte er.
Ich floh vor ihnen und lief den Hügel hoch zum Haus meiner Mutter. Ich rannte den ganzen neuen Korridor entlang, über den Wilton-Teppich, vorbei an den nachgemachten Jagdszenen und den Brokattapeten. Ich fand sie in der Küche, bei der Überwachung des Chefkochs, der eben Teig ausrollte. »Diese Zigeuner sind wieder da«, keuchte ich. »Sie sagen, sie wollen Mr. Broadhursts Caravan abholen.«
Sie sah mich kritisch an und setzte sich ihre neue goldgefaßte Bifokalbrille auf die Nase. »Versuche bitte, keinen Schmutz ins Haus zu schleppen, Ian, und glaubst du nicht auch, daß du den Ausdruck ›Zigeuner‹ aus deinem Wortschatz streichen solltest – er ist so schrecklich gewöhnlich.«
Im Fernsehen predigte eben Thora Hird, sie saß vor einer griechischen Urne.
»Aber Mum, zu mir hat er nie etwas gesagt, daß er von Cliff Top wegzieht –«
»Ach ja, Ian, aber zu mir, zu mir hat er es gesagt.«
Nun war es also heraus. Sie brauchte es nicht deutlicher zu sagen, es war klar genug. Sie wußte alles über ihn, sie wußte alles über ›uns‹; und es war ihr entweder gleichgültig,77 oder es fand sogar ihre ausdrückliche Zustimmung. Meine Mutter entwickelte zu dieser Zeit ein verdächtig jugendliches Aussehen. Ihre Brüste waren wieder in den Fünfzigern gelandet. In der forschen Umarmung des neuen Geldes waren sie spitz und hart geworden, wie die Kegelköpfe von Raketen, die ins All geschossen werden zur Erforschung der Planeten, zum Nähren neuer Welten. Und ihre Haare – diese Haare lockten sich noch immer ungezügelt, als wäre jede Strähne ein unkontrollierbarer sexueller Impuls. Wie hatte ich ihr je trauen können?
Der neue Parkettboden vibrierte, durch das Schiebefenster sah ich, wie der schwarze Laster die Zufahrt zur Haupt-

straße hochzockelte, und hintendran der silberne Caravan wie ein Auftriebskörper, der verhinderte, daß die Zigeuner untertauchten, sich zum Mittelpunkt der Erde davonmachten. Mit ihnen verschwand auch meine letzte Chance, meine Kindheit zurückzugewinnen.

5 REHABILITATION

Müssiggang ist aller Psychologie
Anfang. Wie? wäre Psychologie
ein – Laster?
NIETZSCHE, *Götzen-Dämmerung*

ICH WILL ERZÄHLEN, wie es passierte. Ich besuchte weiter die Universität, absolvierte meine Seminare und vermied Intimität, in welcher Gestalt sie sich mir auch anbot. Gleichzeitig praktizierte ich penibel das System meiner persönlichen Rituale, um mich gegen jede Form der Eidetik abzuschotten. Ich war fest entschlossen, so weit wie möglich im Jetzt zu leben. Wurde ich je verlockt von der verführerischen Blähung eines eidetischen Bildes, durchstieß ich seine reflektierende Haut mit einem Pfeil und riß sie weg, um die dahinterliegende banale Struktur bloßzulegen. Ich blinzelte und verwandelte die Galaxie in den Staub meiner toten Haut; auf dem glänzenden Asphalt las ich NETHCA TRHAFROV und vermied es, die Vorfahrt zu achten. Wie er vorausgesagt hatte, gelangen mir wunderschön konsistente Kombinationen von Erahntem mit kleinen Fitzelchen kinästhetischer Mitteilung. Ich wurde – auf meine eigene bescheidene Art – zu einer Kassandra der Kacke. Die unbedeutendsten Aspekte meiner Körperlichkeit wurden mir zu Instrumenten der Prophezeihung: Abhängig davon, ob das Fetzchen Zahnfleischhaut sich löst … wird das Blatt fallen oder nicht, werde ich sterben oder unsterblich sein, wird die Sonne aufgehen oder nicht. Ironischerweise geschah es genau zu dieser Zeit, daß ich mich zu einem wahren Adepten des Magus des Alltäglichen entwickelte. Und zwar so sehr, daß ich wochenlang ohne jede Eidetik auskam. Ironischerweise, denn nachdem Der Dicke Kontrolleur mir gezeigt hatte, was er »Retroszendenz« nannte, begnügte er sich damit, mich eine Weile in meinem eigenen Saft schmoren zu lassen.

Im Grunde hielt ich seine Technik des Auspackens der verborgenen Geschichte von Produkten für verabscheuungswürdig. Ich wollte die Zusammenhänge der Wirtschaft auf ganz andere Weise verstehen, ausgehend ausschließlich von Analyse und logischer Kombination, und nicht irgendeiner verschrobenen visuellen Intuition.

Dunkel dämmerte mir, daß Der Dicke Kontrolleur, indem er mir dieses Reich der materiellen Substanz präsentierte, das durch bloßen Willensakt zu erreichen ist, mich zu einem Kosmos der Markennahmen verdammte, einer Metaphysik der Motive, einer Logik der Logos und einer Erkenntnistheorie, die auf EPOS basierte (Electronic Point of Sale als Methode zur Lagerverwaltung über elektronische Registrierkassen, die eben zu dieser Zeit bei den größeren Einzelhändlern in Gebrauch kam). Meine Psyche sollte dem Product Placement zur Verfügung stehen – das war seine Absicht. Der Innenraum meines Bewußtseins sollte anhand seiner Verkaufsstrategien ausgestaltet werden, mit runden Präsentationsständern voller Konzepte, die in Gängen des Denkens standen, flankiert von langen Regalreihen, auf denen sich grellfarbige kleine Ideen türmten.

Gäbe ich mich der Retroszendenz hin, das erkannte ich, dann würde eine gewöhnliche Präsentationsgondel im Supermarkt, starrend vor unzähligen Produkten wie ein Igel vor Stacheln, zu einem mystischen Prüfstand werden, der mich durch seine abertausend Portale einsaugen könnte in individuelle Historien, so komplex, so dauerhaft, daß ich vielleicht nie wieder herauskäme.

Auch das Ökosystem, das ich bewohnte, sollte definiert sein von Produkten, die gegen die eingebaute Veralterung ankämpften, um sich zu individualisieren, und alle ihnen zur Verfügung stehenden menschlichen Hilfsmittel benutzten, um ihre Markennamen-Spezies zu fördern. Ich war mir bewußt, daß alldem ein Gesetz der Unnatürlichen Selektion zugrunde liegen mußte, mit dem sich beweisen ließ, daß das stärkste Produkt mit der farbenfrohesten Verpackung die höchsten Chancen hatte, durch Kauf verbreitet zu werden.

Aber wider alle Erwartung merkte ich, daß ich, je länger er sich heraushielt, es um so besser in den Griff bekam. Ich fiel in eine scheinbare Normalität zurück. Ich befreite mich aus der antiquierten Zwangsjacke seiner wortreichen Sprechweise. Ja, ich putzte mich sogar ein wenig heraus, wurde ein kleiner Dandy. Auf die Boxershorts von Barries' folgten Hemden und Socken, dann Jacketts und Hosen von Di Stato (Anzios Hauptstraßenkette) und schließlich Schuhe von Hoage's.

Ich hatte keine Laster, ich konnte niemanden ausführen, hatte also nichts, wofür ich Geld ausgeben konnte, außer für Kleidung. In meiner Vorstellung war ich bereits der schicke, intelligente und effiziente Jungmanager, der ich werden wollte. Ich war fest entschlossen, mich generisch zu machen, bevor ich die Universität verließ.

Nach wenigen Monaten dieser Lebensgestaltung konnte ich mir beinahe einreden, daß meine ganze Beziehung zu dem Mann, den ich »Den Dicken Kontrolleur« nannte, nur eine höchst komplexe Einbildung gewesen sei. Welche tatsächlichen Beweise hatte ich denn? Es ist nichts Schlimmes, wenn ein Mann unter falschem Namen lebt, und außerdem konnte ich nicht beweisen, daß Mr. Broadhurst und Samuel Northcliffe ein und derselbe waren, genauso wenig, wie ich beweisen konnte, daß Der Dicke Kontrolleur es gewesen war, der diese Frau im Royal Theatre mit einer versenkbaren Spritzennadel voller Curare getötet hatte, und nicht irgendein anderer.

Was meine eidetischen Erlebnisse anging, so fand ich auch die verdächtig; zu offensichtlich waren sie Produkte meiner eigenen fiebrigen visuellen Phantasie. Bei genauerem Nachdenken fiel mir auf, daß fast alle Aspekte meiner Eidetik, auf die Der Dicke Kontrolleur eingewirkt hatte, seiner Intervention vorausgegangen anstatt eine Folge von ihr gewesen waren.

Ich begann mich zu fragen, ob ich vielleicht nur das Opfer einer umfassenden Selbsttäuschung geworden war, möglicherweise Folge einer überhitzten Pubertät, die zu einer Art psychohormonaler Explosion führte. Ich wußte nur wenig über Psychologie, aber doch genug, um mir der Wirkung eines abwesenden Vaters auf ein ungeformtes Ego bewußt zu sein. Hatte ich Mr. Broadhurst nur deshalb mit so finsterer und umfassender Macht ausgestattet, um den chronischen Mangel an einem richtigen Rollenmodell zu kompensieren?

Unter dem Einfluß dieses jüngsten Aufwallens rationaler Spekulation versuchte ich, mich in einem anderen Licht zu sehen. Vielleicht war ich gar nicht das Spielzeug eines Magiers, der entschlossen war, mich in die furchteinflößende und chaotische Welt des nackten Willens zu schleifen, sondern nur ein ernsthaft neurotischer Mensch, der dringend Hilfe brauchte.

Aber welche Art von Hilfe? Ich wußte nicht, an wen oder wohin ich mich wenden sollte. So fuhr ich vorerst fort mit meinen ritualisierten Beobachtungen, zählte wie ein Besessener die Schritte, die nötig waren, um diesen oder jenen Ort zu erreichen, wich sorgsam jedem Riß im Straßenpflaster aus, damit nur ja die Bären des Es mich nicht erwischten, und widmete mich meinen Körperfunktionen mit der reinen metrischen Hingabe eines Sadhu.

Ich spielte auch mit dem Gedanken, das, worunter ich litt,

könnte eine Art Schielen der Seele sein. Wenn ich mich anstrengte, konnte ich die Welt sehen, wie andere es taten, stereoskopisch, aber wenn ich mich entspannte, kam sofort die binokulare Sicht, und während das eine »Auge« auf einen konkreten Punkt gerichtet blieb, wanderte das andere zu der wolkenverhüllten Peripherie, wo Der Dicke Kontrolleur und seine Machenschaften herrschten. Nur durch beständige Wachsamkeit konnte ich ihn mir vom Hals halten.
Beständige Wachsamkeit und Einsamkeit sind eine zehrende Mischung, zehrend und deprimierend. Auch wenn ich mich bemühte, mich strikt an meinen Kurs zu halten und einer jener Konfektionsmenschen zu werden, die am idiomatischen Haken hängen und deren Wahlverhalten ausschließlich bestimmt wird von winzigen Änderungen der Finanzpolitik, konnte doch jeder Augenblick des Entspannens schockierende Wirkung haben.
Der Dicke Kontrolleur – was er auch sein mochte – hatte aufgehört, sich zu manifestieren, und der Mensch, dem ich diese Selbsttäuschung aufgepfropft hatte, hatte Cliff Top eindeutig verlassen. Dennoch stieß ich von Zeit zu Zeit auf obskure, merkwürdig verschlüsselte Botschaften, die meinen Seelenfrieden bedrohten.
Eines Tages schmökerte ich in der Universitätsbibliothek, als ich, aus keinem Grund, den ich nennen könnte, eine Biographie Newtons aus einem Regal zog. Beim Durchblättern stieß ich auf eine Passage, die seinen psychotischen Zusammenbruch beschrieb. Anscheinend war Newton, der schon immer exzentrisch und weltabgeschieden gewesen war, ab Herbst (Ha!) 1693 immer stärker dem Wahn verfallen. Er schrieb eine Reihe von Briefen an Pepys, Locke und andere Freunde, in denen er sie beschuldigte, Atheisten und Katholiken zu sein. Er deutete sogar an, sie hätten versucht, ihn zu verderben, indem sie ihm weibliche Verführer in sein Cambridger Quartier schickten. Der

Biograph stellte die Hypothese auf, es sei wohl der Fehlschlag seiner alchimistischen Experimente gewesen, die zu diesem Zusammenbruch geführt hatten.

Es war heller Tag, als ich diese Passage las, und das Sonnenlicht, das durch die hohen Fenster strömte, beleuchtete eine Szene der Modernität und Ordnung. Es half nichts – kaum hatte ich das Wort Alchimie gelesen, schrillten in der Feuerwache in meinem Kopf die Sirenen. Die Löschzüge des Rituals, die immer bereitstanden, um jeden Ausbruch des Magischen zu ersticken, wurden schleunigst ausgeschickt. Es war zu spät, ich konnte mich nicht mehr daran hindern, eidetisch Mr. Broadhursts ungewöhnlichen Caduceus heraufzubeschwören, den er sich aus einer alten Fernsehantenne und einem Verlängerungskabel gebastelt hatte, und ich konnte mich nicht daran hindern, weiterzulesen:

Newton schrieb an Locke und behauptete, er »habe Besuch erhalten von einem gewissen Theologus von monströsem und Kröten-ähnlichem Äußeren. Dieser Mann, oder diese Bestia, rühmte sich der Kenntnis verschiedenster Operationes in der Wissenschaft der Alchimie, die mir nicht bekannt waren. Er bestand darauf, mein alchimisches Gerät zu untersuchen, und erklärte, meine Methode der Fixation sei nicht exakt. Auch lenkte er meine Aufmerksamkeit auf, wie er behauptete, gewisse Verunreinigungen im Material meiner Cupella. Darüber hinaus bedeutete er mir, innerhalb der Mauern der Glastonbury Abbey liege ein reines Destillat des wahren Steins vergraben, zu dem nur er Zugang habe. Ich kann dem unerfreulichen Eindruck nicht genüge tun, den dieser Mann, ein gewisser Broadhurst, auf mich hatte…

Krachend schlug ich das Buch zu. Ich kniff die Augen zusammen und steckte mir die Finger in die Ohren. Ich drehte die Nägel, so daß sich ein wenig Schmalz vom Trommelfell löste, rollte dann die beiden Kügelchen zwischen Daumen und Zeigefinger meiner beiden Hände und steckte sie in das jeweils entgegengesetzte Ohr. Dabei summte ich die ganze Zeit und beurteilte die Beißbarkeit des Linoleums unter meinen Füßen.

Als ich die Augen öffnete, wagte ich nicht zu hoffen, daß das funktioniert haben könnte. Ich erwartete, daß er bei mir war, daß sein stentoriales Irgendwosein die geräumige Bibliothek in etwas Schäbiges, Kleines verwandelte. Aber es war niemand da.

Es gab noch mehr solcher Vorfälle. Angezogen vom Umschlag mit der farbenfrohen Darstellung eines chinesischen Drachens, blätterte ich durch ein Exemplar von De Quinceys *Bekenntnissen eines englischen Opiumessers*. In diesem Fall stieß ich auf eine Passage, in der der Autor von einem Klopfen an der Tür seiner Hütte aus seinem narkotisierten Schlummer geweckt wird:

Das Dienstmädchen kam in meine Kammer und meldete mir, daß eine »Art Dämon« unten sei, der in einer fremden Sprache plappere. Ich kleidete mich an und begab mich nach unten. In der Küche fand ich mein Dienstmädchen und ein fremdes Kind aus dem Dorf, denen es beiden ob dieser Erscheinung die Sprache verschlagen hatte. Ich erkannte bald, daß das »Plappern«, von dem sie sprachen, nichts anderes war als klassisches Griechisch, das diese stattliche Person vorzüglich beherrschte. »Seid Ihr der Opiumesser?« sagte der Mann.
»Der bin ich«, erwiderte ich mit zitternder Stimme.
»Dann, guter Mann, auf den Tisch mit dem Zeug, her mit 'ner Ladung, legt vor den Stoff, verpaßt uns in

Michels Namen eine anständige Dröhnung, denn bei Zeus, mir zerreißt's gleich den Schädel.«

So merkwürdig dies auch erscheinen mag, verblüffte mich doch dieses Mannes Versessenheit auf Opium mehr als sein Aussehen oder seine Wortwahl. Ich gab ihm ein Stück, das er sich zu meinem Entsetzen unverzüglich in den Mund schob, denn es war doch gewiß groß genug, um ein halbes Dutzend Dragoner samt ihrer Pferde zu töten. Dann drehte er sich ohne weitere Umschweife um und ging, die Tür ins Schloß werfend, davon. Erst als ich später über diesen Vorfall nachdachte, erinnerte ich mich an das Aussehen dieses Mannes. Er war außerordentlich dick und hatte einen finsteren und aggressiven Ausdruck. Und obwohl europäisch von seiner Physiognomie, war er bekleidet mit dem Turban und den weiten Hosen eines Malaien.

Ich kann nicht sagen, ob diese Erscheinung eine Folge des Opiums war oder nicht, aber von dieser Zeit an wurde ich in meinen schauderhaftesten Opiumqualen regelmäßig von seiner Gestalt heimgesucht, und die gepeinigten Gänge meines Geistes hallen wider von seinem merkwürdigen Wortschwall. Vielleicht war sein Anblick ein Resultat jener Verwirrungen des Gedächtnisses, von denen ich gesprochen habe, und die Verknüpfung seiner Merkmale, die unzivilisierte Aufmachung des Malaien, das Gesicht eines trunksüchtigen Büttels und seine Versessenheit auf Opium kein reiner Zufall, sondern ein tiefer Ausdruck meiner eigenen Ängste?

An »reinen Zufall« glaubte ich nicht mehr als De Quincey. Das Nebeneinander von gelehrter Sprache und Slang, sein ungeheuerliches Benehmen, der »finstere und aggressive Ausdruck«. Das war bestimmt ein weiterer Fingerzeig, ein weiterer verschlüsselter Hinweis; entweder das oder meine

Fähigkeit zum Phantasieren hatte, da vorübergehend von meiner visuellen Vorstellungskraft isoliert, nun einen anderen Bereich mit Beschlag belegt und mein Begriffsvermögen verdorben.
In gewisser Weise war Des Dicken Kontrolleurs neue Methode, mich zu überwachen, noch beängstigender als die alte. Es ging steil abwärts mit mir. Ich erschien nachlässig gekleidet zu Seminaren und Tutorensitzungen oder auch gar nicht. In einer Woche versäumte ich sogar den Abgabetermin für ein Paper über das Handelsdefizit. Das war noch nie dagewesen. Beim nächsten Seminar bat mich Mr. Hargreaves, derselbe, der mich der armen June empfohlen hatte, nach der Sitzung noch dazubleiben.
»Wharton«, begann er nervös, »es geht mich ja vielleicht nichts an, aber ich muß Ihnen sagen, daß ich mir ein wenig Sorgen um Sie mache.«
Ich wand mich. »Also, ähm ... wissen Sie, mir ist ein bißchen bange vor den Abschlußprüfungen.«
»Aber was soll denn das; Sie bringen beständig gute Leistungen in allen Fächern – ich habe mich mit Ihrem Tutor unterhalten –, und da Sie regelmäßig abgehört wurden, können Sie gar nicht durchfallen, auch wenn Sie es wollten. Was ist denn los, Junge? Offensichtlich haben Sie keinen Kontakt mit Ihren Kommilitonen, Sie sind ein Einzelgänger. Vielleicht sollte ich mich ja nicht einmischen, aber ich hasse es, mit ansehen zu müssen, wie ein junger Mann sein Leben wegwirft.«
Ich sah ihm ins Gesicht. Hargreaves sah ein bißchen aus wie ein großes Nagetier, ein Wasserschwein oder eine Biberratte. Er hatte eine schnuppernde Schnauze und dünne Arme, die er angewinkelt an seinen übergewichtigen Körper drückte. Es versteht sich beinahe von selbst, daß er dünne, zum Pilzkopf geschnittene Haare hatte und einen kurzgeschnitten Bart zur Schau trug, der in seiner Dichte an Fell erinnerte. Er reichte ihm bis über die Wangen-

knochen, was den Verdacht nahelegte, er müsse sich täglich Augenhöhlen und Stirn rasieren, um nicht gänzlich tierisch zu wirken.
»Na ja«, stammelte ich schließlich. »In letzter Zeit geht's mir nicht so gut.« Dann strömten die Worte aus mir heraus, wie schale, nach Gummi riechende Luft, die aus einer Luftmatratze zischt. »Es ist ... es ist halt so, daß ... daß ich kaum Freunde habe und mich ein wenig isoliert fühle, glaub ich –« Ich unterbrach mich, denn ich betrat verbotenes Gelände, war kurz davor, mehr preiszugeben, als ich durfte. Wie konnte ich von meiner anderen Welt reden inmitten der absoluten Gewißheiten von gemaserten Holzjalousien, Tisch- und Stuhlkombinationen aus Plastik und farbkodierenden Filzstiften?
»Wenn Sie deprimiert sind« – Hargreaves war die Fürsorge in Person –, »wäre es vielleicht nicht schlecht, wenn Sie sich an den Studentenberater wenden. Er ist dazu da, Ihnen bei allen Problemen zu helfen, die Sie belasten, haben Sie das gewußt?« Ich murmelte etwas Zustimmendes. »Also, ich werde Folgendes machen.« Sein Gesicht hellte sich auf, bekam das Strahlen eines Mannes, der kurz davor ist, eine unangenehme Verantwortung abzugeben. »Ich werde Ihnen einen Termin bei Dr. Gyggle besorgen. Er ist nicht nur Berater, er ist auch ein qualifizierter Psychiater. Ich bin mir ganz sicher, daß ein Gespräch mit ihm Ihnen weiterhelfen wird. Und machen Sie sich keine Gedanken« – er wurde jetzt richtig glücklich und striegelte sich mit seinen winzigen Händen das Gesicht –, »unser Gespräch wird ebenso vertraulich bleiben wie alles, was Sie zu ihm sagen.«
Tags darauf lag in meinem Fach eine Nachricht von Hargreaves; ich sollte an diesem Nachmittag zu Mr. Gyggle gehen. Ohne weitere Lügen schien es für mich kein Zurück zu geben, und außerdem war ich ja wirklich todunglücklich – ohne die Lenkung durch Des Dicken Kontrolleurs

gyroskopische Leibesfülle trudelte meine Welt unkontrolliert.
Als ich an diesem Nachmittag über den Campus ging, wußte ich noch nicht, daß nun gleich meine vollkommene Rehabilitation beginnen würde. Daß aber Gyggle für mich der Seelenklempner schlechthin war, merkte ich, kaum daß ich ihn sah. Es war der Bart, wie ich vermute, ein Bart, der das genaue Gegenteil von Hargreaves' Bart war. War dessen Bart ganz offensichtlich eine Kompensation, ein Ersatz für nie erreichte Männlichkeit, so war Gyggles Bart üppig und zügellos, priapisch. Es war zwar nur ein Bart – das muß ich zugeben –, aber er wuchs seit vielen, vielen Jahren im Gesicht eines Mannes. Ganz offensichtlich war er ein Objekt der Überleitung, extra angefertigt, um mich in die Welt der Männer und der Tat zurückzuschleifen.
Als ich in sein Büro im Verwaltungsblock geführt wurde, saß Gyggle am Schreibtisch und las. Seine Unterarme ruhten auf der Tischplatte, und sein schmächtiger Oberkörper wurde umrahmt von einem Bühnenhalbrund aus Ringordnern, die, aufgereiht auf Regalen, über ihn hinauswuchsen.
Gyggles Unterarme waren über und über mit einem regelmäßigen Muster aus dichten, rötlichblonden Haarschnörkeln bedeckt. Ja, man könnte sogar sagen, mein erster Eindruck war der eines Mannes, der völlig von einem regelmäßigen Muster aus dichten, rötlichblonden Haarschnörkeln beherrscht wurde. Er hatte die Ärmel hochgekrempelt – was mich erst zu dieser Annahme brachte –, aber es war tatsächlich seine Behaarung, die den Ton angab. Die Schnörkel verdichteten sich an seinem Kragen, und von dort wuchsen klar abgegrenzte rötlichblonde Grate zu seinem kahlen Schädel hoch. Wellen dieses Haares umspülten seinen Hinterkopf, von einem Ufer seines ovalen Gesichts zum anderen. Sie formten Galerien, so regelmäßig, daß sie gut Brutwaben einer speziellen Gattung

von Superläusen hätten sein können, die sich auf ihrem Wirt eine hochentwickelte Heimstatt errichtet hatten. Doch wie eindrucksvoll auch immer, diese Haare waren lediglich der Prolog zum Kernstück von Gyggles Erscheinung, dem Bart.
Der Bart war eine Art Superbart, ein Bart aller Bärte, eine großartige Neuauflage der prächtigsten und bedeutendsten Bärte dieser Welt. Die Art, wie er auf Gyggles Brust hinabwallte – nein, einem Wasserfall gleich hinabstürzte –, weckte starke Assoziationen an jene prophetischen Bärte, die mir von vielen Stunden kopfschiefen Betrachtens in Kathedralen und Museen in Erinnerung geblieben waren, aber die Starre des Bartes, seine scheinbare Steifheit kündete von Assyrien, Sumer. In holpernden Streitwagen geflüsterte Epen, lauter anschwellend bei der Krieger Attacke – natürlich genau im Profil.
Als Gyggle den Kopf hob und ihn drehte, um mich zu begrüßen, verlieh sein tatsächliches Profil dem Bart noch größere Wirkung, und seine Vieldeutigkeit foppte mich. Hier fanden sich Anklänge an den ausgebreiteten Fächer eines bedeutenden Viktorianers, ein Bart, verfilzt mit hochgestochenen Phrasen und verhohlenen Sekreten, ein Bart wahnsinniger Macht, der sich schließlich an den Rändern in die Untauglichkeit einer siechen konstitutionellen Monarchie zerfranste. Was für ein Bart, dachte ich.
»Sie müssen Ian Wharton sein.« Er sah von seiner Lektüre hoch, und der Bart teilte sich auf eine Art, die darauf schließen ließ, daß der Mund dahinter sich zu einem freundlichen Grinsen verzog.
»Ja.«
»Tim Hargreaves hat mir gesagt, daß Sie mit mir gern einiges besprechen würden. Er hat gemeint, daß sie in letzter Zeit etwas neben sich stehen.«
»Nicht in letzter Zeit.«
»Wie meinen Sie das?«

»Ich meine, ich bin schon immer etwas neben mir gestanden, ich habe mich schon immer so gefühlt – ach, Sie wissen schon, so lange ich denken kann.« (So lange wie wogendes Grün das Land umreißt, wie Zeit sich weigert, Zeitlichkeit zu sein und immer Jetzt ist, wie riesenhafte Untertitel aus der Naht zwischen Meer und Himmel hervorwachsen, wie …)
»Verstehe.« Seine Stimme war weich, honigweich. Sie war wie ein Klangnetz, das über meinen Geist geworfen wurde, um die Wahrheit herauszufischen. »Und wie sieht dieses ›so fühlen‹ aus?«
Alles passierte so schnell – er konnte sich unmöglich der Krise bewußt sein, auf die er mich stieß. Das Zimmer war eine Druckkabine, die plötzlich leckte. Ich spürte, wie die Wärme in die Atmosphäre hinauszischte und ersetzt wurde durch den absoluten Nullpunkt seiner klinischen Persönlichkeit, aber ich konnte mich nicht bremsen. »Ich, ich bin ein Eid-Eid … ich habe ein eidetisches Gedächtnis«, stotterte ich. Gyggle legte die sommersprossigen Finger aneinander und versteckte sie unter einer Schicht seines Barts. Er sah mich mit gelben Tieraugen an.
»Was Sie nicht sagen. Wie faszinierend. Ich habe mich selber schon ein wenig mit Eidetik beschäftigt. Was für eine Art eidetisches Gedächtnis haben Sie denn?«
Ich war verdutzt. »Ich – ich habe gar nicht gewußt, daß es verschiedene Arten gibt.«
»O doch; es gibt Eidetik, die sich auf Form und Proportion konzentriert, Eidetik, die mnemonisch funktioniert und mit Hilfe von Buchstaben und Ziffern ein so gut wie unmittelbares Erinnerungsbild produziert, es gibt eine Art mathematischer Eidetik, bei der Gleichungen und rechnerische Phänomene räumlich gesehen werden und natürlich gibt es die gewöhnliche Wald-und-Wiesen-Eidetik, die allgemein als ›photographisches Gedächtnis‹ bezeichnet wird –«

»Die hab ich!« Der Ausruf war mir peinlich, es klang wie juchzender jungenhafter Enthusiasmus.
»Verstehe.« Gyggle blieb gelassen. »Nun ist es zwar so, daß viele Eidetiker Probleme mit der Kommunikation haben und einige sogar autistisch sind, die anderen jedoch sind im allgemeinen nicht übermäßig neurotisch oder unglücklich. Im Gegenteil, für gewöhnlich widmen sie ihr Talent einer befriedigenden, aber völlig phantasielosen Aufgabe. Sie erwerben mehrere Abschlüsse, sammeln Fakten ohne jeden Sinn und Zweck oder produzieren ein photorealistisches Gemälde nach dem anderen – ein jedes davon bemerkenswert nur wegen seines Mangels an ... wie soll ich es nennen, emotionalem Biß?« Wieder tauchte das fransige Loch in seinem Bart auf; es kam mir vor, als wollte der Seelenklempner mich irgendwie locken, mich foppen. »Eigentlich«, fuhr er fort, »sind diese Eidetiker im allgemeinen schrecklich gewöhnliche Menschen, phantasielos im Höchstmaß, hmmm?«
»Mein Problem ist genau das Gegenteil«, sagte ich mit Nachdruck. »Ich glaube, ich leide wahrscheinlich an einem Übermaß an Phantasie, entweder das oder ... oder ...« Und plötzlich kam es mir, ich erkannte, daß ich nichts zu verlieren hatte, verdammt war ich so oder so. Wenn ich den Pakt zwischen mir und Dem Dicken Kontrolleur verriet, würde er mich mit Sicherheit zerstören, mich zerfleischen, mich in die kreischende Leere exkarnieren. Aber wenn ich nichts sagte, wenn ich jetzt kniff und vor Gyggle davonlief, welche Hoffnung auf ein normales Leben blieb Ian Wharton dann noch? Welche Hoffnung auf Liebe?
»Oder was? Glauben Sie, daß Sie verrückt werden?« Ich nickte. Gyggle stand auf und kam um den Schreibtisch herum. Er war sehr groß, über einsneunzig, nichts als Ellbogen und Unterarm, wie eine gigantische rötliche Gottesanbeterin. Er lehnte seinen nicht vorhandenen Arsch gegen die Tischkante und betrachtete mich. »Sehen Sie, Ian, ich

bin hier, um Ihnen zu helfen, und nicht, um mir Lorbeeren zu verdienen. Ich bin kein sehr orthodoxer Berater oder Psychiater, aber wenn es in meiner Macht stehen sollte, Ihnen zu helfen, dann werde ich es tun. Und jetzt erzählen Sie mir, was an Ihrer eidetischen Fähigkeit Ihnen soviel Kummer bereitet.«

Ich erzählte es Gyggle. Ich erzählte ihm alles. Ich erzählte es ihm in allen Einzelheiten. Ich verschwieg nichts, nichts außer Den Dicken Kontrolleur. Ich berichtete ihm, daß man mir schon als Kind gesagt hatte, ich sei ein Eidetiker, daß ich damit aber nichts hatte anfangen können. Und daß ich die Gabe in der Pubertät wiederentdeckt hatte, als wäre sie von meiner aufblühenden Sexualität erweckt worden. Ich erzählte ihm, daß ich meine eidetischen Bilder einfrieren und dann meinen Phantomkörper in sie hineinprojizieren konnte, um dort Dinge zu entdecken, die ich unmöglich hatte wissen können. Ich erzählte ihm, daß diese bizarre Gabe mich erschreckt und mir das Gefühl der Verwundbarkeit vermittelt hatte, und daß ich mich gezwungen gefühlt hatte, ein eigenes magisches System zu entwickeln, um zu verhindern, daß mein hyperaktives visuelles Gedächtnis mich völlig zerstörte.

Die ganze Zeit, während ich sprach, blieb Gyggle an den Tisch gelehnt stehen, die Turmspitze seiner Finger am Bart, die teilnahmslosen Augen in meine versenkt. Als ich fertig war, hatte er nur zwei Dinge zu sagen.

»Es ist sehr interessant, daß Sie bei allem, was Sie sagen, kein Wort über Ihre Beziehungen verlieren. Die meisten Studenten, die mit Problemen zu mir kommen, haben nichts anderes im Kopf als ihre Eltern, ihre Freunde, ihre Sexualpartner –« Ich brummelte unverbindlich. »Und zum anderen ist es so, daß Sie, falls stimmt, was Sie sagen, eine Art außersinnlicher Wahrnehmung besitzen. Wissen Sie, daß es gewisse Tests gibt – wissenschaftliche Tests –, mit denen man feststellen kann, ob das der Fall ist oder nicht?«

»Nein, das habe ich nicht gewußt.«
»Nun, die gibt es, und ich möchte Ihnen nahelegen, mir zu gestatten, diese Tests mit Ihnen durchzuführen. Wir haben die Möglichkeiten dazu hier, in der Fakultät für experimentelle Psychologie. Ich möchte nicht, daß Sie auch nur einen Augenblick lang den Eindruck bekommen, ich würde nicht jedes Wort glauben, das Sie mir sagen. Es ist nur so, daß eine Verifikation Ihres Zustands, welcher Natur der auch sein mag, eine Form der Katharsis darstellen würde – wissen Sie, was das heißt?« Ich versuchte, ihm einen vernichtenden Blick zuzuwerfen. »Natürlich wissen Sie es, Tim Hargreaves hat mir gesagt, daß Sie ein außergewöhnlicher Student sind. Aber wenn Sie mich jetzt entschuldigen, ich glaube, unsere Stunde ist zu Ende. Könnten Sie mit der Sekretärin einen Termin für nächste Woche vereinbaren? Wir treffen uns hier und gehen dann miteinander ins Labor, okay?«
Mein Stuhl schabte über den Fußboden, ich stand auf und murmelte: »Auf Wiedersehen.«
Während ich die institutionelle Tür hinter mir zuzog, sah er von der Lektüre, der er sich wieder zugewandt hatte, auf und sagte: »Ach, Ian –«
»J-ja?«
»Machen Sie sich keine Sorgen, Junge, ich bin hier, um auf Sie aufzupassen.«
In dem mathematischen Korridor mit den Klinkerwänden und den schräg ausgerichteten Strahlern wartete eine junge Frau darauf, eingelassen zu werden. Unter einem Splißpony hervor betrachtete sie mich argwöhnisch. Eine kleine Hand mit blutig geknabberten Nagelbetten drückte ein Tempo an ihr triefendes Auge. Aus irgendeinem grausamen Grund schöpfte ich Mut aus der Gewöhnlichkeit ihres Leids.
Jetzt begann die empirische und experimentelle Phase meines Lebens. Jeden Donnerstagnachmittag traf ich mich mit

Gyggle in seinem Büro, und gemeinsam überquerten wir den Campus zu dem niedrigen Blockhaus, das die Fakultät für experimentelle Psychologie beherbergte. Wir stiegen in den Keller hinunter und bahnten uns einen Weg durch ein Labyrinth von hüfthohen Trennwänden. Unter dem Summen stroboskopischer Neonröhren huschten nervöse, mausgraue Psychologiestudenten mit Stapeln von Computerausdrucken, Klemmbrettern und Taschenrechnern in den Armen hin und her. Ihr Verhalten wirkte so programmiert, daß sie selbst Objekte irgendeines Metaexperiments und die bleichen Tönungen ihrer Labormäntel eine Folge ihrer Inkarzerierung hätten sein können.

Zunächst probierte Gyggle die gleichen rudimentären Übungen an mir aus, denen man mich schon als Kind unterworfen hatte. Er legte mir Bilder vor und ließ sie mich mit Buntstiften reproduzieren, oder er forderte mich auf, im Geist eine Figur eine gewisse Anzahl von Graden um eine gegebene Senkrechte zu drehen und sie erst dann zu zeichnen. Doch bald wandten wir uns moderneren Experimenten zu. Auf einem Monitor blitzten Wortfolgen auf, und zwar so schnell, daß sie – theoretisch – nur unterbewußt erfaßt werden konnten. Diese Tests bewiesen, was sie zuvor schon bewiesen hatten, nämlich daß ich ein außergewöhnlich präzises visuelles Gedächtnis hatte. Ich konnte mich perfekt an ziemlich lange Wortfolgen erinnern, auch wenn ich jede kaum länger als zwanzig Millisekunden sah.

Während all dieser Tests war Gyggle fürsorglich und sanft. Er sagte nichts zu meiner Angst um meinen Geisteszustand und verhielt sich so, als wäre das, was wir taten, eine ganz alltägliche Übung, die nur aus wissenschaftlichen Gründen durchgeführt wurde. Mehr als alles andere war es sein Verhalten, was therapeutische Wirkung zu haben schien. Denn im Verlauf dieser Tests nahm auch mein Leben außerhalb dieser Sitzungen Züge einer Normalität an, die ich noch nie zuvor erlebt hatte.

Anstatt mich im Caravan einzuschließen, verbrachte ich wieder mehr Zeit mit meiner Mutter. Unsere Unterhaltungen waren emotions- und folgenlos. Mit ihrer neugefundenen Noblesse hatte Mutter sich auch die Fähigkeit zu endlosem Small talk erkauft. Wenn der lokale Klatsch über Gesetzlosigkeit und moralischen Verfall aus ihrem verkniffenen Mund kam, wirkten diese Krebsgeschwüre vollkommen gutartig. Aus der jungen Wilden, an die ich mich erinnerte, war die Wilde-Leserin mittleren Alters geworden, die sie immer hatte sein wollen. Die psychische Nabelschnur erschlaffte etwas, und wichtiger noch, Mr. Broadhurst wurde nie erwähnt.

In der Universität kroch ich aus meinem Schneckenhaus heraus. Ich redete plötzlich mit meinen Kommilitonen und baute sogar einige Beziehungen auf, die zwar nicht gerade Freundschaften waren, aber immerhin der Definition von Bekanntschaften genügten.

Eines Tages traf ich June allein auf dem Gang, und anstatt mit zur Wand gedrehtem Gesicht vorbeizuhasten, blieb ich stehen und sprach sie an. Ich wußte, daß sie inzwischen einen Freund hatte. Ich hatte sie zusammen gesehen, als sie Arm in Arm ihre gegenseitige Anziehungskraft spazierenführten. Vielleicht war es das, die Tatsache, daß sie jetzt einen anderen hatte, der sie liebte, was es mir ermöglichte, mich anständig bei ihr zu entschuldigen, verwirrt und mit rotem Gesicht hervorzustottern, daß mir leid tue, was passiert war. Ich sagte, ich hätte eine Art Zusammenbruch gehabt, und daß ich entsetzt sei über das, was ich getan hatte. Ich würde gern sagen, daß sie süß und verständnisvoll reagierte, aber sie sah mich an, als wäre ich ein Inkubus, der sie vergewaltigt hatte, und drückte sich an der Klinkermauer entlang, um nur schnell von mir wegzukommen.

NACH EINIGEN MONATEN änderte Gyggle das Wesen unserer Experimente. »Nun, Ian«, sagte er und strich sich den Bart, als wäre er ein Schmusetierchen, das sich an sein Kinn gekuschelt hatte, »ich glaube, wir haben nun unanfechtbar bewiesen, daß Sie eine Art Eidetiker sind. Jetzt wollen wir den Wahrheitsgehalt Ihrer extravaganteren Behauptungen prüfen.«
Gyggle hatte sich von einem Wissenschaftler aus Texas, der sich mit außersinnlicher Wahrnehmung beschäftigte, eine Reihe von Computer-Visualisierungs-Programmen besorgt. Hierbei mußte die Testperson unter anderem dreidimensionale Objekte auf einem Monitor betrachten und dann Fragen über bestimmte Aspekte dieser Objekte beantworten, Aspekte, die zwar erkennbar waren, jedoch kaum auf einer intuitiven Ebene. Wenn zum Beispiel das Objekt die Strichzeichnung eines Raums mit vier Fenstern in unterschiedlicher Höhe war, fragte das Programm mich, ob die Blickrichtung aus der mir entgegengesetzten Ecke des Zimmers es mir ermöglichen würde, einen bestimmten Punkt außerhalb des mir nächsten Fensters zu sehen, einen Punkt, dessen Position auf dem Monitor sich beständig veränderte.
Als Gyggle mir dieses Experiment erläuterte, hätte ich beinahe gelacht, weil es so einfach war. Daß ich – der ich bewußt gegen den der Retroszendenz immanenten Sog der Bilder ankämpfen mußte – meine Kräfte auf so banale Weise demonstrieren sollte, schien mir nichts weniger als absurd. Das sagte ich auch. »Ich glaube, Sie haben nicht so recht verstanden, worum es bei meiner Eidetik geht, Dr. Gyggle.«
»Ach ja, und warum das?«
»Sehen Sie – ich dachte, ich hätte Ihnen das bereits erklärt –, wenn ich jetzt ein eidetisches Bild heraufbeschwören müßte, würde ich mich in eine Art Trance versetzen. Für Sie würde keine Zeit vergehen, aber im Verlauf

dieser Trance könnte ich sämtliche Informationsreserven entschlüsseln, die die betreffende visuelle Szene enthält.«
»Geben Sie mir ein Beispiel.«
»Nun, ich könnte zum Beispiel herausfinden, welche Form Ihr Kinn unter diesem Bart hat.«
Das war als witzige Bemerkung gemeint, doch schon als ich es sagte, merkte ich, daß ich damit ein wichtiges Gyggle-Tabu verletzt hatte. So ist das eben mit Bärten, vor allem mit medizinischen und besonders mit psychiatrischen. Obwohl von ihren Trägern als von der Natur gewebte Individualitätsmerkmale präsentiert, sträuben sich diese Bärte, kaum werden sie thematisiert oder aus dem Kontext gerissen, als wären sie am Kinn verwurzelte Nackenhaare.
»Ich verstehe zwar nicht, was mein Bart damit zu tun hat« – Verstimmung färbte seine Honigstimme –, »aber wenn Sie glauben, es zu können, dann tun Sie es.«
Ich versetzte mich in eine ausgewachsene eidetische Trance. Ich verkapselte die ganze Szene, das schäbige Kabuff mit seinen Sperrholztrennwänden, das aufgeworfene Linoleum, so wellig wie der Lehmboden einer Scheune, Gyggles entsetzliches, labberiges, bis zum Brustbein aufgeknöpftes Hemd, aus dem weitere dichte rötlichblonde Haarschnörkel hervorlugten. Ich registrierte das allgemeine: Mondstaubflusen im Sternenglanz des Neonlichts, wie das besondere: ein Fetzen Spinnennetz an einem Feuchtigkeitspustel an der Decke.
Als ich das eidetische Abbild des Zimmers vollständig und präzise in mir eingefroren hatte, legte ich los oder vielmehr, versuchte ich es, denn nichts passierte. Irgendwie kehrte sich nun um, was am Angelpunkt meiner eidetischen Karriere vor acht Jahren passiert war, als Mr. Broadhurst mich gebeten hatte, in seine Westentasche zu schauen, und er dann losgelegt hatte. Auf einmal konnte ich mich nicht mehr bewegen; schlimmer noch, ich konnte mir

nicht einmal vorstellen, wie es wäre, sich zu bewegen. Früher hatte mein eidetischer Körper, das Werkzeug, mit dem ich meine Visionen manipulierte, sich so klar umrissen angefühlt, als wäre ein dreidimensionales Schnittmuster in die Luft gezeichnet. Meine willentliche Beherrschung dieses Körpers war völlig unproblematisch gewesen, so sicher, als würden geschickte Finger den Stoff abstecken oder stricken und dann die atomaren Maschen der materiellen Welt abnehmen.
Ich konnte mir nicht einmal mehr vorstellen, wie dieses Gefühl sein könnte, so völlig war es verschwunden. Ich tastete mental umher, versuchte Zugriff zu bekommen auf den äonalen Abglanz des visuellen Bildes, doch nichts passierte, keine Bewegung, keine astrale Agilität; es blieb erstarrt. Oder zumindest fast völlig erstarrt. Kurz bevor ich mich daraus löste, die mißratene Trance aufgab, glaubte ich – sicher konnte ich mir allerdings nicht sein – zu sehen, wie das fransige Loch im Bart, durch das Gyggle mit der Welt kommunizierte, sich am Rand ein wenig entwirrte und einen Schneckenwulst preisgab, der Gyggles Lippe hätte sein können.
»Und«, sagte der alte Fuchs, »haben Sie eidetisch die Haare von meinem Kinnie-kinn-kinn entfernt?«
»Ich, ich, irgendwie schaffe ich es nicht. Ich meine – ich bemühe mich.«
»Bemühen«, tönte der Psychiater, »heißt betrügen.«
»Ich verstehe das nicht.« Ich schwitzte und zitterte. Wenn ich nicht mehr eidetisch agieren konnte, war dann auch mein Status als Lehrling und Lizentiat des Brahmanen des Banalen mit einem Schlag widerrufen worden?
»Das überrascht mich nicht«, sagte mein Therapeut, »denn ich kann es auch nicht.«
»Wie meinen Sie das?«
»Nun, lassen Sie es mich so sagen. Sie behaupten, in der Lage zu sein, aus internen visuellen Bildern Informationen

ziehen zu können, die Ihrer Meinung nach direkt mit der phänomenalen Welt in Verbindung stehen.«
»Was meinen Sie mit ›phänomenal‹?« Das war die Art von Wortwahl, die ich eigentlich von Sie-wissen-schon-wem erwartete.
»Ich meine die allgemein verständliche Welt der materiellen Objekte und Erscheinungen. Sie behaupten, Dinge entdecken zu können, die auf orthodoxe Art nicht zu erkennen sind, indem sie die Darstellung dieser Welt in Ihrem Kopf bewegen. Habe ich recht?«
»Ja.«
»Wenn ich Ihnen also einen Dokumentarfilm vorführen würde, und darin gäbe es eine Szene, in der zwei Personen auf einem Sofa sitzen und sich unterhalten, dann könnten Sie mir sagen, ob hinter dem Sofa ein Gegenstand liegt?«
»Ja.«
»Angenommen, es wäre ein Zeichentrickfilm – könnten Sie auch in diese Welt eindringen?«
»Ich glaub schon, aber das hab ich eigentlich noch nie versucht.«
»Aber im Fall eines solchen Zeichentrickfilms gäbe es nichts hinter dem Cartoon-Sofa; nicht nur das, von einem Dahinter könnte man bei diesem Sofa überhaupt nicht sprechen. Verstehen Sie, was ich meine?«
»Ä-hm...«
»Nein. Nicht ›ä-hm‹. Die Sache ist die, daß Sie an einer komplexen Selbsttäuschung leiden. Hinter dem Cartoon-Sofa ist nichts, und wenn Sie etwas finden, dann deshalb, weil Sie es selbst dort hingelegt haben. Es kann in Ihrem Kopf kein Bild der Welt geben, das unabhängig von Ihrem Wissen und Ihren Mutmaßungen über sie existiert. Etwas zu wissen heißt teilzuhaben an einer mitteilbaren Wahrheit. Ihr ganzer Glaube an Ihre eidetischen Kräfte beruht auf einem Mißverständnis des Wesens des Bewußtseins.«

Er stand über mir, als er dies sagte, in seiner charakteristischen dozierenden Pose, die Tischkante fest in sein nichtvorhandenes Hinterteil gerammt. Diese Haltung weckte bei mir immer den Verdacht, daß er im Hintern einen horizontalen Schlitz hatte, quasi eine zufällige, aber anpassungsfähige Mutation, die Menschen an die Büroeinrichtung assimiliert. Er kaute Gummi und das Njamnjam seines langen Unterkiefers ließ die Spitze seines Barts über seine Hemdbrust wischen. »Nun denn«, sagte er. »Lassen Sie uns die übrigen Experimente durchführen, und dann wollen wir mal sehen, ob Sie mir das Gegenteil beweisen können.«
Ich konnte es nicht. Mir gelangen nicht einmal die simpelsten auf außersinnlicher Wahrnehmung beruhenden Manipulationen. Gyggle fing mit den raffiniertesten dieser Übungen an, den Symbol- und Farbkarten, mußte sich aber bald damit begnügen, mich raten zu lassen – mehr als raten konnte ich nicht –, unter welchem von drei Pappbechern sich ein Tischtennisball befand. Dabei war ich bestenfalls Durchschnitt. Als wir uns dann wieder der Computersimulation des Zimmers zuwandten, und ich versuchte, es im Geist zu drehen, erhielt ich einen weiteren Schock. Ich merkte, daß ich das Bild jetzt nur noch verschwommen erfaßte, als hätte man den Mechanismen meines Gehirns ein lobäres Anästhetikum injiziert, als wäre dieses Gehirn ein Ballon voll flauschiger Untauglichkeit. Das Kodak-Labor meiner Eidetik wurde demontiert, bald würde nichts mehr übrig sein als ein kaputter Paßphotoautomat, der auf einem leeren Bahnsteig vor sich hingammelte.
Der Gerechtigkeit halber muß ich sagen, daß Gyggle nicht triumphierte. Im Gegenteil, als wir nach dieser Nachmittagssitzung über den Campus gingen, legte er mir einen seiner Auslegerarme um die Schultern und gab den gütigen Onkel. »Ian«, schmalzte er, »wissen Sie, Sie sind ein Wunderkind, nur nicht die Art Wunderkind, wie Sie glaubten.

Darf ich offen sprechen?« Als hättest du je was anderes getan, dachte ich, sagte aber nichts. »Sehen Sie, ich halte Sie für eine Borderline-Persönlichkeit, wie man das nennt, mit deutlich schizoiden Tendenzen. Das klingt viel schlimmer, als es tatsächlich ist, denn unsere Tests haben bewiesen, daß Sie nicht psychotisch im traditionellen Sinne sind. Wenn Ihre private Realität in Frage gestellt wird, macht sie der Wahrheit Platz. Verstehen Sie das?«
»Glaub schon.«
»Glaub schon«, das blieb bei mir hängen, nachdem wir auseinandergegangen waren, dieses »Glaub schon« mit all dem mürrischen Sichfügen, das in ihm mitschwang. Doch was ich auch von Gyggle hielt, seine Therapie war ein hundertprozentiger Erfolg gewesen. Indem er mich zwang, an wissenschaftlich formulierten Ritualen teilzunehmen, hatte der Psychiater mit logischen Mitteln den magischen Prozeß umgekehrt, mit dessen Hilfe mein eidetisches Gedächtnis den Meniskus des Jetzt durchbrochen und mich in die Welt des Noumenon gestoßen hatte.
Dieser Tag war ein Wendepunkt für mich, und danach verbesserte sich mein Leben unermeßlich. Gleich am nächsten Morgen stand ich auf, und ohne Vorsatz, ohne jeglichen Gedanken daran absolvierte ich zum ersten Mal in meinem Erwachsenenleben meine Morgentoilette, ohne auf die genaue Übereinstimmung meiner Handlungen mit meinem gewohnten Schema zu achten. So war es auch in allen anderen Bereichen meines Lebens; ohne die Notwendigkeit, mich vor den Schrecken übersteigerter Eidetik schützen zu müssen, begann ich zu leben wie andere auch, unbekümmert und unbewußt. Ich mußte mir nicht einmal die Mühe machen zu begreifen, daß Unwissen ein Segen ist.
Ich schwamm durch Ereignisse, anstatt sie zu überblicken. Ich spürte, wie der Elefant, auf dem meine Welt ruhte, mühelos dahintrottete, verschwunden war der Zwang,

mich aus dem Reitsitz meines Kopfes hinauszulehnen und ihn zu führen.

Was für eine Erleichterung. Können Sie sich das vorstellen – als Verrückter aufgewachsen zu sein und mit einem Schlag geistige Gesundheit zu besitzen? Ich bezweifle es, weil es unvorstellbar ist, so wie Sie sich nicht vorstellen können, wie es ist, blind geboren zu sein und plötzlich das Augenlicht geschenkt zu bekommen (was ich natürlich kann). Ich hatte den Kreis von achttausend Leben durchbrochen und den banalen Brahmanen in mir verhöhnt, ihn besudelt durch den Kontakt mit dem Nachprüfbaren, mit den materiellen Beweisen der Induktion. Auf dem Pfad von meinem Caravan zum Hotel meiner Mutter kickte ich Kiesel vor mir her, und jedes »Klack« war eine Widerlegung meines entsetzlichen jugendlichen Idealismus.

Dies alles passierte kurz vor Ostern, kurz vor dem Ende meines vorletzten Semesters in Sussex. Es bedeutete, daß ich in diesem Sommer, trotz des Drucks der Examen, menschliche Gesellschaft genießen und Kraft daraus schöpfen konnte auf eine Art, die mir bis dahin verweigert geblieben war.

Nun büffelte ich mit den anderen in den kleinen Lerngruppen, die auf den Rasenflächen des Universitätsgeländes herumlagen. Die Jungen verzeihen leichter als die Erwachsenen, und trotz der hochnäsigen Isolation, die ich zuvor praktiziert hatte, fand ich mich viel schneller akzeptiert, als ich hätte hoffen können. Bald war ich mit den anderen Managern in spe per Du. Sie luden mich zu Punk-Partys ein, auf denen es lauter zuging als in einer Traktorenfabrik und wo ich schales Bier aus Dosen kippte, die hin und wieder auch als Aschenbecher dienten.

Im Gegenzug lud ich einige von ihnen nach Cliff Top ein. Dort stiegen wir zum Kiesstrand hinunter und sanken kichernd ins perlende Meer. Meine Mutter trug ihrem hingebungsvollen Personal auf, uns Tee auf dem Croquet-Rasen zu servieren. Wir stopften uns mit Räucherlachssandwiches voll und schlürften Earl Grey, während sie meine Besucher mit ihren geklauten Attitüden und entwendeten Allüren bezauberte und einschüchterte. Sie alle glaubten mich geborgen, auch wenn sie Cliff Top nicht gerade gemütlich fanden.

Die Tanten und Cousins und Cousinen trafen für ihren jährlichen Urlaub ein, kurz nachdem ich meine Prüfungen beendet hatte. Inzwischen hatten einige der Cousins und Cousinen eigene Kinder – der prokreationsfreudige Hepplewhite-Schwarm hatte einen neuen Ast besetzt. Die neuen Kinder waren von den alten nicht zu unterscheiden, und die neuen Eltern waren wie die alten, denn die Cousinen hatten alle schmächtige, unscheinbare, unfähige Männer geheiratet oder lebten mit solchen zusammen, und die Cousins hatten einfach ihre Mütter geheiratet.

Meine Mutter hielt sie von ihrem Country-House-Hotel fern. Sie wurden abgeschoben auf die verwilderten, von den Landschaftsgärtnern versteckten tausend Quadratmeter, wo die wenigen verbliebenen Caravans in schäbiger Senilität dahindämmerten. Doch es schien ihnen nichts auszumachen, sie nicht im geringsten zu verletzen.

Dort lagen sie wie ehedem herum, wie eine Robbenkolonie, aßen Kammuscheln und gummige Wellhornschnecken, tranken Bier und prusteten auf Kinderfleisch, das klebrig war von Vanilleeis und bestäubt mit Sand.

»Ian geht nach London«, verkündete meine Mutter vor versammelter Mannschaft. »Er hat ein sehr gutes Examen gemacht, und jetzt hat er eine Arbeit, und eine sehr wichtige noch dazu. Erzähl deinen Tanten und Cousins von deiner neuen Stellung, Ian.«

»Ja, erzähl's uns«, riefen sie unisono, ein Gegenchor blumengemusterter Kleider.

»Es ist eigentlich nichts Besonderes«, sagte ich. »Ist ja

nicht einmal richtig in London. Es ist in einem Ort namens Erith Marsh, und ich werde dort Marketingassistent für eine Firma –«
»Ah ja«, sagte eine der Tanten, die eine komisch aussehende Muschel musterte wie ein Grenzbeamter einen verdächtigen Reisenden. »Unn was macht de Firma, Junge?«
»Ähm, na ja, die macht Ventile.«
»Ventile?«
»Ja, Ventile für die Ölindustrie. Die Firma stellt die Abschaltventile her, die in Bohrtürme eingebaut werden, damit es zu keinem unkontrollierten Ausbruch kommt.«
Die Tante deutete zum entfernten Ende der Sonnenterrasse, wo einer ihrer Söhne saß. Zwangsläufig war auch er, wie alle Hepplewhite-Männer, schattenhaft und kraftlos.
»Ich glaube, unser Harry braucht so eins«, sagte die Tante. »Über ein Jahr isser schon verheiratet, und unsere Tracy is noch immer nich schwanger – anscheinend hat er bloß unkontrollierte Ausbrüche!«
Die ganze Bande brach in heiseres Lachen aus, klatschte sich auf die Schenkel, schlug sich auf die Knie. Es war wie eh und je. Das heißt, bis auf meine Mutter. Sie stand ein wenig abseits, die Lippen zu einer Grimasse des Abscheus verzogen angesichts dieser Vulgarität.
Als der Herbst kam und ich endlich mein Auto vollpackte und mich daranmachte, Cliff Top zu verlassen, wurde sie unerwartet gefühlsselig. »Du paßt doch gut auf dich auf, nicht, mein Liebling?«
Nach ein paar Wochen mit ihren Schwestern hörte ich den falschen Ton nicht nur in ihrem Akzent, sondern auch in ihrer Stimme. Wie hatte meine Mutter sich in diese Witwenhaus-Kastellanin verwandelt? In diesen Sproß des Junkertums? Doch meine Neugier unterlag einem viel stärkeren Drang, nämlich schleunigst von dort wegzukommen. Also bedachte ich sie lediglich mit einer beschwichtigenden

Antwort. »Aber natürlich, Mutter. Ich bin ja nicht aus der Welt, und an den Wochenenden komme ich heim.«
»Ach, das sagst du jetzt, aber ich weiß es besser. Verführen und auffressen wird sie dich, die *beau monde*, das weiß ich ganz genau.« Tränenperlen pflanzten sich in ihre Augenwinkel.
»Erith Marsh würde ich kaum die *beau monde* nennen, Mutter.«
»Ich rede nicht gern darüber, Ian, weil es viel zu schmerzlich für mich ist. Du weißt, daß ich deinen Vater noch immer vermisse. Die Art, wie er sich aus dem Staub gemacht hat, schmerzt mich bis heute. Du wirst doch nicht wie er, hm?« Sie stellte sich auf Zehenspitzen und küßte mich.
Ich spürte den Schock des Früher, des Mummy-Geruchs, des atomisierten Aromas des Atavismus. Er wallte hoch und forderte seinen angestammten Platz in der Hitparade der Sinne: wie eine Rakete auf die Nummer eins. Ihr Mundwinkel drückte sich gegen meinen, und im Einklang mit ihrer scharfen Hand, die nach meinem ausladenden Hintern faßte, glitt ihre schärfere Zunge behende zwischen meine Lippen.
»Nichtswürdiger Essener, klösterliche Null.« Die Worte Des Dicken Kontrolleurs klangen mir wieder einmal in den Ohren, als mein Rollschuh von einem Auto die A22 in Richtung London zockelte. Diese verdammte Frau, diese konfuse Klytemnästra, wie ich sie haßte. Sie hatte sich meinen Schwanz an den Schürzenzipfel gehängt, um ihn mit Mehl zu bestäuben und auszurollen. Sie knetete mich, keine Frage, wollte, daß ich zu Blätterteig wurde, so wie Daddy.

ICH HATTE EINE STELLE bei I. A. Wartberg Limited angenommen, einer Firma, die, wie ich den Tanten gesagt hatte, verantwortlich war für die Herstellung von Sicherheitsventilen, wie sie bei der Tiefsee-Ölbohrung in der Nordsee verwendet wurden.

Mr. Hargreaves an der Sussex University war von meiner Wahl überrascht gewesen. Meine Noten waren ausgezeichnet, und ich konnte bereits eine gewisse praktische Erfahrung in Marketingagenturen im West End vorweisen. Es waren die frühen Achtziger, und Großbritannien kämpfte sich eben auf dem Rücken eines nachfrageinduzierten Booms aus der Rezession. Marketing war der dialektische Materialismus des Regimes, und ich war in einer Idealposition, um auf schnellem Weg die Ebene der Apparatschiks zu erklimmen.

Doch vorsichtig und pragmatisch, wie ich seit jeher war, erkannte ich, daß ich, bevor ich teilnehmen konnte an den luftigeren Abstraktionen meines erwählten Berufs, mich dem schnöden Alltag stellen mußte, der harten Arbeit des tatsächlichen Verkaufens von Sachen, von spezifischen Produkten, an industrielle Kunden. Darüber hinaus hatte diese Wartberg-Fabrik etwas, das ich von Anfang an sehr tröstend fand.

Die große Wellblechhalle, in der die Ventile hergestellt wurden, war ein turbulenter, kakophonischer Ort, voller stachanowscher Arbeiter, die Formteile aus superhartem Stahl mit kreischenden Bohrern malträtierten. Der angrenzende Bürotrakt, in dem ich mich vorstellte, war nur ungenügend schallisoliert, so daß ich mich sowohl umgeben wie durchschossen fühlte von den Arbeitsprozessen, die ich in Zukunft vermarkten sollte.

Dann war da noch Wartberg selbst: Er setzte den Maßstab für all meine zukünftigen Arbeitgeber. Sein Vater war ein deutsch-jüdischer Flüchtling und seine Mutter Waliserin, aber Wartberg selbst war ein aggressiver Anglophiler, der gern Tweedanzüge trug und über Blumenzucht, Recht und Ordnung, den Verfall britischer Standards (er selbst hatte erst vor kurzem mit seinem meistverkauften Ventil einen solchen gesetzt), die unerträglich hohen Geschäftskosten und ähnliches schwadronierte.

Er war mir sofort sympathisch. Er leitete die Firma, als hätte er sich plötzlich und unerwartet auf dem Führerstand einer durchgehenden Lokomotive wiedergefunden. Beständig stürmte er aus der Fabrik in die Büros, zu seinem Auto, zu seinen Lieferanten, zu seinen Kunden und wieder zurück. Er war klein, verschwitzt und überschwenglich und hatte glänzende braune Haare und Augen. Wir verstanden uns sehr gut, und als nach nur zwei Monaten in der Firma mein unmittelbarer Vorgesetzter – der Marketingmanager, ein flaues Individuum mit jaulendem Solihuller Akzent – einen Geschwürdurchbruch erlitt (ich konnte mich nicht davon abhalten, mir dies eidetisch vorzustellen: die Wände seines Zwölffingerdarms wie eine rostige Autotür, perforiert von scharfen Splittern oxidierten Gewebes), bekam ich seinen Job.

Natürlich deckt dies nicht alles ab, dieses simple Schema – Wiedersehen, Mummy und whittingtonesker Einzug in London – war nicht alles, was passierte, o nein. Meine Therapie bei Dr. Gyggle hatte fortbestanden und trat jetzt in eine neue Phase ein.

Nach der Demontage meiner eidetischen Fähigkeiten hatte Gyggle darauf beharrt, mich weiterhin zu sehen. Für den Rest meiner Universitätszeit setzten wir unsere Donnerstagnachmittagssitzungen fort. »Ich würde gern eine vertrautere Beziehung zu Ihnen aufbauen, Ian«, hatte der haarige Seelenklempner zu mir gesagt. »Ich weiß, daß Sie am liebsten alles so lassen würden, wie es jetzt ist. Ich habe rein technische Mittel angewandt, um Ihnen zu helfen, sich von etwas zu befreien, das Sie gern als ein technisches Problem betrachten würden, doch wir wissen beide, daß hinter dieser eidetischen Selbsttäuschung eine emotionale Realität liegt. Um es mit Freud zu sagen, ich glaube nicht,

daß Sie in der Lage sein werden, volle Genitalität zu erreichen, wenn wir diesen Bereich nicht untersuchen.«
»Volle Genitalität?«
»Eine erfolgreiche emotionale und sexuelle Beziehung.«
»Ach so, das.« Fast schon unheimlich, mit welcher Sicherheit er den Finger auf meine Wunde legte. Denn wenn es etwas im Vermächtnis Des Dicken Kontrolleurs gab, das mir noch immer große Sorgen bereitete, dann war es die Sache mit dem Sex. Oder genauer, die groteske Drohung, falls ich eine Frau penetrierte, würde ich meinen Penis verlieren.
»Wovor haben Sie Angst, Ian?« Er sondierte mich psychologisch, während er mit dem Rammbock seines Kugelschreibers die luftigen Befestigungen seinen Bartes attackierte.
Sitz es aus, dachte ich, er wird es auf sich beruhen lassen. Ich wußte, daß Seelenklempner die Unfähigkeit ihrer Patienten, gewisse fundamentale Ängste zu formulieren, respektieren sollten, daß ihre geballten Bemühungen nur darauf abzielen sollten, das Gebäude solcher Neurosen zu umzingeln und mit einer Art verbalem Teelöffel seine Fundamente im Gedächtnis Schicht um Schicht freizulegen.
Aber Gyggle gehörte nicht zu dieser Gattung Seelenklempner; er drang weiter in mich. »Ich weiß, daß Sie sich um Ihre eidetische Selbsttäuschung herum eine Art rechtfertigender Legende aufgebaut haben – es kann nicht anders sein. Sie haben mir erzählt, daß Sie Ihre Jugend in der Isolation zugebracht, daß Sie auch noch die kleinste körperliche Gewohnheit oder kognitive Windung kodifiziert haben –«
»Ja! Und ich habe Ihnen auch gesagt, warum, weil ich Angst hatte, mich selbst eidetisch zu sehen. Was mich quält, ist nichts anderes als das, was jeden anderen auch quält, es ist nichts Besonderes. Es ist die ganz gewöhnliche

Angst, auseinanderzubrechen, physisch und emotional, zu einem Haufen formloser Masse zu werden, nie von jemandem geliebt zu werden, zu versagen wie ... wie –«
»Wie Ihr Vater?«
»Ja, wie er, der nichtswürdige Essener.«
»Wie bitte? Was haben Sie gesagt?«
»Ach nichts, nichts.«
Gyggle hatte auch eine gute Nachricht für mich – er würde mich nach London begleiten. Er kehrte zurück in den National Health Service und hatte eine Stelle als Psychiater in der Drogenabteilung angenommen, die in einem Nebengebäude des Lurie Foundation Hospital für Dipsomanie an der Hampstead Road untergebracht war.
»Nicht, daß ich besonders an Junkies interessiert wäre, müssen Sie wissen.« Gyggle fuhr mich an der Küste entlang nach Brighton, als er dies sagte. Er hatte mich insofern unter seine federlosen Fittiche genommen, als er mich mit dem Auto mitnahm und mir ein paar seiner ungewöhnlichen Theorien darlegte. »Es ist nur so, daß diese zwanghaften, besessenen Persönlichkeiten mir Forschungsstoff liefern. Da offensichtlich niemand in der Lage ist, mit diesen Leuten etwas Vernünftiges anzufangen, wird auch niemand was dagegen haben, wenn ich mit ihnen experimentiere. Hi-hi.« Er kicherte wie ein Mädchen, als dächte er an improvisierte Lobotomien, und der Bart, der über das Lenkrad hinabwallte, raschelte vielsagend in der Vertiefung des Tachos. »Sie werden mich dort weiterhin besuchen können. Ich werde es so einrichten, daß Sie als anonymer Patient zu mir kommen, so daß Ihre Zukunftsaussichten nicht beeinträchtigt werden.« Er wandte sich mir zu und schenkte mir sein gewohntes Bartklaffen, das ein Lächeln andeuten sollte. Ich versuchte, eine dankbare Miene zu machen.
Während meiner ganzen Zeit bei Wartberg in Erith fuhr ich jeden Freitagnachmittag quer durch London, um

Gyggle in seiner neuen Praxis zu besuchen. Ich war dankbar. Allmählich faßte ich Vertrauen zu Gyggle – und mochte ihn sogar. Schießlich hatte er es geschafft, die magischen Aspekte meiner Eidetik zu demontieren, und begann jetzt, an den Fundamenten dessen zu kratzen, was er »meinen Selbsttäuschungsapparat« nannte.
Ich brauchte viele Monate, bis ich mich so sicher fühlte, daß ich ihm von Dem Dicken Kontrolleur erzählen konnte, aber irgendwann, als die Erinnerung an unsere letzte schwindelerregende Begegnung bereits verschwamm, war es soweit, und ich war bereit, das Risiko einzugehen. Gyggle war natürlich fasziniert. Ich wußte, daß für ihn Der Dicke Kontrolleur eine Bestätigung darstellte – ich war sein Wolfsmensch, seine Anna O. Und das sagte er mir auch.
»Wenn es Ihrer Genesung nicht so extrem abträglich wäre, Ian, würde ich gern publizieren«, sagte er zu mir. »Denn ich glaube nicht, daß ein Kliniker je das Privileg hatte, ein so komplexes Beispiel der Hysterie vor sich zu sehen. Dieser Mann, Mr. Broadhurst, den Sie in Ihren Dicken Kontrolleur verwandelten, in Ihr personifiziertes Es, verstehen Sie jetzt, was er tatsächlich war?«
»Nun, wenn ich Ihre Hypothese akzeptiere, daß all meine späteren Erlebnisse hysterische Ausschmückungen waren, dann war er vermutlich nur ein leichter Exzentriker, ein ganz gewöhnlicher Rentner, der an der Küste seinen Lebensabend verbringen wollte.«
»Natürlich ist er inzwischen wahrscheinlich tot.«
»Also, das bezweifle ich.«
»Warum? Warum bezweifeln Sie das?«
Das war der Knackpunkt. Ich bezweifelte es, denn wie erfolgreich Dr. Gyggles Behandlung und wie überzeugend seine Erklärung, daß ein einsamer und verkorkster Junge sich eine Selbsttäuschung zusammenschusterte, um das Fehlen des Vaters zu kompensieren und sich selbst für sein ödipales Verbrechen zu bestrafen, auch sein mochten, ich

war noch immer nicht vollständig davon überzeugt, daß ich meinen Magus losgeworden war.

Er saß mir auch weiterhin im Nacken. Er war ein schwarzer Fleck am Rand meines Gesichtsfelds, ein Schatten, der das Sonnenlicht jagte, das Chiaroscuro des Alltags. Manchmal, wenn ich auf einer Parkbank ein Sandwich aß oder auf dem Oberdeck eines Busses durch South London schaukelte, hörte ich seine Stimme durch meine Seelenlandschaft hallen. Seine gutgelaunte Dickerchenstimme, dröhnend und drohend. Mein Unvermögen, nicht an ihn zu glauben, hing wie eine Klette an mir, während ich die Karriereleiter emporstieg.

Als ich keine Lust mehr hatte, Pressemitteilungen über neue Schmierverfahren zu schreiben, verließ ich Wartbergs Ventilfabrik und ging zur Angstrom Corporation, um dort an der Markteinführung eines neues Kekses, des Pink Finger, mitzuarbeiten. Nach drei Jahren wurde ich von einer Marketingagentur abgeworben, D.F. & L. Associates, die etwas nördlich der City residierte. Dort erhielt ich einen Posten mit dem eindrucksvollen Titel »Consultant«. Meine Aufgabe war es, den Boden für ein revolutionäres neues finanzielles Produkt zu bereiten.

In sieben Jahren hatte ich ebenso viele neue Autos, jedes PS-mächtiger und größer als das vorhergehende. Ich wurde zum Zweireihertträger, zum Tresenlehner, zum Zinssatzschwadroneur. Und das alles nicht vergebens, denn nun sank ich dankbar auf mein Lebensfließband, versank in der Gedankenlosigkeit meiner Gewohnheiten.

An Ostern und Weihnachten fuhr ich immer noch nach Cliff Top. Mummy hatte sich aus dem Hotelgewerbe zurückgezogen. Sie hatte genug Geld verdient, um Cliff Top als den stattlichen Landsitz zu unterhalten, der sich aus dem Bungalow entwickelt hatte. Auch wenn es nur eine Pseudokreation war – Queen Anne, befruchtet von Prinz Charles –, glaubte sie fest an ihre noblen Insignien. Und

obwohl mein Einstieg ins »Metier« sie enttäuscht hatte, war ich noch immer der Sohn des Hauses. Wenn wir sherrytrinkend beisammensaßen und ich ihr kehllappiges Schafsgesicht betrachtete, das so typisch war für vornehme englische Damen fortgeschritteneren Alters, fiel es mir schwer, meine frühere Wut heraufzubeschwören. Mir fiel es sogar schwer zu glauben, daß sie je mit Mr. Broadhurst unter einer Decke gesteckt hatte.
Gelegentlich redete sie unbekümmert von ihm, als wüßte sie nichts von seinen möglichen Alter ego. »Unlängst habe ich eine Karte von Mr. Broadhurst bekommen«, blökte sie. »Erinnerst du dich noch an ihn, mein Lieber?«
»Ja, Mama, wie könnte ich ihn vergessen.« (Und wie konnte Gyggle so dumm sein zu glauben, er sei tot?)
»Er kommt natürlich jetzt in die Jahre, der arme Mann.«
»Ja, er muß inzwischen schon sehr alt sein.«
»Er schreibt, daß er jetzt vielleicht in ein Pflegeheim muß. Er kommt allein nicht mehr zurecht.« Allem Anschein nach war er inzwischen nicht mehr als willkommener Gesprächsstoff für banalen Familienklatsch.
Und was diese Alter ego anging, so tauchte sein Pseudonym »Samuel Northcliffe« noch immer in der Finanz- und Wirtschaftspresse auf. Er war Mitglied in Konsortien, die sich mit fremdfinanzierten Firmenaufkäufen beschäftigten, er war ein prominenter Underwriter bei Lloyd's, er war Gutachter für diesen Konzern und Berater jenes Emirats. Doch wenn ich mich auf die gelegentlich abgedruckten, briefmarkengroßen Photos mit seinem Namen konzentrierte, war ich mir nicht mehr sicher, ob er und Der Dicke Kontrolleur ein und dieselbe Person waren. Es schien viel wahrscheinlicher, daß ich, wie Dr. Gyggle angedeutet hatte, auf Samuel Northcliffe separat aufmerksam geworden war und aus Zeitungen entlehnte Informationen in meine Phantasie eingebaut hatte.

DR. GYGGLE war mit meinen Fortschritten nicht zufrieden. Er betrachtete mein Erreichen der »vollen Genitalität« als Endziel seiner Therapie und war entschlossen, mich in den Genuß einer vollständigen Heilung kommen zu lassen. Erst wenn das Gespenst Des Dicken Kontrolleurs gänzlich aus meiner Psyche exorziert war, würde ich in der Lage sein, eine Erwachsenenbeziehung einzugehen.

»Ich bin überzeugt, daß die Lösung dieses Problems tief in Ihrem Unbewußten verborgen liegt«, sagte er mir, als wir plaudernd in seiner neuen Praxis saßen. »Ich kann mit Ihnen reden, Sie können mit mir reden. Wir können alle möglichen Techniken ausprobieren, um mit dem Hinterland Ihrer Psyche in Kontakt zu kommen, doch ich habe den Eindruck, wenn Sie nicht selbst bereit sind, die Reise dorthin zu machen, wird es unmöglich sein, diese negative Kathexis zu exstirpieren. Irgendwo tief in Ihrem Innern ist Ihre Vorstellung, was es heißt, ein Mensch zu sein und wirklich in der Welt zu agieren, auf kritische Weise vermischt mit kindlichen Phantasien. In diesem Zusammenhang ist Ihre Verwendung spezifischer Bilder und Symbole natürlich höchst bedeutsam.«

Zunächst versuchte Gyggle es mit sensorischer Deprivation. Er hatte einen Teil des Stationsbudgets abgezweigt, um einen Tank zur sensorischen Deprivation zu kaufen, den er in einem Kellerraum des Krankenhauses aufgestellt hatte. Exzentrische finanzielle Transaktionen wie diese waren es – so behauptete er zumindest mir gegenüber –, die ihn zu einem so beliebten und gefragten Arzt machten.

Leider war ich mit den kümmerlichen Resten meiner eidetischen Fähigkeiten für eine solche Therapie völlig ungeeignet. Das Hinuntersteigen in den Krankenhauskeller und das Ausziehen in einer Abstellkammer voller Reinigungsmittelflaschen und modernder Mops waren ein faszinierend prosaisches Vorspiel zu meinen Reisen in die Innenwelt. Aber hatte mich Gyggle erst einmal in dem

Tank verstaut – der dort unten hockte wie ein Mini-U-Boot oder eine Waschmaschine aus dem einundzwanzigsten Jahrhundert – und die mit Gummi abgedichtete Tür geschlossen, gelang es mir nie, mich selbst zu verlieren und so, wie er hoffte, wiederzufinden.
Das sanfte Ruhekissen aus blutwarmer Kochsalzlösung, auf dem ich schwebte, half mir zwar, jene körperlichen Ängste zu verdrängen, die ein so wesentlicher Teil von mir waren. Das Zeitgefühl und die Grenze zwischen Wachsein und Schlaf verschwammen. Ich sank in eine samtene Leere, die so vollständig und so undurchdringlich war, daß es bedeutungslos wurde, ob sie ich oder ich sie war. Doch genau an dem Punkt, an dem meine Zweifel an der Außenwelt zu einem Crescendo wurden und ich mir sicher war, daß die Offenbarung bevorstand, passierte etwas. Entweder brannte das Salz in einem Schnitt oder einer Abschürfung auf meiner Haut und brachte mit einem Schlag mein Körperbewußtsein zurück, oder aber meine Ohren, die nach jeder noch so entfernten Stimulanz lechzten, registrierten, von irgendwo in den Eingeweiden des Gebäudes, das Rauschen einer Toilette oder das Klappern eines Rollwagens gegen eine Wand. Innerhalb von Sekundenbruchteilen errichtete ich dann auf diesem Geräuschpartikel das Konstrukt einer Welt, die ein solches Phänomen produzieren würde. Und natürlich zeigte diese Welt immer eine unheimliche Ähnlichkeit mit der, die ich erst kürzlich verlassen hatte.
Gyggle ließ sich davon nicht aus dem Konzept bringen; anstatt sich zu bescheiden oder seine Mittel zu beschneiden, schlug er nun noch radikalere Maßnahmen vor. »Es entspricht zwar nicht hundertprozentig meinem Berufsethos«, sagte er, während er zusah, wie ich mir hexagonale Salzkristalle von den Innenseiten meiner Schenkel duschte, »andererseits haben wir beide ja kein orthodoxes therapeutisches Verhältnis.«

»Was entspricht nicht hundertprozentig Ihrem Berufsethos?«
»Früher wurde es beim Entzug von Heroinabhängigen eingesetzt – natürlich mit geringem Erfolg. Dann wurde es bei verschiedenen Arten der Depression und sogar bei Psychosen eingesetzt. Doch die Behandlung war in allen Fällen schlimmer als die Krankheit.«
»Von was, zum Teufel, reden Sie denn?«
»Von Tiefschlaf, Ian, in den würde ich Sie gern versetzen. Ich möchte Sie für mindestens achtundvierzig Stunden betäuben. Ich glaube, daß wir nur durch die Maximierung langer Perioden des REM- oder Traumschlafs in der Lage sein werden, diesen Ihren Dämon ans Tageslicht zu fördern. Und wenn er sich dann zeigt, werden wir ihn bekämpfen können, hmm?«
Warum habe ich mich dazu überreden lassen? Die Antwort ist einfach. Natürlich, ich hatte einen guten Job und ein komfortables Heim, ich hatte sogar Leute, die mich zu sich nach Hause einluden. Ich hatte alle Attribute des Erfolgs und der Gesellschaftsfähigkeit. Ich hatte eine besonders traumatische Kindheit und Jugend überwunden und schien jetzt bereit für ein gewisses Maß an Stabilität in meinem Erwachsenenleben. Aber da war natürlich noch dieses Sexproblem, und noch etwas war da, eine Wurzellosigkeit, eine gewisse Atemporalität meines Lebens.
Sosehr ich mich auch bemühte, in der Gegenwart zu leben, mich in die Geschichte einzufügen, mich selbst nur als eins der vielen Korpuskel zu sehen, die durch die urbanen Arterien strömten, ich konnte es einfach nicht. Mein ganzes Leben hatte etwas Anachronistisches an sich, ich empfand eine Entfremdung, die ich selbst nicht ganz verstand. Das zeigte sich vor allem in meiner Arbeit. Gleichgültig, wie innovativ die Produkte, die ich zu vermarkten hatte, auch waren, unweigerlich sah ich sie bereits auf einem unermeßlichen Basar der fernen Zukunft liegen,

längst obsolet und hoffnungslos veraltet, nichts anderes als kosmologischer Ramsch im Kofferraum eines fliegenden Händlers.
Dauernd im Jetzt zu sein, das tat seine Wirkung. Wenn ich in meinem Auto durch die Stadt fuhr, gab es keine spezielle Zeit, die zu erreichen war, nur einen sich dahinquälenden Augenblick. Und so stimmte ich Gyggle zu; nur durch die Erforschung der Traumlandschaft, der Urbilder meines erhitzten Geistes, konnte ich dieses Paradoxon zu klären hoffen und mich ein für allemal von dieser böswilligen Kraft befreien, die, wie ich glaubte, mein Leben geformt hatte.
Er erzählte mir, daß in der Vergangenheit Insulin benutzt worden war, um Leute in komatöse Zustände zu versetzen, daß er aber nicht daran denke, so plump oder brutal mit mir umzuspringen; ein sanftes Tröpfchen Valium, mehr sei nicht nötig. Gyggle würde mich in einem freien Zimmer des Krankenhauses unterbringen und mich während meiner Bewußtlosigkeit rund um die Uhr beobachten lassen.

ZWISCHENSPIEL

Was dieses Land braucht, ist eine gute
Fünf-Cent-Zigarre.   T.K. MARSHALL

ALSO, WO WAREN WIR? Ich lauschte dem Kühlschrank, nicht? Lauschte dem modulierten Summen, dem gasigen Hüsteln, dem gummigen Wummern.
Zwanzig Große Kühlschrankhits, also das wäre ein Album, das man sehr effektiv vermarkten könnte. Für so etwas muß es einfach einen Bedarf gegen, wo doch jeder so scharf ist auf Hintergrundmusik, auf musikalisches Ambiente, und was könnte vollendeter ambient sein als ein Kühlschrank? Er ist in der Umwelt, kommt aus der Umwelt und ist offensichtlich auch eine klitzekleine Bedrohung für die so verdammt teure Umwelt.
Okay, zugegeben, fünfundvierzig Minuten Kühlschrankgeräusche pur machen noch keinen Welthit. Wir müßten es ein bißchen aufpeppen, uns ein paar berühmte Sänger besorgen, die das Blubbern der Kühlflüssigkeit stimmlich begleiten, und ein paar namhafte Produzenten, die die frostigen Vibrations in ihre Wesenswürfel zerlegen und daraus eine mächtige Mauer eisigen Sounds errichten. Ich glaube, dann wären wir im Geschäft, dann wäre ich sicher, daß Sie einen hübschen kleinen Goldesel zur Hand hätten.
Ich sage Sie, aber ich meine ich. Ich würde alles auf eine Karte setzen und es hier mit Direct-Marketing versuchen.

Ich würde zu einem Adressenhändler gehen, den ich kenne. Einem nervösen Mann in einem stahlblauen Anzio-Anzug, mit einem Körper wie ein zuckender stromführender Draht, der nur notdürftig an der Tastatur seines Computers geerdet ist.

Sooft ich ihn besuche, ist er vernetzt mit seinem Speicher unzähliger passiver Konsumenten, deren Brieftaschenmünder gierig an seinem psychischen Konto saugen. Seine Finger sind gespreizt, damit er das Pulsieren der Hunderte von Megabytes von Information, die in ihn fließen, spüren kann. Die Festplatte enthält prallgefüllte Verzeichnisse potentieller Käufer, und sein Hirn ist verschmolzen mit seinem RAM, so daß er sich zu mir umdrehen und sagen kann: »Du brauchst eine nach Einkommen aufgeschlüsselte Liste aller Besitzer von neuen, viertürigen Volvos? Haben wir. Du brauchst alle Dr. phil. mit kleinbürgerlicher Herkunft, die Führungspositionen in nichtstaatlichen Stellen bekleiden? Haben wir. Du brauchst achtzehn- bis vierundvierzigjährige Hausbesitzer aus ethnischen Minderheiten? Auch das haben wir.«

Darüber hinaus kann er diese Interessentenlisten mischen, um köstlich unwahrscheinliche Kombinationen zu erstellen: Hometrainerbesitzer, die in der Ukraine Bildungsurlaub machen (von denen gibt es in Greater London nur acht); Leprakranke mit einer Vorliebe für Janet-Reger-Unterwäsche (überraschenderweise allein in Roseland mehrere hundert); liberaldemokratische Nintendo-Enthusiasten, die außerdem Wagner-Fans sind (nicht so viele, wie man erwartet hätte).

Nach etwa zwanzig Minuten mit dem Adressenhändler fängt man an, die Welt so zu sehen wie er. Seine Sicht ist eine beängstigende, seine Augenstrahlen schießen hervor, transparente, aber solide Raumteiler, die jede Versammlung, jede Gruppierung von Menschen zerschnippeln in ihre listenfähigen Charakteristika. Er hat Geo-Demo-

Vision (soll heißen geographische und demographische Analyse). Er späht in eine Bar, und sofort kommt sein Netzblick ins Spiel, er fällt über die versammelten Anzüge, so daß sich jeder mit seinen Konsum-Kiemen in der ihm angemessenen Masche verfängt und darin zappelt, bis die Händler hereinstürmen und mit verblüffenden Werbegeschenken wedeln.
Mein Kühlschrank-Album wird wirklich zu einem Prüfstein für meinen Adressenhändler, es wird ihm das Äußerste abverlangen. »Du willst was?« wird er mich fragen. »Du willst eine Liste von Leuten, denen es Spaß macht, um drei Uhr morgens dem Kühlschrank zuzuhören? Sonst noch was?« Er schüttelt den Kopf, er hmt und äht, und seine Thelonious-Monk-Finger hacken in talentierter Frustration auf der Tastatur herum. Aber dann hat er es, er klimpert drauflos und kombiniert und bereinigt die Daten in hektischer Hingabe.
»Mal sehen ... Mal sehen ... ja, jaa« – Plastiktasten klakkern –, »wir haben eine Liste von Leuten aus dem Stadtgebiet von London, die im letzten Jahr einen Kühlschrank gekauft haben ... ähm, ähm, das sind ungefähr sechzehntausend Kandidaten. Und wir haben eine Liste von Leuten, die auf Fernsehspots für Sammelalben mit Hintergrundmusik reagiert haben ... Hm, hm, das, kombiniert und bereinigt, macht? Einhundertzweiundfünfzig Kandidaten. Aber ehrlich gesagt, ich vermute, daß von denen nur ein paar wenige verrückt genug sind, um auf ein Kühlschranksammelalbum abzufahren. Aber welche? Mal sehen ... mal sehen –«
Er ist wieder im Hauptmenü, er ruft das Directory auf, die Liste der Listen, das Enzephalogramm des Gehirnchirurgen. Auf dem Bildschirm ist ein verschwommener Bereich zu sehen, als hätte jemand Fett darübergeschmiert. Durch diese Trübung sehe ich weitere Listen aufgelistet. Das sind die geheimen Listen, die nebulösen Verzeichnisse

anstößiger Gruppierungen. »Wir haben eine Liste von Patienten, die in Londoner Krankenhäusern wegen schwerer Psychosen behandelt wurden – ja, ja, ich weiß, daß das streng genommen ein wenig unmoralisch ist, aber ich kann dir eins sagen, nicht halb so unmoralisch wie einiges andere, das wir hier haben. Zum Beispiel? Na ja, wie wär's mit Nazi-Kriegsverbrechern mit neuen viertürigen Limousinen, die in Nord-Staffordshire registriert sind? Oder Kabinettsangehörige, die eine mehr als flüchtige Verbindung zu exotischen Kunstgliedern haben? Oder Firmendirektoren, die sich mit ihrer eigenen Scheiße vergnügen? Diese da ist aufgeschlüsselt nach Firmengröße, und alle kannst du auf Endlospapier oder Selbstklebeetiketten haben. Na dann, kombinieren und bereinigen, kombinieren und bereinigen – Wassis? Datenschutzbestimmungen? Daß ich nicht lache. Mal sehen, mal sehen – hmmm. Nur einer. Nur ein einziger Spinner, der seinem Kühlschrank lauscht und uns sein Plastikgeld rüberschieben kann –«

Ich natürlich. Es konnte nur ich sein. Schließlich bin ich es, dessen Seele dem Direct-Marketing unterzogen wurde. Sie kennen das Einzelgänger-Männchen; ich bin sein moderner Nachfahre, das Junk-Männchen. Ich will Ihnen eine Anekdote erzählen, Ihrem Burger-Hirn einen mundgerechten narrativen McNugget vorsetzen, um diesen Punkt zu illustrieren.

Ich erinnere mich an ein Wochenende, als ich vielleicht neunzehn oder zwanzig war, auf jeden Fall kurz vor seinem Verschwinden und kurz nach seiner Verwandlung, dem Herausfurzen seiner neuen Identität. Wir fuhren nach Yorkshire, um uns ein paar der Schlupfwinkel meines Großvaters anzusehen. Old Sidney selbst besuchten wir allerdings nicht – nach Meinung meines Magus wäre das nicht die richtige »Politik« gewesen. Statt dessen wanderten wir über das Moor bei Hebden Bridge. Es war um Ostern herum, und vielleicht verleitete das ihn dazu, theologisch zu werden, während wir über Ginster und Heidekraut stolperten.

Das Moor war an diesem Tag schmerzhaft schön. Kumuluswolken formten eine verblüffende spiegelverkehrte Himmelslandschaft. Ihre Schatten jagten über die Hügel, Hügel, die sich wogend bis zum schartigen Horizont erstreckten, wo das Hochland endete und die tiefen, schluchtähnlichen Täler begannen.

»Früher war hier ein Meer«, bemerkte er und beschrieb mit dem Kommandoturm seines Arms einen weiten Bogen. »Sieh nur, wie das zutage tretende Schichtgestein der Talwand an eine Küstenlinie erinnert. Wenn man die Täler mit dem nicht mehr vorhandenen Ozean füllt, was bekommt man dann? Nun, einen wunderschönen Binnenarchipel natürlich. Bezaubernde smaragdgrüne Inseln inmitten von sanft plätschernden Wellen.«

Ich tat wie befohlen und ergänzte eidetisch das fehlende Wasser. Ich sah, wie es in die trockenen Fjorde hineinströmte, sie anfüllte bis zum korrekten Pegel, so daß schließlich wir, der fette Mann und ich, auf einer Anhöhe über dieser urzeitlichen Szene standen und hinuntersahen auf das flüssige Herz Englands.

»Das ist der Grund, warum dieser Teil der Welt so wichtig für mich ist«, fuhr er fort und zog ein unförmiges ledernes Zigarrenetui aus der Tasche. »Hier bekommt man ein Gefühl für das erdgeschichtliche Maß der Zeit und so für das Unendliche und Unermeßliche.« Er klappte sein Etui auf und betrachtete die darin enthaltenen Tabak-Projektile, ein jedes so potentiell gefährlich wie eine Sam-7. »Die da, glaube ich.« Er zog eine Zigarre heraus, biß die Spitze ab und zündete sie an der leckenden Zunge seines Benzinfeuerzeugs an. »Nur eine Montecristo No. 1, aber alles Gehaltvollere wäre hier im Freien die reinste Verschwendung.«

Wir gingen weiter. Er schwang kräftig seinen Spazierstock, riß Grasbüschel aus. Gekleidet war er wie für einen edwardischen Jagdausflug: dreiteiliger Tweedanzug mit Knickerbockers, Wollstrümpfen und derben Schuhen. Auf seinem Quadratschädel saß ein Tweedhut mit einer Moorhuhnfeder im Band. Aus irgendeinem Grund zog der zerknautschte Hut meine Aufmerksamkeit auf sich. Er wirkte wie eine absichtliche Fälschung der Natur, ein Versteck, von dem aus die Ornithologen seines starräugigen Bewußtseins eine scheue Welt beobachteten.

»Du machst dir Gedanken über meinen Hut, nicht?« Ich schrak hoch und wäre beinahe in den schlammigen Graben getreten, der am Weg entlanglief.

»Möglicherweise beschäftigst du dich ja mit der Tatsache meiner Glatzköpfigkeit.«

»Ich ... nein, tue ich nicht.«

»Nein, vielleicht nicht. Aber auch wenn es so wäre, bräuchtest du kein Mitleid auf mich zu verschwenden – meine Tonsur ist nicht Zufall, sondern Absicht. Ein Gedanke, der mir während eines Aufenthalts bei den Säufern Mütterchen Rußlands gekommen ist. Diese verlorenen Seelen sind so arm, daß sie sich die Köpfe rasieren, um sie sich mit Alkohol einreiben zu können. Die äußerlich zu verabreichende Variante des Weingeistes ist nämlich die billigste, mußt du wissen. Willst du es mal versuchen?« Er zog einen voluminösen Flachmann aus der Tasche, und in einer abrupten Bewegung riß er sich den Hut vom Kopf und klatschte sich ein Handvoll des Zeugs auf den Schädel. Der Wind blies mir einen Schwall des stinkenden Adstringens ins Gesicht, während er sich schüttelte, daß sein zetazöser Körper schwabbelte wie ein aufrecht stehender Dugong.

»Brrr!« rief er. »Das tut mächtig gut. Ich spüre, wie das *aqua vitae* in mein Hirn sickert und seinen Mechanismus reinigt, seine Babbagesche Rechenmaschine, sein Wechselgetriebe.«

Der Weg, den wir eingeschlagen hatten, schlängelte sich hinunter zu einem kleinen *loch* oder Bergsee. Der Tümpel

schmiegte sich an eine winzige Hügelflanke, auf halber Höhe durchbrochen von dem Wanderweg, der in Windungen und Schleifen ins Tal hinunterführte. Dort, unter einem Wildwuchs aus Zwergeichen und Ebereschen, hatte ein Trupp älterer Wanderer beschlossen, Rast zu machen. Sie saßen da, die Beine auf den Pfad gestreckt, die Rükken an die Hügelflanke gelehnt, mampften Sandwiches und schlürften aus Plastikbechern. Ihr angeregtes Plappern drang bis zu uns auf die andere Seite des Sees herüber.
»Hrrmpf!« Er stocherte mit der Spitze seines Stocks in der Erde. »Wenn ich mich nicht sehr irre, haben wir hier, was man ›ein Gebiet von besonderer Naturschönheit‹ nennt. Selbstverständlich ist diese Kennzeichnung ausschließlich eine Funktion der Tendenz solcher Örtlichkeiten, die allerhäßlichsten Exemplare des Homo erectus anzuziehen. Sieh sie dir an, Junge, betrachte, wie sich die Verwitterung ihrer Gestalten mit der Perfektion ihrer ambulatorischen Ausrüstung und Bekleidung vermählt.«
Ich tat, wie geheißen. Es stimmte, die alten Stromer waren häßlich und zugleich mit dem Besten ausgestattet, was es an Freizeitkleidung gab. Gore-Tex-Kapuzenjacken umhüllten ihre knochigen Hälse und gebeugten Rücken, Kartenfutterale aus Plastik und komplizierte Kompasse baumelten vor eingesunkenen Brustkörben, ihre O-Beine steckten in modischen Englischleder- oder Cordhosen, flexible Futterale aus feinstem Schuhleder schützten ihre Plattfüße und wackeligen Knöchel. Wenn sie jünger gewesen wären, hätten sie in diesem anmaßenden Aufzug die Rockies erklimmen können.
»Absurd, nicht?« Er tat einen kräftigen Zug an seiner Montecristo und inhalierte eine industrieschlotgroße Rauchwolke durch die Nase. »Das groteske Gewand dieser Pensionäre verleitet mich zu einer Paraphrase eines der bekanntesten Apophthegmata des Elsässer Sandkastenphilosophen, nämlich: ›Die Hölle ist anderer Leute Hose.‹ Wie

gefällt dir das? Haha, hahaha!« Er verströmte Fröhlichkeit und Rauch zu gleichen Teilen.
»Was ist denn jetzt?« Er drehte sich zu den Spaziergängern um, die sich nun rührten, als würden sie auf seine abschätzigen Kommentare reagieren. Sie schraubten die Verschlüsse wieder auf ihre Thermosflaschen und drückten die Deckel auf ihre jetzt leeren Plastik-Sandwichdosen. Dann versuchten sie zaghaft aufzustehen. Leberfleckige Hände griffen nacheinander. Es war schwer zu sagen, ob jene, die bereits standen, den anderen beim Aufstehen halfen, oder ob die noch Lagernden die Kräftigeren zu Boden zogen, ins Grab.
Schließlich standen sie alle und bürsteten sich Brösel und Zweige ab. Dann stellten sie sich, mit einem Fähnleinführer-Typen an der Spitze, in wackeliger Einzelreihe auf und marschierten ins Tal hinunter.
»Weide deine Gucker dran.« Wir folgten ihnen in zügigem Tempo. »Kannst du dir vorstellen, welche grausamen Gunstbeweise dem Oberaffen zuteil werden, wenn dieser Trupp in eine etwas widrigere Umwelt kommt?«
»Was meinen Sie damit?«
»Ich meine damit, daß dort, wohin sie jetzt gehen, die Hackordnung, die sie sich geschaffen haben, tödliche Bedeutung annehmen wird, rot in Zahn und Klaue.«
»Was, in Hebden Bridge?«
»Nein, du Trottel! Du weißt, daß ich Trottel nicht ertragen kann! Wir gehen nach Hebden Bridge, aber sie werden sich auf eine etwas wüstere Wanderschaft begeben.« Wieder streckte er seinen lykanthropen Finger aus, den dreigliedrigen mittleren, und fuhr damit auf und ab, als streichelte er eine unsichtbare erogene Zone.
Während er sprach, ereignete sich etwas Unerhörtes, etwas, das zugleich obszön und doch merkwürdig natürlich war. Vor dem fähnleinführenden Wanderer, der, seinen Schäferkrummstab schwingend, ausschritt, als wäre er ein

Vierteljahrhundert zu spät für Aldermaston, zeigte sich plötzlich eine Ausdünnung, ein Riß in der Luft. Es schien eine atmosphärische Störung zu sein, ein lippenschürzendes Loch in der ätherischen Epidermis. Es verbreitete sich, doch in dem Spalt war nichts zu sehen bis auf den Pfad, der sich ins Tal hinunterschlängelte. Der Fähnleinführer betrat diese Öffnung und verschwand.
Ich blieb stehen und sah mit weit aufgerissenen Augen zu, wie der Rest der alternden Wanderer aus unserer Dimension hinaustrat. Als die letzte Ferse des letzten Stiefels verschluckt war, kniff das schimmernde Ding die Lippen zusammen, reißverschloß sich wieder und war verschwunden.
»Was haben Sie mit diesen Leuten gemacht?« krächzte ich. »Wohin sind sie verschwunden? Sie haben sie getötet, nicht? Sie haben Sie vernichtet aus reiner Unduldsamkeit!«
»Unsinn, Junge, und bitte bemühe dich, nicht allzusehr dem Melodrama zu erliegen.« Er blieb nun ebenfalls stehen und betrachtete die Spitze seiner Montecristo mit einem gewissen Überdruß. »Ich habe nur ein wenig an der Zeit geschneidert, nur eine Bundfalte oder einen Schlag vom scheinbar so geraden Hosenbein der Zeit entfernt. Sie sind genau am selben Ort wie vorher, gehen denselben Pfad entlang« – er hielt inne, schob die Manschette hoch und zeigte mir seine eherne kreisrunde Rolex – »vor ungefähr viertausend Jahren. Zweifellos werden sie die Erfahrung ein wenig verwirrend finden, aber wenn sie es schaffen, bei Tag den marodierenden Auerochsen und bei Nacht den reißenden Säbelzahntigern zu entgehen, werden sie in ihrer neuen Umgebung vieles finden, was ihnen zusagt. Ich selbst, der ich ein Arborophiler bin, habe viel Freude an den dichten Koniferenwäldern des Neolithikums. Habe ich mir doch sogar diesen Stab aus einem solchen Stamm schnitzen lassen, während meines letzten Ausflugs dorthin. Jedes

Jahr schäle ich einen Ring davon ab, eine hübsche Umkehrung, wenn ich so sagen darf, der neuen Wissenschaft der Dendrochronologie.«

Ich kam nicht mehr mit. Er hätte ebensogut Ursprache reden können, so viel verstand ich. Ich war fest in der Gegenwart verankert, sah die Stare die Telefonleitungen umflattern und den Wind die schimmernden jungen Blätter in einen verschwommenen Monet verwandeln.

Eine Weile gingen wir schweigend. Er rauchte konzentriert. Um die Spannung zu lösen und die Lücke zu füllen, fragte ich: »Warum? Warum haben Sie das getan?« Und wappnete mich für die Sturmflut seines Zorns. Aber sie kam nicht.

»Das ist natürlich eine Synekdoche«, sagte er. »Weißt du, mein kleiner Lizentiat, wenn diese pensionierten Schullehrerinnen und frühverrenteten Bankangestellten in der Steinzeit auftauchen, werden sie gezwungen sein, ihre High-Tech-Ausrüstung bis an die Grenze zu belasten. Sie werden bald feststellen, ob Gore-Tex und Timberland halten, was die Werbung verspricht. Um es genauer zu sagen, während sie versuchen, sich zur Küste durchzuschlagen, und nachdem sie das Wesen ihrer Notlage erkannt haben, nicht zuletzt dank einer Begegnung mit ihren haarigen Vorfahren, aus der die Hälfte von ihnen geblendet oder mit einer Schädelfraktur und zwei Drittel des Rests mit einer zum Tode führenden Blutvergiftung hervorgehen, werden sie allmählich die absolute Sinnlosigkeit ihrer Moralvorschriften, ihres spirituellen Gepäcks, ihres transzendentalen Ballasts erkennen. Sie werden die Gültigkeit von Broadhursts Dogma erkennen.«

»Wie bitte?«

»Broadhursts Dogma ist der Schlüssel zur korrekten Betrachtung dieser Dinge, eine treffende Umkehrung der Sophistereien dieses anorexischen Apostaten mit seinen vollgekritzelten Post-it-Zettelchen. Es besagt: Du bist ein

Narr, wenn du Gott huldigst. Denn wenn er existiert, wird er dir deine Verkommenheit sicher verzeihen, ist er doch ein Schlappschwanz in diesen Dingen, ein naseweises Weichei. Und wenn er nicht existiert, wirst du dir im Augenblick deines Hinscheidens komplett verarscht vorkommen, wie der allerletzte Trottel. All diese Stunden bei todlangweiligen Tombolas, all das morgendliche Knien auf schlaffen Betkissen, all diese erbärmlichen Agonien – kurzzeitiger Verlust und dann kurzlebiges Wiederfinden des Kleingelds des Glaubens, des Glaubens an ein Nichts, eine Null, ein Vakuum. Nein, nein, erkenne die Gültigkeit von Broadhursts Dogma, und der abwesende Vater dieses Christustypen wird, wofür wir alle ihn schon immer gehalten haben. Zu einem streunenden Neurotiker, der nicht einmal die Unterhaltszahlungen für seine eigene Schöpfung aufbringen kann. Wahrscheinlich verplempert er die Alimente für irgendeine teleologische Analyse, liegt auf einer Couch, die das Firmament überspannt. ›Warum?‹ jammert er seinem Seelenklempner vor. ›Warum habe ich es getan?‹ Aber eigentlich kann er absolut nichts zugeben, denn er ist ein chronischer Leugner, leugnet sogar die Existenz der Welt an sich. Allerdings, in besonders hellen und ausgeglichenen Momenten kann es sein, daß er die Wirklichkeit eines kleinen Teils davon, Liechtenstein etwa, anerkennt. Aber das ist genug Theologie für einen Tag.« Wieder wurde die Rolex konsultiert. »Wenn wir uns jetzt nicht beeilen, hat das Gasthaus für den Nachmittag geschlossen und wir bekommen kein Glas mehr vom Urin des *Culex pipiens*. Der in diesen Breiten als Bier durchgeht.«

Broadhursts Dogma ist es also, was mir jetzt in den Sinn kommt, jetzt um drei Uhr morgens, während ich dem Kühlaggregat lausche. Als müßte ich noch fragen, woran es liegt, daß es keinen Spaß mehr gibt. Ausgerechnet ich. Wenn ich es nicht wüßte, würde ich kaum hier sitzen und darauf warten, daß der neue Morgen hohnkreischend

durch die Jalousien bricht, darauf warten, daß meine Frau stirbt. Nein, nein, es gibt keinen Spaß mehr, nur noch meine Vorstellung davon. Meine und seine, seine und meine.
Wir sind wie Kokser oder chronische Masturbatoren, nicht? Versuchen, aus einem an sich hohlen und mechanischen Vorgang das letzte Quentchen Ekstase herauszupressen. Wir rammeln, wir rubbeln die Klitoris, wir zupfen am Penis, und wir spüren nichts. Nicht gerade nichts, Schlimmeres als nichts, wir spüren ein Flackern oder Prickeln, das sinnliche Äquivalent eines retinalen Nachbilds. Das ist jetzt unser Spaß, nicht der Spaß selbst, nur eine müde Anspielung darauf. Trotzdem sind wir davon überzeugt, daß der Spaß, wenn wir noch einmal auf ihn anspielen, eine sichere Aussage über ihn treffen können, zurückkehren wird wie die Vögel nach dem Winter.
Eines Morgens wachen wir in unserem Bett auf und hören von draußen Tschirpen und Trillern; der Spaß ist zurückgekehrt und schart sich auf den Ästen des Baums vor unserem Fenster. In freudiger Erwartung kuscheln wir uns in die Kissen.
Aber wenn wir aufstehen und uns anziehen, wenn wir das Haus verlassen, um zum Händler zu gehen und eine Zeitung zu kaufen, verflüchtigt er sich, dieser falsche Frühling. Wir kommen an einem Spielplatz vorbei. Ein paar Kinder stehen auf einem Karussell, einen Fuß oben und einen auf dem Boden, und sie treiben es an mit schwindelerregendem Tempo, immer im Kreis herum, bis ihre Gesichter verschwimmen zu einem wirren Band. Und aus diesem Band starrt ein einzelnes Augenpaar heraus, Augen, so trüb von Zynismus wie die eines sterbenden zirrhotischen Mietschreiberlings, wie die eines ekstatischen Teenagers, der auf einer Tanzfläche herumalbert, wie die einer geprügelten Ehefrau, die zum x-ten Mal auf den Mund geschlagen wurde.

Hatte er recht? Sind wir verdammt? Ist es das? Haben wir unsere kollektive Unschuld verloren? Manchmal sieht es so aus, nicht? Wir fühlen uns wie in diese grinsende brutale Welt gestoßen, wie von ihr entjungfert. Andererseits kommen wir uns aber auch vor, als wären wir die Schänder. Wir haben gebalzt und geranzt, sind gesprungen und geritten, hü-ha! Hü-hott! Und jetzt, verausgabt und erschöpft, schwerer denn je, wälzen wir uns von dieser Spaßmatratze, diesem Vehikel der Lust, und sehen unter uns eine zerdrückte Blume, eine zertrampelte Kamelie, Pollen und Saft verschmiert wie Blut auf der unfruchtbaren Erde, der trockenen Erde, der ausgemusterten, lauernd-tetanischen Erde.

Woher kommt das, dieses dumpfe Gefühl, sowohl Opfer wie Täter zu sein, sowohl wir wie sie, sowohl ich wie er? Wurden wir verstoßen aus dem Arkadien des Spaßes, in dem die Natur uns unschuldige Automaten zur Verfügung stellte, muhende und blökende Maschinen für unser Vergnügen?

Ich bezweifle es. Ich bezweifle es sehr stark. Ich werde Ihnen sagen, was ich denke, da Sie fragen, da Sie es wagen, mir Ihr widerliches Gesicht entgegenzuhalten, es durch die glänzend glatte Fassade meines hypothekenschweren Herzens zu stoßen. Ich glaube, es gab gerade so viel Spaß, daß man damit über die Runden kam, nur so viel und nicht mehr. Wir haben alles davon aufgebraucht, beim Volkstanz in der Abenddämmerung, beim Küssen im Mondlicht, beim Krebsessen, während das Sonnenlicht sich auf unserer erhobenen Gabel bricht und wir parlierend glänzen. Und natürlich ist es mit dem Spaß so, daß er nur im Rückblick existiert, in der Retroszendenz; wenn man Spaß hat, ist man notgedrungen außer sich, man denkt nicht. Was hatten wir doch für einen Spaß, nicht? Aber klar.

Jetzt können Sie mir folgen, nicht? Jetzt sind wir beieinander. Wir verlassen die Party zusammen. Auf der Treppe bleiben wir stehen, und obwohl wir aus eigenem Antrieb gegangen sind, unsere Mäntel unter dem auf dem Bett sich wälzenden Pärchen hervorgezogen haben, spüren wir schon jetzt, daß es die falsche Entscheidung war, daß eine verborgene Hand uns hinausschiebt, uns ausschließen will.

Wir bleiben auf der Treppe stehen, und wir hören, daß die Party ohne uns weitergeht, hören Lachen trillern, Musik klimpern. Ist es zu spät zum Umkehren? Kommen wir uns blöd vor, wenn wir jetzt zurückkehren und niemandem im besonderen verkünden: »Also, das Taxi ist noch nicht da, und wir haben uns gedacht, wir kommen wieder hoch und warten hier drauf, amüsieren uns noch ein bißchen.«

Aber natürlich, ja, wir kommen uns blöd vor, verdammt blöd, weil es nicht stimmt. Das Taxi ist bereits da, wir können es unten sehen, ächzend vor Ungeduld, nur darauf wartend, geschnappt und dirigiert zu werden, uns wegzubringen. Weg vom Spaß und nach Hause, nach Hause in die Vororte der Reife.

Nur noch eins. Haben Sie sich je vorgestellt, daß das Erwachsensein bedeutet, so – wie soll ich es nur sagen? So – erwachsen sein zu müssen? Na? Sie haben nicht geglaubt, daß Sie es sich so schwer würden erarbeiten müssen. Es ist so erbarmungslos, dieses Erwachsensein, dieser Zwang zur überlegten Gelassenheit, zu Hause sein zu müssen in einer ständig sich verändernden vierdimensionalen Matrix Unabänderlich Gültiger Überlegungen. Sie wären gern ein wenig angesäuselt, nicht? Sie würden gern mit den Knöpfen der Wirklichkeit spielen, wie er es tut, sie ein wenig begrapschen ohne schlechtes Gewissen, ohne das Gefühl, irgendeine nebulöse Verpflichtung mißachtet zu haben.

Bemühen Sie sich nicht. Ich habe es versucht, ich habe nach dem Kind in mir gesucht. Nach Ian, dem Hopsifibel-Jungen. Ich habe ihn verfolgt auf den sich verlierenden Pfaden meiner eigenen Psyche. Ich bin er, wie er ich ist, wie wir alle sind ... Sein Rücken, breit wie ein Megalith ... Meine Schritte, die gespenstisch durch meinen Schädel hallen. Ich wende mich nach innen, um mir selbst ins Gesicht zu sehen, und sehe mir selbst ins Gesicht, mir selbst ins Gesicht. Ich sehe tief in meine eigenen Augen. Ian, bist du das, mein erstes Zweites Ich? Ich sehe dich jetzt, wie du wirklich bist, Ian Wharton. Du stehst auf einer hohen Klippe, gemeißelt und umrissen vom wogenden Grün des Meeres. Du stehst da, den Rücken gebeugt unter dem dumpfen Bewußtsein der elenden Plackerei. Der schweren Last, die das Leben ist, die der Tod ist, die wieder das Leben ist, immerwährend, Welt ohne Ende.

Und jetzt, Ian Wharton, jetzt, da du nicht mehr Subjekt dieser Moritat bist, sondern nur noch ihr Objekt, jetzt, da du nur noch ein unproduktives Atom bist, das aus dem Fenster einer Produkt-Monade starrt, jetzt, da du bist, wo ich dich haben will, jetzt laß das Spektakel beginnen.

Zweites Buch

DIE DRITTE PERSON

Schuld – das Gefühl hat mir so gut gefallen, daß ich die ganze verdammte Empfindung gekauft habe. FARRAH ANWAR

6 DAS LAND DER KINDERWITZE

Wenn ein Mensch mir sagt, daß er an den schlimmsten Orten gewesen ist, habe ich kein Recht, über ihn zu urteilen, aber wenn er mir sagt, daß seine überlegene Weisheit es ihm ermöglichte, dorthin zu gehen, dann weiß ich, daß er ein Betrüger ist. WITTGENSTEIN

DAS LURIE FOUNDATION HOSPITAL für Dipsomanie streckt seine rußfleckigen Fundamente in die trockene Klamm der Hampstead Road. Es ist ein verworrener Bau, verwinkelt wie eine ausgedehnte Ansammlung viktorianischer Armenhäuser, in den Dreißigern jedoch erweitert um Anbauten, die ihn umklammern wie Buchstützen.
Hinter dem Krankenhaus, gegenüber der niedrigen, bläulichen Masse der Euston Station und begrenzt von den mietbaren Klimaanlagen des Kennedy Hotel, befindet sich ein verwilderter Garten. Ursprünglich wurde er aus aristokratischer Großzügigkeit angelegt, um Personal und Patienten sanft kiesknirschende Ergehungen zwischen Blumenbeeten und Rasenstücken zu ermöglichen. Im Lauf der Jahre versiegten die Mittel und wurden ersetzt – zumindest im Garten – durch totes Laub und durchweichte Styroporteile, den Überresten einer vergessenen, aber zweifellos wichtigen Verpackungsaktion.
Von der gegenüberliegenden Straßenseite der Hampstead Road aus betrachtet, wirkt der Dreißiger-Anbau auf der linken Seite des Krankenhauses wie eine Bankburg. Mit seiner Fassade aus behauenem graugelbem Stein würde er hervorragend zu seinesgleichen an der Lombard Street passen. Am Eck dieses Anbaus befindet sich eine solide

Eichentür. Sie hat kein Namensschild, und auch sonst gibt es keinen Hinweis darauf, ob dies ein Nebeneingang zum Krankenhaus ist oder gar nichts damit zu tun hat.
Hinter der Eichentür öffnet sich ein von zwei hohen Stufen unterteilter Empfangsbereich. Dahinter befinden sich, kreuz und quer auf der Etage verteilt, eine Reihe vergilbter Zimmer mit kränklichen Wänden. Auf den Teppichfliesen dieser Zimmer stehen große metallene Aschenbecher herum, die aussehen wie feuerverzinkte Papiertuchspender. Zwischen den Zimmern verlaufen kurze Korridore, deren Linoleumböden von Brandlöchern derart vernarbt sind, daß die schwarzen Kippenmale wie ein Muster wirken. Türen öffnen sich in urinstinkende Toiletten, ausgestattet mit weißen Stangen an den Wänden, die herauszuklappen sind, falls eine Stehhilfe benötigt wird. Ebenfalls an diesen Wänden befestigt sind weiße Metallbehälter, die mit schöner Regelmäßigkeit absolut nichts spenden.
Sechs Jahre lang war dieses reizlose Reich die Domäne von Dr. Hieronymus Gyggle, Psychiater, Spezialist für Suchtverhalten und – wie er sich selbst gern titulierte – praktischer Philosoph. Wo andere nur menschliche Wracks gesehen hätten, Gesichter und Hände zerschunden und zerstört von der Schwerstarbeit des intravenösen Drogenkonsums, sah Gyggle quietschvergnügte Cockney-Junkies. Wenn er in Begleitung seines mächtigen roten Barts Visite machte, erwartete er beinahe, daß seine Patienten aufsprangen, die Daumen in die Hosenträger steckten und intonierten: »Willkommen zu Hause, willkommen im Kreis der Fa-mi-li-e.«
Denn Gyggle war – wie wir wissen – kein gewöhnlicher Seelenklempner, und an diesem speziellen heißen Freitagnachmittag im Spätsommer waren seine Aktivitäten in ihrer charakteristischen Vielfalt dazu angetan, diese Tatsache zu unterstreichen.
Er teilte seine kostbare Zeit auf drei laufende Projekte auf.

Zunächst saßen in einem der vergilbten Zimmer sechs seiner Junkies und quasselten sich durch eine Gruppentherapiesitzung. Gyggle machte die Teilnahme an diesen Gruppen zur Pflicht für jeden, der in eins der neunzigtägigen Methadon-Reduktionsprogramme kommen wollte.
Zum zweiten lag in einer von Plastikvorhängen abgeteilten Kabine im hinteren Teil der Station Gyggles Schützling, sein ältester Patient, ein großer, plumper Marketing-Consultant namens Ian Wharton. Gyggle hatte Wharton von seiner letzten Stellung als Studentenberater an der Sussex University mitgebracht, so wie ein unbedeutender Arzt seinen Lieblingstischschmuck oder eine Serie Kunstdrucke mitgenommen hätte.
Und schließlich saß im Büro des großen Mannes, das aus schmutzstarrenden Fenstern kurzsichtig auf den oben beschriebenen Garten hinaussah, eine junge Frau, eine gewisse Jane Carter. Jane spielte nervös mit den gespaltenen Haarspitzen, die den scharfen Rand ihres Bubikopfs störten. Sie wartete ebenfalls auf Dr. Gyggle, wartete darauf, daß er ihre Eignung als ehrenamtliche Helferin testete.
Gyggle schritt durch die Drogenabteilung. Sein Bart war so lang und so starr, daß er als Vorhut die Gänge erkundete, wie um mögliches Heckenschützenfeuer auf sich zu ziehen. Hin und wieder blieb Gyggle stehen und wechselte fröhliche Worte mit dem einen oder anderen seiner Kollegen. Die Dröhnköppe können warten, dachte er im Dahineilen, und Ms. Carter ebenfalls – was jetzt drängt, ist Ians Tiefschlaftherapie. Er blieb stehen und sah auf eine Pseudotaucheruhr an seinem knochigen Handgelenk. Jetzt ist es vier. Um vier am Sonntag nachmittag muß ich ihn wieder wecken, sonst ist er zur Arbeit am Montag morgen noch zu benommen, und das wird er bestimmt nicht wollen, o nein.
Der Plastikvorhang wurde zurückgeschoben, und als Ian von der Untersuchungspritsche hochschaute, sah er in dem langen, dünnen Spalt die lange dünne Gestalt von Dr.

Gyggle. An seinen Gottesanbeterinnenarmen von der Vorhangstange baumelnd, füllte Gyggle die Lücke. Er kaute Gummi, und der lange Wedel seines Barts wischte über seine Hemdbrust. »Ah, Ian«, säuselte er. »Schon lange hier? Njam-njam.« Wisch-wisch machte der Bart.
»Lange genug.«
»Sind wohl ein bißchen nervös, hm, oder nur sarkastisch?«
»Was soll denn das heißen?«
»Sarkastisch also. Hören Sie, Ian, ich möchte klarstellen, daß ich sie hierzu nicht dränge. Sie können aufstehen und heimgehen, wenn Sie wollen. Wenn Sie nicht die richtige Einstellung haben, möchte ich sie dem gar nicht unterziehen.«
»Aha, und was ist die richtige Einstellung?«
»Nun, ich will es mal so sagen.« Wie jeder andere gräßliche Enthusiast plazierte Gyggle eine Backe seines infinitesimalen Hinterns auf die Pritschenkante und zog die Hosenbeine hoch, bevor er mit seinem Vortrag begann. »Der Tiefschlaf ist die logische Fortsetzung der Funktion des Psychiaters als Schamane. Wenn wir den Akt der Interpretation – wie in der Psychoanalyse oder der dynamischen Psychiatrie – als analog zu den Formen der von solchen Leuten praktizierten Wahrsagung betrachten, dann ist die Tiefschlaferfahrung gleichzusetzen mit der Evokation einer Besessenheitstrance. In traditionellen Gesellschaften wird eine Besessenheitstrance heraufbeschworen, um Dämonen auszutreiben, und zwar indem eine Verbindung hergestellt wird zwischen dem Patienten und dessen Schutzgeist. Was ich mir nun hiervon erhoffe, ist, daß Ihre Psyche in einer verlängerten Traumschlafphase jene Kathexis, die sie um diese mythische Figur, diesen ›Dicken Kontrolleur‹, herum aufgebaut haben, zuerst erkennen und dann auflösen wird.«
»Bitte«, sagte Ian und stützte sich auf einen Ellbogen. »Sie müssen Ihn ›Den Dicken Kontrolleur‹ nennen, und es ist

wichtig, daß sie dabei Artikel und Attribut großschreiben – sogar in Gedanken.«
»Sehen Sie!« rief Gyggle. »Sehen Sie, wie stark Sie das immer noch beherrscht. Wollen Sie ihn nicht loswerden?«
»Herrgott noch mal, Sie wissen doch, daß ich das will.«
»Nun, dann ist diese Therapie einen Versuch wert. Jetzt ziehen Sie sich aus, ich werde Ihnen einen prämedikative Spritze verpassen.«
»Eine was?«
»Wir werden Sie mit Hilfe eines Sedativums in einen verlängerten Schlaf versetzen, aber das Gefühl, das Bewußtsein zu verlieren, kann unangenehm sein, und deshalb ist es nicht schlecht, wenn Sie zuvor schon ein wenig entspannt sind. Jetzt tun Sie, was ich sage, Ian, und keine Ausflüchte.«
Während Gyggle sich mit Ampulle und Nadel beschäftigte, zog Ian sich aus. Als er dann nackt bis auf seine Boxershorts dastand, fröstelte er trotz der stickigen Wärme in der Kabine. »Werde ich das ganze Wochenende auf dieser blöden Pritsche liegen müssen?«
Gyggle hatte die Spritze aufgezogen und beschäftigte sich jetzt mit der Infusion, die an einem Haken über der Couch hing. »Njam-njam«, (wisch-wisch), »nein, natürlich nicht. Wenn der Trakt heute abend geschlossen wird, bringt man Sie ins Hauptgebäude des Krankenhauses und legt Sie dort in ein Bett. Ich habe dafür gesorgt, daß eine der Krankenschwestern Sie im Auge behält und ihre Sedativ- und Nährstoffinfusionen überwacht, bis ich am Sonntag nachmittag zurückkomme, um Sie, wenn ich so sagen darf, aus dem Land der Schatten zurückzuholen.«
»Und Sie sagen, daß ich am Montag wieder fit für die Arbeit bin?«
»Aber natürlich. Sie haben im Augenblick ein wichtiges Projekt laufen, nicht?«
»Ja.«

»Jetzt drehen Sie sich zur Seite, ich werde Ihnen die Spritze geben.«
Ian spürte einen Klatsch auf dem Hintern und dann den Insektenstich der Nadel. Vom Steißbein aus überflutete ihn Wärme. Es war, als würde er in ein warmes Bad sinken oder in den Mutterschoß zurückkriechen. Als er sich wieder umgedreht hatte, stand Gyggle schon in dem künstlichen Eingang. »Entspannen Sie sich, Ian. Ich muß mich kurz um etwas anderes kümmern, und dann komme ich wieder und schläfere Sie ein, okay?« Er drehte sich um und war verschwunden.

UNTERDESSEN LIEF in einem Zimmer im vorderen, zur Hampstead Road hinausgehenden Teil des Traktes Gyggles vernachlässigte Gruppentherapiesitzung. Die sechs Junkies befanden sich mitten in einer Erörterung des Wesens des Generischen. Gyggle wäre erfreut gewesen, hätte er sie hören können, denn ihr Gespräch verlief gemäß der Richtlinien, die er in seiner sich selbst zugewiesenen Funktion als praktischer Philosoph entwickelt hatte.
»Wie bei ›Hoover‹«, sagte John und fuhr mit schmutzigem Fingernagel am blasenwerfenden, verschmorten Fleisch seiner Kinnpartie entlang. »Also, ich mein, kein Mensch redet vonnem ›häuslichen Reinigungsgerät‹, wenn er 'nen ›Hoover‹ meint, oder?«
»Nee, nee, wie bei ›Hoover‹ isses nicht, weil ›Hoover‹ is ja wie was vonnem Hersteller, nich, und nich nur ... ein ... äh –«
»Häh?«
»Ein Produkt!«
»Ts!« John schüttelte voller Geringschätzung den Kopf. Sein Gesprächspartner, Käfer-Billy, war ein kleiner Schwarzer in einem grünen paspelierten Pullover, dessen ausgefranste Ärmel bis zu den Handknöcheln reichten.

Käfer-Billys Stimme hatte ein irritierendes Lispeln – er war nach so gut wie allgemeiner Übereinstimmung die reinste Platzverschwendung und strohdumm.

»Oder Krups«, fuhr John mit wachsender Begeisterung fort. Er setzte sich auf und fuchtelte mit seinen dünnen blautätowierten Armen durch die Luft. »Für die meisten is Krups noch immer genauso ein Firmenname wie ein Produkt, oder?« Die Frage war nicht als rhetorische gemeint gewesen, aber Käfer-Billy wurde seiner Rolle innerhalb dieses Symposiums sowieso nicht gerecht, und die anderen Junkies schienen das Gespräch überhaupt nicht zu beachten. Irgendwann war irgend jemand, wahrscheinlich ein Bewährungshelfer oder Sozialarbeiter, so dumm gewesen, John zu sagen, er sei »höchst redegewandt«. Als Folge davon hatten seitdem viele Sozialberufsfremde unter dieser seiner Redegewandtheit zu leiden.

»Natürlich ist das so«, fuhr er fort, »aber ich will euch eins sagen, innen paar Jahren sagt keiner mehr ›Küchenmaschine‹, is doch viel zu lang für so 'n Ding, ›Kü-üchen-maschii-ne‹.« Er zog das Wort in die Länge. »Nein, dann heißt es bloß noch ›Krups‹. Und, Billy, egal ob Stoff oder Gift oder Dröhnung oder BTM, in gewisser Weise isses genau wie bei Krups oder bei Hoover. Bald sieht das jeder nur noch als das Produkt, als das einzige, nicht nur als eins aus einer Reihe von Typen –«

»Aber, John«, unterbrach ihn Billy, ein verspäteter Versuch, sich für die Rolle des Glaukon zu bewerben. »Also, es gibt doch verschiedene Arten von Stoff, oder, Kumpel?«

»Ja, Billy, gibt's, so wie es verschiedene Arten von häuslichen Reinigungsgeräten gibt.« Und als hätte diese Sentenz irgendwie die gesamte Unterhaltung zusammengefaßt, lehnte John sich zurück, verschränkte die Hände hinter dem Kopf und versank in einem Tagtraum.

Käfer-Billy schien noch nicht überzeugt; er zupfte an den ausgefransten Ärmelenden seines Pullovers und starrte

John rachsüchtig an. Mit seinen silbrigen, straff zurückgekämmten Haaren, der dünnen Nase, den hohen Wangenknochen und den dunklen Augen sah John irgendwie aristokratisch aus. Doch dieser Eindruck verflüchtigte sich, sobald er den Mund öffnete, denn dann glitten dünne gelbe Reißzähne schief und kariös hinter seinen Lippen hervor. Das war der eine Makel, und dann war da noch die Art, wie sich die Haut der einen Wange am Unterkiefer bauschte. Es sah aus, als hätte jemand eine Ratsche in die Falte am Ende von Johns Hals gesteckt und sie gedreht. Ein anderer, oder vielleicht auch derselbe Sadist, hatte dann den Wulstkranz fleischiger Falten mit einem Lötkolben sanft geglättet, oder auch mit einem anderen Werkzeug, das versengte – aber langsam.
»John.«
»Ja, Billy.«
Billy saß leicht nach vorne gebeugt, das Gesicht grau vor Konzentration. »Kennst du Tony?«
»Ja, Billy.«
»Tony Lulatsch?«
»Ja, Billy.«
»Also der sagt zu mir, ich soll nach Bristol kommen –«
»Neulich?«
»Nee, letztes Jahr.«
John seufzte. Es würde eine lange Geschichte werden.
»Er kannte da einen Typen aus diesem Portis-Kaff in der Nähe von Bristol –«
»Portishead?«
»Heißt das so? Na gut, Portishead. Tony und dieser Typ hatten sich am Abend zuvor 'ne Apotheke vorgenommen und jetzt den Giftschrank zu Hause, okay?«
»Okay.«
»Also hat Tony mich angerufen und gesagt, ich soll hinfahren und das Ding holen, weil dieser Typ also ziemlich bekannt war und er geglaubt hat, daß die Bullerei be-

stimmt vorbeikommt und ihn verhört, weil der, also der war –«
»Der naheliegende Verdächtige?«
»Genau. Ich bin auf jeden Fall hingefahrn. Hat 'ne Ewigkeit gedauert, weil nämlich mein einziger VW 'n leckes Motorgehäuse hatte. Ich mußte alle zwanzig Minuten stehenbleiben, um Öl nachzufüllen und so. Hab's trotzdem geschafft, die Karre in der Woche drauf dieser doofen Tussi Ethel anzudrehen –«
»Und?«
»Na ja, ich hab's bis dorthin geschafft, aber dann hab ich ewig gebraucht, bis ich das Haus gefunden hab, es war draußen am Stadtrand in so 'ner Wohnsiedlung. Als ich hinkam, war die Bullerei schon da, direkt vorm Haus ham sie geparkt. Bin also wieder aufs Gas und weitergefahren, hab mir den Rückweg nach London gesucht. Ich fahr da diese Straße lang, an 'n paar Fußballplätzen vorbei, und plötzlich seh ich Tony Lulatsch und diesen Typen – ziemlich komischer Kauz mit 'nem grausigen Silberblick –, die schleppen den Schrank quer über 'nen Platz. 'n paar Jungs haben 'n bißchen gekickt, aber jetzt stehen sie rum und schauen zu, was Tony und Schieler treiben.«
»Und was hast du getan?« John gähnte die Frage.
»Ich bin aus der Karre ausgestiegen und hinter ihnen her auf den Platz gerannt. Tony sieht mich und fängt an zu fluchen, weil ich so spät dran bin. ›Wo ist das Auto?‹ schreit er, und ich zeig's ihm. ›Ihr zwei brecht das verdammte Schloß an dem Ding da auf und schnappt euch den richtigen Stoff, und ich fahr das Auto auf die andere Seite vom Platz.‹ Und das ham wir auch getan. War eigentlich richtig komisch, weil wir ewig gebraucht haben, um das Schloß aufzukriegen, und die Jungs sind alle hergekommen und ham zugesehn. Und wie sich rausstellt, gehn die Kleinen von dem Schieler in dieselbe Schule, und die Jungs fangen an Fragen zu stellen wie: ›Was machen Se denn da, Mr. Anderson, was

wollen Se denn mit dem Riesenkasten da?‹ Dann hatten wir den Schrank endlich offen, und alles is rausgefallen. Wir mußten im Schlamm rumwühlen, um rauszufinden, was was war – wir ham vielleicht ausgesehn, als wir dann endlich beim Auto waren, das kann ich dir sagen. Tony sitzt schon hinterm Lenkrad. ›Habt ihr's?‹ fragt er. ›Ja‹, sag ich und zeig ihm, was ich alles in meinen Taschen hab. ›Was is 'n das für 'n Scheiß?‹ sagt er. ›Cappies und Vallies‹, sag ich. ›Du hast gesagt, wir sollen dir den Stoff bringen!‹ Aber da fängt er an zu brüllen: ›Nicht *den* Stoff, du Blödmann, das Amphetamin, das verdammte Amphetamin! Das ganze Ding war doch voll mit eins a Amphetamin, du blödes Arschloch!‹ Er war stinksauer und hat monatelang nicht mit mir geredet.«
»Wer?« fragte John, der seine Aufmerksamkeit ein wenig hatte schweifen lassen.
»Tony Lulatsch natürlich, nicht der mit dem Silberblick. Ich hätt sowieso nicht mit ihm reden wollen, der war auf Crack und total durchgeknallt, auf 'nem echt üblen Trip. Wir sind da in diesem Portis-Kaff rumgekurvt, immer schön vorsichtig, damit uns keine Streife aufhält, und er schwafelt die ganze Zeit, daß er sich von seim Fenster zu Hause aus im Bristol Channel Schiffe angeln könnt, wenn er nur 'ne Leine hätt, die lang genug ist.«
Käfer-Billy verstummte, als wäre die Pointe seiner Geschichte offensichtlich. Niemand brach das Schweigen. John starrte zur Decke, und seine Lippen bewegten sich, während er die Brandschutzfliesen zählte. Die anderen Junkies gaben so gut wie kein Lebenszeichen von sich. Sie alle waren starr, eingekerkert ins private Purgatorium des Entzugs, alle bis auf einen, einen schlaksigen Kerl mit fettigen Haaren und Bifokalbrille, der aussah wie ein Elektrotechniker, der Pech gehabt hatte. Dieser Typ rauchte sehr konzentriert eine Zigarette und benutzte die glühende Spitze, um einen Styropor-Becher in eine verkokelte Gitterstruktur zu

verwandeln. Das einzige Geräusch im Zimmer außer dem Summen einer Fliege, die gegen die schmutzige Fensterscheibe anflog, war das schwache Britzeln des brennbaren Materials, wenn die glühende Kippe es berührte.
»Und?« bemerkte John nach einer Weile.
»Na ja, diese Geschichte, Johnnie-boy, die ist, also die is wie ... äh – ein Dingsda.«
»Ein Beispiel?«
»Ja, genau, ein Beispiel, weil er nämlich ›den Stoff‹ gesagt hat, und ich hab nich gewußt, was er meint. Es kann also nich stimmen, daß Stoff dasselbe is wie Dröhnung.«
»Du meinst, wie bei dem Wort ›Hoover‹?«
»Ja, genau, wie bei ›Hoover‹.«

ES GAB VERSCHIEDENE GUTE GRÜNDE, warum Hieronymus Gyggle sich eine Drogenklinik als Operationsbasis erwählt hatte. Wie er Ian Wharton gestanden hatte, waren für ihn die Junkies selbst kaum mehr als Kanonenfutter, die man auf dem Schlachtfeld des Wahnsinns opfern konnte. Vor allem jedoch brauchte Gyggle die Junkies, wie eine Bienenkönigin ihre Arbeiterinnen braucht. Bei ihren periodischen Streifzügen zu den Dealern und Apothekern der Stadt, zu den Fixertreffs und auf den Straßenstrich sammelten sie eine Ware, die er für seine intensiveren, ungewöhnlicheren Inkubationen brauchte.
Denn die Bewußtseinszustände, die Menschen im Tiefschlaf oder in extremer Betäubung erreichen, sind nicht nur Hirnereignisse, flüchtige Neuronenverschmelzungen, sondern konkrete Dinge. Haben ihre ursprünglichen Bewohner sie verlassen, liegen diese Erzeugnisse in unserem überfüllten Universum herum und warten darauf, daß neue Mieter sich in sie hineinwühlen. Auf der Entzugsstation gab es Unmengen davon, sie gehörten ebensosehr zum Müll des Ortes wie die Zigarettenkippen und die für

Urinproben benutzten Plastikbehälter. Zum Glück waren sie viel schwieriger zu entsorgen. Diese Kabuffs der Katalepsie verstopften die Treppenhäuser und legten sich, da von negativem Auftrieb, wie unsichtbare Netze um die Neonröhren.

Ian Wharton, den Schlummertrunk nun in den Adern, hob ab. Seine dämmernde Psyche schwebte zur Decke und wurde gekäschert von der verlassenen Traumwelt von Richard Whittle, einem von Gyggles Junkies. Es war eine frische Phantasie, erst kürzlich auf der Station abgelegt, und als solche besonders virulent, noch in voller alptraumhafter Blüte. Sie fungierte als Portal, als Tor zu den Himmelswiesen, jenen grausigen Gefilden, wo sein Geist – ohne die Ketten der Identität – streifen konnte, wo Wildes weste.

Richard versuchte, ins Bewußtsein zurückzukehren, aber der Weg war ihm versperrt. Die Welt hatte beschlossen, einige Myriaden von Dynastien verkrusteter Träume zwischen Richard und dem Wachsein aufzutürmen. Sowohl Träume, die innerhalb von Träumen funktionierten, wie Träume, die selbst fragmentarische Hinweise auf eine längst vergessene Hypnagogie waren, welche die Archäologen des Opaken in die Lage versetzt hatten, Elemente dieses prähistorischen Traums zu rekonstruieren und sie in jenen Glaskästen auszustellen, die selbst die Relikte waren, die sakrosankten Gefäße einer anderen Kultur, die wiederum ein Traum war.

Richard lag auf dem Rücken (wie auch Ian) und spürte den Kragen seines Anoraks an seinem Hals kleben (bei Ian muß es heißen: das Kreppapier der Untersuchungspritsche, kratzen). Er starrte durch ein regenbespritztes Fenster. Die Häuserzeile gegenüber, verkehrt herum gesehen, wirkte fremd und körperlos. Die schwere, breite Masse der Häuserfront, ihre nach dem Regenschauer strahlenden Pastellfassaden, die zinnengleichen Kamine, gekrönt von spin-

nenbeinigen Antennen, alles schien durch den Himmel darunter zu schweben. Sie bewegte sich und nicht die ausgefranste Wolke dahinter. Die ganze Front glitt, wie ein urbaner Dampfer, die Straße entlang und davon.
Ein Tapsen von Socken auf Teppich war zu hören. Richard hob den Kopf und sah Käfer-Billy und Big Mama Rosie in sein Blickfeld schweben. (Gyggle und seine korrupte Oberschwester standen wieder in der Kabine, die Schwester steckte eine Infusionskanüle in einen Beutel mit klarer Flüssigkeit und hängte den Beutel an den Haken über der Pritsche.) Sie kamen ins Zimmer und standen – soweit ihre Zahl das zuließ – um Richards Lager herum.
»Komm schon, Kleiner«, sagte Big Mama Rosie, und ihr heftig schwabbelndes Fleisch gab sich Mühe, dem Spitznamen seiner Besitzerin Ehre zu machen.
»Martin ist da«, sagte Käfer-Billy, und sein einfältiger Mund triefte, sein Sabbern verriet die tiefere Bedeutung.
Richard richtete sich langsam auf. Als er endlich saß, war das Paar verschwunden. Er hatte sie nicht gehen hören, aber jetzt drang ihr gedämpftes Murmeln von der Küche im Erdgeschoß zu ihm herauf. Big Mama Rosie und ihr Mann Martin lebten in einer Maisonette von verwirrenden Proportionen. Richard hatte den Eindruck, daß die Bruchbude so viele Etagen hatte wie Zimmer. Lange, leicht gekrümmte Korridore mit vorquellenden Wänden verbanden winzige, mit schweren Plüsch- und Samtbahnen verhängte Treppenabsätze. Bewegung durch die Maisonette bedeutete Vorhangwischen, und jeder Wischer wirbelte Staubflusen unter den langen Bahnen hervor. Es war stickig in der Maisonette, fast schwül, doch schwül vor Plüsch und nicht vor Hitze. Für Heizung gab es nie Geld.
Richard stieg die Treppe hinunter. Die untere Hälfte des Treppenschachts führte direkt in die Küche. Richard setzte sich auf halber Höhe und beobachtete Martin, Big Mama Rosie und Käfer-Billy. Sie arbeiteten am Tisch; hastig, aber

effizient. Zu ihrer Arbeit gehörten Feuer und Flüssigkeit, Schmelztiegelchen und Filtrierung, doch Richard hatte eher den Eindruck, Rennmechaniker bei einem Boxenstop zu sehen und nicht Chemiker, so besessen hantierten sie.
Big Mama Rosie sah von der Spritze hoch, die sie eben aufzog. »Warte im Kinderzimmer, Richard, ich bin gleich bei dir.«
Richard schob sich auf dem Hintern die Treppe hoch. Er nahm sich vor, es ohne aufzustehen bis zum Kinderzimmer zu schaffen, den ganzen Weg rückwärts auf dem Hintern zu kriechen. Schon schmerzten seine Handgelenke, es war eine wirklich schwierige Aufgabe, aber eine von magischer Bedeutung, zumindest für Richard. Wenn er es schaffte, würde es ein guter Trip werden, und alles wäre gut, die Kriege würden aufhören, und alle hungernden Kinder würden zu essen bekommen.
Er erreichte die oberste Stufe und hievte sich auf den Absatz. Dann krabbelte er schnell auf Handballen und Fersen den Gang entlang und ließ sich kichernd vor der Tür zum Kinderzimmer auf den Boden plumpsen.
Er kletterte ins oberste Stockbett und legte sich hin. Sein Atem kam in unregelmäßigen Stößen, und jeder löste ein kleines Klümpchen Übelkeit, das seinen Schlund hochwanderte und sich in die Kehle ergoß. Er spürte Schweißperlen auf Stirn und Oberlippe kitzeln. Er bewegte den Hintern, drückte ihn in die dünne Schaumstoffmatratze. Kam das gequälte Quietschen von den Bettfedern oder von seinem eingerosteten Becken?
Richards geschwächte Aufmerksamkeit wanderte, sogar die unwillkürliche Bewegung der Augen traf auf Widerstand. Sie stolperten ein paar Zentimeter und blieben dann an dem bunten Durcheinander aus klebrigen Abziehbildern und Zeichentrickfiguren hängen, die Big Mama Rosie über dem Stockbett an die Wand geklebt hatte. Richard verlor

sich in der Betrachtung von Goofys und Plutos entfernten koreanischen Verwandten. Sie hatten Körper von der Farbe von Passionsfrüchten und Knollennasen, prall wie Brüste. Ihre Füße endeten in zwei runden Zehen und ihre Pfoten in zwei weichen Fingerstumpen, die nie die Kuppen aneinanderreiben, geschweige denn, wie im Fall einer limonengrünen Kreatur, die hinter ein paar zweidimensionalen Grasbüscheln saß, eine Tasse Tee an strichdünne Lippen führen konnten.
Richard ließ sich von dieser Welt der Formen völlig aufsaugen. Formen, die sich, ausgehend vom Ideal des menschlichen Körpers, so schnell und so weit sie konnten, zurückentwickelt hatten auf den Augenblick der Empfängnis zu. Bis sie diese Welt erreichten, eine Welt des Fötalen. Das war das Scherzbestiarium, mit dem Kinder etwas anfangen konnten. Wesen mit rudimentären Gliedern, grenzenlosen Fähigkeiten und ohne Genitalien, nur runden, pelzigen Hügelchen, unmöglich zu penetrieren.
Big Mama Rosie kam ins Kinderzimmer, gefolgt von Käfer-Billy, dessen breite Stirn über ihre Schulter lugte. Er erzählte ihrem Rücken eine unendliche Geschichte. »Und dann sin wir in der Sackgasse festgesteckt, weil daran hatte er nämlich nich gedacht. War kein Problem, den Schrank die Kohlerutsche runterzulassen, aber wir konnten ihn nich über die verdammte Mauer heben, und außerdem hat der Hund dauernd gebellt, Fucker Finchs Hund, ein Pitbull –«
»Halt den Mund, Billy!« Billy war Rosies Bruder. Rosie watschelte zum Fenster und zog den Vorhang auf.
Die Abenddämmerung hatte sich wie eine dicke gelbe Absonderung über den Himmel gelegt. Rosies dunkle Stirn reflektierte dieses Gelb und auch das Orange ihres Röhrenrocks. Sie hob ikterische Hände vor das kalte Glas und schnippte mit dem Mittelfinger der einen gegen die Spritze, die sie zwischen Daumen und Zeigefinger der anderen

hielt. Winzige Bläschen lösten sich aus der Flüssigkeit und stiegen hoch zum Schaumkranz an der Zylinderspitze. (Gyggle zog fünf Milliliter flüssiges Valium auf den großen Zylinder. Die Infusionskanüle hatte er bereits in Ians Handrücken gestochen, sie mit Klebeband befestigt und verstöpselt.) Sie schnippte und schnippte und drückte dann auf den Kolben, bis in hohem Bogen ein Pinkelstrahl Flüssigkeit herausspritzte und die Schiene des Plastikvorhangs traf.
Käfer-Billy lungerte untätig im Hintergrund herum, er wußte nicht so recht, ob er gehen oder bleiben sollte.
Rosie wandte sich vom Fenster ab und ging zu Richards Stockbett. Sie stieg auf die erste Sprosse der wackeligen Zwergenleiter und blieb schwankend stehen. In der einen Hand hielt sie die Spritze, mit der anderen zupfte sie am Rock und zog das orange Stretchgewebe hoch, so daß zuerst fette Waden, dann fette Knie und schließlich der langweilige Zwickel ihrer umfangreichen Unterhose sichtbar wurden. Ein Knie schwang über den Kojenrand. Rosie stieg über Richard und setzte sich auf seinen Schritt. Das einzige, was er jetzt noch spürte, war der faltige, gequetschte Stoff seiner Hose, ein anderes Gefühl gab es nicht mehr.
Als Rosie Richard den Hemdsärmel aufknöpfte, wandte er das Gesicht ab. Käfer-Billy hatte es sich auf einer weißen Kommode mit falschen Messingknäufen bequem gemacht. Er war in ein altes *Beano*-Heft vertieft. Im Rücken des kretinoiden Automechanikers konnte Richard den dunklen, schon seit vier Monaten birnenlosen Korridor erkennen und glaubte oder bildete sich bloß ein, dort eine Gestalt lauern zu sehen.
Rosies schnelle Händen fanden, geschickt wie blinde Ratten in einem Abwasserrohr, Richards Ellenbeuge und ebenso seinen winzigen, schlaffen, indolenten Penis. Sie hielt den Penis wie die Spritze, mit festem Griff, und schob beide

hinein, die Nadel in Richards Arm und seinen Penis am Elastikband vorbei in ihre feuchte Spalte.
Big Mama Rosie fing an zu prusten, und Spuckeperlen tropften ihr aus dem Mund. Sie bewegte sich auf Richard wie ein Pudding-Planetoid und pumpte mit einer Hand die Spritze, bis sein rotes Blut sich mit der orangen Flüssigkeit im Zylinder vermischte. Richard gab sich einen Ruck und hob den freien Arm in die Luft, er schwebte von ihm weg, ätherisch und losgelöst. Schwach grapschte er nach Rosies T-Shirt und zerrte das feuchte Gewebe von ihrer Brust weg. Rosies Brüste waren wie zwei schwitzende Pfannkuchen. Schlaff und schwabbelig lagen sie auf dem Brustkorb – die Warzen waren eingesunken. Richard versuchte, diese mickrigen Rosinen aus ihrer weichen Umgebung zu zupfen, den kränklich roten Sirupklecksen gestriger Desserts.
Plötzlich hing ein Geräusch in der Luft, »Klumpa-klumpa«, ein ohrenbetäubender Herzschlag. Richard schaute zu seiner Ellbeuge hinunter und sah, daß sich in seiner Vene ein riesiger Thrombus gebildet hatte, der sich pulsierend, unkontrollierbar wölbte: »Klumpa-klumpa, klumpa-klumpa.« Richard versuchte, Rosie zu alarmieren, ihr zu sagen, sie solle aufhören, ihn in sich und sich in ihn zu injizieren. Es half nichts, ihre Augen waren glasig und verdreht, sie starrte blicklos zur Decke hoch, wo Spiderman von seinem Plastiknetz hing. Das »Klumpa-klumpa« schwoll an, füllte die kalte Stickigkeit des Zimmers aus. Draußen sprangen die Straßenlaternen an, jede eine Insel. »Klumpa-klumpa, klumpa-klumpa.« Und der Klumpen in seiner Armbeuge wuchs und wuchs, wuchs, bis er den ganzen Arm verdeckte. Und Rosie pumpte weiter. Richard grub seine Nägel in Rosies Busen, spürte, wie die Haut nachgab und riß wie der runzlige Gummi eines alten Luftballons.
Der Busen explodierte. Der Thrombus explodierte. Plötzlich war die Luft erfüllt von einem feinen Nebel oranger

Tröpfchen; Mösensaft quoll aus Arm und Brust. Die zerfetze Haut von Rosies Busen klatschte schlaff auf das nackte Rippengitter ihres Brustkorbs. Richard starrte seinen Arm an. Fleisch- und Hautfetzen standen von dem schartigen Loch in seiner Ellbeuge ab. Bloßgelegt und für alle Welt sichtbar waren nun, tief im Innern seines Arms, die groben Verstrebungen und wackeligen Nietenverbindungen seiner Märklin-Anatomie.

Ein riesiger glatzköpfiger Mann kam aus der Dunkelheit des Korridors und stellte sich vor Richard. Er trug einen makellosen, maßgeschneiderten Nadelstreifenanzug. Mit einem Paisley-Taschentuch wischte sich der Glatzköpfige die orange Schlutze von Revers und Stirn. Dann streckte er die Hand nach Richards Gesicht aus, den Daumen und die mittleren Finger eingebogen, den kleinen und den Zeigefinger ausgestreckt, wie um den bösen Blick abzuwehren. Mit den beiden ausgestreckten Fingern drückte er Richard die Lider zu und stieß ihn wieder zurück in die orange Dunkelheit.

(»Jetzt ist er ganz eingeschlafen«, sagte Gyggle.

»Und ich soll ihm wohl seinen Pißbeutel wechseln und alles.«

»Ja, schon. Ich denke, das gehört zu Ihren Pflichten als Krankenschwester.«

»Normalerweise gibt's einen guten Grund dafür, warum ein Patient das ganze Scheißwochenende lang bewußtlos ist.«

»Es ist nicht an uns, nach Gründen zu fragen...«, entgegnete Gyggle über die Schulter und ging davon, um mit seiner freiwilligen Helferin zu reden.)

IAN WAR IM LAND DER KINDERWITZE. Seine verklebten Augen öffneten sich und sahen ein grelles Zimmer voller schreiender Primärfarben, Feuerwehrrot, Grasgrün, Himmelblau.

Es war ein großes Zimmer, und die Einrichtung war ausschließlich fungiform. Anstelle von Stühlen gab es riesige Knollenblätterpilze und aufgeblähte Bofisten anstelle von Sofas. Große Parasole standen in Gruppen zusammen, und ihre glatten, flachen Schirme vereinigten sich zu Tischplatten. Die stickige Luft in dem Zimmer war hefig, feucht und gärend.

Zwei Männer befanden sich neben Ian in dem Zimmer. Der eine, plump und pink, kauerte nackt in einer Ecke. Der andere trug einen violetten Satinanzug mit großen schwarzen Punkten und tänzelte zwischen den ungewöhnlichen weichen Möbeln umher. Bei jedem dritten Schritt drehte er sich auf den Hacken und warf sich, das Stöckchen in der rechten Hand schräg nach oben weggestreckt, in Positur. Ian konnte ihn flüstern hören: »Cha, cha, *cha!* Cha, cha, *cha!* Cha, cha, *cha!*«, die Betonung immer auf dem letzten »cha«.

»Bist du wach, mein Lieber?« sagte der Mann in der Ecke. Er sprach, ohne sich zu bewegen, doch am Zittern seiner schwabbeligen Schenkel erkannte Ian, daß er Schwierigkeiten hatte, seine Position zu halten. Wie zur Bestätigung schnellte alle paar Sekunden eine kleine, geballte Hand aus seinem Schoß heraus und berührte den Teppich, um seine schwankenden Massen zu stützen. »Oje!« rief der rosige Mann. »Ich glaube, viel länger halte ich es nicht mehr aus.«

»Cha, cha, *cha!* Cha, cha, *cha!*« Der Kerl im Pünktchenanzug hüpfte pirouettendrehend dazwischen. Passend zum Stöckchen trug er einen Zylinder aus dem gleichen glänzenden Material und mit der gleichen Musterung wie der Anzug; den begann er nun im Rhythmus seiner tänzelnden Promenade zu lüpfen und zu schwenken.

»Es ist mein Gleichgewicht, weißt du«, fuhr Pinky fort. »Es ist lang nicht mehr so gut, wie es mal war, überhaupt nicht mehr so gut, nein, überhaupt nicht.« Wie um das zu

unterstreichen, wäre er beinahe auf seinen Hintern geplumpst und konnte sich nur retten, indem er sich am dicken Stiel eines gefährlich aussehenden, einen Meter hohen Fliegenpilzes festhielt. »Ups. Ob's das wohl wert ist? Früher hat's ein paar Tage gedauert, aber jetzt kann's einen Monat oder länger dauern.«
»Was?« fragte Ian.
Das Reden mußte ein Fehler gewesen sein. Bevor Ian den Mund aufmachte, hatte er glauben können, bei dem Zimmer und seinen Bewohnern handle es sich nur um ein verschwommenes Produkt seiner Phantasie, doch die Sprache brachte Schärfe und Präzision: der beißende Geruch von Ackersenf und Kresse, die aus dem faulenden Flor des feuchten Teppichs wuchsen; bleiche Haufen Sonnenlicht, die durch das hohe Triptychon von Schiebefenstern am anderen Ende des Zimmers fielen; Pinkys Stimme, die zu einem weichen, bukolischen Schnurren wurde; und das schnarrende »Cha, cha, *cha*!« identifizierte sich als hektisches, aufdringliches, urbanes Amerikanisch.
»Was hat früher ein paar Tage gedauert?« fragte Ian noch einmal. Auch wenn die Angst ihm schier das Herz abdrückte und die Ausdünstungen so vieler Pilze auf so engem Raum ihm den Magen umdrehten, war ihm klar, daß nur reden ihn retten konnte.
»Die Würmer rauszukriegen natürlich«, sagte Pinky und versuchte, zum runzligen Ende seines Körpers zu deuten, doch sein kurzer Arm reichte nur bis zur Mitte der Hinterbacke. Dort blieb die Hand liegen, der leicht gekrümmte Zeigefinger deutete auf die verborgene Öffnung. »Ich bin sicher, daß es nicht an denen liegt, die sind so gut wie eh und je. Im Augenblick gibt es sie sogar im Sonderangebot, man bekommt fünfundzwanzig Prozent extra – absolut umsonst!« Das Schnäppchen schien ihn wirklich zu freuen, Lachfalten legten sich über sein sanft verwittertes Gesicht.

Ian stützte sich auf die Ellbogen, so gut es ging. Diese Bewegung wirbelte Wogen infektiöser Pollen aus dem organischen Bett – Sporen, groß wie Libellen, stiegen in einem Wölkchen oxidierten Staubs um seinen Hals und seine Schultern auf. Es war ekeleregend, doch es zahlte sich auch aus, denn seine halb sitzende Haltung gestattete es Ian nun, den Boden unter Pinkys Hintern zu sehen. Ein Mars-Riegel lag auf dem Teppich. Er war auseinandergebrochen, und man konnte die Schichtung aus Toffee, Karamel und Nougat in der Schokoladenumhüllung sehen.
»Für die Würmer, weißt du«, erklärte Pinky. »Sie lieben Mars-Riegel mehr als alles andere, allerdings verschmähen sie auch Snickers oder Bounty nicht.«
»Woran hapert's dann?« Ian war neugierig geworden.
»Oh! Ist das echte Anteilnahme, ehrliches Mitleid? Interessiert dich das wirklich? Er fragt ja nicht einmal, was los ist«, (»Cha, cha, *cha*! Cha, cha, *cha*!«), »er kümmert sich nur um seine Probleme. Aber wenn du's wissen willst, werde ich's dir sagen. Weißt du, der normale Zyklus dauert ungefähr eine Woche. Zuerst ist's nur ein komischer Schmerz, wie ein Band um den Bauch herum, und dann kommen die Krämpfe und der Dünnpfiff. Aber wenn ich dann anfange, Gewicht zu verlieren, dann weiß ich mit Sicherheit, daß der Wurm wieder da ist, und dann muß ich was tun.«
»Und was tust du?«
»Also, das geht folgendermaßen: Normalerweise schiebe ich mir drei oder vier Tage lang jeden Tag einen Mars-Riegel in den Hintern. Am vierten Tag – und eins kann ich dir sagen, bis jetzt hat das immer funktioniert – lege ich das Mars auf den Boden und kauere mich darüber. Wenn der Wurm dann aus meinem Arschloch rausschaut, um nachzusehen, was mit seinem Frühstück los ist, pack ich ihn beim Hals und zieh ihn raus! Aber diesmal läuft's nicht

so gut – ich sitz jetzt schon zwei Wochen rum, und er hat sich noch nicht blicken lassen.«
»Woher weißt du, daß er überhaupt noch da ist?«
»Ach du meine Güte – ich spüre ihn natürlich. Ich spür ihn auch jetzt, wie er zusammengerollt in mir liegt. Sein Körper füllt mich aus, seine Schwanzspitze drückt gegen meine Speiseröhre und sein feuchter Wurmkopf tastet sich, während wir miteinander reden, meinen Dickdarm entlang. Ach, ich hatte so gehofft, daß er heute kommen würde.«
Während Pinky seine akute parasitäre Pein beschrieb, strich er sich mit seinen kleinen Händen über den Bauch und fuhr die Form des Wurms in seinen Eingeweiden nach, indem er sein Fleisch knetete und an ihm zerrte. Der babyweiche Mann schnaufte und schwankte vor Anstrengung, so sehr, daß er am Ende seiner Rede mit einem »Pff« und einem unterdrückten Quieken rückwärts auf den Teppich kippte.
Erschöpft ließ sich Ian ebenfalls zurücksinken und fiel wieder in den Mulch des großen Bettes. Er schloß die Augen und bemühte sich, aus dem Land der Kinderwitze zu entkommen. Körper und Geist anspannend, tauchte er unter, tauchte durch innere Schichten, jede dunkler als die letzte, bis er nichts mehr war, nur noch ein einzelnes Samenkorn in warmer Erde oder eine leere Plastikflasche im Kielwasser eines Schiffs.
»Cha, cha, *cha*! Cha, cha, *cha*! Nicht so schnell, Junge.« Ein spitzer Finger rupfte an Ians Wimpern und schob das Lid hoch, so daß wieder das fahle, frühmorgendliche Licht den Augapfel traf. »Kommt gar nicht in Frage, daß du uns jetzt schon verläßt, Junge, auf keinen Fall vor der Hauptattraktion – cha, cha, *cha*!«
Der dünne Mann wirbelte vom Bett weg und blieb ein Stück entfernt stehen. Ian konnte nicht umhin, ihn anzusehen. »Cha, cha, *cha*!« Der dünne Mann tanzte eine kleine

Gigue. Er hatte ein langes hageres Gesicht mit einer spitzen, von zerplatzten Äderchen marmorierten Hakennase. Seine winzigen Vogelaugen blitzten, und als er mit dem Kopf wackelte, kam zuerst das eine, dann das andere Ohr in Sicht, beides dicke Schwarten knotigen Knorpelgeflechts, im 45-Grad-Winkel niedergedrückt von der glänzenden Krempe seines glänzenden Zylinders.

»Gefällt dir mein Kinnie-kinn-kinn? Gefällt dir mein Kinnie-kinn-kinn? Gefällt dir mein Kinnie-kinn-kinn?« näselte der dünne Mann. Ian kam es vor, als würde er die Stimme eines Pausenclowns in einem Folk-Club nachäffen. Bei jedem neuen Takt der Gigue streckte er seinen Stock in die Luft und balancierte dann den Knauf auf dem erwähnten Kinn. »Gefällt dir mein Kinnie-kinn-kinn? Gefällt dir –« Er brach abrupt ab.

»Na? Gefällt dir mein Kinnie-kinn-kinn?« Er senkte sein furchterregendes Gesicht über Ian und bedrohte ihn damit. »Was hältst du davon, mein kleiner Liebling?« Der dünne Mann trug Satinhandschuhe, ein glatter Finger betastete das Kinn. Direkt im Grübchen dieses Kinns war ein Fleischknöpfchen, eine sanfte Erhebung mit einem runzligen Krater. »Komm schon!« rief der dünne Mann. »Gefällt's dir oder nicht? Sag schon!« Der spitze Finger stach nach Ians Kehle.

»E-es gefällt mir sehr gut«, stotterte er. »Es ist sehr schön.«
»Aha, aber erkennst du es auch, Junge. Weißt du, was es ist? Sag schon, was es ist, na komm, sag es!«

Ian starrte das Kinn an. Der dünne Mann stand leicht schwankend über Ian gebeugt wie ein Auslegerkran. Er befummelte noch immer das Kinn mit glänzendem Finger, schnippte den Fleischknubbel nach links und nach rechts. Ian konnte sich nicht vorstellen, worauf der dünne Mann hinauswollte, aber er begriff durchaus die Bedeutung der Frage. Der dünne Mann war offensichtlich gefährlich, und wer wußte, wozu er imstande war, wenn Ian ihm nicht die

richtige Antwort lieferte. Aus irgendeinem Grund ging ihm die Formulierung »blutverklebte Haare« nicht mehr aus dem Kopf.
»Sag schon!« Alles an dem dünnen Mann war dünn. Ian konnte jede Kerbe in der Luftröhre seines Peinigers erkennen. In der tiefen Kuhle unter seinem Plastikkiefer hämmerte ein Puls wie das Pedal eines Schlagzeugs. Die Sehnen am Hals des dünnen Mannes waren so straff gespannt, daß man sie hätte zupfen können wie Saiten. Sie waren Strebebögen, die die Kehle stützten, wo sie sich spaltete, um Platz zu schaffen für den großen, unregelmäßig geformten Adamsapfel.
Der Hals des dünnen Mannes war lang. Es gab unterhalb des Adamsapfels so viel davon wie oberhalb. Er streckte und streckte sich, bis er im Zelluloid eines billigen Fliege-Kragen-Ensembles verschwand. Dort unten bewegte sich etwas, etwas pochte gegen den Knoten der Pünktchenfliege des dünnen Mannes. Etwas Lebendiges versteckte sich in der schütteren Behaarung, die am Halsgrübchen hervorlugte, ein Fleischfortsatz, der abgeknickt gegen den weißen Kragen drückte.
»Ich weiß es!« Ian war selbst überrascht, wie piepsend seine Stimme klang. »Wenigstens glaube ich, daß ich es weiß.«
»Was weißt du? Sag's, sag's schon, wenn du was weißt.« Der Mann wirbelte von Bett weg und begann wieder zu tanzen, hin und her und auf und ab hüpfte er zwischen den pflanzlichen Möbeln des dumpfigen Zimmers. »Cha, cha, *cha!* Cha, cha, *cha!*« Der Mann bewegte Kopf und Hüften in verschiedene Richtungen, er ruckte und zuckte wie ein wildgewordener Schnäppchenjäger. Plötzlich und mit absoluter Sicherheit wußte Ian, daß der dünne Mann ihm doch nichts tun würde.
»Das Ding auf deinem Kinn –«
»Ja, Junge?«

»Es ist dein Bauchknöpfchen, nicht? Dein Nabel?«
Der dünne Mann antwortete nicht, cha-cha-*cha*-te einfach weiter, als wäre nichts gesagt worden. Doch plötzlich rief er »Ta-taa!« und stellte sich am Fuß des Betts in Positur. Er warf die Arme in die Höhe und streckte das Kinn heraus. Sein Nabelgrübchen ragte weiß und knollig aus der straffen, durchbluteten Umgebung heraus, doch darunter war Schlimmeres, viel Schlimmeres. Denn, befreit aus dem beengenden Kragen, baumelte ein schlaffer Penis, schaukelte vor dem gepunkteten Satinanzug des dünnen Mannes von Revers zu Revers. Seine quicke Lebendigkeit stand in merkwürdigem Kontrast zur zitternd saitenstraffen Haltung des dünnen Mannes.
»Wetten, daß du nicht drauf kommst, was passiert ist? Oder? Wetten, daß du mir nicht sagen kannst, warum es so ist?« Der dünne Mann bedrohte Ian wieder. So schnell, wie das Gefühl der Sicherheit ihn überkommen hatte, verflog es auch wieder. Der dünne Mann stützte seine messerscharfen Knie zu beiden Seiten von Ians Füßen aufs Bett, dann schossen seine scharfen Hände vor und kamen links und rechts von Ians Schenkeln zu liegen. Auf allen vieren begann der dünne Mann nun, das Bett hochzukriechen, ein Werkzeugglied nach dem anderen grub sich in die teigige Matratze wie Spaten in Lehm. Ian schwankte unter der Bewegung von einer Seite zur anderen. Der dünne Mann murmelte etwas, aber die Worte galten offensichtlich ihm selbst und nicht Ian.
»Er hat's erraten, mein kostbares... Erraten... Wie konnt' er nur? Rumpelstilzchen heiß ich, Goldfäden spinn ich... Wie konnt' er nur mein kleines Geheimnis erraten, meine traurige Geschichte – kostbar?«
Bei jeder Vorwärtsbewegung des dünnen Mannes hüpfte der Penis am Hals hin und her. Es war ein ziemlich kleiner Penis, ein eher zarter jugendlicher Penis, und aus der Vorhaut an der Spitze spähte ein Helm von einem dunkleren

Rosa. Ein Samentropfen funkelte in seinem Auge, dehnte sich zu einer Träne und fiel dann mit einem warmen Platschen auf Ians Brust. Er hatte keine Angst mehr, als die Lippen des dünnen Mannes sich über ihn senkten und seine Stirn berührten.

UNTERDESSEN IN DER WACHEN WELT, der sachlich-nüchternen Welt, der Nylonlakenwelt, die sich in den Niednägeln des Denkens verfängt, diesem verhaßten Schwimmbecken ohne Wasser, in dieser Welt, die nur ein Füllsel ist, ein staubiger Bruchstein zwischen Ewigkeiten, sitzt Gyggles freiwillige Helferin und wartet noch immer.
Wartet. Das ist ihr Wesen. Sie wartet immer auf Männer, diese Frau, diese Jane Carter. Und an diesem Sommernachmittag in der Drogenklinik kann sie sich nicht beklagen, denn sie ist inzwischen so geprägt, so konditioniert, daß sie sich tatsächlich freiwillig gemeldet hat – zum Warten.
Während sie dort saß und durch die trüben, schmutzstarrenden Fenster hinaussah, spürte Jane in sich den Strick des geringsten Widerstands, der sie mit ihrer Vergangenheit verband. Er war so lang wie ihre Erinnerung, und an ihm schleifte sie die eigentümliche Torsion ihres Seins hinter sich her. Notwendigkeit oder Kontingenz, Kontingenz oder Notwendigkeit, welches der beiden hatte die Halbdrehung des Schicksals bewirkt, die sie an diesen merkwürdigsten aller möglichen Orte geführt hatte?
Während ihrer ganzen langen Kindheit hatte Jane Carter auf einem weiten, sonnengesprenkelten Rasen gespielt. Sie und ihr Bruder in aufeinander abgestimmter Kleidung, sie in einem karierten Trägerrock, er in karierter Hose, beide mit Lackschuhen an den Füßen. Jane warf Simon den grellfarbenen Gummiball zu und Simon schleuderte ihn, jungenhaft fest, zurück.

In hellbraunen Reithosen und roten Pullovern saßen sie auf dem Rücksitz des Kombis, wenn Mummy sie zum Reitstall fuhr. Später dann gab es Tee, Kekse auf einem Tablett, Orangenlimonade in einem Glas, das mattierte Aluminiumgestänge des Gartenmobiliars kühl auf der Haut.
Sie hatte einen Neue-Welt-Geschmack, Janes Kindheit, eine eisenhowersche Qualität. Ihre Eltern lebten in einem alleinstehenden Haus in der sanften Hügellandschaft, die sich an Londons südlichen Unterbauch anschloß.
Das Haus stand nicht nur abgesondert von anderen Häusern, sondern auch von Raum und Zeit. Hier hatte sich geldschweres Volk ein Refugium geschaffen. Man hatte sich unter den Eichen und Kastanien ausgebreitet und die grünen Kuppen mit fransigen Krokusbüscheln bepflanzt; es war mehr eine Übung in Trichologie als in Gartenbau.
Der braune Teer der Vorstadtstraßen speicherte im Sommer Ofenhitze, und für Jane schienen sie unendlich langsam fließende Lavaströme zu sein, die einem irgendwo zutage tretenden Vulkan entsprangen. Die Bordsteine der Kindheit vergißt man nie, hm? Die Unterfünfjährigen erschnuppern sich das moosgesäumte Pflaster, sie verkaufen Limonade auf krummen Tapeziertischen, präsentieren Spielzeuge in der verlorenen Welt des Grases.
Jane liebte Simon, liebte ihn bis zur Raserei. Als Gegenleistung quälte er sie. Er setzte sich auf ihre Brust, verdrehte ihr die Nase, brennesselte ihre dünnen Handgelenke. Er trat und boxte, schlug und spuckte. Älter und stärker als Jane, dehnte er seine Herrschaft auf das Reich der Phantasie aus. Schon mit sechs Jahren war er unbarmherzig didaktisch, eine grausame Version des netten Lehrers, der er später wurde.
»Wer ist das?« Er prüfte ihr Lokomotivenwissen.
»Gor-on«, lispelte sie.
»Und das?«
»Henwy.«

»Und das?«
»Redward.«
»Das ist nicht ›Redward‹, du dummes kleines Mädchen. Jetzt versuch mal, kein dummes kleines Mädchen zu sein. Also, wer ist es?«
»Ich – ich – ich weiß nicht –«
»Es ist James. Denk dran, James ist rot und hat obendrauf ein Messingding. Edward ist blau. Merk dir das, sonst laß ich dich vom Dicken Kontrolleur in einen Tunnel einmauern.«
Ein wenig geschwisterliches Trietzen hat noch keinem Kind geschadet. Keinem Kind, das so innig geliebt wurde wie Jane. Und das wurde sie wirklich – geliebt. Ihre Eltern waren anständige Leute, die Jane und Simon beschützten und behüteten. Sie hielten die Welt der Gosse und ihres Unflats von ihnen fern. Jane besuchte stille Privatschulen, wo Disziplin und Ordnung unumstritten und die Resultate dementsprechend waren. Freunde besuchten sie, um auf dem weiten, sonnenbesprenkelten Rasen zu spielen; sie pinkelten ins Pampasgras, und am Himmel gaben die Wolken das Blau wieder frei, und die Zeit blieb stehen.
Mit fünf sparte Jane ihre Limonaden-Pennies für ihren Bruder auf. Sie wußte genau, was das richtige Geschenk für ihn wäre. Nicht als Geburtstags- oder Weihnachtsgeschenk, sondern als Geschenk, das ihm zeigte, wie sehr sie ihn liebte. Mummy begleitete Jane in den Spielzeugladen, und dort war es, ein kleines, bemaltes Blechmännchen, nur ein paar Zentimeter hoch. Sein Frack war schwarz, sein Zylinder ebenso. Seine Weste war gelb und seine Hose grau. Jane zog die Pennies, Threepences und Sixpences, einen nach dem anderen aus ihrer Hufeisenbörse. Die Verkäuferin steckte das Metallmännchen in eine braune Papiertüte und sperrte ihn mit einem transparenten Streifen Tesa ein. Jane trug ihn, voll freudiger Erwartung an die Brust gepreßt, nach Hause.

»Wass'n das?« fragte Simon, Adept der Ungnädigkeit.
»Es ist ein Geschenk, ein Geschenk für dich.«
»Der Dicke Kontrolleur. Hhmm, also so einen hab ich schon, du kannst ihn behalten.«
Jane behielt ihn wirklich, wenn auch nicht gern. Der kleine Blechmann wurde einfach Teil des Treibguts am Boden der Spielzeugkiste; im Lauf der Jahre kam er Jane immer mal wieder unter, und jedesmal verspürte sie das alte Gefühl der Erniedrigung. Aber an einem anderen Ort, Jane ganz nahe und doch unerreichbar, erwachte eine andere Präsenz, etwas Großes, Unnachgiebiges, und blieb dort, wie der Nimbus um die Sonne oder der dunkle Schatten, der durch den Rand des Gesichtsfelds huscht.
Jane wuchs heran, und die Präsenz wuchs mit ihr. Es war eine maskuline Präsenz, soviel war sicher, auch wenn sie sie konkreter nicht beschreiben und sich auch nicht vorstellen konnte. Es war einfach das Ding, das lauerte, das hinter einem war, wenn man sich hinter einem Baum versteckte und die Alltagswelt der Kinder und Hunde, die in der Sonne über den Rasen tollten, verließ. Es war das unsagbare Gefühl des Verlustes, das Jane immer befiel, wenn sie aus tiefem Schlaf erwachte. Es war die muskelbepackte Masse, der amorphe Leviathan, der unter der schwappenden Wasseroberfläche nach ihren Fesseln schnappte, wenn sie vom Strand in Poole, Polzeath oder Brighton ins Meer hinausschwamm.
Als sie in die Pubertät kam und in Reigate von der Mädchenschule ins Damencollege wechselte, war die Präsenz bei ihr. Inzwischen war die Präsenz nicht einfach nur maskulin – sie war ein Mann, oder so etwas in der Richtung. Jane war eine aufgeweckte Dreizehnjährige, ziemlich weit für ihr Alter. Sie war dank ihrer Eltern auf der Höhe der Zeit, was das Sexuelle anging; ihre romantischen Phantasien waren eingebettet in sachliche Information. So identifizierte sie die Präsenz korrekt als das, was sie offensichtlich

war, als Animus, als dionysisches Anderes, als Pan, Priapus. Nicht daß Jane sich die Präsenz tatsächlich als Penisträger vorstellte. Aus irgendeinem Grund konnte sie diesen Gedanken nicht so recht formulieren. Nein, die Präsenz war gerundet, aber fest und undurchdringlich.

Aus Jane wurde eine attraktive junge Frau, keine auffällige Schönheit, denn das hätte bei ihr zu unzweckmäßigen Komplexen geführt. Sie war mittelgroß, hatte breite Hüften und schwere Brüste, und ihre schwarzen Haare trug sie meist zu einem ordentlichen Bubikopf geschnitten. Ihre Haut, wenn auch blaß im Winter, neigte zu einer angenehm olivenfarbenen Tönung, sobald sie ein paar Sonnenstrahlen abbekam. Jane war zurückhaltend, aufmerksam, bescheiden, passiv, intuitiv, all die Scheißqualitäten, die Idealfrauen zugeschrieben werden, so wie Rhythmus den Schwarzen eingetrommelt und den Juden der Geiz aufgeladen wird. Und die Präsenz lauerte weiterhin in den Kulissen.

Weihnachten in Surrey. Im üppig möblierten Wohnzimmer haben sich einige Verwandte versammelt. Jane, inzwischen sechzehn, geht in die Küche, um neue Käsebällchen zu holen. Die Präsenz ist so deutlich spürbar, daß Jane sie beinahe greifen kann; sie wartet hinter der Tür zur Speisekammer und beobachtet sie. Jane stellt die Schüssel vorsichtig ab, die Bällchen rollen aus, sie gleitet über das Linoleum und reißt die Tür auf. Nichts, oder so gut wie nichts, vielleicht nur der Abdruck von Straßenschuhen auf dem mehlbestäubten Boden.

Nach der Schule fand Jane Arbeit in einem Wollgeschäft. Das war es, was sie wirklich interessierte, Stricken, Häkeln, Sticken, Weben, Steppen. Jede Fertigkeit, zu der das Flechten von Strängen, das Verdrehen und Verknoten gehörte. Das Innere des Wolladens war selbst wollig, die Luft geschwängert von Abermillionen gefügiger Fädchen. Dort saß sie auf einem wackeligen Hocker, wartete auf Kunden und spürte dabei die ganze Zeit die Präsenz, die sie hinter den Reihen von Strängen und Knäueln hervor beobachtete.

Nette Jungs verabredeten sich mit dem netten Mädchen. Sie gingen mit ihr in Kinos, in Diskos, zu Partys. Pünktlich um elf brachten sie sie zu Mummy und Daddy zurück, nach Petting-Versuchen auf Bänken, Sofas, Autorücksitzen. Was für eine Enttäuschung, diese linkischen Hände, die tolpatschig ihr sinnliches Synchrongetriebe malträtierten. Sie brachte dies mit der Präsenz in Verbindung. Die Präsenz, das spürte Jane, würde ihre Lust nicht so abwürgen.

Da sie noch immer bei ihren Eltern lebte, wurde ihr die Unschuld bei hellem Tageslicht geraubt, nicht in der Heimlichkeit nachtdunklen Fummelns. Der betreffende Junge meinte, einen großen Sieg errungen zu haben, weil er sie dazu überredet hatte. Aber es war, wie es immer der Fall ist, allein ihre Entscheidung und er nur ein beliebiger Handlanger der Lust. Nach unten sehend, wo ihre Bäuche sich unter der Decke vereinigten, empfand Jane sein Stoßen als reine Schreinerarbeit, Zapfen in Loch. Danach gingen sie in ein Café am Ort. Sie sah zu, wie der dicke Koch mit einem Schaber Fett vom Grillrost kratzte.

Am nächsten Morgen erwachte Jane in der Dämmerung. Sie wußte, daß die Präsenz bei ihr war, noch bevor sie das saugende Ding an ihrer Vagina spürte. Ein fürchterliches Gewicht drückte auf sie, und ihr Unterkörper war praktisch gefühllos. Außerdem brachte sie keinen Ton hervor, sie war machtlos, willenlos. Das Ding saugte an ihr mit der mechanischen Gefühllosigkeit eines Haushaltsgeräts. Sie schrie auf, aber der Schrei kam nicht, löste sich nicht aus ihrer Kehle. Das Ding verschlang ihre Vagina. War es ein Mensch oder ein Tier? Sie konnte es nicht erkennen, alles, was sie sah, war etwas Rundes, ein Kopf oder ein Ball. Ihre ganze Scham wurde in das Ding hineingesaugt, schlürf-schlürf-schlürf. Rhythmisch, unmenschlich.

Als sie richtig aufwachte, ganz zu Bewußtsein kam, schrie sie, und ihr Vater war bereits im Zimmer, hatte ihr den Arm um die Schultern gelegt und tröstete sie. Ihre Mutter stand, verschlafen im Nachthemd, in der offenen Tür. Wo waren sie nur so schnell hergekommen?
Nach diesem Alptraum fühlte Jane sich irgendwie traumatisiert, sexuell gehemmt von etwas, daß außer ihr lag, das kein Teil ihrer selbst war. Das Trauma war über sie gekommen wie der Inkubus selbst.
Sie begann, sich ihr Leben einzurichten. Sie bekam einen Job als Handarbeitskolumnistin bei einem Frauenmagazin. Bald darauf fragte eine Freundin, die beim Fernsehen arbeitete, ob sie nicht für eine neue Sendung vorsprechen wolle. Sie reüssierte. Ihre niedrige Stirn war äußerst kameratauglich und ihre klare Stimme wie geschaffen für ein Mikrophon. Mit dem Fernsehvertrag in der Tasche verließ sie ihr Elternhaus und kaufte sich in London eine Wohnung, um näher beim Studio zu sein. Ihr Vater erledigte die Formalitäten.
Jane betrachtete sich selbst als sexuell bewußt. Nicht befreit, aber bewußt. Sie hatte es geschafft, dem Moloch der Promiskuität zu widerstehen, in gewisser Weise um sich aufzusparen. Wobei sie allerdings nicht so recht wußte, wofür. Etwa zweimal jährlich ging sie eine zum Scheitern verurteilte Beziehung ein, mit jungen Männern der austauschbaren Art. Sie quälten sich durch die Prozeduren des Erkennens der gegenseitigen Inkompatibilität, und wenn dann beide diese Tatsache eingesehen hatten, beendeten sie ihre Affäre, setzten ein sexuelles Siegel auf den längst fälligen Auflösungsvertrag.
Jane brachte dies, wie sollte es auch anders sein, mit der Präsenz in Verbindung. Sie konnte die Berührung eines Mannes, seine Zärtlichkeiten, sein hüftschwingendes Stoßen ertragen. Auch die Morgen danach konnte sie gerade noch hinnehmen, die besorgten Entschuldigungen, die

wohlerzogene Reue. Aber sie konnte nie zulassen, nie, nie, nie, daß einer dieser netten jungen Männer sich ihr oral näherte, nicht nach diesem Alptraum. Das war Sperrgebiet. So steht es also um die junge Frau, die auf Gyggle wartete – eine Gute Junge Frau, alles großgeschrieben. Freundlich und motiviert. Sie hatte einen Bekannten, der als Bewährungshelfer arbeitete, und er hatte das schlummernde soziale Gewissen in ihr geweckt. Als junges Mädchen hatte sie bereits in einem von einer Freundin ihrer Mutter geführten Heim für autistische Kinder ausgeholfen. So war das in Surrey: Man zeigte den Normalen ihre zitternden, Unsinn plappernden Begleiterscheinungen. Das Gefühl der Rechtschaffenheit, das Jane überkam, wenn sie diese armen Wesen an sich drückte, das zuckende, verständnislose Entsetzen mit Händen faßte, hatte sie nie wirklich verlassen. Jetzt, da ihre Karriere auf dem Weg war, wurde es Zeit, anderen zu helfen. Sie bewarb sich beim Bewährungsdienst, und der schickte sie zu Gyggle.
Als sie die Hampstead Road hochging, wo sich in den Rauchglasfassaden der Bürohäuser Wolkengebirge spiegelten und die unregelmäßige Zahnreihe gewerblicher Immobilien freßgierig in den Stadthimmel ragte, spürte sie die Präsenz wieder. Sie spürte sie so stark wie seit Jahren nicht mehr, beinahe so stark wie damals in der Morgendämmerung im elterlichen Haus. Sie war sich ihrer überdeutlich bewußt, während sie auf Gyggle wartete, spürte, wie ihre Masse um die Drogenklinik schlich, durch die geruchsintensiven Gänge tapste, an den abfallübersäten Blumenbeeten verweilte. Die Präsenz drückte ihre Kadaverwange an das Fenster.
Gyggle kam ins Zimmer, und ohne ein Wort zu der jungen Frau in dem dicken schwarzen Baumwollkleid zwängte er seine dürren Beine, zuerst das eine, dann das andere, in den Spalt zwischen Wand und Schreibtisch. Bei dieser ersten Begegnung erschien er Jane, wie er vor Jahren an der Sus-

sex University Ian Wharton erschienen war – zerfledderte Ringordner wuchsen über ihn hinaus und bildeten eine Nische schmutziger Marmorierung. So eingerahmt wirkte Gyggle byzantinisch, ikonisch.

Jane starrte Gyggles Bart an und durchstreifte, bis er zu sprechen ansetzte, seine fließenden Furchen. Wie schon Ian vor ihr hatte auch sie das starke Bedürfnis, den Bart von Gyggles Gesicht zu entfernen. Sie hätte sich gern über den Tisch gebeugt und den Bart berührt, ihn ein wenig gestreichelt und ihn dann vielleicht mit beiden Händen gepackt – unten, wo er den Schreibtisch berührte – und fest daran gerissen. Sie war überzeugt, daß der Bart abgehen würde, er war einfach zu imposant, zu pittoresk, um wirklich in jemands Gesicht verwurzelt zu sein. Jane saß bewegungslos da, während Gyggle den Brief las, den der Bewährungsdienst über sie geschrieben hatte.

Schließlich öffnete Gyggle den Mund. »Können Sie sich vorstellen, Miss Carter, wie der Bewährungsdienst darauf kommt, daß Ihnen die Arbeit mit Süchtigen gefallen könnte?«

»Nun ja, ›gefallen‹ ist vielleicht nicht das richtige Wort –«

»Vielleicht nicht.« Gyggle unterbrach sie nicht, er wölkte sich in ihren Satz. Seine Stimme war schmerzhaft weich, iterative Watte mit einer Nadel darin. »Aber es muß doch einen Grund geben, warum man Sie zu mir geschickt hat, beim Dienst achtet man sehr genau darauf, welche Freiwillige man für sensible Bereiche auswählt.«

»Ahm, also ... Sie haben doch meinen Lebenslauf vorliegen.«

»Ja, ja. Und ich habe ihn auch gelesen. Sie scheinen gewisse Erfahrungen in der Arbeit mit geistig Kranken zu haben, Miss Carter.«

»Ich habe ungefähr vier Jahre lang ehrenamtlich mit autistischen Kindern gearbeitet.«

»Glauben Sie, daß Süchtige ein wenig wie Autisten sind?

Entschuldigen sie meine Frage – aber ich selbst kann einen solchen Zusammenhang nicht erkennen.«
»Nein, natürlich nicht.«
»Vielleicht glauben Sie, daß Süchtige – wie Autisten – von der Außenwelt abgeschnitten, gefangen sind in einer privaten Welt, zu der wir keinen Zugang haben, daß sie in einer komplexen, aber uns völlig unbekannten Wirklichkeit leben?«
»Nein«, entgegnete Jane mit Nachdruck. »Ich glaube nicht, daß sie auch nur entfernt mit Autisten vergleichbar sind.«
»Genau betrachtet, könnte es sein, daß Sie sich hier täuschen«, meinte Gyggle nachdenklich; er schien nicht zu merken, daß er sich damit widersprach. »Vielleicht gibt es wirklich einen Zusammenhang zwischen den beiden Syndromen.« Er hievte sich aus seinem Stuhl und stellte sich, die Knie zwischen den gotizistischen Eisenrippen des kalten Heizkörpers, ans Fenster. Er starrte hinaus, den Blick über das Bahnhofsdach hinter dem Krankenhausgarten gerichtet, und redete weiter, als würde er von einem Teleprompter im Himmel Psychonachrichten ablesen. »Süchtige sind psychopathisch, regressiv, sie haben verminderte Affekte. Trotzdem könnte man argumentieren, daß ihr stereotypes Verhalten eine Art Abbild der Normalität ist, ein eidetisches Bild dessen, wie es sein könnte, geistig gesund zu sein, hmm?«
»Es tut mir leid, aber ich habe Sie nicht recht verstanden.«
»Schon gut, schon gut, das macht nichts – macht überhaupt nichts.« Gyggle faßte sich an den Bart und benutzte ihn, um sich auf den Stuhl zurückzuziehen. »Außerdem tut das nichts zur Sache, denn hier geht es nicht um die Theorie, sondern um die Praxis, nämlich darum, was wir mit Ihnen anfangen.« Er streckte seinen knochigen Arm aus und sah ungeniert auf seine Taucheruhr, ein Tankstellengeschenk.

Jane verstimmte das ein wenig. »Ich will Sie natürlich nicht von Ihrer Arbeit abhalten –«

»Nein, nein. Ich bitte Sie, nein.« Gyggle schien ein Lächeln zu versuchen, aber Jane war sich nicht sicher, denn der haarige Vorhang gab keinen Millimeter Lippe frei. Gyggle wandte sich wieder Janes Lebenslauf zu. »Sie sind zwanzig Stunden pro Woche verfügbar. Das scheint mir ziemlich viel Zeit zu sein.«

»Mein Job kostet mich nicht viel Zeit. Ich habe mir vorgenommen, zwanzig Stunden pro Woche karitativ tätig zu sein.«

»Dann ist sie also lukrativ, Ihre, Ihre« – er warf einen Blick in den Lebenslauf – »Handarbeitssendung.«

»Das ist sie, ja.«

»Trotzdem, Ms. Carter, es geht hier um Kriminelle«, säuselte Gyggle. »Nicht Opfer, sondern Täter. Was meinen Sie, was stimmt mit Süchtigen nicht, Ms. Carter?«

»Ich bin mir nicht sicher, ob sie nicht auch Opfer sind, Dr. Gyggle. Vielleicht ist Sucht eine Krankheit.«

»Falls sie das ist, haben Sie dann irgendwelche Vorstellungen, wie man sie behandeln sollte?«

»Ich glaube nicht –«

»Ach, kommen Sie. Das ist ein Bereich, in dem mein Berufsstand nicht gerade berauschende Erfolge vorweisen kann. Es heißt, erfolglose Ärzte werden Psychiater, und erfolglose Psychiater werden Suchtspezialisten. Haben Sie das schon mal gehört?« Gyggles einschmeichelnde Stimme ließ seine herablassende Art noch stärker hervortreten.

»Nein, habe ich nicht. Um ehrlich zu sein, ich habe mir zu diesem Thema noch keine feste Meinung gebildet.«

»Gut, gut, ein andermal vielleicht.« Gyggle stöberte in den Papieren auf seinem Schreibtisch, drehte sich dann um und fuhr mit dem Finger die schlampigen Ringordnerreihen auf den Regalen entlang. Er zog einen heraus, öffnete ihn und entnahm ihm einen hellbraunen Aktenumschlag. »Ich

werde sie gleich ins tiefe Wasser werfen«, fuhr er fort. »Ich mache das mit allen Freiwilligen, die zu mir kommen. Das ist zwar nicht unbedingt professionell. Man könnte sogar sagen, es sei unmoralisch, aber es hat Erfolg. Ich habe es mit Supervisionen und Anlernsitzungen versucht, aber um ehrlich zu sein, wenn ein Freiwilliger etwas taugt, schafft er es auch ohne.«
Gyggle hielt den Umschlag senkrecht und klopfte damit zur Betonung auf den Tisch. »Das ist die Krankenakte eines jungen Süchtigen namens Whittle. Ich will, daß Sie versuchen, sich mit ihm anzufreunden. Er nimmt an einem Methadonprogramm teil und kommt täglich hierher in die Klinik, um sich seine Dosis abzuholen. In ungefähr drei Wochen muß er vor Gericht erscheinen. Sie können ihm helfen, versuchen Sie, ihn clean zu halten.«
»Warum gerade Whittle?«
»Einfach gesagt, Ms. Carter, ist das eine Frage der Lebensqualität. Im Gegensatz zu vielen anderen meiner Patienten hat Whittle eine Chance auf Rehabilitation. Er hat einige solide Pluspunkte, als er zum Beispiel weiß, aus der Mittelschicht und einigermaßen gebildet ist.«
»Und das sind seine Pluspunkte?«
»In unserer Gesellschaft, Ms. Carter, sind das die einzigen, die zählen.« Er warf ihr den Umschlag zu. »Hier.« Er sah wieder auf seine Uhr. »Ich muß Sie jetzt verlassen, ich habe eine Gruppentherapiesitzung zu überwachen und außerdem ein wichtiges Experiment. Lesen Sie die Aufzeichnungen, sehen Sie sich Whittle an, und wenn alles glatt geht, bin ich mir sicher, daß wir uns wiedersehen werden. Wenn nicht, nun, dann hat es mich gefreut, Ihre Bekanntschaft zu machen.«
Er stand auf. Seine Größe machte es ihm unmöglich, sich geschmeidig zu bewegen, und sein Abgang wirkte eher wie ein Möbeltransport, als wäre sein Körper ein Sofa, das man hochkant gestellt hat, um es durch die Tür zu bringen.

»Dann *au revoir*, Ms. Carter. Ich hoffe doch, daß es ein *au revoir* wird.«

»Da bin ich mir ganz sicher«, erwiderte Jane, obwohl sie das absolut nicht war.

»Ach, Ms. Carter, schreiben Sie sich doch bitte Whittles Adresse aus der Akte ab. Lassen Sie sie auf dem Tisch liegen und bitte denken Sie daran, die Tür zu verschließen, wenn Sie gehen. Unsere Kundschaft hier ist, wie aus unserem Gespräch zu schließen, ein wenig langfingrig.« Er ging hinaus.

Nachdem der Seelenklempner verschwunden war, saß Jane eine Weile da und las die Akte. Sie bestand vorwiegend aus psychiatrischen Gutachten und allgemeinmedizinischen Vermerken. Whittle kam Jane vor wie ein nach Lapidarerkrankungen Süchtiger. Er hatte mehr Hals,- Nasen- und Ohreninfektionen als eine ganze Schule Nepalesen. Er neigte außerdem zu einer verwirrenden Vielfalt an Abszessen und Abschürfungen, Verbrennungen und Rissen, Zysten und Schnitten. So, als hätte er es sich zum Lebensziel gesetzt, seinen Körper mit einem regelmäßigen Muster aus Narbengewebe zu überziehen.

Sie seufzte. Die Luft in Gyggles Büro wurde allmählich drückend. Kaum war er verschwunden, hatte die Präsenz sich ans Fenster zurückgeschlichen. Draußen schien die Sonne, kurzatmige Tauben landeten pickend auf dem Fensterbrett und stürzten wieder davon. Jane saß da und versuchte sich zu vergegenwärtigen, daß dies ein entscheidender Augenblick in ihrem Leben war, daß er Bedeutung hatte. Wie ein Kind, das mit einer 3-D-Postkarte spielt, drehte sie ihn hin und her, von Schicksal zu Kontingenz und wieder zurück. Das war ein großer Fehler.

7 SCHMACKO

Der Standpunkt des alten Materialismus ist die bürgerliche Gesellschaft, der Standpunkt des neuen die menschliche Gesellschaft oder die gesellschaftliche Menschheit.

KARL MARX, *Thesen über Feuerbach*

DAS TEMPO NIMMT ZU. Die Zeit ist ein zerfleddertes altes Akkordeon, mißbraucht von einem besoffenen Straßenmusikanten; glücklos schnauft es ein und aus, drängt Ereignisse eng zusammen und zieht sie dann wieder weit auseinander. Und natürlich ist die Zeit auch wie diese Metapher, formelhaft, flach und schlecht durchdacht. Die Zeit flirtet mit uns auf diese Art, sie unterhält uns mit einer induktiven Peepshow, in der jedes Anlaß' Münze die immer gleiche billige Show erwirkt.
Ian Wharton und Jane Carter fahren, geleitet von Laserstrahlen der Liebe, direkt aufeinander zu. Herzüber rasen sie dahin, bald werden ihre drei Millimeter dicken Gefühlskarosserien sich verbiegen und splittern und platzen im Zusammenstoß der sexuellen Liebe. Aber noch wissen sie nichts davon.
Ungeliebt und allein wachte Ian Wharton in der Chronikerabteilung des Lurie Foundation Hospital für Dipsomanie auf. Es war Sonntag nachmittag – achtundvierzig Stunden waren vergangen, seit Gyggle und die mürrische Schwester ihn betäubt hatten. Das Aufwachen war eine Wohltat für Ian. Seine Erlebnisse im Land der Kinderwitze blieben ihm präsent, auf eine kohärente, narrativ vollständige Weise, wie Träume es eigentlich nicht sollten. Um ihn herum im

Krankensaal jaulten sterbende Alkoholiker wie eingesperrte Kätzchen. Rechts von Ian warf sich ein Mann mit einer zirrhotischen Leber, so groß und so schwer wie eine Bowlingkugel, stöhnend in seinem Gitterbett herum. Seine Nase sah aus wie ein Körbchen zermatschter Erdbeeren, so dicht war das Netz geplatzter Äderchen. Seine Hände, das fiel Ian auf, steckten in weißen Gazehandschuhen.
Gyggle betrat den Krankensaal am anderen Ende und kam, gespenstergleiche Gestalten in Krankenhauskitteln aus dem Weg bellend, auf Ian zu. Die Chroniker – in ihren Schädelschalen schnapsmarinierte Hirne wie bleiche Präparate in Formaldehyd – boten ihm kaum Widerstand. Gyggle legte seine knochigen Hände auf die Stange am Fußende von Ians Bett und überflog die Angaben auf dem Klemmbrett, das dort hing.
Ians Lippen waren taub, wie Airbags, die sich um die Gefahrenzone seines Mundes herum aufgeblasen hatten.
»Bhals bhollte bhenn bhiese Bhcheiße?« lallte er Gyggle an.
»Hier, etwas Wasser«, sagte der Seelenklempner. »Ihr Mund ist sehr trocken.« Er gab ihm einen Plastikbecher, den Ian gierig austrank, wobei ihm Wasser auf Hals und Brust tropfte. »Na, dann mal los!« Gyggles Neugier war kindisch, kraß, irritierend. »Erzählen Sie, irgendwelche Mitteilungen von Ihrem alten Gegner?«
»Bh-nein«, mümmelte Ian.
»Aber sehr lebhafte Traumerlebnisse – habe ich recht?«
»B-ja.«
»Und?«
»Irgendein spezieller Ort, eine andere Welt«, sagte Ian, deutlicher jetzt, denn seine Lippen belebten sich wieder. »Schwer zu beschreiben, aber Sie wissen schon, ganz offensichtlich sehr, wie soll ich's sagen? Bedeutungsvoll?«
»Erzählen Sie mir Genaueres.«
Ian berichtete ihm von Pinky, dem Mars-Trick, dem Rum-

pelstilzchen-Ratespiel und seinem anschließenden Techtelmechtel mit dem dünnen Mann.

»Haben Sie diese Leute gekannt?«

»N-nein. Aber es war komisch, ich hatte nämlich das Gefühl, als würde ich sie irgendwann kennenlernen –«

»In der Zukunft?«

»Genau. In der Zukunft. Aber schon während das alles passierte, habe ich begriffen, wo ich war. Wissen Sie, dieser Mars-Trick und der Mann mit dem Penis am Hals, das sind Alptraumgestalten aus alten Kinderwitzen. Sie wissen schon, die von der ekligen Sorte, die mit solchen Schmuddelbildern operieren.«

»Verstehe, verstehe. Das ist natürlich brillant.«

»Ich wußte instinktiv, daß ich im Land der Kinderwitze war.«

»Ja, ja, ich bin mir sicher, daß wir da auf der richtigen Spur sind. Ich bin mir sicher, daß wir begonnen haben, in diese Ihre so schädliche Kathexis einzudringen. Und ich bin überzeugt, daß wir weitermachen müssen.«

»Ich will nicht weitermachen – es ist beängstigend.« Ian versuchte sich aufzurichten. Er war noch immer sehr benommen, Schlafkrusten klebten in seinen Augenwinkeln.

»Oh, aber Sie müssen«, sagte Gyggle. »Sie müssen. Vergessen Sie nicht, ohne Katharsis keine volle Genitalität. Haben Sie das verstanden? Sind Sie im Bild?« Gyggle entfernte sich bereits, als er das sagte; er warf die Sätze über seine Lenkstangenschulter, während er auf seinen Speichenbeinen davonritt. Ian war sich nicht ganz sicher, aber er glaubte, daß Gyggle eine besondere Geste gemacht, daß er den Daumen und die beiden mittleren Finger zur Handfläche gekrümmt und mit Zeige- und kleinem Finger auf seine Hoden gedeutet hatte. Dann verschwand er durch die Flügeltüren.

MONTAG MORGEN. Im eitrigen Herzen der Stadt ist Hitze Gestank und Gestank Hitze. Die heißen Schenkel des Spätsommertages schmeißen sich schamlos an die bleichen Flanken der Bürogebäude an der Old Tube Street Station ran. Die Tageshitze bedrängt unflätig das »Software House«, das »Television House«, »das Polystyrene House« und all die anderen kommerziellen Trauerklöße.
Ian Wharton ploppte aus der U-Bahn wie ein Champagnerkorken. Er war springlebendig an diesem Morgen, kampflustig und voller Tatendrang. Das war Ians Arbeits-Ich, völlig anders als sein gehetztes anderes Ich. In der Arbeit wußte niemand von seinen Problemen. Bei D.F. & L. Associates, wohin Ian jetzt eilte, sah man ihn als soliden Typen, als Roseland-Mann, als bodenständigen Mittelschichtskumpel voller Bonhomie und Humor. Er war außerdem ein erfolgreicher Marketing-Consultant, und an diesem Montagmorgen konnte es gut sein, daß ein wichtiger neuer Etat auf ihn wartete. Ein Etat mit dem Arbeitstitel »Schmacko«.
Ian verließ den Kreisverkehr und bog auf einen Fußweg ein, der in die ungefähre Richtung des Norman House führte. Aus dem Weg wurde ein Durchgang, der zwischen zwei hohen Holzzäunen ein Ruinengrundstück überquerte. Die Fläche links davon war bereits geräumt und die Bauarbeiten waren im Gange, Malocher und Bagger bewegten schnaufend Erdreich, doch der Platz hinter dem rechten Zaun war noch unberührt. Durch Lücken im Lattenzaun sah Ian ein Gestrüpp aus breit wucherndem Liguster, hoch aufgeschossenen Nesseln, wilden Blumen und Klee, das sich wie ein Tarnnetz über die Grundmauern des ausgebombten Gebäudes legte. Er atmete tief durch und seufzte. Was für ein wunderbarer Morgen, um im schicken Anzug unterwegs zu sein zu einem schicken Job.
Norman House, in dem sich die Büros von D.F. & L. Associates befanden, erhob sich zwischen zwei ähnlichen

Gebäuden etwas nördlich des verbogenen Rechtecks aus Old Street, City Road, London Wall und Shoreditch High Street. In Wahrheit war das einzig Normannische an dem Gebäude die Pseudo-Bayeux-Schrift des Türschilds, auf dem »Norman House« stand. Ansonsten war es ein unscheinbarer sechsstöckiger Smogkratzer, mit Londoner Klinker verkleidet, die achtzehn rechteckigen Fenster hervorgehoben von doppelter Bleieinfassung und gelber Steinmetzarbeit.
Ian sprang die drei Treppen zu den Glastüren hoch und stieß sie auf. Im engen Foyer traf er vor dem Lift Dave, den Portier, dessen üppiges Brusthaar über den Kragen quoll wie ein mutierender Schamschopf.
»Morgen, Mr. Wharton«, sagte Dave.
»Morgen, Dave«, sagte Ian und drückte den Liftknopf.
»Wird heiß werden heute.«
»Angeblich, ja.«
Im dritten Stock öffnete sich die Lifttür in den Empfangsbereich von D.F. & L. Hinter einem Bollwerk aus gebürstetem Edelstahl saß Vanda, die statuarische schwarze Empfangsdame, und tippte auf ihrer Merlin-Konsole. Die lackierte Pelzmütze ihrer Haarpracht verbarg ein Mikro-Ohrstöpsel-Set, so daß es für Ian aussah, als würde sie zu einem Führergeist sprechen, der sich in der Londoner Clubszene bestens auskannte.
»Morgen, Vanda.«
»Morgen, Mr. Wharton.«
Ian stürmte durch den Empfangsbereich und stieg die Treppe hoch. Der Dekor von D.F. & L. war unauffällig, beige Teppichböden und funktionelle Röhrenbeleuchtung. An den Wänden hingen gerahmte Anzeigenmotive, für die die Agentur verantwortlich gezeichnet hatte, neben diversen Urkunden und Auszeichnungen. Hier und dort auf den Treppen und in den Gängen gab es auch freistehende Glasvitrinen mit anderen Preisen – symbolischem Nippes,

Pseudoprodukten. Edelstahl- und Zedernholztriangel auf Boiböden präsentierten auf Akrylspindeln winzige metallbehauchte Verpackungsmaterialien, kleine Gummistopper, diverse mikroskopische Clips, Ventile und Kleinstgeräte. Unter diesen entdeckte Ian den Preis für eine der erfolgreichsten Kampagnen von D.F. & L., der Kampagne für den Painstyler.

Der Painstyler war eine Art Werkzeug, mit dessen Hilfe Hobbydekorateure aus einer besonders dicken, gipsverstärkten Farbe Wandlandschaften mit versteinerten Knötchen und Knöspchen zaubern konnten. Der Painstyler war – Gott weiß warum – ein Riesenerfolg gewesen. Die Agentur hatte eine enorme Provision kassiert, und als Zeichen der Dankbarkeit hatte Hal Gainsby, der amerikanische Seniorpartner, das gesamte Büro painstylen lassen. Jede Decke und jede vertikale Oberfläche war aufgerauht worden, so daß man sich, wenn man die Räumlichkeiten durchschritt, vorkam wie ein menschlicher Kloß, der durch einen gigantischen Darm peristaltiert wurde.

Die Angestellten konnten den Rauhputz nicht ausstehen, der nebenbei jeden untätigen Fingernagel zu mitleidlosem Kratzen, Schaben und Zupfen verleitete. Bei keinem Schreibtisch und keiner Workstation im ganzen Büro fehlte das dazugehörende Schneehäufchen aus abgebröckelten Farbpartikeln. Diese fortschreitende Verschandelung des Büroambientes hatte Gainsby den Schaum vor den Mund getrieben, einige Angestellte mußten Gehaltskürzungen hinnehmen, andere wurden gefeuert. Der Erfolg des Painstylers begann am Betriebsklima zu kratzen.

Ian Wharton ließ sich all dies durch den Kopf gehen und hielt Ausschau nach frischen Schneehäufchen, während er den Gang entlang zum Konferenzsaal im fünften Stock eilte. Er stieß die schwere Tür auf und begrüßte seine Kollegen.

Neben Hal Gainsby waren das Patricia Weiss, die Kundenetat-Managerin, Geoff Crier, der Media Buyer, und Simon Arkell, der Planungschef. Hal Gainsby, ein dicklicher kleiner Mann und immer auf der Suche nach Positionen, die einen Höhenvorteil versprachen, saß auf der Klimaanlage unter dem rechteckigen Fenster. Den Hintern von den beiden senkrechten Platten aufgespießt, von einem eiskalten Luftzug umweht, der sein modisches Barries'-Hemd in eine frostige Hülle verwandelte, bedauerte er bitter seine Positionsentscheidung.

Das war typisch Gainsby. Er war ein Mann, dessen Verfassung permanent präjudiziert war vom Bedauern über Positionsentscheidungen. Die offensichtlichste Ausprägung war natürlich die körperliche, doch es erstreckte sich auch auf seine Karriere, seine Anglophilie und gipfelte in einer traurig sinnlosen emotionalen Vereinsamung. Übrigens traf dies auch auf den Rest zu, auf diese drei anderen Werbegrößen.

Patricia Weiss war eine deutsch-jüdische Granate, eine antithetische Leni Riefenstahl. Ihr dunkles Gesicht war hinter einer Lebendmaske aus dicker caramelfarbener Grundierung verborgen. Ihre großen Lider waren violettisiert, ihre falschen Wimpern klebrig vor Maskara, die strengen Lippen blutrot, und ein greller Schönheitsfleck bildete einen trigonometrischen Punkt auf der harten Fläche ihrer Wange.

Wenn Weiss' Schmuck auf eine Mitgliedschaft in dem noch zu gründenden Stamm der tausendjährigen Amazonen hindeutete, war ihre Kleidung das genaue Gegenteil: Vamp-Relikte aus den Fünfzigern. Unter einem schwarzen Jackenharnisch trug sie keine Bluse, sondern nur einen verstärkten BH, der aus ihren Brüsten Projektile à la Dr. Strangelove machte. Weiss' Beine waren unter dem Hellholz-Konferenzrhombus ausgestreckt, doch jeder wußte, daß ihre Strümpfe zart, zart, zart waren und ihre Beine noch zarter. Ihre schlittschuhkufenscharfen Füße,

lacklederstachelig an Spitze und Pfennigabsatz, wirkten räuberisch und grausam.
Gainsby mochte ein Trauerkloß sein, aber Patricia Weiss betrachtete sich als Gefühlsschwänzerin, und das war schlimmer, viel schlimmer. Ursprünglich verheiratet mit einem süffelnden IBM-Manager, war sie aus dem Haushalt in Havant unter einem Hagel von Schlägen des besoffenen Rohlings geflohen, der vor dem Scheidungsgericht dann die Unverschämtheit besaß, ihr böswilliges Verlassen vorzuwerfen. Der Richter war Frauenfeind und überließ die Kinder Daddy und der Destruktion. Verzehrt von Selbsthaß, flüchtete Patricia nach London und ließ sich einen Schmetterling auf die Leiste tätowieren. Der Junge und das Mädchen waren inzwischen sechs und neun. Sie konnte den Vorwurf in ihren Blicken nicht ertragen, als sie sich schließlich das Besuchsrecht erstritten hatte. Unter ihrer penibel coiffierten Haarpracht schwärte der Gedanke, daß nur ein anderes Kind, eine neue Geburt sie retten konnte.
Patrica versuchte, taff und sexy zu sein. Sie krallte sich Männer, betörte sie, nahm sie sich zur Brust und schleuderte sie dann von sich. Doch jede neue Paarung brachte frische Verzweiflung. In ihrem phantastischen Busen labte sich eine postkoitale Spinnenfrau am toten Herz ihres Mannes.
Geoff Crier erinnerte Ian an Hargreaves, seinen Tutor an der Sussex University. Crier hatte den gleichen flächendeckenden braunen Bart, der auf die Notwendigkeit täglichen Rasierens unter den rotgeäderten Augen hindeutete. Er war ein Rückfall in die dandyhaften Ogilvy-Tage der britischen Werbung, als Texter, Marketing-Spezialisten und sogar Leute aus der Produktion mit farbenfrohen Fliegen protzten und sich gerierten wie Künstler, die es durch Zufall in die Warenwelt verschlagen hatte. Crier war nicht der Hellste. Das Leben, gestand er, wechselte immer die

Straßenseite, wenn es ihn kommen sah. Inzwischen Ende Vierzig und der älteste der drei, entwickelte er nun eine mißtönend kregle Jugendlichkeit, wie ein Pubertant in den Startlöchern. Von seiner Freundin konnte man nicht behaupten, daß sie seit langem leide. Denn sie lebte in seliger Unkenntnis der Tatsache, daß die Criersche Frustration durch das Sieb seiner Persönlichkeit sickerte, bis nichts mehr übrig war außer einem Fond wäßriger Prätention.
An diesem ofenheißen Morgen, und bereits feucht in seinen modischen schwarzen Boxershorts (von Barries' an der King's Road), plagte sich Si Arkell, die jüngste der drei Marketinggrößen, mit seiner heimlichen Hauptbeschäftigung ab, dem unablässigen Bemühen, mit seiner Sexualität zurechtzukommen. Er versuchte, das Schlafen mit Männern als etwas zu sehen, das er ganz einfach tat, so wie andere zum Fußball gingen oder mystische Kreise in Getreidefeldern fälschten, aber so empfand er es ganz und gar nicht. Es kam ihm eher so vor, als hätte seine Homosexualität sich durch sein Wesen gefressen. Ein karzinomatöser, einsamer Piranha, der nun auch noch die Reste seiner Zielstrebigkeit und seiner Konzentrationsfähigkeit zerbiß.
Abends, in der minimalistischen Wüste seiner schicken Wohnung in Bayswater, büffelte Arkell Genetik. Jede neue Theorie, die bei Homosexuellen ein strukturelles Unterscheidungsmerkmal im Hirn propagierte, stürzte ihn in größere Verwirrung. Je mehr er las, um so besorgniserregender die Klarheit, mit der er sein Hirn sah. In Träumen schwamm er wie ein Freizeittaucher durch dessen üppig blühenden Korallengarten und betrachtete die mutierenden Formationen und parasitären Verkrustungen, die ihn zu dem machten, der er war. Morgens wachte er schwitzend auf – seine Träume waren so lebendig und so strapaziös gewesen, daß er kaum ausgeruht war.
Hin und wieder wurde der arme Arkell schwach, dann zog er um die Häuser. Normalerweise riß er Männer auf, die

ihm nicht einmal gefielen. Von denen ließ er sich in den Arsch vögeln oder er blies ihnen einen. Zum Abschluß verprügelten sie ihn häufig. So wurden auch die wenigen Gelegenheiten, bei denen er bekam, was er wollte, für ihn zu einer Demütigung. Armer Si.
Sie alle hatten die schmerzliche Leere ihres Gefühlslebens durch Injektion der Arbeit in ihre Psyche kompensiert. Für Ian Wharton waren sie die idealen Mitstreiter. Denn ihre Kleinhirne waren, wie Ians, zu eisgekühlten Präsentationsgondeln geworden, zum Überquellen voll mit tiefgefrorenen Gedankenartikeln. Ihr Innenleben war eine Inszenierung, in der Ziele, Sehnsüchte, Träume und moralische Verwirrungen nichts als Product Placements waren, die um ihren bezahlten Auftritt im Sucher des Bewußtseins stritten.
Sie unterwarfen sich gierig und unerbittlich Marketing-Methodologien. Sie unterteilten sich innerlich in sozioökonomisch klassifizierbare Kleingruppen positiv denkender Homunkuli, die gezwungen waren, spekulative Feldforschung zu betreiben, in Brainstorming-Sitzungen Phänomene zu analysieren und sich dann die krude Demonstration der nächsten Kleinen Idee anzuhören. Der Marketingsprech hatte sogar ihre Alltagssprache infiziert. So lautete etwa einer der beliebtesten Allgemeinplätze in ihrer Version: »Es gibt keine Fremden, nur potentielle Kunden, die wir noch nicht überzeugt haben.«
Das waren also Ians Kollegen und auf perverse Art die einzigen Menschen, bei denen er sich wirklich wohl fühlte.
»Morgen, Hal, Pat, Si, Geoff –«
»Morgen, Ian«, erwiderten sie im Chor.
»Ian, ich bin froh, daß Sie hier sind. Ich habe ganz außerordentlich gute Nachrichten.« Gainsby deutete auf den Konferenztisch, auf dem, wie Ian nun bemerkte, vor jedem der Anwesenden eine Präsentationsmappe von D.F. & L. Associates lag. »Wir haben den Etat der Bank von Karma-

rathon bekommen!« Sein Bostoner Akzent tremolierte diesen Ausruf, und nun sah er sich endlich in der Lage, von der Klimaanlage herunterzusteigen. Er setzte sich an den Kopf des Tisches. Auch Ian nahm sich einen Stuhl.
»Das ist ja wunderbar, Hal, Gratulation, Sie haben es wirklich verdient.«
»Unsinn, Ian, das wäre überhaupt nicht möglich gewesen ohne uns alle hier. Wir waren ein hervorragendes Team, und ich glaube, jetzt werden wir dafür belohnt – und zwar anständig. Sie haben das Budget, das wir für ihre Produkteinführung vorgeschlagen haben, ohne jede Einschränkung akzeptiert. Ich brauche Ihnen nicht zu sagen, daß die Provision, die aus diesem Budget für uns abfällt, beträchtlich sein wird.«
»Was für eine Erleichterung!« Ian ließ sich in seinem Stuhl zurücksinken und bedauerte es sofort. Auch diese Stühle waren Früchte der erfolgreichen Arbeit von D.F. & L. und Hal Gainsbys unglücklicher Loyalität zu den Produkten, die er vermarktete. Das S-Röhren-Design aus Aluminium war zwar allgegenwärtig, doch diese Version hatte einen schwerwiegenden Makel. Die Elastizität des verwendeten Aluminiums war zu groß, und jeder, der dies vergaß, wippte beträchtliche Zeit auf und ab, als säße er auf einem Trampolin.
Nachdem sein Stuhl endlich zur Ruhe gekommen war, fuhr Ian fort: »Und was jetzt? Wie schnell soll es jetzt gehen?«
»Tja, genau das ist das Problem. Ich hatte heute früh um vier einen Anruf von Nat Hilvens aus NY. Karmarathon will die Einführung auf Januar nächsten Jahres vorverlegen, was uns nur sechs Monate Zeit läßt, um den Markt zu präparieren.«
»O Gott«, murmelte Geoff Crier. »Das gibt enorme logistische Probleme. Da ist zunächst einmal die Finanzpresse, die wir bearbeiten müssen. Ich dachte, wir würden die Zeit haben, eine ganze Reihe informeller Seminare zu

organisieren, um sie mit dem Konzept vertraut zu machen.«

»J-ja.« Arkell rappelte sich in seinem Stuhl hoch, die dünnen Finger der einen Hand am Gelenk der anderen. »Was ist mit diesen Stehboxen, die wir aufstellen wollten? Ich habe gerade erst die Ausschreibung gemacht, keine Ahnung, wie wir es schaffen sollen, bis Januar alle Genehmigungen zu bekommen und die Dinger tatsächlich bauen zu lassen.«

Aus keinem besonderen Grund legte sich Schweigen über den Tisch. Ian stierte gelangweilt die Stoßkante von cremefarbener Fußbodenleiste und beigem Teppich an und bemerkte die Schuppenhäufchen aus Farb- und Putzfragmenten, weitere Beweise für die Unfähigkeit des Personals, seine juckenden Finger von der Painstyler-Dekoration zu lassen. Unter seiner breiten Handfläche spürte er die glatten Hochglanzmappen, die phallischen Pilotenkulis, die plastikummantelten Mikrochip-Kleinteile, die sein weiches Kalbsleder-Portefeuille ausbeulten. Ians Aufmerksamkeit schwankte und schweifte dann ganz ab, sogar vom Schweigen. Draußen in der anderen Welt der Straße kämpften sich Fahrzeuge durch klebrige Luft, ein Preßlufthammer donnerte auf die hartgebackene Kruste der Erde.

Das durfte nicht sein. Normalerweise fühlte er sich aufgehoben hier bei D.F. & L., sicher in der Hülle seiner beruflichen Rolle. In seiner Arbeit erfaßte er intuitiv das Universum der Produkte als primäres Konstrukt, als eine Raum-Zeit-Konfiguration, der sich das allgemeine Bewußtsein aufpfropfte wie Glyzinen, die ein Spalier überwuchern. Das ist auch der Grund, so glaubte er, warum der eigene Geist so gut in den von anderen paßt. Jeder Zinken der Käuferkonsideration paßt in eine Schwalbe der Anbieteraufmerksamkeit. Die Gemeinsamkeit stiftende Kraft von Produkten ist stärker als die der Sprache, des Fernsehens, der Religion, der Partei, der Familie, des Erstgeburts-

rechts, der Heimat, von Medellin, der Rache, der Macht, des Gesichts, der *latah*, der Vier von Irgendwas, des Off-Broadway, als die aller Parameter, die benutzt wurden zur Definition des zunehmend beliebigen Charakters der Hütten, aus denen das globale Dorf besteht.
Zum ersten Mal seit Jahren wieder dachte Ian an die Technik der Retroszendenz. Daß es möglich sein könnte, in die Geschichte eines Produkts einzudringen, irgendeines Produkts, ob Porsche oder Chipstüte, seine evolutionären Wege zurückzuverfolgen bis zu jenem Punkt in seiner Ursprungskultur, an dem es noch undifferenziert, unpositioniert, ohne Zielgruppenorientierung und deshalb eigentlich noch Ding war. Im flachen Land des Deltas weinen Babys sich im luftlosen Schatten in den Schlaf, während alle anderen im flirrenden Sonnenlicht schuften. Wenn grau der Abend kommt, gehen die Jungs hinunter zu den Bewässerungsgräben auf ein Bilharzien-Bad. Es gibt wenig, worauf sie sich freuen können ... Gainsby sagte eben etwas. »... meint, er habe doch wesentlichen Anteil daran, daß wir, wenn man so will, den Zuschlag erhalten haben. Ich habe das bis jetzt noch nicht erwähnt –«
»Nein, Hal, das haben Sie nicht, es schien Ihnen bis jetzt nicht angebracht.« Patricia klang bissig, mehr als pikiert.
»Ich kenne den Typen überhaupt nicht.« Hal war unglücklich, seine Stimme schnappte über. »Ich habe keine Ahnung, woher er uns überhaupt kennt, aber er kennt uns. Oder behauptet es zumindest. Natürlich hat er gewisse Interessen in Karmarathon –«
»Klar doch, natürlich hat er die. Ist das nicht toll? Die Agentur schleppt sich so dahin, immer kurz vor dem Bankrott. Und schließlich angeln wir uns was, das aussieht wie ein anständiger Etat, was, das uns wirklich auf die Sprünge hilft, nicht nur irgend'ne verdammte Flügelmutter oder 'ne Minderheiten-Haarcreme, und sofort legt man uns an die

Leine wie 'nen jungen Hund. Und wer zieht an der Leine? Ein halbseidener Geschäftemacher, ein Spekulant, ein Firmenschlächter, ein gottverdammter Geldsack, Mister Samuel North–«

Die letzte Silbe hörte Ian nicht mehr, aber er wußte, wie sie lautete. Es war die Klippe, von der er kam, die hohe Klippe, gemeißelt und umrissen vom wogenden Grün des Meeres.

Ian war in der winzigen Toilette auf dem Gang, bevor er so recht wußte, wie er dorthin gelangt war. Er war zwar nicht gerade aus dem Zimmer gestürzt, das wußte er immerhin, eine Art Entschuldigung hatte er gerade noch herausgebracht. Dennoch, der Drang davonzustürzen war überwältigend gewesen.

Er war wieder da. Ian glaubte nicht an Zufälle, nur an die Kraft der Fügung, die ihn immer wieder in die Scheiße trieb. Der fette Mann war jetzt überall. Er war es, der aus den Lüftungsschlitzen pfiff, er die treibende Kraft hinter der langsam sich schließenden pneumatischen Tür. Als Ian sich in dem winzigen Verschlag umsah, überwältigte ihn die Allgegenwart seines Peinigers. Denn während er mit Sicherheit bei Smallbone in Devizes weilte, war er, Herr der Simultaneität, zu ein und derselben Zeit eine Fliege an der Wand, die über die Verputzknöspchen huschte. Seine Straßenschuhe hielten ihn waagrecht, so sicher wie Insektensaugnäpfe oder schleimig klebrige Sekrete.

Welche Arroganz! Welche Mißachtung des Painstyler-Dekors. Er hangelte sich von einem Knospenbaum zum nächsten, unbeschwert, wie ein behaarter Vorläufer. Und nach der Reihe brachen sie alle ab, schickten Staubwölkchen hinter ihm her.

Wahrlich, er war das Dharmakaya des Drögen, wie er sich selbst wohl genannt hätte. Er war im Linoleum, er war in der Seife, er war im Duftsteinhalter. Er starrte aus den Fenstern von Produkt-Monaden. Er war genau dort, wo Ian ihn

nicht haben wollte. Die Welt der Produkte war nicht die allumfassende Quintessenz, die Ian so tatkräftig errichtet zu haben glaubte. Darüber und darunter wogte, wallte, gierend aus Augen voll heulender Gewalt, eine andre Wesenskraft, ein andres *primum mobile*. Und Ian begriff allmählich, worum es sich da handelte. Wenn Samuel Northcliffe damit zu tun hatte, war das Geld nicht weit.
Im Konferenzsaal war inzwischen Schwung in die Sache gekommen. Papiere lagen auf dem Tisch ausgebreitet, Kulis kratzten und kreisten. Ian trat wieder ein und setzte sich, als wäre nichts geschehen.
»Okay?«
»Ja, alles in Ordnung.«
»Gut. Hören Sie, Ian, ich habe den Eindruck, daß wir uns zuerst und vor allem um dieses Namensproblem kümmern sollten. Wir haben uns ja angewöhnt, dieses Ding unter uns ›Schmacko‹ zu nennen, aber das geht einfach nicht.«
»Sogar der Kunde nennt es ›Schmacko‹–«
»Wie dem auch sei. Die bezahlen uns dafür, daß wir für dieses Produkt ein umfassendes Image, eine Persönlichkeit kreieren. Kein Mensch verkauft ein Finanzprodukt mit dem Namen ›Schmacko‹ an irgend jemand. Also, ich will einen neuen Namen, und zwar schnell.«
»Ich kümmere mich darum. Ich werde bis nächste Woche ein Benennungsteam auf die Beine stellen.«
»Hervorragend. Geoff wird sich um die Presse kümmern und mit einer Reihe Advertorials in den relevanten Publikationen beginnen. Si krempelt im Hinblick auf dieses neue Einführungsdatum unseren gesamten Terminplan um. Wenn der neue Plan steht, haben wir einen besseren Überblick, wie wir die Sache deichseln können. Da der Kundenkontakt bei diesem Projekt im Augenblick keine so große Rolle spielt, wird Patricia für jede Art von spontaner Unterstützung zur Verfügung stehen. Okay? Ach, und noch eins, ich glaube, es wäre eine gute Idee, wenn

wir uns alle heute abend auf der S.K.K.F.-Lilex-Präsentation bei Grindley's sehen lassen würden. Ich weiß, das ist zwar nicht unser Produkt, aber wir machen andere Sachen für sie, und Brian Burkett betrachtet Anwesenheit bei solchen Veranstaltungen als Demonstration von Agenturloyalität.«
Stöhnen und »O nein«-Rufe erhoben sich am Besprechungsrhombus. Gainsby ignorierte sie, raffte seinen Anteil an vergeudetem Papier zusammen und ging, seinen Leinenknitteranzug noch ein wenig mehr verknitternd, zur Tür.

JANE CARTERS UND RICHARD WHITTLES erste Begegnung war wie halbgare Pommes aus lauwarmem Fett – labberig und zäh.
Als Jane am Freitag nachmittag das Lurie Foundation Hospital für Dipsomanie verließ, drückte sie ihre schwere Handtasche fest an die Brust und spürte ein schwereres Herz in derselben brennen. Whittles Adresse war in den Unterlagen, die Gyggle ihr gegeben hatte, kaum zu entziffern gewesen. Er schien fast so etwas wie ein Nomade zu sein. In das dafür vorgesehene Feld war Adresse um Adresse notiert und dann entschlossen wieder ausgestrichen worden. Schließlich hatte sie die letzte herausbekommen, doch sich die ganze Zeit dabei gedacht: Was soll das eigentlich?
Jane bestieg einen Doppeldeckerbus, der sie, wie Sindbads Roch, den Hügel hinauf durch Camden Town, nach Gospel Oak und zu dem ehemals hochherrschaftlichen Mietsblock am Rand der Heath trug, wo Whittle wohnte. Sie hatte es sich auf der Rückbank bequem gemacht, und während der Bus die Hill Road hochzockelte, spürte sie wieder einmal die Nähe der Präsenz. Der schweißfeuchte Stoff ihres Rocks, der sich zwischen ihren strumpfhosenlosen Beinen

spannte, bot – das Gefühl hatte sie zumindest – eine Öffnung, einen reusenartigen Eingang ins Innere ihres Körpers. Sie zog sich den Rock über die Knie und starrte zum Fenster hinaus, um die Präsenz zu verscheuchen.

Draußen auf der Straße, unter der sich rötenden Nachmittagssonne, erwartete sie ein Schauspiel unentrinnbaren Kommerzes. Wohin sie auch sah, überall verkaufte jemand etwas an jemand anderen. Es war, als hätte der Tausch die Sprache als primäre Kommunikationsform ersetzt und die Leute verkauften aneinander, um an ein paar Worte zu kommen. Ein Verflechten von Gesten: Das permanente Hin und Her von Händen, die anderen Händen Geld gaben, flickte das zerfaserte Flechtwerk der Ladenfronten. Und die Läden selbst, Gemischtwaren, Elektro, Lebensmittel, Kleidung, Fast Food, Heimwerker, Möbel: Alle quollen über auf den Bürgersteig; die Waren im Inneren stolperten übereinander bei ihrem hektischen Wetteifern um einen potentiellen Käufer. Draußen vermischten sie sich dann mit den Straßenhändlern, den Obstverkäufern, den Hütchenspielern und Marktschreiern, die diesen schmuddeligen Suk bevölkerten. An welchem Punkt Janes Blick auch hängenblieb, wohin er auch schweifte, überall wurden Schecks unterschrieben, Kreditkartenformulare bekritzelt, Bestellzettel ausgefüllt, und Geld – willkommenes Bares, Fünfziger, Zwanziger, Einer, das gebräuchliche Hartgeld – schwappte hin und her wie Quecksilber, wie ein Element.

Whittle schwamm auf sie zu, sein Umriß waberte im Riffelglas der Haustür, als sie auf der kühlen Steintreppe stand. Aus den versteckten Winkeln des Wohnblocks hörte sie Kinderstimmen, die lärmende Geschäftigkeit häuslichen Putzens, das Bellen großer Hunde in kleinen Wohnungen.

»Ja?« Richard puhlte sich Ians zweitägige Schlafkrusten aus den Augenwinkeln – es fühlte sich sogar so an für ihn, wie die vertrocknenden Reste eines anderen Ohnmacht.

Das Läuten hatte sich in Richard festgehakt, ihn herausgezogen aus dem Fluß des Schlafes und ihn hier abgelegt, am schlammigen Ufer seines Lebens.
»Oh – hallo«, sagte Jane, erschrocken und um Fassung bemüht. Sosehr sie sich auf diese Begegnung auch vorbereitet hatte, Whittles Gesicht war dennoch ein schrecklicher Anblick, eine Sammlung nässender Infektionen, in Zeitlupe brodelnder Eiterquellen. »Ich komme von der Drogenklinik. Ich bin keine Sozialarbeiterin oder Psychiaterin, ich bin eine freiwillige Helferin. Dr. Gyggle schickt mich, ich soll nachsehen, ob ich Ihnen irgendwie helfen kann, aber wenn es gerade nicht paßt, kann ich ein anderes mal wiederkommen, oder auch gar nicht mehr, wenn Ihnen das lieber ist –« Die Worte sprudelten aus ihr heraus, überhastet und peinlich verräterisch.
Richard war entwaffnet – und lachte. »... schon klar. Na, dann kommen Sie erst mal rein, ich mach Ihnen 'ne ... 'ne Tasse Tee.«
Unwahrscheinlichkeit türmte sich auf Unwahrscheinlichkeit, als Janes dürrer Junkie ihr zuerst Tee, dann Milch und schließlich sogar raffiniertesten Zucker auftischte. Unter den Umständen war das so grotesk, als hätte er ihr säuberlich entrindete Gurkensandwiches auf Chinoiserieporzellan serviert.
Dann saßen sie in der konsequent uneingebauten Küche und beäugten sich über ungleiche Tassen hinweg. Whittle hatte braune Haare, engstehende grüne Augen, eine Stupsnase, eine niedrige Stirn und ein unscheinbares, kleines spitzes Kinn. Er überraschte Jane, indem er Konversation machte, sie nach ihrer Arbeit, ihrer Wohnung fragte und ob sie einen Freund habe. Er schien sich gar nicht bewußt, was für einen schrecklichen Eindruck er machte, mit seinem pickeligen Gesicht, den fettigen ungekämmten Haaren und in seinem Aufzug aus schmutzigem Streifenpyjama und ärmelloser College-Steppweste.

Nach einer Weile ging ihr das Geplapper auf die Nerven, und sie unterbrach ihn. »Dr. Gyggle sagte mir, daß Ihnen ein Gerichtsverfahren bevorsteht – wann ist das?«
»Erst in vier Monaten. Wenn sie Glück haben, geb ich den Löffel ab, bevor's soweit ist. Würde ihnen die Mühe und die Kosten sparen.« Er grinste, ein kleiner Junge, der seinen Zynismus noch tiefsinnig fand. Sie biß sich auf die Lippe – hatte sie so etwas nötig? War das wirklich jemand, der sich helfen lassen wollte oder Hilfe verdiente?
»Ich halte diesen Spruch weder für besonders geistreich noch für besonders zutreffend.«
»Was genau wissen Sie von mir, Jane Carter?« Er redete sie so an, mit vollem Namen, als wollte er damit ihre Rolle, ihre Stellung in ihrer Beziehung definieren.
»Nur, was Dr. Gyggle mir gesagt hat.«
»Der Mann ist ein verdammter Scharlatan.« Er sagte das mit Nachdruck, aber ohne die Stimme zu heben. »Alle Leute in dieser blöden Drogenklinik sind Scharlatane. Lauter Wichtigtuer, die sich daran aufgeilen, Penner wie mich rumzukommandieren – Junkies.« An diesem Punkt streckte er seinen gestreiften Arm über den Tisch und befreite eine Filterzigarette aus ihrem Zehnergefängnis. Jane sah dabei ein wenig von dem Narbengewebe, das in Richard Whittles Krankenakte einen so herausragenden Platz einnahm.
»Aber Sie wollen doch aufhören, nicht? Das stimmt doch, oder?«
»Ja, schon. Und dann gehe ich wieder ins Weingeschäft. Ich werde Weinmeister. Und fahr jeden Scheißsommer nach Jerez, in die Dordogne, nach Bordeaux und sonstwo hin, verkosten und mir ein schönes Leben machen.«
»Ist das Ihr Traumberuf?«
»Ja.«
»Können Sie in der Hinsicht denn irgendwelche Erfahrungen vorweisen?« Sogar für Jane selbst klang das

bedrückend schulmeisterlich. Es konnten kaum mehr als fünf Jahre Differenz zwischen ihnen sein.

»Ich hab früher in 'nem Getränkemarkt gearbeitet. Ich weiß Bescheid mit Wein, und ich bilde mich laufend weiter.« Er deutete auf einen Stapel Hochglanzmagazine in einem Winkel. Jane folgte dem Finger und entdeckte, neben dem zerbeulten Blechbrotkasten auf der schmierigen Arbeitsfläche, ein Glas mit der machtlosen Dreifaltigkeit aus Teelöffel, Zitronenhälfte und heiliger Spritze.

»Verstehe«, sagte sie und fügte dann, um Unverfänglichkeit bemüht, hinzu: »Nehmen Sie Methadon?«

»Nein, aber ich putze mir die Zähne mit 'ner verfluchten Fluorzahncreme.« Er kicherte kindisch, unangenehm und entblößte dabei lange nicht geputzte, von grünem Belag überzogene Zähne. Jane hatte genug. Sie begann, nach ihrer schweren Handtasche zu suchen, in der festen Absicht, Richards Whittles Leben für immer hinter sich zu lassen.

Doch dann stand er auf und umkreiste auf wackeligen Beinen den Tisch. »Tut mir leid«, sagte er. »Aber wissen Sie, eigentlich kann ich über das alles nicht mehr reden.« Mit ausholender Geste umfaßte er die Arbeitsflächen in der Küche, als würde ein Junkie-Dozent, unterstützt von ein paar horizontal angebrachten Exponatablagen, die kurze Geschichte seines verpatzten Lebens erzählen. »Ich bin ausgeredet. Ich rede mit meinen Eltern, ich rede mit meinem Bruder, ich rede mit Giggly – dem Arsch, ich rede mit meinem Hausarzt. Ich habe nichts mehr zu sagen. Verdammt noch mal, reden muß ich sogar mit Leuten in meinen Tr –« Er brach abrupt ab und gab sich plötzlich reserviert.

»Mit Leuten in Ihren was?«

»Ach nichts, mit sonst niemand mehr. Ich rede nur mit all diesen Leuten – und es bringt nie was.« Whittle senkte den Blick, musterte eine Schwiele auf seiner Handfläche und machte sich daran, sie abzuzupfen. Schweigen breitete sich

aus und senkte sich über sie, während Jane draußen auf der sonnigen Heath Kinder schreien und schreien und schreien hörte.
»Es hat für sie also wenig Sinn, mit mir zu reden?«
»Nein, eigentlich nicht.«
Und dann passierte das Seltsame, Unvorhersehbare. Lärm war plötzlich zu hören, sehr laute Schritte, die über Whittles Diele direkt vor der Küche klapperten, dann Krachen und Klirren von Holz und Glas, als seine Wohnungstür zugeschlagen wurde. Ohne bewußt eine Entscheidung getroffen zu haben, sah Jane sich plötzlich hinter Whittles schlaffem Hintern herlaufen, als der auf die Quelle des Lärms zustürzte.
Sie knallten beide gegen das Treppengeländer und beugten sich darüber, um dem fliehenden Eindringling nachzusehen. Die Schritte waren noch immer kreischend laut, wie Stahl auf Stein, doch erst als der Unbekannte die letzte Treppenflucht erreicht hatte, erhaschte Jane einen Blick auf ihn. Als sie später versuchte, sich Details ins Gedächtnis zurückzurufen, konnte sie sich nur an den Kopf des Mannes erinnern – oder zumindest an den Hut, den er trug. Er war so auffällig, so bizarr. Ein glänzend violetter Hut mit schwarzen Punkten. Ein Zylinder.

ÜBERALL IN LONDON rührten sich die Kreaturen Des Dicken Kontrolleurs, seine Mitbrüder und Vertrauten, seine Agenten und Komplizen, seine Lizentiaten und Legaten. Sie spürten seine Nähe – oder vielleicht nur sein Kommen –, so wie man das Herannahen eines Gewitters spürt. Zuerst der Luftdruckabfall, dann die Zunahme der Feuchtigkeit, dann die quälende Ahnung, daß alles nur wieder etwas anderes ankündigt, daß nichts bleibt als dieses schreckliche, bedrückende Warten. Und wenn es dann endlich kommt – was für eine Enttäuschung. Regen ist schließlich nichts als

Regen. Himmelspisse. Und ein Donner ist schließlich nur ein Donner. Es ist alles nur Gott, ein gedankenschwerer Gefangener, der ein wenig »verwirrt« ist und sich seiner zweiten Jugend hingibt, indem er sich vorstellt, daß eine Umstellung der Möbel in seinem Appartement mit Bedienung vielleicht neues Charisma erzeugen könnte.

Hrrmmpf! Seht ihr, was passiert? Es wird Zeit, daß ihr wieder retroszendiert, ihr, Belials Babys, Herzchen der Hölle, die ihr bei Mothercare die Regalreihen entlangzockelt. Es wird Zeit, daß ihr euch zu mir gesellt, daß ihr euch ein Menschenwerk vornehmt und seinen Weg zurückverfolgt, mit seiner Hilfe die Kulmination der Geschichte plant. Ich will euch natürlich nichts aufschwatzen. Könnte ja sein, daß ihr Besseres zu tun habt als die Hitlisten des Handels zu durchstöbern, die Stars der Regale zu biographieren. Dennoch garantiere ich Einsichten, die euch verschlossen blieben, müßtet ihr mir nicht zu Willen sein. Ja, ich biete euch, KOSTENLOS UND ABSOLUT OHNE JEDE VERPFLICHTUNG, fünfundzwanzig Prozent mehr Einsichten als beim letzten Mal, da ihr gezwungen wart zu retroszendieren.

Wenn diese Einsichten sich nicht einstellen, wenn ihr euch im Verlauf eurer obligatorischen Retroszendenz schäbig behandelt fühlt, dann laßt mich euch bitte hinweisen auf die hundertprozentige RÜCKGABEGARANTIE. An jedem Punkt könnt ihr eure Zeit zurückverlangen, die Zeit zurückverlangen, die ihr beim Retroszendieren vergeudet zu haben meint. Macht nur, verlangt eure Zeit beim Hinausgehen an der Kasse zurück, und bei Gott, ihr werdet es bereuen. Denn die Zeit, die ihr zurückbekommt, ist keine ereignisreiche Zeit, ist nicht mal eine Zeit, in der scheinbar zusammenhanglose, langweilige Ereignisse sich zu etwas Besonderem zusammenfügen, und auf keinen Fall sind es drei Stunden ununterbrochener Orgasmen. O nein, das ist unbewohnte Zeit, vernagelte Zeit, Schnipsel und Fitzelchen und Wurstzipfel der Zeit. Zeit, in der ihr, an einer Ampel wartend, den rostigen Halbmond über einer Niete im Blech eines Touristenbusses angestarrt habt; Zeit, die ihr verärgert damit zugebracht habt, am Aludeckel einer Quarkschachtel zu zupfen, der sich – eigentlich – problemlos vom Plastikrand lösen lassen sollte; mit Fingertrommeln vergeudete Zeit; Zeit des ohnmächtigen Wartens, bis vor einem Behördenschalter die eigene Nummer aufgerufen wird. Um diese Art von Zeit geht es. Im großen und ganzen dürfte es sich also durchaus rentieren, wenn ihr euch die Zeit zum Retroszendieren nehmt.

Und noch etwas, die semantische Inkongruenz, auf die mein Lizentiat euch kürzlich hingewiesen hat, nun, jetzt habt ihr Gelegenheit zum Mitmachen. Macht mit beim Bodenturnen der Bedeutung, erlebt, wie sie quer über die Matte purzelt. Der Augenblick ist gekommen, da ihr eure Lehnsessel-Lebensweisheiten hinter euch lassen, eure Post-TV-Dinner-Reden abschließen und spüren müßt, wie sich euch der Magen umdreht.

STEVE SOUVANIS, Besitzer und Alleinvertreter, saß in dem Büro des Unternehmens, das er – und er allein – befehligte. Dyeline Constructions in Clacton. Soeben hatte er den Hörer aufgelegt, nach einem kurzen und verwirrenden Gespräch mit Si Arkell, dem Planungschef von D.F. & L. Associates. Ziemlich überraschend für Souvanis hatte Arkell ihn aufgefordert, ein Angebot zu machen für die Herstellung von Plexiglas-Präsentationsmodulen, die wirklich grotesk klangen. Diese Module sollten freistehende transparente Kabinen sein, achteckig und über zwei Meter hoch, mit einer Art Minipult im Inneren, an dem die Benutzer stehen und schreiben und sowohl die Umwelt betrachten wie von ihr beobachtet werden konnten.

Arkell hatte Souvanis gesagt, er wolle ein Angebot für

Konstruktion und Aufstellung dieser »Stehboxen«, wie er sie nannte, in ganz London bis zum Ende des Jahres. Souvanis glaubte seinen Ohren nicht zu trauen. Er hatte zwar schon für Arkell gearbeitet, aber nicht in dieser Größenordnung. Souvanis war spezialisiert auf die Herstellung von Plexiglasmodulen zur Präsentation von Broschüren und ähnlichem PR-Material.

In der Lagerhalle neben dem Bürokabuff, in dem Souvanis saß, türmte sich eine Unmenge dieser Dinger in einem scheinbar willkürlichen Drunter und Drüber. Es gab Broschürenhalter, geformt wie Kuchenständer, wie Bücher, wie Regale der verschiedensten Art, wie winzige Hängebrücken, wie berühmte Monumente, wie Fahrzeuge, wie Raumschiffe und U-Boote, wie Hut- oder Garderobenständer, wie Schatullen oder Bücherschränke. Alle waren aus Plexiglas oder aus transparentem Acryl. Und sie alle wirkten wie aus Nichtstofflichkeit geformt. Diese Präsentationsmodule waren keine wirklichen Gegenstände, sondern deren blasse Schatten, wie platonische Formen im Vergleich zu ihren sinnenweltlichen Abbildern.

An diesem Morgen war Souvanis, den Alkohol des Abends als Schmalz in den Ohren, Sand in den Augen, Schleim in der Brust, auf dem Bett gesessen und hatte versucht, seinen Hosenbund zuzuknöpfen. Ich versuche, meinen Hosenbund zuzuknöpfen, hatte er gedacht. Und als er seine plumpen kleinen Füße in die Slipper zwängte, hatte er gedacht: O Gott, wie das spannt. Und dann: Hör endlich auf mit diesem Unsinn. Er hatte wie gewöhnlich mit seiner Frau gefrühstückt und war anschließend von seinem Haus in Barking zu seiner Fabrik in Clacton gefahren.

Etwa jede Meile hatte Souvanis unsicher sein Bild im Rückspiegel gemustert. Dasselbe Mondgesicht wie immer, dieselben beim Rasieren übersehenen Stoppeln schwarzer Gesichtsbehaarung, dasselbe Lächeln, dieselben Sorgenfalten. Was war es nur, das sich so anders anfühlte?

Jetzt, in der warmen Beengtheit des Lagerhauses mit seinen Papier- und Plastikgerüchen, den Ausdünstungen des Kommerzes, dämmerte es ihm langsam. Er griff oder, genauer, grapschte nach der Rennie-Packung auf seinem unaufgeräumten Schreibtisch, riß sie auf und drückte ein paar der kalkigen Tabletten aus ihrer Stanzfolienhülle. Warum habe ich Magendrücken, dachte Souvanis, obwohl ich doch das Mittagessen ausgelassen habe? Er versuchte eine Hand zwischen Bauch und Hosenbund zu stecken, schaffte es aber nicht.

Vor ein paar Tagen war ihm beim Durchblättern des Finanzteils einer Zeitung ein Artikel über den Leveraged Buy-out einer riesigen amerikanischen Reifenfirma aufgefallen; etwa eine Woche davor hatte er in einem Fernsehbericht über die Schlußveranstaltung einer Nahostkonfernz zwischen zwei Prinzchen im Talar eine merkwürdig vertraute Gestalt entdeckt. Und eine ganze Weile davor, etwa einen Monat mochte das her sein, hatte Souvanis, als er aus seinem kleinen Reihenhaus trat, ohne besonderen Anlaß den Kopf gehoben und im Himmel kaum fünfzig oder sechzig Meter über sich den Goodyear-Ballon entdeckt. Der, von Souvanis mit offenem Mund bestaunt, ihm – und scheinbar ihm allein – zum Gruß im klaren Himmel wippte.

All diese Ereignisse stürmten nun auf Souvanis ein und bildeten Prämissen, die wie Trittsteine zu der einzig möglichen Schlußfolgerung führten. Daß der Mann, den die Welt als Samuel Northcliffe kannte, als Finanzier, Bonvivant und graue Eminenz der Geopolitik, und den Steve Souvanis als Den Dicken Kontrolleur kannte, daß dieser Mann wieder da war.

Säure und Antazidum flossen zusammen, Feuerströme in seinem blubbernden Magen. Typisch für Den Dicken Kontrolleur, daß er seine Rückkehr so ankündigte, mit einer übernatürlichen Magenverstimmung. Souvanis hatte das

Gefühl, als würden sein Fett und seine Fülle auf einer grundlegenden Ebene angesprochen, der Ebene primärer Stärken, der Kohlehydrate und des Zuckers, von einem anderen, mächtigeren Fett von großer lunarer Bedeutung, einem Fett, das Souvanis' Massen in ihrem schwitzenden Hautschlauch so heftig verschob, daß ein meßbares Drehmoment entstand.

Die ungewöhnliche Anfrage von D.F. & L. Associates war jetzt leicht zu erklären. Northcliffe steckte dahinter. Souvanis hatte schon vor langer Zeit gelernt, damals am Beginn seiner Beziehung zu Dem Dicken Kontrolleur (und wer weiß schon, wann sie begonnen hatte? Vielleicht hatte der rundliche kleine Junge bei seinen Streifzügen durch die staubigen Straßen von Nikosia versucht, einem weichen, alten Touristen eine Kamera zu klauen, und dabei festgestellt, daß der Tourist weder weich noch alt war. Aber Spekulationen haben hier nichts zu suchen, Souvanis' Beziehung zu Dem Dicken Kontrolleur gehört in eine andere Geschichte), daß fast alles Ungewöhnliche, alles, was das Gleichmaß seines Lebens störte, seinem Mentor zugeschrieben werden konnte.

Souvanis seufzte schwer. Er sah sich in dem leeren Kabuff um und nickte wissend dem anwesenden Niemand zu. Was auch auf ihn zukommen mochte, ein Teil davon würde gut sein. Ein Teil davon würde mit diesen »Stehboxen« zu tun haben, die D.F. & L. benötigten. Also sollte er sich besser an die Arbeit machen und das Angebot ausarbeiten. Wie eine schauderhafte moderne Version des Tinnitus begann das Faxgerät im Zimmer nebenan in Souvanis' Kopf zu surren, das bürstengezähnte Maschinenmaul schien an seinem Innenohr zu knabbern. Das dürfte Arkells Diagramm der Box sein.

»Na dann, wenn sie ein Angebot wollen« – Souvanis redete jetzt laut, er projizierte seine Stimme in das mit Warenmustern vollgestellte Lagerhaus –, »dann sollen sie ihr

Angebot haben.« Er stand auf und ging nach nebenan, um die Nachricht in Empfang zu nehmen.

NACH DIESEM LANGEN HEISSEN TAG war das letzte, was Ian jetzt noch wollte, zu der Produktpräsentation von S.K.K.F. Lilex bei Grindley's zu gehen. Er wußte genau, wie das ablaufen würde, wie alle anderen Produktpräsentationen von S.K.K.F. Lilex bei Grindley's, die er bisher miterlebt hatte. Diese verdammten Agenturen waren sich alle so sicher, daß sie, um eine gute Presse zu bekommen, nichts anderes tun mußten, als eine Horde Schreiberlinge in lauwarmem Asti spumante zu ertränken. Sie machten sich nicht einmal die Mühe, den Ort zu wechseln oder die Tränke mit Geschmack zu versetzen.
Und was für ein Tag! Er hatte über der lächerlichen Dokumentation der sudanesischen Bank von Karmarathon gebrütet und versucht herauszubekommen, was genau deren Finanztechniker unter einem »eßbaren finanziellen Produkt« verstanden. Was war »Schmacko«? Nun, es war eine Kreditkarte und ein Girokonto, ein Aktien- und Makler-Service, ein Telefonbankingservice und eine Anlagemöglichkeit mit hoher Rendite. In dem langweiligen Prospekt wimmelte es nur so von phantasievollen Bezeichnungen, »kundenfreundlicher Service, service-orientierte Kundenfreundlichkeit« – wo bitte lag da der Unterschied? Und was sollte das, daß der Kunde die anfallenden Dividenden in Nahrungsmittel oder Nahrungsmitteloptionen umwandeln konnte? Daß die für die Dokumentation verwendeten Materialien – Scheckbücher, Kreditkarten und so weiter – tatsächlich eßbar waren? Das zog bei Ian nicht. Er hatte sie kommen und gehen sehen, all diese revolutionären neuen persönlichen Banking-Produkte. Keins davon hatte irgendeinen Einfluß gehabt auf die zunehmend unerklärliche, ja sogar aktiv sich verschleiernde Natur des Geldes.

An diesem abgebrannten Ende des Jahrtausends hatte das Geld begonnen, sich von seiner Funktion als Zahlungs- und Tauschmittel zu lösen. Das Geld hinkte hintennach. Ian wußte – weil er es in der Presse gelesen hatte –, daß es ungefähr achthundert Trillionen Dollar gab, die einfach nur auf Tastendruck das Licht der Welt erblickt hatten. Es war nie von irgend jemand verdient, von keiner Regierung gedruckt worden. Wohin man auch sah, schrien Anzeigen: »Mehr Wert fürs Geld.« Daß ein so offensichtlicher Trugschluß die Meßlatte der Glaubwürdigkeit sein sollte, ging über Ians Horizont, ja, über den gesunden Menschenverstand. Dieser »Wert« war so substanzlos wie die achthundert Trillionen. Er hatte keinen Bezug zu irgendeiner allgemein akzeptierten Variablen, wurde ganz im Gegenteil unentwegt relativiert. Die Handelsbanken und Maklerfirmen in der City hatten es längst aufgegeben, auch noch so extravagante und intuitive Wirtschaftsprognostiker zu beschäftigen. Statt dessen bedienten sie sich nun selbsternannter »Geldkritiker«, Asylanten aus dem überquellenden Printmedien-Bereich, die sich erboten, »rein ästhetische« Bewertungen der verschiedenen Zahlungsmittel zu liefern.
Aber Geschäft war noch immer Geschäft. Also zwängte Ian, zusammen mit seinen Marketingkollegen, seinen schwitzenden Körper in das schwarze Taxi, das stotternd und prustend vor Norman House stand.
»Grindley's«, sagte Hal Gainsby zum Fahrer.
»Dann wollen Sie zur Präsentation von S.K.K.F. Lilex«, erwiderte der Fahrer.
»Woher wissen Sie das?« Nur Si Arkell war jung und neugierig genug, um diese Frage zu stellen.
»Ach, ich interessiere mich sehr für jedes Magengeschwür-Medikament, das neu auf den Markt kommt«, sagte der Fahrer und tauchte mit seinem Taxi in das Verkehrsgewirr. »Das gehört zum Job.«

In der Stadt war es heiß, im Taxi stickig. Die Deodorants der fünf Werber stritten um die olfaktorische Vorherrschaft. Si Arkells aufdringlich geschmackloser Sandelholzpuder gewann. Als sie sich über das Old Street Roundabout gequält, durch die Hatton Garden gekämpft, die High Holborn hinunter gedrängelt – der Taxifahrer verscheuchte Konkurrenten um die Fahrspur mit »Arschloch!«-Rufen und trötender Hupe – und schließlich durch das Blechgestrüpp, das Trafalgar Square im Griff hielt, gezwängt hatten, war Ian einer Ohnmacht nahe. Sie sprangen aus der schweißigen Enge des Taxis. Gainsby bezahlte den Fahrer, und Ian starrte das Pseudo-Regency-Portal von Grindley's an, das sich unter den staubigen Platanen an der Northumberland Avenue erhob.
Auch Ian hatte die Präsenz den ganzen Nachmittag über gespürt. Eine düstere Einblasung war sie, und sie zischelte ihm einen Willkommensgruß ins Ohr. Ian erwartete, daß jeden Augenblick alles um ihn herum einstürzte. Und genau das passierte auch – wenn man so will.

8 WIEDERAUFTRITT: DER DICKE KONTROLLEUR

[Sie üben sich in] ... siebenfacher Hexerei, wie in der Bulle *(summis desiderantes)* berührt wird, indem sie den Liebesakt und die Empfängnis im Mutterleibe mit verschiedenen Behexungen infizieren: *erstens*, daß sie die Herzen der Menschen zu außergewöhnlicher Liebe etc. verändern; *zweitens*, daß sie die Zeugungskraft hemmen; *drittens*, die zu diesem Akte gehörigen Glieder entfernen; *viertens*, die Menschen durch Gaukelkunst in Tiergestalten verwandeln; *fünftens*, die Zeugungskraft seitens der weiblichen Wesen vernichten; *sechstens*, Frühgeburten bewirken; *siebentens*, die Kinder den Dämonen opfern; abgesehen von den vielfachen Schädigungen, die sie anderen, Tieren und Feldfrüchten, zufügen.

J. SPRENGER / H. INSTITORIS,
Der Hexenhammer (Malleus maleficarum)

SCHON FRÜH AM MORGEN desselben Tages hatte sich das Schwarze Brett für Reisende im Terminal 3 des Heathrow Airport mit einer Unmenge von Notizen, Bitten und *billets-doux* zu füllen begonnen. Sie waren in verschiedenen Handschriften und an eine Vielzahl von Personen adressiert, aber alle für denselben Mann bestimmt.
Der Dicke Kontrolleur traf aus Amerika ein. Aus New York City, um genau zu sein. Es war charakteristisch für Den Dicken Kontrolleur, daß er immer von irgendwoher kam und man sich trotzdem nie vorstellen konnte, er könnte irgendwo anders sein als dort, wo er gerade war. Auf jeden Fall war es nicht möglich für jene, die ihn kannten. Irgendwo vielleicht, auf einem anderen Planeten zum Beispiel, mochte es eine Rasse höchstentwickelter Zönobiten geben, deren Lebenszweck es war, ihre klösterliche Abgeschiedenheit damit zuzubringen, kollektiv Den Dicken Kontrolleur an jenen Orten zu visualisieren, aus denen er für alle Ewigkeiten kam. Falls es die gab, mußten sie wirklich sehr hoch entwickelt sein.
Der Dicke Kontrolleur rauschte durch die Drehtür, die den Zollbereich von der Haupthalle des Terminals trennte. Er trug seine Reisekleidung, Donegal-Tweedsakko, graue Flanellhose, bequeme Schuhe. Über seinem Wulstarm hing

einer jener amerikanischen Trenchcoats, die mehr knöpfbare Klappen, Riemen und Gurte als eigentlich nötig besaßen. Hinter ihm her rollte wie ein treues Hündchen ein Samsonite-Koffer. Der Dicke Kontrolleur zog etwas unwirsch an der Leine, und das Ding ruckelte daher wie ein nachträglicher Einfall.

Der Dicke Kontrolleur erreichte das Ende des Geländers, das die ankommenden Passagiere von den sie abholenden Freunden und Verwandten trennte. Hier blieb er stehen und drehte sich, um die Rendezvous seiner Mitreisenden besser beobachten zu können. Das tat Der Dicke Kontrolleur immer. Er verließ das Flugzeug immer so früh wie möglich und rauschte durch Zoll und Paßkontrolle, um diesen Augenblick nicht zu verpassen.

»Ein wirklich sehr wichtiger Augenblick«, sagte er gern. »Ein sehr emotionaler und nackter Augenblick. Wenn Menschen einander begrüßen, nach einer Trennung – vor allem in Flughäfen, wo die Leuchtstoffröhren von der Decke ein so schlecht moduliertes Licht werfen –, werden sie füreinander transparent. Die Schuld eines untreuen Gatten huscht über sein Gesicht wie ein Schatten, in der Nanosekunde, die er braucht, um sich ein freundliches Lächeln für seine Gattin aufs Gesicht zu zaubern. Zwei Liebende sehen sich wieder, und ihrer beider Mienen verraten die Gewißheit ihrer letztendlichen Trennung, in dem kurzen Augenblick, bevor sie sich berühren. Undankbare Bälger stürzen sich aus ihrem Billigurlaub direkt in das Elend anderer Leute, und ihre müden Eltern versuchen verzweifelt, aus Gleichgültigkeit Freude hervorzulocken. Das sind die Augenblicke, die mir teuer sind. Denn ich bin ein Reisender in Gefühlen und ein Vertreter in Seelen – so wuselig und spinnenbeinig sind die Exemplare, die ich suche, daß ich mich beinahe einen Entomologen der Emotionen nennen möchte!«

Der Dicke Kontrolleur pflegte diese Sätze, zusammen mit

einem Schluck Single Malt und einem Zug aus seiner gewohnten Zigarre, im Mund zu verkosten, bevor er sie seinem Publikum entgegenschleuderte. Der Dicke Kontrolleur schwadronierte sehr gern, doch allzuoft konnte er sich einer Zuhörerschaft nur durch Zwang versichern.
Diesmal dauerte es fünf Minuten und zehnmal so viele »nackte Augenblicke«, bis sein sentimentaler Voyeurismus befriedigt war. Dann ging er in Richtung der elektronisch gesteuerten Türen und des Taxistands davon, ohne die Klagemauer des Schwarzen Brettes auch nur eines Blickes zu würdigen. Der Koffer folgte ihm.
Sooft Der Dicke Kontrolleur nach London kam, stieg er in Brown's Hotel am Piccadilly ab. Der Dicke Kontrolleur mochte das Brown's aus einer Reihe von Gründen. Zum einen fühlte er sich dort unbeobachtet – es wohnten so viele Fette unbestimmten Alters dort, und viele teilten seine Neigung zu Tweed und Burberry. Ein anderer Vorzug lag darin, daß eine ganze Reihe minderer amerikanischer Berühmtheiten – Schauspieler, Produzenten und Regisseure von Film und Musiktheater – gern dort residierten. Zu jeder Tages- und Nachtzeit waren Vertreter dieses Schlages in irgendeiner Ecke der protzigen Lobby anzutreffen, wo sie sich von einem englischen Schreiberling über ihre neueste Produktion ausfragen ließen. Sich in diesem permanenten Presseauftrieb zu bewegen vermittelte Dem Dicken Kontrolleur ein gewisses Gefühl zumindest peripherer Prominenz. Wobei er sich allerdings mehr als die meisten Leute bewußt war, daß das Erlebnis, im Zentrum der Aufmerksamkeit zu stehen, im besten Fall ein vergängliches und mäßig befriedigendes und im schlimmsten eine Strafe ist.
Das ist der Grund, warum Der Dicke Kontrolleur dem tatsächlichen Prominentsein ein prominentes Verhalten vorzog. Die Art von Auftreten und Erscheinung, bei der

zumindest einer von drei Passanten dachte: Ich bin mir sicher, daß ich den Mann kenne, ich weiß nur nicht, woher. Er muß eine Berühmtheit sein. Das war die Art von Ruhm, die Der Dicke Kontrolleur erstrebte. Eine unkomplizierte Art, Stadtgespräch zu sein, ohne jede Verpflichtung und durch und durch flüchtig.

Draußen, in der schon etwas müden Atmosphäre eines Spätsommervormittags, hielt Der Dicke Kontrolleur inne und betrachtete die häßliche Ansammlung von Betonbauten, die den Flughafen ausmachte. Warum reisen, dachte er, wenn man nur da ankommt, von wo man abgereist ist. Er dachte an die anderen Leute, die das Flughafengelände bevölkerten, nicht an sich. Für Den Dicken Kontrolleur waren alle modernen Westler im wesentlichen identisch, angepaßt an die wenigen Rollenklischees, die man ihnen zugewiesen hatte. Seiner Meinung nach könnte man eine gesamte Vorstadt von Scranton, New Jersey mit einer in Hounslow, Middlesex vertauschen, ohne daß irgend jemand in den angrenzenden Gebieten das merken würde. All diese Leute, dachte er, und seine Froschaugen hüpften, sind aufgebrochen von einer urbanen Heimat, einer Ur-Vorstadt, einer Grauzone. Sie sind wie Kolonisten, die sich *en masse* auf den Weg gemacht haben, ahnungslos, wie Lemminge, instinktiv dem Drang gehorchend, in einem fremden Land eine Zeitung zu kaufen.

Der nächste Taxifahrer in der Schlange fuhr heran und verstaute seinen *Standard* auf dem Armaturenbrett. Das elektrische Fenster glitt herab.

»Wohin, Chef?«

»Brown's Hotel, Picadilly«, sagte Der Dicke Kontrolleur.

Eine merkwürdige Lücke, eine peinliche Pause entstand. Er machte keine Anstalten, ins Taxi einzusteigen. Der Taxifahrer saß da und wartete. Nach einer Weile blaffte der Fahrer ihn an: »Na, steigen Sie jetzt ein oder nicht?« Der Dicke Kontrolleur streckte seinen Schweinskopf durchs

Fenster, drückte vier Pfund Wange gegen den bereits tickenden Taxameter. »Erst«, dröhnte er, »wenn Sie aussteigen und mein Gepäck einladen.«
Dem Fahrer traten vor Wut die Augen aus den Höhlen. Er spürte bittere, sarkastische Galle in seiner Kehle hochsteigen. Törichterweise – wie sich zeigen sollte – schluckte er sie. Er stieg aus und kam um das Fahrzeug herum. Inzwischen hatten andere Taxis in der Reihe Fahrgäste aufgenommen und hupten, weil sie losfahren wollten. Der Fahrer warf Dem Dicken Kontrolleur einen langen und durchdringenden, einschüchternd gemeinten Blick zu. Dann nahm er den braunen Samsonite-Koffer und stellte ihn in den Fond. Er hielt Dem Dicken Kontrolleur die Tür auf, der sich Zeit nahm, einzusteigen, es sich bequem zu machen und Trenchcoat und *Herald Tribune* links und rechts von sich zu verstauen.
Sie fuhren auf der M4 in Richtung Chiswick-Überführung, als sich Der Dicke Kontrolleur seine erste Zigarre seit der Zollkontrolle anzündete. Es war die schmetternde Trompete einer opernhaften Tosca. Er steckte sich den Stumpen in den Winkel seines breiten Mundes und hielt die flackernde Flamme seines sträflingsproduzierten Feuerzeugs an das organische Ende.
Eine komische Szene ergab sich, als das Taxi die Rampe zur Überführung hinauffuhr. Plötzlich erhoben sich Der Dicke Kontrolleur und sein Fahrer über das Buschland von Hillingdon und Hayes. Sie schwebten auf einem Asphaltteppich über dem blauen Dunst der Stadt. Das weite Meer Londons umschwappte sie. Vor ihnen schlängelte sich die Überführung zwischen Bürohochhäusern dahin. Etwa in Höhe der vierten oder fünften Etage waren an zwei gegenüberliegenden Gebäuden je eine Digitaluhr und ein ebensolcher Thermometer angebracht. Die Anzeigen stritten miteinander: 11:44 gegen 11:43, 32° Celsius gegen 33°. Der Dicke Kontrolleur saugte eine Fanfare aus sei-

ner Tosca und dachte über die Wechselfälle im geheimen Leben der Produkte nach, jenes glücklich gefügten Zusammentreffens von Stil wie Standort, das es dem Brylcreem- und dem Lucozade-Gebäude gestattete, hier, an der Chiswick-Überführung, beieinanderzustehen und sich mit ihren Neon-Logos aus den Fünfzigern in anachronistischer Opposition anzublinken.
»Können Sie das Schild nicht lesen?« Das Schiebefenster, das ihn vom Fahrer trennte, war auf- und er aus seinen Gedanken gerissen worden. Er wedelte das Gewölk bläulich brauner Kringel weg, das sich vor seinem Gesicht gebildet hatte, und faßte das auffällige »Rauchen Verboten«-Schild ins Auge.
»Kann ich.«
»Wassis?«
»Ich kann das Schild lesen.«
»Na, und warum halten Sie sich verdammt noch mal nicht dran?«
»Weil es mir nicht beliebt.«
»Weil es Ihnen nicht beliebt? Weil's nich beliebt, hä?« Der Fahrer saß auf der Überführung in der Falle. Er konnte nicht anhalten, er konnte nicht wenden, er konnte nicht einmal die Hände vom Steuer nehmen. Er schwor sich, Den Dicken Kontrolleur aus dem Auto zu werfen, sobald er konnte.
Das Taxi brauste über die Hochstraße. Der Dicke Kontrolleur paffte zufrieden das stinkende Instrument in seinem Mund und überlegte, ob das nicht eine wesentlich reinere Möglichkeit war, jemanden zu quälen, als die Anwendung physischer Gewalt oder offensichtlicheren psychologischen Drucks.
Das Taxi fuhr die Gerade hinunter, die zum Hogarth Roundabout führt.
»Hm, hm«, grunzte Der Dicke Kontrolleur. »Wahrlich, ein hübsches Wüstlingsleben.«

»Wassis?« blaffte der Fahrer, der eine neue Unverschämtheit argwöhnte.
»Ach nichts, nichts – zerbrechen Sie sich Ihr Köpfchen nicht.«
Sobald es gefahrlos ging, wechselte der Fahrer auf die Innenspur und bog dann in eine Nebenstraße ab. Unter einer klebrigen Platane hielt er reifenquietschend an, sprang heraus und rannte zur Hintertür, die er aufriß.
»Aussteigen«, schrie er. »Los, aussteigen!« wiederholte er.
Der Dicke Kontrolleur senkte seine *Herald Tribune* und musterte den Fahrer von der Warte jahrtausendealter kalter Neutralität aus. Er sah wirklich ziemlich abstoßend aus, die Arme in die Seite gestemmt, schwellende Brüste unter einem grünen T-Shirt mit jenem seidigen Halbglanz, den Schweiß fast durchsichtig macht. Weiter unten wuchsen dralle, weiße, haarlose Schenkel ungraziös aus den zerknitterten Beinansätzen seiner leuchtfarbenen Fußball-Shorts. Der Dicke Kontrolleur bemerkte, daß der Fahrer, nach kolonialer Mode, Schnürstiefel und weiße Kniestrümpfe trug.
»Nein«, sagte Der Dicke Kontrolleur und sah sich in der menschenleeren Wohnstraße um. »Sie steigen ein.« Unvermittelt und mit einer Geschmeidigkeit der Bewegungen, die angesichts seiner Körpermasse um so unnatürlicher und bedrohlicher wirkte, schnellte Der Dicke Kontrolleur vor, packte den Fahrer an der Kehle und warf ihn auf den Boden des Fahrzeugs. Wie ein Zauberer zog er ein seidenes Paisley-Taschentuch aus seiner Brusttasche und stopfte es dem Fahrer in den weit aufgerissenen Mund. Und während er seine Beute festhielt wie eine gigantische Forelle, die er dem städtischen Mühlbach entlockt hatte, begann er ihn sanft zu foltern. Nach einem kräftigen Zug an seiner Tosca drückte er das glühende Ende des Stumpens in den weißen Wulst berufsbedingten Fetts, das unter dem T-Shirt des Taxlers hervorquoll. Er hörte erst

auf, als er eine ordentliche Reihe Brandblasen erzeugt hatte.

Noch immer vornübergebeugt, die eine Hand an der Kehle des Mannes, löste Der Dicke Kontrolleur mit der freien Hand den Knoten seiner Mohair-Krawatte und legte sie dem Fahrer um den Hals. Dann ersetzte er die andere Hand durch ein Knie, knüpfte eine Schlinge und sagte, während er sich ins Polster zurücksinken ließ: »Nun, guter Mann, ich denke, Sie sind jetzt besser als zuvor in der Lage einzuschätzen, was für eine Persönlichkeit Sie als Fahrgast haben. Nein, nein, machen Sie sich nicht die Mühe einer Entschuldigung« – der Fahrer schnappte gurgelnd nach Luft –, »das ist unnötig. Ich bin kein nachtragender Mensch, Sir, in meinem Wesen ist kein Platz für solche Gefühle, und ich bekämpfe derartige Impulse, sobald sie entstehen. Allerdings habe ich Sie engagiert, um mich zu Brown's Hotel zu fahren, und ebendies verlange ich auch weiterhin von Ihnen. Ich werde Sie nun gleich freilassen, und wir werden unsere Fahrt fortsetzen. Aber damit wir uns nicht falsch verstehen, sollten Sie sich noch einmal als widerspenstig erweisen, werde ich nicht zögern, diesen Halsschmuck zu benutzen, um sie zu erdrosseln. Verstanden?«

Der Taxler hustete zustimmend. Er war kein sehr aufmerksamer Mensch, doch was sich ihm während der gräßlichen Erlebnisse der letzten Minuten eingeprägt hatte, war eine Eigentümlichkeit der Fingerspitzen Des Dicken Kontrolleurs. Sie besaßen weder Furchen noch Wirbel und würden deshalb keine Abdrücke hinterlassen.

Freigelassen taumelte der Fahrer wieder nach vorn und stieg ein. Der Dicke Kontrolleur zog die wollene Garrotte durch das Schiebefenster, und sie setzten sich erneut in Bewegung. Der Dicke Kontrolleur lehnte sich zurück, rauchte und las Zeitung. Der Taxler am anderen Ende der Leine fuhr.

Sie kamen zügig vorwärts, und nach zwanzig Minuten bog das Taxi in den Berkeley Square ein. Der Dicke Kontrolleur beugte sich vor, legte dem Fahrer einen balkenschweren Arm auf die Schulter und sagte: »Fahren Sie in diese Tiefgarage.« Der Fahrer gehorchte. Die Zufahrt war ein langer, enger, öliger Schacht, der im 45-Grad-Winkel in die Tiefe führte. Das Wachhäuschen am Ende war leer. Dennoch duckte sich Der Dicke Kontrolleur.
»Nehmen Sie den Parkschein.« Wieder gehorchte der Fahrer. »Und fahren Sie auf diesem Deck ganz nach hinten.« Das Taxi hielt in einem betonierten Winkel, der ziemlich dunkel und durch einen Lieferwagen vor Blicken aus dem Wachhäuschen geschützt war. Der Dicke Kontrolleur erdrosselte den Fahrer, schnell und mit gnädiger Effizienz. »Ich würde wetten, Sir« – Der Dicke Kontrolleur sprach zu der zusammengesunkenen Leiche, während er seinen Koffer aus dem Fond des Taxis zerrte –, »daß dies der beste Tod war, den Sie vernünftigerweise erwarten durften.« Seine riesige Hand versuchte ein expressives Wedeln, während er sich durchs Fahrerfenster lehnte und das schlaffe Gesicht betrachtete. »Zugegeben, ich kann natürlich nicht wissen, wie Ihre Zukunftsaussichten hätten sein können, aber ausgehend von dem soliden Grundsatz, daß jeder Mensch für sein Gesicht verantwortlich ist, würde ich doch wetten, Sir, daß Sie nie den Kreaturen angehört hätten, die fähig sind zu jenen feinen Differenzierungen, deren Beherrschung nun einmal unerläßlich ist für die Erlangung von Kultur.«
Nach diesem wortreichen Nachruf begab sich Der Dicke Kontrolleur über den ölfleckigen Boden des Parkdecks zum Lift. Der braune Samsonite folgte ihm.
Irgend jemand hatte Dem Dicken Kontrolleur einmal gesagt, er habe große Ähnlichkeit mit der von Sidney Greenstreet verkörperten Figur des Gutman in *Der Malteserfalke*. Ihm gefiel dieser Vergleich. In Wahrheit war die

Ähnlichkeit jedoch sehr oberflächlich. Wie der Dicke Mann besaß Der Dicke Kontrolleur eine interessante Körperfülle, eine ungewöhnliche Fettleibigkeit. Doch während von Sidney Greenstreet mit einigem Recht behauptet werden könnte, er sei, wie es von Dicken sehr häufig behauptet wird, »erstaunlich anmutig« oder »überraschend leichtfüßig« gewesen, und seine Füße seien in der Tat »wirklich sehr elegant« gewesen, traf keine dieser Beschreibungen auf Den Dicken Kontrolleur zu, denn der war wirklich fett. Fett auf schwere und unerbittliche Art. Programmatisch fett. Fett, als wäre sein elephantöses Aussehen Resultat mehrerer, fortlaufend erfolgreicher Fünf-Jahres-Eßpläne. Wohin Der Dicke Kontrolleur auch ging, umringte ihn sein Fett und marschierte mit ihm wie ein dichtes Knäuel von Schlägertypen in Staubmänteln.

Ein weiterer Unterschied: Im Gegensatz zu Gutman war Der Dicke Kontrolleur kein wahrer Connaisseur – letztendlich bereiteten ihm Dinge nicht mehr Freude als Menschen. Während Gutman bereit war, sein Leben der Wiedererlangung des schwarzen Vogels zu widmen, hätte Der Dicke Kontrolleur das gesamte Ensemble schon während der ersten halben Filmrolle eliminiert. Sein Verhalten entsprang einem kompromißlosen Pragmatismus, den jene, die mit ihm zu tun hatten, als merkwürdige Form der Ausstrahlung erlebten. Während Gutman eine Anziehungskraft besaß, die er mit rhetorischem Flair ausschmückte, war Der Dicke Kontrolleur banal. Wenn man ihm Gelegenheit gab, auf seine affektierte Art loszulegen, wurde er sehr schnell langweilig.

Der Empfangschef im Brown's Hotel war sicher, Den Dicken Kontrolleur schon einmal gesehen zu haben. Das Gesicht des fetten Mannes hatte etwas unbestimmt Vertrautes. Er wartete, den Stift über dem Gästebuch, während Der Dicke Kontrolleur sich in seiner Leibgarde aus Fleisch auf ihn zubewegte.

»Bei Gott!« rief er. »Was für ein Wetter, und das in England.« Kurz versuchte der Empfangschef, sich Den Dicken Kontrolleur in noch sonnigeren Gefilden vorzustellen, doch es gelang ihm nicht.
»Kann ich Ihnen helfen, Sir?« Der Empfangschef war auf vollendete Art ungezwungen.
»O ja, das können Sie.« Er hielt inne, offensichtlich, um sich an etwas sehr Wichtiges zu erinnern, an seinen Namen zum Beispiel. Er strich sich mit dem Fünferpack Wiener Würstchen, der seine Hand darstellte, um den Kragen. »Ich habe reserviert.«
»Auf welchen Namen, Sir?«
»Northcliffe, guter Mann, Samuel Northcliffe. Werfen Sie doch mal einen Blick in Ihr Büchlein.«

JANE CARTER WEINTE in ihrer Wohnung in West Hampstead. Weinte, während das Sonnenlicht in munteren Streifen über die heitere Inneneinrichtung fiel. Sie atmete schwer, und die schleimigen Rohrblätter, die in den feuchten Gängen ihres Kopfes steckten, gaben leise Klarinettenschreie der Einsamkeit von sich. Die Tränen wurden herausgetrieben von einer unverdaulichen Blase aus Selbstmitleid, die den ganzen Nachmittag über in ihr angeschwollen war. Nun, da die Tränen einmal liefen, erhielt ihr Fluß ständig neuen Schwung. Wie Felsbrocken, die eine Bergflanke hinabgestoßen wurden, rollten und kullerten sie aus ihren Kanälen, jede einzelne angetrieben von einer anderen Kränkung, einem anderen Kummer, von mißglückten Beziehungen und Beziehungen, die nie gewesen waren, aber hätten sein können.
Zu ihren Füßen quoll Strickzeug aus einer Plastiktüte; blaue, grüne und gelbe Fäden wie flauschiger Kabelsalat. Eine hölzerne Stricknadel, die aus dem Knäuel ragte, fiel ihr ins Auge. Sie griff nach ihr, und als sie sie aus ihrem

wolligen Zinnenkranz zog, verlor sie Hunderte sorgfältig geknüpfter Maschen. Sie hielt sie in der Rechten wie einen Dolch und zog mit der linken den Saum ihres schwarzen Baumwollrocks hoch. Ihre Schenkel erschienen ihr monströs, niederschmetternde Beweise ihrer Unfähigkeit, zur Sylphe zu werden. »Du bist fett! Fett! Fett!« schrie sie, und mit jedem »Fett!« grub sie das spitze Ende der Stricknadel in die eklige Masse. Der letzte Stoß brachte Blutstropfen hervor – und genug Schmerz, um die Tränen versiegen zu lassen.
Sie stand abrupt auf und begann, mißtönend singend durch die Wohnung zu tänzeln. »Ach, ich bin so al-lein, so al-lein, so verdammt fett und al-lein«, und während sie sang, sehnte sie sich. Sehnte sich nach einem Liebhaber, irgendeinem Liebhaber, einem Dämon oder einem Inkubus – die Präsenz konnte sie jetzt nehmen, komme, was wolle. Es war ihr gleichgültig. Wer bin ich denn schon, fragte sie sich. Ich bin bedeutungslos, eine Null, nur eine arme Kuh in der Herde. Ich trage bestimmte Kleider und bestimmte Schuhe, ich lege ein bestimmtes Make-up auf und benutze bestimmte Slipeinlagen und gehe zu einem bestimmten Zahnarzt und einem bestimmten Gynäkologen, wegen meines blöden bestimmten Daddys und meiner blöden bestimmten Mutter. Und damit basta! Mit dieser tristen Conclusio begann sie zu tanzen, schwang erst das eine (ihrer Meinung nach) fette Bein und dann das andere. In dieser jämmerlichen Selbstversunkenheit fühlte sie sich wie eine aus einer Vielzahl von Janes. Die alle auf ihren ovalen Häkelteppichen in ihren frisch renovierten Wohnungen standen. Sie sahen alle gleich aus, schauten alle in dieselbe Richtung und warfen alle ihre Arme in die Höhe. Sie bildeten die am weitesten verstreute Busby-Berkeley-Hupfdohlentruppe, die es je gab – diese Geisterarmee beinschwingender Janes.
Das Telefon klingelte. »Jane?« Es war eine Frauenstimme.

»Ja?«
»Beattie hier.« Die schöne kühle Beatrice, das PR-Mädchen.
»O hallo, Beattie, wie geht's.«
»Gut, Jane, und dir?«
»Gut.«
»Jane –«
»Ja?«
»Ich habe mich gefragt, ob du heute abend schon was vorhast.«
»Warum?« So fett und häßlich Jane sich auch fühlte, ihre Unpopularität zugeben wollte sie auf keinen Fall.
»Ähm, na ja, also, es ist ja eigentlich ziemlich langweilig, aber könntest du mir vielleicht einen Gefallen tun …« Da sie spürte, daß Jane sie gleich unterbrechen würde, plapperte sie sofort weiter. »Ich organisiere diese Pressepräsentation für S.K.K.F., und ich habe noch nicht so viele Leute zusammen, wie ich gehofft hatte. Die ganze Marketingabteilung der Firma kommt – und ich stehe ziemlich schlecht da, wenn ich nicht noch ein paar Leute zusammentrommeln kann.«
»Ich soll für dich also die interessierte Medizinjournalistin spielen?«
»Genau.«
»Und was ist das für ein Produkt, das da präsentiert wird? Irgendwas, das ich kennen sollte?« Beattie kicherte schrill, und Jane nahm den Hörer vom Ohr, bis es vorbei war.
»Nicht unbedingt. Obwohl es ja ziemlich brillant ist, richtig revolutionär. Lilex ist ein brandneues Mittel bei Magen- und Zwölffingerdarmgeschwüren, leicht zu schluckende Tabletten in einer handlichen Zwei-mal-zwölf-Stanzfolienpackung.«
»Ach wirklich.« Jane staunte über Beatties Enthusiasmus. Sie hatte das schon früher erlebt. Bei jedem neuen Etat, jedem neuen Produkt, das sie zu präsentieren hatte, orien-

tierte sie ihre Loyalität radikal um. Ihr Glaube an ein Produkt war etwas Totales, echt und allumfassend. Es war gleichgültig, ob es sich um ein Kosmetikum oder eine Arznei, ein Auto oder ein Modeaccessoire handelte. Was sie betrieb, war Seelenwanderung im Reich des immer Neuen, ihr Geist war eine leere Hülle, bis er belebt wurde von der nächsten absoluten Überzeugung.
»Schau, Jane«, sagte Beattie in gewinnendem Tonfall. »Tu mir bitte den Gefallen. Du bist doch Journalistin. Zeig dich mit deinem Notizbuch und tu so, als würdest du alles aufschreiben, was Wiley – das ist der Marketingdirektor von S.K.K.F. – sagt. Und dann lad ich dich zum Essen ein, okay?«
»Na gut. Aber laß es nicht zur Gewohnheit werden, Beattie, meine Selbstachtung ist im Augenblick schon mies genug, ohne daß die einzigen Einladungen, die ich bekomme, solche zu Präsentationen von Magengeschwürmedikamenten sind.« Beide lachten und legten auf.
In den nächsten Stunden bearbeitete Jane ihren Körper. Sie wusch und schrubbte, drückte und stopfte, bemalte und schmückte ihn. Sie haßte sich, weil sie diese Leichenbestattertricks auf ihren schwabbeligen Kadaver anwendete, aber hatte sie eine andere Wahl? Sie hatte sich in zwei vollständige Garderoben gezwängt und sie wieder heruntergerissen, bevor sie schließlich zufrieden und fertig war für Grindley's. Am Ende trug sie das, was sie den ganzen heißen Tag über getragen hatte.
Sie stieg am Trafalgar Square aus der U-Bahn aus und bahnte sich einen Weg durch die Massen der Tauben und Touristen. Beatrice fand sie auf halber Höhe der breiten Treppe zu Grindley's, wo sie die Pressemappen verteilte. Janes Freundin war so hübsch und adrett, daß sie aussah, als wäre sie samt ihrem Namensschildchen in Stanzfolie verpackt.
»Da«, sagte sie und gab Jane eine der Mappen. »Ich glaube,

die Reden fangen gleich an. Geh hoch in den Regency Room, und ich bin gleich bei dir.«

Jane tat wie geheißen. Im Regency Room stellte sie sich neben den Marmorkamin unter den riesigen goldgerahmten Spiegel und musterte die Anwesenden, die Apparatschiks der Geschwüre.

Jane fühlte sich noch immer fett. Fett und verschwitzt. Was für eine köstliche Ironie, sich fett zu fühlen und an einer Pressepräsentation für ein Magengeschwürmedikament teilzunehmen. Sie entging ihr nicht. Wiley, der Marketingdirektor, oder zumindest nahm sie an, daß er das war, schwadronierte über Lilex. Jane konnte sich nicht konzentrieren. Sie blätterte in der Pressemappe und hielt bei einem Foto an, auf dem der Direktor von S.K.K.F. seine Hände in, so die Bildunterschrift, tiefgefrorenem Hundesamen vergraben hatte. Sie sah zur Decke hoch und ließ den Blick über die spiegelverkehrte Landschaft aus Stuckrosetten und -bändern schweifen, die dem Regency Room seinen Namen gaben. In diesen Augenblicken absoluter Unaufmerksamkeit war ihr die Präsenz, die sie ihr ganzes Leben begleitete, so fern wie noch nie.

»Sind diese Erdnüsse trockengeröstet?« Jemand redete mit ihr.

»Oh, ähm – keine Ahnung. Ist das wichtig?«

Er lachte kurz auf und sagte: »Ich kann diese trockengerösteten nicht ausstehen, die sind überzogen mit allen möglichen E-Additiven und anderem Scheiß, pfui Teufel. Sind Sie von der PR-Agentur? Ich glaube, ich kenne Sie noch nicht.«

Er war ein großer Mann, wie Jane bemerkte, mit leicht aufgedunsenen, aber regelmäßigen Gesichtszügen und kurzgeschnittenen braunen Haaren. Sein Ton hatte etwas Aufrichtiges, und das inspirierte Jane ebenfalls zur Aufrichtigkeit. »Ich heiße Jane Carter. Und um ehrlich zu sein, ich habe mit dem hier nichts zu tun. Meine Freundin hat

mich gebeten zu kommen, um das Publikum ein bißchen aufzustocken.«
»Raffiniert«, sagte er. »Ich bin Ian Wharton. Freut mich.«

ZWISCHENSPIEL

Hören Sie nun, wozu Des Dicken Kontrolleurs bevorzugte Marke der Wahlverwandtschaft führt.
Sie waren in einem dunklen Korridor. Es roch moderig nach altem Teppich. Sie waren nackt. So nahe bei ihr stehend, spürte er deutlich den Unterschied der Geschlechter, die ihrer beider Körper formten. Er spürte, daß ihr Körper natürlich geformt war, daß ihre gerundeten Hüften und ihr voller Hintern einen angemessenen Schwerpunkt bildeten, während seiner nur ein langer Streifen war, der vom Kopf nach unten baumelte und auf dem dunklen Boden nur unzureichend verankert war. So weit, so gut.
Er hatte eine Erektion. Es war ein Latex-Ding, federnd und biegsam. Sie stellte sich mit dem Rücken zu ihm und packte seinen Penis, packte ihn, wie sie ein Küchengerät packen würde, einen Fleischklopfer oder ein Nudelholz. Sie hob ihn hoch und ließ ihn gegen ihren Hintern schnalzen, hob ihn hoch und ließ ihn gegen ihren Hintern schnalzen. Sein Penis oszillierte auf seiner Wurzel, ihr Hintern schwabbelte. Sie hatte sie beide mit der Möglichkeit der Penetration überfallen. Es war ein Augenblick des Verlusts.
Ian und Jane saßen einander gegenüber an einem Tisch im Yellow Moon an der Lisle Street. Vertrottelte Kellner lehnten tuschelnd an der Winzbar. Das Tischtuch war fleckig von ebenjenen gelben Additiven, die Ian so pfui Teufel fand. Am Nachbartisch saß ein französischer Tourist, der mit ermüdender Präzision seinen Reiseplan abspulte: »Dann 'abe isch einen 'alben Tag für 'ampton Cuurt.« Mit seiner kultivierten Unfähigkeit, die »H«s

auszusprechen, hätte er gut für französischen Frischkäse Werbung machen können. Ian und Jane wechselten verschwörerisch chauvinistische Blicke.
»Sind Sie wirklich überzeugt vom Marketing?« fragte Jane und dachte dabei: Wenn der Typ ein Arschloch ist, find ich's lieber gleich heraus, bevor sich was entwickelt.
Ian überlegte eine Weile und antwortete dann: »Das ist eine schwierige Frage. Auch wenn das vielleicht pedantisch klingt, ja, ich bin davon überzeugt, daß es so etwas gibt wie Marketing. Was aber nicht heißt, daß ich es notwendigerweise für etwas Gutes oder überhaupt für etwas Notwendiges halte.«
»Warum machen Sie es dann?«
»Das ist alles, was ich kann«, seufzte er. »Ich glaube, ich bin nicht schlau genug, um jetzt noch was anderes zu machen, auch wenn ich wollte.«
»Woran arbeiten Sie im Augenblick?«
»Ach, an etwas mit dem Namen ›Schmacko‹. Ein eßbares finanzielles Produkt –«
Ian wurde unterbrochen von dem Kellner, der sein Ohr ungefähr in ihre Richtung drehte, als Hinweis darauf, daß er jetzt gern ihre Bestellung aufnehmen würde. Sie sagten ihm, was sie wollten. Er schrieb es sich nicht auf, sondern hörte nur halbherzig zu und warf dazwischen seinen Kollegen ein paar kantonesische Brocken zu. Als sie fertig waren, schlenderte er in Richtung Küche davon, ohne sie auch nur eines englischen Worts gewürdigt zu haben.
»Der Service wird in diesen Restaurants nicht gerade groß geschrieben«, sagte Ian, dem die Szene irgendwie peinlich war, als wäre der Kellner ein Freund oder Verwandter von ihm.
»Ach, ich weiß.« Jane lachte. »Aber gerade das mag ich an ihnen. Überall sonst tun die Kellner, als würden sie sich wirklich um einen kümmern, obwohl man ihnen eigentlich

scheißegal ist. Nur die Chinesen erfrischen einen mit der Aufrichtigkeit ihrer Verachtung.«
»Ich bin mir nicht sicher, ob es wirklich nur Verachtung ist. Vor ein paar Monaten wurde einem Mann in dem Laden nebenan vom Koch mit einem Fleischerbeil der Arm abgehackt.«
»Warum?«
»Er hat sich nur aufgeregt, weil er sein Essen nicht mit einer Kreditkarte bezahlen konnte.«
»Aber jeder weiß doch, daß in solchen Restaurants nur Bargeld akzeptiert wird. Hat irgendwie mit den Triaden zu tun, nicht?«
»Es war ein Tourist.«
Ihre Blicke trafen sich wieder, während der Franzose am Nebentisch aufs neue penetrant seine ›H‹s vergaß. Diesmal lachten sie beide. Für Ian war das, als würde sich eine Welle an seinem Herzen brechen, eine warme Welle menschlichen Kontakts. Er spürte sogar, wie diese Welle bis in die Spitzen seiner Glieder schwappte. Merkwürdigerweise empfand Jane das ebenso.
»Sie haben von einem ›eßbaren finanziellen Produkt‹ gesprochen. Was soll denn das heißen?«
»Das Produkt ist eßbar in doppelter Hinsicht: Zum einen sind sämtliche zu dem Produkt gehörenden Materialien eßbar, und zweitens erhält der Kunde Zinsen und andere Renditen ausschließlich in Form von Nahrungsmittel-Optionsscheinen.«
»Und was soll das sein, eine moralisch saubere Geldanlage?«
»Nur, wenn man sehr gierig ist. Aber reden wir doch nicht mehr von mir, reden wir lieber über Sie. Was machen Sie?«
»Ach, ich stricke und häkle, und ich mache Makramé und Patchwork und ein bißchen Klöppeln und Makramé – aber das habe ich schon gesagt, nicht?«
»Ich glaube schon, ja.«

»Und ich schreibe für eine Fachzeitschrift und mache eine Fernsehsendung –«
»Dann esse ich also mit einer Berühmtheit?«
»Das nicht gerade, aber es reicht für die Miete.«
Der Kellner kam mit einer knusprig gebratenen ganzen Ente an ihren Tisch. Diese begann er mit mechanischer Effizienz zu zerteilen, indem er mit zwei Gabeln an ihr rupfte. Ian und Jane fühlten sich unbehaglich. Die Zerteilung hatte etwas Obszönes. Ian entschuldigte sich und ging zur Toilette. Er schloß sich ein und lehnte seinen pochenden Schädel gegen den Handtuchspender.
Er dachte an seine Nemesis, an Den-dessen-Namen-ihr-nicht-nennen-sollt, an den mit großgeschriebenem Artikel und Attribut. War er wieder da? Vielleicht war das die Wahlverwandtschaft, von der er immer gesprochen, die er Ian immer versprochen hatte. Seit langem hatte Ian sich in seinem Hingezogensein zu jemandem nicht mehr so sicher gefühlt. Nicht seit Der Dicke Kontrolleur seine Zigarre zerbrochen hatte, vor all diesen Jahren in Cliff Top. Und auch wenn das nicht von ihm arrangiert ist, dachte Ian, warum sollte ich mich jetzt zurückhalten? Was, wenn es stimmt, was Gyggle sagt – daß er nie wirklich existiert hat? Ich kann so nicht mehr weitermachen, ich halte dieses Gefühl nicht mehr aus. Wenn ich nicht bald die Hände eines anderen Menschen auf meinem Körper spüre, höre ich auf zu existieren. Er empfand das sehr lebhaft, spürte seinen Körper als riesigen, unerforschten, nicht kartographierten Kontinent, der sich an den Randbezirken langsam auflöste.
Am Tisch im Restaurant stellte Jane Carter sich vor, wie es wohl wäre, wenn Ian Whartons Hände sie erforschten, sie an intimen Stellen berührten. Wie wäre das wohl, diesen großen, stämmigen Körper auf sich liegen zu haben? Könnte sie es ertragen? Sie kam zu dem Schluß, daß sie es konnte – gerade so.

Sie tranken zuviel Sake, der schmeckte wie warmer Schweiß. Und nachdem Ian darauf bestanden hatte, die Rechnung zu bezahlen, traten sie hinaus in die schwüle Nacht und gingen in eine Bar. Dort gab es einen riesigen Fernsehapparat, der so plaziert war, daß es aussah, als würden die American-Football-Gladiatoren auf den Köpfen der Stammgäste tanzen.
Sie tranken noch etwas mehr. Wie sie nun gegenseitig über ihre Witze lachten, war pure Zärtlichkeit, wie auch die zahlreichen verstohlenen Blicke, das Entdecken so mancher Gemeinsamkeiten. Es waren zarte Hinweise auf den Abschluß des Abends, jedoch garniert mit einer gewissen Reife, einer Gelassenheit für den Fall, daß es vielleicht doch nicht funktionierte.
Jane konnte nicht so recht sagen, ob sie wollte, daß Ian sie bumste. Ihre Lust war ein diffuses Sehnen, das nach dem Sex aufwallte, nicht in dessen Erwartung. Sie wußte, daß sie Ians Körper, sein Gewicht auf dem ihren, sein Stoßen ertragen konnte, aber was war mit dem Morgen? Sie versteckte ihr Gesicht in ihrem Glas, als sie daran dachte, wie es gewesen war, einen ungewollten Mann in ihrer Wohnung zu haben. Nackte Männer waren morgens wie große weiße Spinnen, zappelnd im grellen Badezimmerlicht am Waschbecken, wo sie sich selber in den emotionalen Abfluß spülten.
»Wo wohnst du?«
»Oben in West Hampstead.«
»Dann laß uns ein Taxi suchen. Ich bring dich heim.«
»Ist das auf dem Weg zu dir?«
»Nicht direkt.«
Auf der Straße überkam sie das Delirium, das Leute empfinden, die kurz vor der vollen Genitalität stehen. Delirös, weil niemand so etwas wissen kann, weil keiner je weiß, was ein anderer denkt. In der Old Compton Street klammerten sie sich aneinander. Ihr Bauch war wie ein Raubtier,

das Fleisch wittert, dachte er zumindest. So animalisch, so direkt. Ein Suffkopf, eine violette offene Wunde in die Stirn gehämmert, eiternd natürlich, bettelte sie an. Ian gab ihm ein Pfund für seine Probleme und dachte: Wenn die nur ein Pfund wert sind, sollte ein Haus in Mayfair für 50 Pence zu haben sein.
Im Taxi fingen sie an zu knutschen. Sie ist mein Whopper-Weib – o BurgerLand! dachte Ian und beherrschte sich dann wieder. Ihre Lippen waren so klebrig und weich, sie verschlossen seinen Mund vor der Luft, sein Hirn vor der Einblasung. An der Kreuzung mit der Euston Road wurden sie, als die Ampel auf Grün sprang, von einem alten Ford Zephyr mit Heckflossen überholt. Zwei Burschen, dunkel wie Zigeuner, johlend und schreiend. Ian bemerkte sie überhaupt nicht.
Im Grunde genommen fand auch Jane das Küssen nicht so unangenehm: Bin ich vielleicht betrunken? Sie war es. Sie bemerkte nicht einmal, daß das Taxi am Lurie Foundation Hospital für Dipsomanie vorbeifuhr. Ian schon. Ging Gyggle da drin noch um? Ian meinte ein Licht zu sehen und stellte sich vor, daß Gyggle – was tat? Einen wissenschaftlichen Artikel lesen? Einen anderen Patienten der Tiefschlaftherapie unterziehen, einen anderen Trottel ins Land der Kinderwitze schicken? Es wäre viel besser gewesen, wenn Jane gesehen hätte, daß sie am Krankenhaus vorbeifuhren, denn dann hätte sie fröhlich gesagt: »Da habe ich mich heute nachmittag als freiwillige Helferin beworben –« Dann hätte sich gezeigt, woher der Wind weht. Besser damals als später.
Das Taxi verließ die Finchley Road am Habitat, kurvte um den großen Block und hielt tuckernd vor Janes Wohnhaus an. Ian bezahlte.
Im kleinen Windfang roch Ian den Kalkgestank von frischem Verputz. Jane schloß zittrig auf und drückte ihr klopfendes Herz an die Gegensprechanlage. Sie spürte, wie

er sich von hinten an sie preßte. Sie gab nach. Sie spürte seinen Penis, der hart gegen ihren Steiß drückte. Seine Hand schob den dicken Köper ihres Kleids hoch, strich ihren Schenkel entlang, verfing sich und zupfte an der dünnen Elastiklippe ihres Slips. Sie seufzte, als sein teigiges Gesicht sich schlabbernd auf ihren Nacken senkte und seine andere Hand von der Taille hoch zum Schutzschild ihrer scheuen Brust fuhr.
Kontrapunktisch öffneten nun seine beiden Hände die schweren Messingknöpfe an der Front ihres Kleids. Er strich über ihren Bauch, die Ansätze ihrer Schenkel, die knisternde Spitze ihres BHs. Sein Gesicht tauchte an ihrer Wange auf; ihre Zungen berührten sich, während sie linkisch versuchten, sie sich gegenseitig von der Seite her in den Mund zu schieben.
Dann hörten sie auf, sich tastend zu erkunden, und nahmen den Höhepunkt in Angriff.
Bevor er sozusagen in die Pedale trat, um sie im Sprint zu nehmen, hielt er inne. Er sah ihr in die Augen und entschuldigte sich im Geiste für die Greuel, die er ihr nun vielleicht zufügen würde. Dann legte er los – in Erwartung des Schlimmsten.
Es gibt kein besseres psychologisches Mittel gegen vorzeitige Ejakulation als die Angst, daß der Penis in der Partnerin abbrechen könnte.
Ein wenig später fickte er sie tatsächlich. Fickte sie, wie Männer es tun, wenn sie jede Empfindung verloren haben, wenn ihre Schwänze so lange frustriert gepocht haben, daß sie auf ihr Gewissen pfeifen und eine Gefechtszone beängstigender Ignoranz schaffen, aus der keine Information nach außen dringt. Als sie schließlich kamen, taten sie es mit dünnlippiger Endgültigkeit, wie eine seit Jahrzehnten ausgenutzte Sekretärin, die eine sinnlose Vorstandssitzung zum Abschluß bringt.
Doch als sie danach im Bett lagen, sie mit dem Gesicht nach

unten, er mit seinem massigen Bein auf ihrem Hintern, dachten sie beide: Das könnte Liebe sein.

STEVE SOUVANIS stand verlegen an der Rezeption des Brown's Hotel. Er wußte, daß er verdächtig und in seinem billigen Anzug ziemlich abgerissen aussah. Er schwitzte in der Hitze, und sein Bauch war unangenehm aufgebläht. Durch die Drehtür sah er die Warnblinkanlage seines Autos aufblitzen. In dieser Gegend war es unmöglich, eine freie Parkuhr zu finden – wenn eine Politesse oder einer dieser bösartigen Radkrallen-Trupps vorbeikam, war er geliefert. Er gab sich Mühe, nicht zu eingeschüchtert, nicht zu gehemmt zu wirken, und studierte verzweifelt einen der Prospekte von Barries', der noblen Männerboutique an der King's Road, die an der Rezeption auslagen.
»Ja?« Der Empfangschef hielt ihn für einen Taxifahrer.
»Ich möchte gerne einen Ihrer Gäste sprechen.«
»Ja?«
»Einen Mr. Northcliffe.«
»Und Sie sind?«
»Mr. Souvanis.«
»Ach ja, Mr. Souvanis, ich habe eine Nachricht von Mr. Northcliffe für Sie. Er ist bei Davidoff's. Wissen Sie, wo das ist?«
»Ja, weiß ich.« Souvanis wandte sich ab und ging zur Tür. Der Empfangschef rief ihm nach: »An der Piccadilly rechts und dann beim Ritz links.« Das war beleidigend, eine bewußte Brüskierung, als wäre Steve ein Hochstapler oder ähnliches.
Er stellte das Auto, einen großen Kombi, in der Tiefgarage auf der Piccadilly-Seite des Berkeley Square ab. Er war so mit sich selbst beschäftigt, daß er die überall gespannten rot-gelben Bänder und die Tafel mit der Aufschrift »Polizeiliche Absperrung. Betreten verboten« überhaupt nicht

bemerkte. Auf ebener Erde walzte er dann schwitzend und schimpfend über den Bürgersteig. Die Sonne schien so hell, daß sie ihn blendete. In der flirrenden Hitze sah die Architektur Londons byzantinisch, uralt aus. Sein Blick wanderte zu den Zinnen und Kuppeln der Gebäude hoch. Beim Ritz bog er ab und entdeckte Davidoff den Zigarrenhändler schräg gegenüber.

Im Laden herrschte über fliederfarbenen Teppichböden summende Kühle. Der Tabakgeruch war so unauffällig wie teures Parfum. Steve Souvanis wußte, daß er schon wieder verdächtig wirkte, ärmlich und schmierig. Der Verkäufer war ein Doppelgänger des Empfangschefs im Brown's.

»Ja?«

»Ist ein Mr. Northcliffe bei Ihnen?«

»Ja, er ist im Humidor-Raum. Darf ich erfahren, wer ihn zu sprechen wünscht?« Souvanis sagte es dem Verkäufer, und der schwebte davon.

»Wer ihn zu sprechen wünscht, wer ihn zu sprechen wünscht« – Souvanis konnte es kaum glauben. »O Gott. Wie lächerlich. Als ob er hier wohnen würde, als ob er den Humidor-Raum gemietet hätte –«

»Sir?«

»J-ja?«

»Hier entlang bitte.« Der Verkäufer führte ihn zu einem großen, verglasten Abteil in einer Ecke des Ladens. »Bitte entschuldigen Sie die Förmlichkeit«, sagte er. »Mr. Northcliffe hat den Humidor-Raum für den Tag gemietet und legt größten Wert darauf, ungestört zu sein.«

Die Glastür ging auf, und ein üppig tropischer Hauch stark vegetativen Tabakgeruchs wehte heraus. Der Dicke Kontrolleur saß in einem ausladenden Sessel, einer Empire-Reproduktion. Er war umgeben von Zigarren und Stumpen, Regal um Regal offener Kisten. Zigarren in allen Formen und Größen, von den Automatik-Magazinen kleinkalibriger brasilianischer Zigarillos über die Patronen-

gurte honduranischer Panatellas bis hin zu den Großen, den Bazookas und Boden-Luft-Raketen der kubanischen Koronas, jede in ihrem eigenen Aluminium-Werfer.
In der Hand hatte Der Dicke Kontrolleur eine Upman Nummer eins von der Größe eines Babyarms. Er war formell gekleidet, wie ein altmodischer britischer Beamter, in schwarzweißgestreifter Hose und einem schwarzen Gehrock. Der Windsor-Kragen ließ seinen enormen Kopf mehr denn je wie einen zum Abstoß plazierten Fußball erscheinen. Auf dem Stuhl neben ihm lag ein Zylinder.
»Sind Sie das, Souvanis? Kommen Sie rein, Mann. Bleiben Sie nicht in der Tür stehen, da entweicht ja das ganze Aroma.« Die Tür wurde geschlossen, und sie waren allein, in beklemmend feuchter Enge. Der Dicke Kontrolleur packte sofort eine Falte von Souvanis Bauchspeck, flink und geschickt, wie ein Spieler eine Pokerkarte aufnimmt. »Wir werden ein bißchen fett, was?« schnarrte er. »Sie haben gehört, daß ich zu Ihnen gesprochen habe?«
»Au! Ja.«
»Gut. Durch Ihr Fett zu Ihnen sprechen – wie sich's gehört. Großartig, großartig. Und, haben Sie das Angebot für den D.F. & L.-Auftrag gemacht?«
»Ja, habe ich. Bitte lassen Sie mich los.«
Der Dicke Kontrolleur gab ihn frei und widmete sich wieder seiner Zigarre. »Groß, nicht?« sagte er schließlich.
»Ja, sie ist ziemlich – hören Sie, Sir, worum geht es eigentlich?«
»Nennen Sie mich nicht ›Sir‹, Souvanis, Sie sind jetzt nicht in der Schule. Sie können mich ›Meister‹ nennen, wenn Sie das glücklich macht.«
Er legte die Upman wieder in die Kiste und zog ein kleines Päckchen mit Toscanellis aus der Uhrtasche seiner Weste. Er steckte eine in den Mund. Sie wirkte winzig in der glatten Weite seines Gesichts, dünn wie ein Zahnstocher.
»Feuer, Sidney«, sagte Der Dicke Kontrolleur.

»Aber Meister«, sagte Souvanis, ohne so recht zu wissen, warum er sich das traute, »ich dachte, Connaisseurs zünden sich ihre Zigarren immer selber an.«
»Hrmmpf! Nun, ich vermute, strenggenommen stimmt das. Aber es ist ein Fehler anzunehmen, daß sinnliche Erlebnisse nur dem Genuß dienen; sie können viel weitere Bedeutung haben, ja sogar von politischer Relevanz sein. In unserem Fall zünden Sie mir nicht einfach nur meine Zigarre an, Sie huldigen mir. Und jetzt tun Sie es, geben Sie mir Feuer!« Souvanis gehorchte. Der Dicke Kontrolleur inhalierte tief und blies dann den Rauch wie eine Sperrfeuersalve in den Raum. Er sah zu, wie er die diskret über den Zigarrenregalen angebrachten Leuchtstoffröhren umwölkte. Musterte ihn kritisch, verzückt, wie tief in einer ästhetischen Betrachtung versunken.
»Ich werde Ihnen sagen, worum es geht, Souvanis«, fuhr er dann fort. »Es geht um die Seele eines Mannes, um sein moralisches Vermögen, seine ihm innewohnende Vernunft, seine Intuition, seine Sensibilität und seine Selbstachtung. In Kürze, es geht um das Schicksal dieses Mannes.«
»Oh, ich verstehe.«
»Nein, Sie verstehen nicht, Souvanis, das werden Sie nie. Zwanzig Jahre lang habe ich diesen Mann nun kultiviert, ihn gestutzt und geformt, ihn einem metaphysischen Beschnitt unterworfen. Jetzt ist es Zeit, Bestandsaufnahme zu machen, alles unter Dach und Fach zu bringen.«
»Und was hat D.F. & L. damit zu tun? Was ist mit diesem ›Schmacko‹ und diesen Stehboxen –?«
»Dummkopf. Sie wissen doch, daß ich Dummköpfe nicht ertragen kann. Es steht Ihnen nicht zu, über meine Methoden zu spekulieren, meine Spielchen, meine Masken und Kniffe und Marotten. Sie sind nichts als ein Faktotum, ein fetter kleiner Kater.«
»Ja, Meister.«

»Ich brauche Sie, Souvanis, als meinen Handlanger, meinen Adjutanten. Also sagen Sie Ihrem Schwager Bescheid, daß er Dyeline übernehmen soll. Ich werde sie ein paar Tage lang benötigen. Und jetzt« – er stand auf –, »ich habe einen Tisch im Gay Hussar bestellt – wir wollen essen.«
Eigentlich hatte Souvanis wenig Lust, im Gay Hussar zu essen. Allein schon der Gedanke an all den Paprika machte ihm Magenbeschwerden. Er dachte an eine Ausrede etwa der Art: Also, ich habe keinen großen Hunger. Wenn Sie nichts dagegen haben, besorge ich mir irgendwo ein Käsesandwich und treffe Sie dann später wieder – doch als er sah, wie Der Dicke Kontrolleur den schwarzen Fangzahn seiner Zigarre bleckte, überlegte Souvanis es sich anders.

ALS IAN AM ENDE DIESER WOCHE zu seiner nächsten Tiefschlaftherapiesitzung kam, fand Dr. Gyggle ihn sehr verändert. Der Marketingmann hatte ein saloppes Grinsen auf dem Gesicht und räkelte sich sinnlich auf der Untersuchungspritsche in der kleinen Kabine, als Gyggle mit der Spritze in der Hand durch den Vorhang trat.
»Ich muß sagen, Ian, Sie sehen sehr entspannt aus.«
»Bin ich auch.«
»Keine Angst vor der Tiefschlaftherapie? Vor einer Rückkehr ins Land der Kinderwitze?«
»Nein.«
»Soso. Und warum nicht?« Gyggle stützte die Achse seines Beckens auf die Liege und sah zu Ian hinab.
»Weil ich nicht glaube, daß ich dahin zurückkehren werde. Ich glaube, ich bin übern Berg. Wissen Sie« – er errötete –, »ich habe dieses Mädchen kennengelernt – diese Frau – und, na ja, also wir haben uns geliebt. Und es ist nichts passiert. Er ist nicht abgebrochen.«
»Ich verstehe«, sagte der Seelenklempner, und ein Grinsen troff aus seinem Bart. »Das ist sehr interessant. Aber zur

vollen Genitalität gehört viel mehr, Ian, als nur eine scheinbar erfolgreiche Nummer. Das sehen Sie doch ein, nicht?«
»Ja, natürlich, drum bin ich ja hier. Ich habe jetzt etwas, wofür es sich zu leben lohnt, etwas anderes als Produkte. Ich will hundertprozentig in Ordnung sein –«
»Befreit von all den Butzemännern?«
»Genau«, erwiderte Ian und grinste über Gyggles Wortwahl.
»Gut. Dann gebe ich Ihnen jetzt die Beruhigungsspritze.«
Es gibt viele verschiedene Arten des Drogenkonsums, viele beschwipste Variationen des Grundthemas der Berauschung. Wer wird bezweifeln, daß ein Vikar, der im Pfarrgarten einen Gin Tonic süffelt, Lichtjahre entfernt ist von dem großstädtischen Crack-Junkie, der sein Fleisch mit flammendem Azeton versengt? Oder daß Welten liegen zwischen den psychotropen Trancen der Schamanen des Sibundoy Valley und dem monoxyd-induzierten Gebrabbel jener, die sich der Marlboro-Herausforderung stellen? Doch ungeachtet dessen ist festzustellen, daß Der Dicke Kontrolleur Drogen auf die einzig relevante Art benutzte: um zu manipulieren und zu verformen, um zu hemmen und zu verkrüppeln, um zu dirigieren und zu kontrollieren. In London hatte er so eine Drogengeschichte laufen. Sie war ihm nützlich, und die Beteiligten waren Richard Whittle, Käfer-Billy und all die anderen hoffnungslosen Gestalten, die in Gyggles Klinik herumlungerten. Es waren aufsässige Mitspieler, kein Wunder. Aber das war kein Problem, denn er hatte einen seiner zuverlässigsten Mitbrüder vor Ort.
Während Ian auf der Pritsche lag und spürte, wie Gyggles Schlummertrunk durch seine Adern strömte, kamen Richard Whittle und Käfer-Billy am King's Cross aus der U-Bahn. Sie fanden sich mitten auf einem weiten, gepflasterten Platz wieder, der sich vom Bahnhof zur Euston Road erstreckte. Er war voller Menschen, Zeitungsverkäu-

fer, Pendler, Kunststudenten, Immigranten, Flüchtlinge, Friedensrichter, Anwaltsgehilfen, Diätetiker, Cricketfans, Schadenssachverständige, Köche und Junkies. Junkies einzeln und in Gruppen, Junkies, die forschen Schritts ernsten Geschäften nachgingen, und Junkies, die nur herumhingen und gemächlich schlendernd sich den Anschein gaben, als wären sie ganz entspannt und an ihrer Umgebung interessiert wie ideale Touristen.
Nach kaum zwanzig Metern wurden Richard und Käfer-Billy von einem kleinen Italiener mit einer Messernarbe auf der Wange und einer englischen Tussi am Arm angesprochen.
»Braucht ihr was?« fragte der Italiener aus dem Mundwinkel heraus. Er hatte dasselbe Talent wie alle Straßendealer auf der ganzen Welt, die Fähigkeit nämlich, seine Stimme aus einiger Entfernung in das Ohr eines Junkies zu projizieren und gleichzeitig für die Allgemeinheit unhörbar zu bleiben. Richard sah Käfer-Billy an – wenigstens in einem Punkt war der einfältige Automechaniker schlau. Seine entzündeten Augen sahen Richard an und trübten sich noch ein wenig mehr.
»Nee«, sagte Richard.
»Wass'n los?« schrie die Tussi ihnen nach. »Is doch guter Stoff un alles.« Aber sie waren bereits zu weit weg.
Sie schlenderten auf die Straßenecke zu. Die Pentonville Road stieg wie ein Schanzentisch vor ihnen in die Höhe, auf den Angel zu. Auf der anderen Straßenseite vor dem Wettbüro tummelte sich das Potpourri des Straßenlebens. Die Junkies hielten sich von den Pennern entfernt. Die Penner hatten keinen Stolz. Sie bauten sich Hütten aus Milchflaschenkästen, direkt auf dem Bürgersteig. Und dann krochen sie hinein und bepißten sich. Nein, diese Penner hatten keinen Stolz. Die Junkies dagegen waren eine feine, aufrechte Truppe. Da standen sie alle, in leicht schwankender Reihe, die Köpfe unmerklich schiefgelegt,

um den Stoff-Botschaften aus dem heißen Äther zu lauschen. Ein Penner fällt sofort auf, aber ein Junkie gehört zur Zivilabteilung der Ausschweifung. Angehörige dieser Elitetruppe sind geschult, einander nur durch Blickkontakt zu erkennen.

Käfer-Billy zeigte auf eine Gestalt in der Reihe. »Da is Lena, die checkt für einen der Schwarzen aus dem East End. Probieren wir's bei der mal.«

»Braucht ihr was?« fragte das zierliche schwarze Mädchen.

»Yo, wass'n los, Mädel. Kennst mich nich mehr oder was? Ich bin's, Käfer-Billy.« Das Mädchen seufzte. »Leroy in der Gegend, Kleine?«

Aus dem Nichts – so erschien es zumindest Richard – tauchte ein makellos gekleideter, pechschwarzer junger Mann auf. Ohne etwas zu sagen, nur durch leichtes Nikken und Rucken seines plan geschorenen Kopfes dirigierte er sie über die Straße und auf die Midland City Line Station zu. Hinter dem Scala Cinema bogen sie rechts ab, überquerten die Gray's Inn Road und verschwanden in einer Seitenstraße.

Der pechschwarze Mann fing an zu reden. »Erst ma abtauchen«, sagte er. »Isse Menge Trabbl aufem Pflaster, mussich nich haben. Nein, Mann, nich mit mir, nein, Sir.« Er drehte sich um und sah Richard durchdringend an. »Ich bin Leroy, Mann, ich bin Leroy, Le-roy. Merk dir den Namen, Mann, weil ich bin der echte Le-roy, Mann – scheiß aufn Ersatz, Mann – weil andre kopieren, aba ich, ich pa-ten-tiere. Is mein Revier hier.«

»Yo, Mann! Top, Mann!« rief Käfer-Billy. Sie blieben stehen und klatschten ab.

»Also, was wollt ihr, Jungs?« Leroy schaltete übergangslos von Rap zu Cockney. Sie schlenderten durch eine kleine Siedlung vierstöckiger Backsteinhäuser. Leroy zog sie in eine Nische, in der sich große dreirädrige Abfallcontainer drängten.

»Wir wollen nur 'n Briefchen, danke, Leroy«, erwiderte Richard.

»He, ich mag dich, Mann. Du erinnerst dich an meinen Namen, Mann, das zeigt Respekt, weißte, du kommst mir nich blöd.« Während er redete, tauchte eine kleine weiße Perle oder Blase aus Plastik zwischen zwei der Goldringe an seiner Hand auf. »Hier«, sagte Leroy und hielt sie ihnen hin. »Drum geh ich gern auf Tauchstation. Damit meine Kunden sehn, was sie bekommen, wennawißtwasichmeine.«

»So seh ich gar nichts, Leroy«, sagte Richard. »Ich brauch ja 'ne halbe Stunde, um die Verpackung abzumachen. Warum könnt ihr Jungs euer Zeug nicht mehr innen gutes altmodisches Papierbriefchen stecken?«

»He! Du weißt doch, warum, Mann. Außerdem kaufst du das Zeug ja nicht wegen der Verpackung, oder?«

»Nein, das nicht, aber jedes Produkt hat seine eigene Verpackung, und man könnt sogar sagen, daß sie die Verkäuflichkeit beeinflußt – und für den Kunden vielleicht sogar einen Wertzuwachs bedeutet.«

Der Dealer schwieg einen Augenblick, offensichtlich hatte Richards Bemerkung zu den Mechanismen seines Marketings Eindruck auf ihn gemacht. Es herrschte Stille in der Müllnische, bis auf das leise Klick-klick von Leroys Fingern, die gegeneinander rieben, und dem entfernten Knirschen des Verkehrs.

»Ich weiß, was du meinst, Bruder«, sagte Leroy schließlich. »Aber 'ne Portion Stoff is ja eigentlich kein richtiges Produkt. Ich meine, nich wie Vanillesoße oder 'n Painstyler, es is kein echtes, erzeugtes Produkt. Es ist nur – na ja – ›Stoff‹ eben, nich?«

»Ja«, bemerkte nun Käfer-Billy. »Es is wie so 'n Generi-Dings, nich?«

»Ein Generikum?« fragte Richard.

»Ja, wie 'n Hoover. Am Anfang war 'n Hoover nur 'n

Produkt. Aber jetzt heißt alles Hoover, was so is wie 'n Hoover.«

»Verstehe. Verstehe, was du meinst«, entgegnete Richard nachdenklich. Leroy scharrte ungeduldig mit seinen Slippern, seine teuer gewandeten Schultern rieben »schk-schk« an der Backsteinwand. »Aber Billy, der Hoover wurde als individuelles Produkt geschaffen, und erst wegen seiner universellen Verfügbarkeit wurde ein Gattungsbegriff daraus. Doch dieses Zeug da« – er zeigte auf die Heroinperle zwischen Leroys Fingern – »hat einen richtigen Namen, nur gibt es auch unzählige Slang-Ausdrücke dafür, die es weder als Produkt noch als Generikum definieren –«

»Natürlich is das ein Produkt«, unterbrach ihn Leroy. »Also, Leute! Jemand baut's an, klar? Jemand verarbeitet es, klar? Jemand importiert es sogar, klar? Ich weiß verdammt genau, daß es 'nen Großhändler dafür gibt, klar? Und jetzt sag ich euch, Leute« – er hielt inne und wedelte mit der Hand in dem Leerraum zwischen ihnen dreien –, »daß ich hier der Einzelhändler für dieses spezielle Produkt bin. Also, wenn ihr's wollt – bezahlt es, wenn nicht – dann sagt Bescheid, Mann, weil ich muß nämlich wieder vor in meinen Laden.«

Richard und Käfer-Billy wühlten in ihren Jeanstaschen und zogen Geldscheine wie gebrauchte Taschentücher heraus, zusammen mit ein paar Pfundmünzen und anderem Kleingeld. Leroy stand da und musterte sie mit vernichtenden Blicken, während sie das Pulver für das Pulver zusammenkratzten. Sie gaben ihm das Geld – er gab ihnen den Schnee. Dann verschwand er, verpuffte so schnell, wie er aufgetaucht war, in die dicke, gärende Luft. Weiter oben in dem Hinterhof wurde ein vierjähriges Kind aus einer Wohnung geworfen und fing an zu schreien.

Etwas später lag Richard wieder auf seinem Totenbett und starrte hinaus auf die Heath, wo kreischend Schulkinder spielten. Er legte die 2-ml-Spritze auf den Pappkarton, der ihm als Nachtkästchen diente, und ließ sich zurücksinken, während sein Hirn sich an sich selbst kuschelte. Er war so zugedröhnt, daß er nichts merkte von seiner Rolle als Schrittmacher, als psychischer Kundschafter, der Ian Wharton vorauseilte, zurück ins Land der Kinderwitze.

9 DER GELDKRITIKER

Das Geld ist das Medium der Transaktion, das Ritual das Medium für Erfahrung, wozu auch die soziale Erfahrung gehört. Das Geld ist ein standardisiertes Maß, um Wert zu messen; das Ritual standardisiert Situationen und macht dadurch ihre Beurteilung möglich. Geld schafft eine Verbindung zwischen der Gegenwart und der Zukunft; das Ritual tut das gleiche. Je länger wir über die Ergiebigkeit der Metapher nachdenken, desto offenkundiger wird es, daß wir es überhaupt nicht mit einer Metapher zu tun haben. Geld ist nur eine extreme und spezialisierte Form des Rituals.   MARY DOUGLAS,
Reinheit und Gefährdung

TRAUMLOSER SCHLAF. Nicht einmal das Gefühl, geschlafen zu haben. Schlaf einfach als Lücke, als Abwesenheit. Schlaf, so leer und so schwarz, daß er den Kreis der achttausend Augenblicke, die das Wachsein ausmachen, zerstört. Hume verglich das Bewußtsein mit der Trägheit; es wird von einem Augenblick in den nächsten übertragen, wie Kraft sich von einer Billardkugel zur nächsten fortpflanzt. Im vorliegenden Fall hatte eine weiß behandschuhte Hand von mehr als durchschnittlicher Größe sich über den Tisch gesenkt und die pinkfarbene Kugel ergriffen.
Ian wachte auf und wußte dies, bevor er die Augen öffnete. Dann öffnete er sie und fand sich im Land der Kinderwitze wieder. Pinky stand wie ein mutierter Bonnard in dem flieder- und zitronenfarbenen Licht, das durch das hohe, rolladenlose Schiebefenster hereinfiel. Er schleckte ein pastellgrünes Brausestäbchen, das er sich mit Daumen und Zeigefinger zwischen die gespitzten Lippen schob und dann langsam wieder herauszog. Wo sein Speichel das Stäbchen benetzt hatte, verfärbte es sich dunkelgrün. Pinky schleckte sehr konzentriert, aber offensichtlich schmeckte es ihm nicht. Es war eine Arbeit für ihn, die er mit Sorgfalt und Hingabe erledigte; dennoch hatte er bemerkt, daß Ian aufwachte.

»Bist du wieder da, mein Lieber?« fragte der splitternackte Mann, drehte sich um und präsentierte Ian seinen Stummelschwanz und den Tatarenhut weißen Schamhaars.
Ian schwieg. Sein letzter Besuch im Land der Kinderwitze war schrecklich gewesen. Um nicht wieder in dieses Trugbild hineingezogen zu werden – das stellte er sich zumindest vor –, durfte er auf keinen Fall zeigen, daß er im Vollbesitz seiner Sinne und seiner Stimme war. Das war beim letzten Mal sein Verhängnis gewesen, und er beschloß deshalb, stumm zu bleiben.
Aber dann bewegte sich etwas in der Ecke des Zimmers. Es war zu dunkel dort, als daß er Farbe oder Form hätte erkennen können, aber etwas hatte sich abrupt bewegt.
»Was ist das?« rief Ian unwillkürlich und stützte sich auf die Ellbogen. Es war zu spät. Obwohl dieses Etwas sich nicht mehr bewegte, fand er sich nun mittendrin, im Zentrum dieses schrecklichen Landes.
»Ich sehe, du bist wieder unter uns, mein Lieber, und deine Sprache hast du auch wiedergefunden.« Pinky war freundlich, wenn auch etwas distanziert. Er drehte sich zum Fenster und leckte weiter an seinem Brausestäbchen. Ian sah sich im Zimmer um.
Es war verändert. Zwar war es erkennbar das Zimmer, in dem Pinky und der dünne Mann ihn beim letzten Mal empfangen hatten – die hohen Schiebefenster waren da und auch der feucht-pilzige Geruch. Auch das Bett war dasselbe – riesig und mit geschwungenen schnabelförmigen Enden an Kopf und Fuß. Es stand sogar in derselben Position, in rechtem Winkel zum Fenster. Aber alles andere war verändert.
Die Pilze waren verschwunden. Die Mohrenköpfchen, die in Hexenringen auf dem feuchten Teppich gestanden hatten, waren weggefegt worden. Die riesigen Knollenblätter- und Fliegenpilze, die als Stühle und Tische gedient hatten, waren ausgerissen und entfernt worden. Die gigantischen

Bofisten mit bis zu zwei Metern Durchmesser, an die Ian sich erinnerte, waren aus den Ecken des Zimmers gerollt und fortgeschafft worden. Und als Ian genauer hinschaute, sah er, daß es eigentlich gar keine Ecken mehr gab. Er hatte den Eindruck, als sei das Zimmer jetzt nurmehr eine Raumeinheit innerhalb einer viel größeren Struktur, einer Scheune oder eines riesigen Lagerhauses. Verwaschene Grau- und vertrocknet schmutzige Brauntöne waren die dominierenden Farben. In der Luft hing der scharfe Geruch von Oktan, und auf dem Teppich lagen Häufchen formlosen Abfalls verstreut.
»Was ist das hier?« fragte Ian laut. »Und warum bin ich hier?«
Pinky wandte sich von Fenster ab, kam zu ihm und setzte sich aufs Bett. Er schleckte noch immer sein Brausestäbchen. Auf seinem Gesicht hatte das Pulver grünliche Flecken hinterlassen, so daß er aussah, als sei er Opfer eines Angriffs mit einer neuen und tückischen chemischen Waffe geworden. Er betrachtete Ian mit offener, aber prüfender Miene, etwa so wie der Filialleiter einer Provinzbank. »Ich kann nicht sagen, warum du hier bist.« Er sprach sanft. »Das ist etwas, das nicht zu sagen ist. Und worüber wir nicht sprechen können, darüber müssen wir schweigen.«
»Wittgenstein«, sagte Ian – es war eins der wenigen Zitate, die er kannte.
Pinky bekam einen Wutanfall. »Nein! Nicht von ihm! Diese gottverdammte kleine Schwuchtel!« Er zitterte vor Zorn, seine üppigen Brüste schwabbelten. »Er hat alles geklaut, absolut alles. Meine besten Formulierungen, meine besten Bonmots!« Er war wie ein Kind, das plötzlich einen Koller kriegt, einen Koller, der so schnell verfliegt, wie er gekommen ist.
»Tut mir leid«, sagte Ian. »Ich wußte ja nicht, daß es deine Formulierung ist.«

»Nein, nein, es ist mein Fehler, ich habe überreagiert. Tut mir leid, aber mit dem Wurm läuft's im Augenblick überhaupt nicht gut, und du weißt ja, wie wenig Mitgefühl ich von *ihm* kriege.«
Ian sah sich schnell um, denn Pinky hatte »ihm« so stark betont, daß er erwartete, der dünne Mann würde stöckchenschwingend und mit seinem mantrischen »*Cha-cha-cha*!« auf den Lippen hereinplatzen, aber von ihm war nichts zu sehen. »Was ist denn los mit dem Wurm?« fragte Ian. Anstelle einer Antwort öffnete Pinky weit den Mund und bedeutete Ian, hineinzusehen. Er beugte sich vor. In der rotgerippten Höhlung von Pinkys Schlund erhaschte er einen Blick auf ein Etwas mit einem fremdartigen Kopf. Es war weiß und schien schüchtern zu warten. »Ist er das – ist das der Wurm?«
»O ja«, sagte Pinky. »Von Schokolade will er nichts mehr wissen, und er hat auch keine Lust mehr, aus meinem Hintern herauszukommen. Jetzt muß es mein Mund sein, und Brausepulver ist seine Lieblingsspeise. Ich kann dir gar nicht sagen, wie sehr ich diese Stäbchen hasse, mir wird ganz furchtbar schlecht davon.«
»Wie heißt du?« fragte Ian, um das Thema zu wechseln.
»Pinky«, sagte Pinky.
»Ich hab's gewußt«, sagte Ian und dann: »Was ist das hier?«
»Das«, sagte Pinky, stand auf und drehte sich mit ausgestreckten Armen im Kreis, »ist das Land der Kinderwitze.« Sein Hottentottenhintern hing an ihm wie ein Sack. »Und dein Gastgeber für den Abend ist –« Das Ding in der Ecke, das sich zuvor bewegt hatte, rührte sich wieder. »Der einzige Mann im Land der Kinderwitze mit einem Spaten im Kopf. Ja, Ian, mit einem richtigen Spaten im Kopf. Bitte eine dicken Applaus für – Doug!«
Ohne recht zu wissen, warum, applaudierte Ian. Seine kalten Hände klatschen aneinander, und Sekundenbruchteile

später warfen metallene Wände das Echo mit einem Stimmgabeljaulen zurück. Das Ding in der Ecke rührte sich wieder, formte sich, nahm Gestalt und Farbe an und wuchs schließlich zu einem Mann. Der Mann trat vor – er war in der Mitte mittleren Alters und konventionell gekleidet in einem abgetragenen, aber noch brauchbaren einreihigen Nadelstreifenanzug. Er war größer als der Durchschnitt und schlank, seine rötlich-blonden Haare waren zu einem Mecki gestutzt, die Gesichtszüge feingeschnitten und wohlproportioniert, und sein Ausdruck wirkte freundlich. Ian faßte sofort Zutrauen zu ihm.
»Ich bin Doug«, sagte der Mann, der noch immer im Schatten stand. »Ich möchte gern Ihr Führer durch das Land der Kinderwitze sein, wenn Sie nichts dagegen haben.«
»Äh, hm, natürlich – klar.« Ian tat sich schwer, die richtigen Worte zu finden.
»Gut, gut, aber bevor wir aufbrechen, muß ich – wie soll ich es sagen, lassen Sie mich nachdenken –« Ein lange Pause entstand, Doug war offensichtlich keiner, der etwas überstürzte. Ian fühlte sich schon allein durch seine Gegenwart entspannt, ganz anders als bei Pinky. So entspannt, daß er gar nicht überrascht war, als er sich umschaute und merkte, daß Pinky samt seinem Brausestäbchen verschwunden war.
»Ich muß Sie mit meinem Zustand vertraut machen«, sagte Doug schließlich.
»Was genau meinst du damit?« Ian war verwirrt. Doug wich ein Stückchen weiter in den Schatten zurück, und Ian konnte nur erkennen, daß eine Hand in die Höhe wanderte und in den rötlich blonden Haaren wühlte.
»Sie haben gehört, was mein Kollege gesagt hat?«
»Ach, du meinst das mit dem Spaten in deinem Kopf?«
»Genau. Es sieht nicht sehr hübsch aus, aber er ist nun einmal da, und wir müssen uns damit abfinden. Es ist nur so, daß der erste Anblick ein bißchen befremdlich sein kann.«

Mit diesen Worten trat er ins helle Licht, das durch die hohen Schiebefenster hereinströmte.

Er hatte tatsächlich einen Spaten im Kopf, einen großen Gartenspaten. Es war die Art mit lackiertem hellem Holzstiel, zweifarbigem Metallblatt und galvanisiertem Gummigriff. Das war der Teil, der am weitesten vom Boden entfernt war, denn das Ding war Doug offensichtlich vertikal von oben in den Schädel gerammt worden, als hätte sich ein sadistischer Gärtner auf seine Schultern gestellt und zu graben angefangen. Das Spatenblatt ragte im rechten Winkel zu Dougs Stirn aus dem Kopf, so daß es aussah wie ein surrealer Hahnenkamm oder ein Scheitelungsinstrument. Die Eintrittsstelle war eingefaßt von einem Wulst fauligen Fleisches, schwärend und lila verfärbt und bedeckt mit verfilzten Haaren und einer Substanz, die wohl Hirn war.

Ian würgte, rollte sich auf die Seite und erbrach sich über den Rand des breiten Betts auf den Teppich.

»Tut mir leid«, sagte Doug, der nun ans Fußende des Betts getreten war und mit seiner Uhrkette spielte, »aber ich kann kaum etwas tun, um die Wucht dieses ersten Eindruck zu lindern. Es bringt nichts, die Leute zu warnen oder ihnen zu erklären, was sie gleich sehen werden.«

Ian konnte ihn nicht ansehen, so starrte er statt dessen auf den Teppich und sagte: »›Wucht‹ ist das richtige Wort.«

»Ganz recht«, erwiderte Doug. Und plötzlich merkte Ian, daß er den Mann mit dem Spaten im Kopf ansehen konnte, daß es ihm kaum noch etwas ausmachte.

»Geht's Ihnen schon ein bißchen besser?« fragte Doug besorgt. Er hatte den Charme der guten alten Zeit, der Ian an einen britischen Staatsbediensteten vor dem Krieg denken ließ. Sein Gesichtsausdruck setzte sich zusammen aus Besorgnis, Rechtschaffenheit und Pflichtbewußtsein, mehr oder weniger zu gleichen Teilen. Auch die wächserne Patina seiner abstehenden Ohren hatte etwas Rührendes.

»Sie haben völlig recht mit dem, was Sie über meine Ver-

wendung des Wortes ›Wucht‹ gesagt haben. Ich hoffe, ich darf offen mit Ihnen sprechen, denn wissen Sie, Mr. Wharton, ohne eine gewisse Offenheit macht eine Unterhaltung keinen Sinn. Nun, meiner Ansicht nach ist dieses Bild« – er deutete auf das in seinem Schädel steckende Werkzeug – »beinahe grundlegend für das Verständnis der modernen Welt. Metall in Fleisch – die Wucht der Wirkung von Metall auf Fleisch. Ist denn das nicht der wahre Kern des ganzen Fortschritts – ein Spaten im Kopf? Ich muß nur über die Welt nachdenken, und schon spüre ich, wie sie so stählern und unerbittlich in mich eindringt, wie dieser Spaten meinen Schädel spaltet. Können Sie mir folgen?«
»Aber ja«, sagte Ian. »Ich glaube schon.«
»Es tut mir schrecklich leid, daß ich mich hierüber so auslasse, Sie müssen mich für einen furchtbaren Langweiler halten, aber ich bekomme so selten die Gelegenheit, mit jemandem zu sprechen.«
»Was ist mit Pinky?« fragte Ian, den allmählich ein Gefühl von *déjà entendu* beschlich.
»Ach, mein lieber Junge, der ist viel zu sehr mit seinen eigenen Problemen beschäftigt, um Zeit für meine zu haben. Irgendwie ist das hier allgemein so. Aber kommen Sie, stehen Sie auf, und ich führe Sie ein bißchen herum – das würde Ihnen doch gefallen, nicht?«
Doug gab Ian seine glatte Hand und half ihm beim Aufstehen. Das Zurückschlagen der Decke, das Herausschwingen der Beine und das Aufstehen, all diese Handlungen brachten Ian noch tiefer in die Realität des Lands der Kinderwitze. Er fand sich aufrecht und voll angezogen neben einem Mann mit einem Spaten im Kopf in dem Lichtfächer stehend, der durch die Fenster auf den unebenen Boden fiel. Doug hielt ihn noch immer bei der Hand und führte ihn in die Dunkelheit.
Doug ließ seine Hand nicht los. Er zog ihn sanft, aber entschlossen in das dämmrige Hinterland der Scheune oder

was es auch war. Irgendwo in der Entfernung hörte Ian schwache Geräusche, die Schreie hätten sein können, aber von zu weit weg kamen, um identifizierbar zu sein.
»Ich sollte Sie warnen«, schleuderte Doug über die Schulter, »wir werden einiges sehen, das vielleicht etwas befremdlich auf Sie wirkt.« Ian grinste vor sich hin, allmählich begriff er, wo's langging im Land der Kinderwitze.
In diesem Augenblick kam ein Kreischen aus einer dunklen Ecke etwa zwanzig Meter rechts von ihnen. Ian erschrak.
»Was ist das?«
»Wahrscheinlich der erste von denen, kommen Sie, wir sollten besser nachsehen.« Der Mann mit dem Spaten im Kopf zog eine Stablampe aus der Tasche und ging, mit dem bleistiftdünnen Strahl vor sich her leuchtend, durch den Verhau auf dem Boden voran.
Sie umrundeten einen niedrigen Wall, der, soweit Ian das erkennen konnte, aus öltriefenden und mit Sägemehl bestäubten Metallspänen und -bohrabfällen bestand. Dahinter war ein blutiges Baby. Dougs Lampe umgab den Kopf des Babys mit einer schwachen Aureole. Es war etwa neun Monate alt, trug einen Frottee-Strampelanzug und saß fest und sicher auf seinem windelbreiten Hintern. Sein Kinn, die Hände, der Strampelanzug und sogar der holprige Boden waren blutverschmiert. Etwas funkelte in der zarten rosa Faust des Babys, etwas Glänzendes, das auf sein gespitztes Mündchen zuwanderte.
»O Gott!« rief Ian. »Das Baby hat eine Rasierklinge!« Doch er merkte sofort, wie dumm dieser Aufschrei gewesen war, denn um das Baby herum lagen zehn oder fünfzehn weitere Klingen, alle in seiner Reichweite. Sie mußten zusehen, wie das Baby die Klinge an den Mund hob, ihn öffnete und die Klinge senkrecht hineinschob. Fröhlich blinzelte das Baby mit seinen blauen Augen Ian zu und biß auf die Klinge, die sofort oben und unten Lippen und Zahnfleisch zerschnitt. Ian sah durch Schichten von Fleisch und

Gewebe bis zum Knochen; er schrie schwach auf, und Doug drückte seine Hand, als wollte er ihn beruhigen. Das hervorquellende Blut malte dem Baby ein rotes Lätzchen, aber es saß weiter aufrecht da und brabbelte sogar vergnügt vor sich hin.
»Was ist rot«, fragte Doug, »und sitzt in der Ecke?«
Über ihnen war eine Art Morgendämmerung angebrochen. In der Kuppel der hohen Decke konnte Ian die Rhabarberstangen der Stützstreben erkennen, die aus einer Kuchenkruste aus Beton herauswuchsen. »Kommen Sie.« Doug zog an seiner Hand. »Da ist noch jemand, der Sie kennenlernen möchte.«
Stundenlang, so hatte es zumindest den Anschein, wanderten sie durch den hallenden Raum, manchmal über weite Betonflächen, manchmal geduckt durch gewundene Gänge, die mit Spanplatten oder Resopal verkleidet waren. Überall gab es Spuren untergegangener Industrie. Bolzen, Träger, Winkeleisen und andere, nicht zu identifizierende Metallteile lagen auf dem Boden, einem Boden, der sich von Beton zu gestampfter Erde wandelte und manchmal zur Gänze unter einem halben Meter Wasser verschwand.
Das Land der Kinderwitze steckte in der knochigen Umarmung des Winters. Das endlose Gebäude hat wohl zentrale Nichtheizung, dachte Ian mißmutig. Außerdem war das Gehen Hand in Hand mit Doug ziemlich beschwerlich, denn er mußte sich häufig mit äußerster Vorsicht bewegen, um mit dem Spaten in seinem Kopf nicht irgendwo anzustoßen. Schließlich kamen sie zu einem Gang, der anders war als alle anderen. Dieser war gefliest. Es war, das erkannte Ian, während sie durch ein in den schlüpfrigen Boden eingelassenes Fußbad platschten, ein Gang, wie er von den Umkleidekabinen zum Becken eines öffentlichen Schwimmbads führt.
Er hatte recht. Als sie heraustraten, standen sie am Rand eines Schwimmbeckens, eines altmodischen Beckens aus

den Dreißigern mit cremefarbenen Fliesen, einigen Reihen mit Holzsitzen für Zuschauer und grünem Wasser, das an die Ränder schwappte. Doug sagte: »Ich muß ein Stück weitergehen und nachsehen, ob alles vorbereitet ist. Wenn Sie nichts dagegen haben, wäre ich Ihnen sehr verbunden, wenn Sie hier warten würden.« Bevor Ian etwas sagen oder protestieren konnte, eilte er durch das Fußbad davon.
Ian setzte sich auf einen der Zuschauerplätze. Das, dachte er, ist kein Traum. Zum einen ist es viel zu kalt, und dann diese schreckliche Klarheit. Aus dem Becken kam plötzlich Spritzen und prustendes Atmen – dort drinnen war etwas, oder jemand. Ian eilte zum Rand und spähte hinein. Nichts. Das grünliche Wasser schwappte auf ihn zu und wieder von ihm weg. Aber dann sah er eine Bewegung, unten am tiefen Ende, wo der sanft sich neigende Boden plötzlich jäh abfiel. Es sah aus wie ein Statuenfragment, eine Büste oder ein Torso, aber es hatte nicht ganz die richtige Form, und außerdem war es, wie Ian jetzt bemerkte, durch eine Kette winziger Luftblasen mit der Oberfläche verbunden.
Es machte einen Satz und schoß in einem Schleier aus Luft und Wasser vom Grund hoch – wusch! Ian erschrak, es durchbrach die Oberfläche, der Torso eines Mannes, eines ziemlich kleinen Mannes mit kragenlangen, dunklen Haaren. Der arm- und beinlose Mann zappelte hektisch, um aufrecht im Wasser zu bleiben, sein Atem kam in harten »Pffs«.
Ian war inzwischen ein bißchen blasiert. »Du mußt Bob sein«, sagte er.
»Aye – das bin ich«, erwiderte der vierfach Amputierte, noch immer heftig wackelnd. Er hatte einen deutlichen Strathclyde-Akzent. Seine Glieder waren direkt an den Gelenken abgetrennt, an Schulter und Leiste. Deutlich konnte Ian die Ovale frisch vernähter Haut sehen, die von den leeren Beinansätzen seiner blauen Badehose umrahmt

wurden. Irgendwie war dies das Abstoßendste an Bob, daß er sich die Mühe gemacht hatte, seine untere Hälfte zu verhüllen; die leeren Beinansätze seiner Hose dehnten sich von seiner Leiste abwärts, am Perineum entlang und hinten die Arschfalte hoch, und trotz der ultramarinen Kabbelung war das Narbengewebe in diesem Stoffrahmen mit schockierender Deutlichkeit zu erkennen.
Bob hatte es geschafft, sich zu stabilisieren. Er hatte so viel Auftrieb, daß seine Brustwarzen aus dem Wasser ragten, und er hielt sich mit eleganten Schlenkern seiner Hüfte und seines Hinterns aufrecht. Ian sah ihn sich genauer an. Er hatte die scharfgeschnittenen Gesichtszüge eines Proletariers aus den Gorbals und die rasiermesserfeinen Narben, die dazugehörten – dünne blaue Kapillare spannten sich von der Nase aus über sein Gesicht. Seine schmale haarlose Brust – und soweit Ian das sehen konnte, auch der Rest seines Körpers – war unter der blassen, sommersprossigen Haut mit straffen Muskeln bepackt.
»Hat dir dei Mutter net beibracht, dasses unhöflich is, Behinderte so anzustarrn?« blaffte Bob.
»O Gott, Entschuldigung, aber ich bin ein wenig durcheinander. Ich habe keine Ahnung, wie ich hierher gekommen bin und was das Ganze überhaupt soll.«
»Ja, wenn des so is«, sagte Bob einlenkend. »I kenn niemand, der so richtig weiß, wiarer herkommen is.« Mit einer Drehung seines Kopfes verwies er auf den Ort, an dem sie sich befanden. Es war eine erstaunlich ausdrucksstarke Geste, als wäre sein Hals ein Arm und sein Gesicht eine Hand, mit der er reden konnte. »I bin aus Schottland – also ursprünglich.«
»Oh«, sagte Ian.
»Kennst des?«
»Also als Kind war ich mal mit der Schule in Edinburgh.«
»Edinburgh! Pff! Edinburgh. Dessis net mehr Schottland als der bleede Tyne, Mensch.«

»Und wo kommst du her?« fragte Ian, der irgendwie wußte, daß es die angebrachte Frage war.

»Glasgow, Mensch, Glasgow, wobei des ja net unbedingt scho des richtige Schottland is, des sag i ja gar net, weil de von hinter den Grampians sagen, daß bloß se de richtigen Schotten sin, und i kann se ja verstehn.« Bob beendete seine kleine Ansprache, indem er seinen blassen Körper aus dem Wasser bog wie eine eklige Regenbogenforelle und dann mit dem Kopf voran wieder eintauchte, so daß sein verkürztes unteres Ende in die Luft schoß. Der Wellenbewegung folgte eine zweite und eine dritte. Ian sah verblüfft zu, wie der Amputierte in diesem gliederlosen Butterfly-Stil die ganze Länge des Beckens durchschwamm.

Bob erreichte das Flache, richtete sich wieder auf und lehnte sich mit der Schulter an den Handlauf der Leiter. Vom Fußbad her kam ein Spritzen – Ian drehte sich um und sah Doug mit dem Spaten voran aus dem Gang auftauchen.

»Werd ja langsam Zeit!« tönte Bob.

»Bitte?« sagte Doug, so zuvorkommend wie immer.

»Laßt mir den Kerl da in meim Bad, ohne ein Mucks zu sagn – was issn des für ein Benehmen?«

»Es waren doch nur ein paar Minuten –«

»Red kein Scheiß, Kleinvieh macht aa Mist, und eins sag i dir, daß i vor dem aa kei Angst hab. Kann mir ja kaum no was tun, oda?«

»Tut mir leid, wenn ich dich verletzt habe«, sagte Ian. Er wußte nicht so recht wieso, aber irgendwie mochte er Bob. Es war wirklich bewundernswert, wie dieser heißblütige Schotte mit seiner schrecklichen Behinderung zurechtkam.

»Denk dir nix, Bürscherl, hab nur a bissl Dampf abglassen. Auf geht's jetzt, und wie die Ritter im Mittelalter zum Abschied gsagt ham: Auf Niederstechen! Ahahaha! Hahahah!«

Und genau dieses gackernde Lachen folgte Ian, als er hinter Doug her wieder durch das Fußbad platschte.
Aber entweder war es nicht mehr dasselbe Fußbad, oder jemand hatte sich ausführlich als Kulissenschieber betätigt, denn diesmal kamen sie, nachdem sie durch einige Umkleideräume marschiert waren, in einer Eingangshalle heraus, die eigentlich zu einem solchen Schwimmbad gehörte. Ein langer, niedriger Raum mit einem Schachbrett aus blauen und braunen Teppichfliesen, die sich bis zu einer Reihe Glastüren am anderen Ende erstreckten. Überall an den Gasbetonsteinmauern hingen Korktafeln und an ihnen die üblichen Terminpläne für den Junior Ducklings Club, die Aerobic-Kurse und die Spiele der Wasserballmannschaft.
Es sah so aus, als wäre das Schwimmbecken eine Art von Luftschleuse zwischen dem Land der Kinderwitze und einer weniger problematischen Wirklichkeit gewesen, denn diese Eingangshalle war von einer vertraut institutionellen Diesseitigkeit. Und was für Ian diesen Paradigmenwechsel noch verdeutlichte, war der Anblick von zwei bekannten Gestalten, die auf winzigen Stühlen neben dem Informationsschalter in der Nähe der Glastüren saßen. Der eine war Dr. Gyggle, und der andere war Der Dicke Kontrolleur.
»Wie heißt du?« rief Der Dicke Kontrolleur, der sich ihnen zugewandt hatte.
»Doug«, erwiderte Doug.
»Natürlich – ha, ha! – ›Doug‹, köstlich. Nun denn, Doug, bring ihn hier rüber, und dann mach dich davon, verschwinde, verdufte, kapiert? Gut, gut, um nicht zu sagen hervorragend!«
In aller Seelenruhe schlenderte Ian zu seinen beiden Mentoren. Er wußte jetzt, daß er alle Zeit der Welt hatte.
»Na, komm schon, Ian, trödle nicht«, sagte Der Dicke

Kontrolleur. »Wir haben nicht alle Zeit der Welt. Was hast du gesagt?« Der arme Doug hatte sich den Griff seines Spatens an der Feueralarmglocke angeschlagen; und auf dieses Scheppern hatte Der Dicke Kontrolleur reagiert.

»'tschuldigung«, sagte Doug. »Ich habe nichts gesagt, es war nur mein Spaten ...« Er verstummte und deutete mit hilfloser Geste zur Decke.

»Ich habe dir doch gesagt, du sollst gehen, Dougie – also tu es – und schüttle auf dem Rückweg den Niggerbengel mal kräftig durch, klar?« bellte Der Dicke Kontrolleur, der eine charmant beiläufige Art hatte, rassistischen Vorurteilen Ausdruck zu geben.

»Da sind wir also alle versammelt«, sagte Ian, nachdem Doug gegangen war. »Endlich alle vereint.« Er zog sich einen der winzigen Stühle heran, setzte sich und fuhr fort: »Ich möchte diese Gelegenheit ergreifen, Dr. Gyggle – falls das Ihr wirklicher Name ist –, um Ihnen für die wunderbare Hilfe zu danken, die Sie mir im Lauf der Jahre gewährt haben. Ich weiß nicht, was ich ohne Sie gemacht hätte.«

Gyggle rutschte verlegen auf seinem Zwergensitz hin und her – er war so niedrig, daß seine Knie in seinem Rauschebart verschwanden.

»Werd nicht frech, Ian, das ist absolut unangebracht. Hieronymus Gyggle ist einer meiner zuverlässigsten Mitstreiter, und es war ja wohl kaum zu erwarten, daß ich dich während meiner Abwesenheit ohne Überwachung lasse, oder?«

»Glaub nicht.«

»›Glaub nicht‹ ist nicht gut genug, das ist es nie. Es war nicht gut genug, als du noch eine pickelige halbe Portion warst, und das ist es auch jetzt nicht, da du ein erwachsener Mann bist. Ich möchte wirklich, daß du dich zusammennimmst, Ian, und dich deiner Verantwortung stellst. Du bist nämlich nicht der einzige Mensch auf der Welt, der wichtig ist, Ian, und außerdem sind wir nicht hier, um

über deine mehr als nebensächlichen Problemchen zu faseln, wir sind hier, um über ein Produkt zu sprechen.«
»Warum? Wozu die Mühe?«
»Weil deine Agentur, D.F. & L. Associates, den Auftrag erhalten hat, sich um das Marketing meines neuen finanziellen Produkts zu kümmern, was, wie du weißt, mit zahlreichen Problemen behaftet ist, nicht zuletzt dem der Benennung. Hast du in der Hinsicht schon etwas unternommen?«
»Ich habe ein Benennungsteam zusammengestellt.«
»Wie schön, dann ist ja alles in Ordnung, du hast ein Benennungsteam zusammengestellt, wie scharfsinnig von dir. Kretin! Narr! Trottel! Wann hat ein Benennungsteam schon einmal ein Problem wie dieses gelöst, das frage ich dich, du bist keinen Deut besser als dein Vater, der Essener.«
»Na ja, immerhin haben wir in einem dieser Teams den Namen für den Painstyler gefunden, und ich habe es geschafft, dieselben Leute wieder an einen Tisch zu bringen.«
»Hrmmpf! Gut, ich gebe zu, das klingt ein wenig verheißungsvoller – geben Sie mir doch bitte den Aschenbecher, Gyggle.« Der dürre Seelenklempner reichte ihm eins dieser Alufolienschälchen, die in solchen Institutionen als Aschenbecher dienen, und Der Dicke Kontrolleur drückte seine Voltiger aus. Die drei saßen schweigend da, während er mit seinem primitiven Benzinkocher das Feuer erfand und sich damit eine neue Zigarre anzündete.
»Nun, Ian«, fuhr er schließlich fort, und dichter Rauch strömte aus seinem gierigen Mund. »Es gibt diverse knifflige Aspekte in dieser ganzen Geschichte, und auch wenn ich nicht erwarte, daß du die gewagten Serpentinen und imposanten Klippen meines wohlüberlegten Plans in ihrer Gänze erkundest und ermißt – Genialität ist schließlich ein einsames Terrain –, erwarte ich doch, daß du dir Mühe

gibst. Zunächst die Sache mit dieser jungen Frau – wie heißt sie gleich wieder, Gyggle?«

»Jane«, sagte der Seelenklempner, »Jane Carter.«

»Richtig. Diese Jane Carter also, du kannst sie haben, wenn du willst – von mir aus kannst du sie sogar heiraten. Natürlich, wenn du klug bist, erzählst du ihr nichts von deinen kleinen Eskapaden, ich glaube nicht, daß sie das allzu freundlich aufnehmen würde, es könnte eure Beziehung doch ein bißchen belasten, mh?«

»Kleine Eskapaden? Ich glaube, ich weiß nicht, was Sie meinen?« Ian war verblüfft.

»Nun, die Frau, die du im Theatre Royal mit dem vergifteten Regenschirm umgebracht hast; und dann diese andere Kleine, wie hieß sie gleich wieder? Ach ja, jetzt fällt's mir wieder ein, June. Jane und June, nicht gerade sehr phantasievoll, was die Nomenklatur deiner Freundinnen angeht, was?«

»Ich weiß nicht, wovon Sie sprechen. Ich habe nie jemanden umgebracht, Sie haben die Frau im Theatre Royal getötet, und June habe ich nie etwas getan –«

»Du hast sie sexuell mißbraucht.«

»Nein, habe ich nicht.«

»Hast du schon.«

»Habe ich nicht.«

»Hast du.«

»Meine Herren, kann ich Ihnen vielleicht weiterhelfen?« Gyggle hatte seine professionelle Fassung wiedererlangt und sprach jetzt im honigsüßen Tonfall seines Behandlungszimmers. »Ian, ich glaube wirklich, daß Samuel Ihnen gegenüber ein wenig unfair ist, aber ich fürchte, im wesentlichen stimmt das, was er sagt. Um es Ihnen zu erklären, muß ich ein Bild aus einem anderen Bereich bemühen – aus dem Kino oder der Kriminalliteratur vielleicht. Seit Sie erwachsen sind, Ian, unternehmen Sie diese kleinen ›Eskapaden‹. Es war Samuels – und später meine –

Aufgabe, gewisse Dinge zu vertuschen, den Dreck wegzuputzen. Ich meine das natürlich nicht wörtlich, obwohl einige Ihrer Aktivitäten eine ganz schöne Schweinerei hinterlassen haben, ich meine, den Dreck hier drinnen wegzuputzen.« Hier machte Gyggle eine Geste, wie sie vor vielen Jahren Der Dicke Kontrolleur selbst benutzt hatte. Er klopfte sich mit knochigem Finger an die Schläfe, kräftig, als würde er in sein eigenes Hirn Einlaß fordern. »Wir wollten Ihnen die Qual des Leidens an Ihrem eigenen Verhalten nicht zumuten, Ian, weil Sie ja keine Entscheidungsmöglichkeit hatten. Ich fürchte, die Abteilung Selbstkontrolle ist bei Ihnen chronisch unterentwickelt, allerdings haben Sie ein Gewissen –«
»Na, vielen Dank.«
»Und das bedeutet, daß Ihr eigenes Verhalten Sie ziemlich bestürzt hätte.«
»Moment mal. Soll das vielleicht heißen, daß Sie beide mich einer Art Gehirnwäsche unterzogen haben?«
»Aber natürlich«, bemerkte Der Dicke Kontrolleur, und grollend kündete sich einer seiner Heiterkeitsausbrüche an. »Ha, ha – ahahahaha! Auf mein Wort, ja! Wir mußten dein Gehirn waschen, Ian, weil es schmutzig war! Hahaha!« Er spuckte Gelächter und Rauch.
»Das ist billig«, sagte Ian. »Von Ihnen hätte ich Besseres erwartet.«
Dies brachte den dicken Mann unverzüglich zur Besinnung. »Wasss?!« bellte er. »Du wagst es, mein Verhalten zu kritisieren, als wäre ich ein kleiner korrupter Beamter und du ein moralischer Ombudsmann? Also komm, ich habe vor dir nie ein Geheimnis daraus gemacht, wie ich mich selbst sehe, ich habe dir immer gesagt, daß ich mich über das rein Menschliche erhaben fühle. Wie kannst du nur auf den Gedanken kommen, daß dies nicht auch dich mit einbezieht – dich mitsamt deinem Ichbewußtsein. Also komm, du bist es doch, der billig ist. Wie auch immer,

dieses ganze Geschwafel ist sowieso viel zu ermüdend, wir sind hier doch nicht in einem Oberseminar. Dies alles ließe sich mit ein wenig Retroszendenz viel besser erklären, nicht?«

»Ich will nicht retroszendieren«, sagte Ian. »Ich will nichts zu tun haben mit Ihrem banalen Psychogebrabbel und Ihren Hypnosespielchen. Genaugenommen will ich mit Ihnen überhaupt nichts mehr zu tun haben.«

Der Dicke Kontrolleur reagierte nicht so, wie Ian es nach dieser gigantischen Unverfrorenheit erwartet hätte. Zum allererstenmal sah Ian nun den fetten Mann verlegen, sogar ein wenig beschämt. »Ich glaube nicht«, sagte er leise, »daß du in dieser Hinsicht eine Wahlmöglichkeit hast, aber vielleicht wird dir das klarer, nachdem du ein wenig retroszendiert hast, hm?« Er kam zu Ian, legte ihm die Eiserne Jungfrau seiner Hand um den Hals und sagte: »Betrachten wir doch zum Beispiel die Geschichte dieses Anzugs. Ein modisches Stück, nicht, mir gefällt vor allem der lederne Taschenbesatz. Soweit ich weiß, ist das im Augenblick der letzte Schrei. Von Barries', nicht, an der King's Road?«

»Er gehört mir.«

»Jetzt ja, aber früher gehörte er einem Mann namens Bob Pinner. Laß mich erklären –«

Und sie retroszendierten.

IAN WHARTON LAG in den schmutzigen Sträuchern, die das östliche Ende der Wormwood Scrubs säumen. Es war erst neun Uhr dreißig vormittags, aber der Spätsommertag war vorzeitig gealtert und stöhnte unter der Hitze. In der Richtung, in die er sah, ondulierte die rissige Erde zum Gefängnis hin, nur zwischen den nicht mehr benutzten Torpfosten stieß daraus ein knotiges Gewächs hervor.

Ian stützte sich auf die Ellbogen, drehte den Kopf und

sah von seiner Enklave zur entfernten Ecke der Scrubs hinüber. Dort, in der Ellbeuge der Straße, in der Nähe der Eisenbahnbrücke, stand ein verfallenes Haus. In dem hatte Ian die Nacht verbracht.
Das Haus war ursprünglich für einen Parkwächter gedacht gewesen, der in den Scrubs gearbeitet hatte. Es war ein solides Steinhaus, mit drei Schlafzimmern, Rauhputz an den Wänden, rhombengemusterten Mittelpfosten in den Fenstern und grünen Schlußsteinen über den Türen. Das Haus gehörte zu seinesgleichen in eine ruhige Vorstadtsiedlung. Seine Vertreibung in diesen heruntergekommenen Winkel der städtischen Steppe hatte es kaum verdient.
Ian war bei Einbruch der Nacht zu dem Haus gekommen – mit Fucker Finchs Pitbull, den er an den Falten seines dicken Halses hinter sich herzerrte. Er hatte die Spanplatte von der Vordertür weggerissen und war in die modrige Wärme eingedrungen. Das Haus war leer bis auf die Hinterlassenschaften von Insekten und Nagern. Die Wände waren Kunstwerke des Verfalls; Tapete schälte sich von Tapete schälte sich von Tapete, Bahnen mit Rosen, Bahnen mit Streifen. Hier und dort hatten jugendliche Nichtsnutze mit Magic Markers und verkohlten Stöckchen ihre Zickzack-Graffiti aufgemalt.
Ian ging von Zimmer zu Zimmer und zerrte den großen schwarzen Hund hinter sich her. Sooft er ihn zu beißen versuchte – und das war oft –, strafte er ihn einfach, aber wirkungsvoll mit einem mächtigen Fausthieb auf seinen Eisenschädel.
Die ganze Nacht lang hatte Ian den Hund gequält. Er brannte ihn mit Streichhölzern, die er vor seinen Augen entzündet hatte. Er stach und kratzte ihn mit alten Zimmermannsnägeln, die er in den Winkeln des Hauses gefunden hatte. Er sperrte ihn in leere Schränke, wo der Hund sich anpinkelte vor Angst, und wenn er ihn dann wieder herausließ und er, geifernd und voll der frischen Energie

schnellen Vergessens, seinen Peiniger ansprang, prügelte Ian ihn erneut, bis er sich unterwarf. Prügelte ihn mit mächtigen Schlägen auf Kopf und Schultern, Schlägen von unnatürlicher Kraft.

Der Hund mußte über siebzig Kilo gewogen haben. Seine straffen, gewölbten Schultern waren bepackt mit Muskelsträngen; und wenn er aufschrie, jaulte vor viehischem Unverständnis angesichts dieses Schmerzes, dieser Gemeinheit, drangen seine Schreie durch Mark und Bein.

Als dann die Stadt ihre Spielzeugautos wegräumte und sich zur Ruhe legte, begann Ian sich Sorgen zu machen, daß ein später Spaziergänger – oder ein Wichser von einem Polizisten, der auf das erkaltende Fleisch der Pflasterschläfer eindrosch – den Hund hören konnte. So wartete er und lauschte, lauschte auf die Züge, lauschte, wie das Flüstern knirschenden Metalls langsam zu einem Heulen wurde, dann auf den ohrenbetäubenden Tonhöhenwechsel, wenn die Züge über die Brücke knapp hinter dem verfallenen Haus donnerten, bevor sie kreischend im Rachen von Wilsden Junction verschwanden.

Ian begann ihre Ankunft abzupassen und benutzte sie, um den Lärm seiner Aktivitäten zu überdecken. So drangsalierte er den Hund, als wäre er ein Spion oder Agent, den er brechen mußte, und gab ihm die Zeit zwischen den Zügen, um zu überlegen, ob er sagen sollte, was der Mensch wissen wollte, ob er sein Schweigen brechen und seine Gattung verraten sollte.

Bei Tagesanbruch hatte er den Hund, der inzwischen blind und von Sinnen vor Schmerzen war, aus dem Haus und ins Gebüsch geführt. Dort hatten sie drei Stunden lang beieinandergelegen, während der rote Ring der aufgehenden Sonne die harrende Stadt aufs neue erhitzte. Sie hatten einander in den Armen, Beinen und Pfoten gelegen, und während der Hund langsam starb, hatte Ian seinen fleischigen Atem genossen.

Nun entlastete er seine Ellbogen und drückte Brust und Bauch in das zertrampelte, vertrocknete Gras. Er saugte am Penis des Pitbulls, einer knotig knorpeligen Seegurke, die er mit einer Mischung aus Saugen und Lippenbewegungen in den Mund zog und wieder hervorschob. Der Penis war vom Hund abgetrennt.
Es war eine friedliche Szene. Die rosa Spitze des Hundepenis glitt aus Ians Mund und trat zugleich aus seiner schwarzen Vorhaut hervor, so daß der Bewegungsablauf eine zweite mechanische Phase bekam, als wäre der Penis ein Kolben und Ians Mund der Zylinder. Der Pitbull selbst lag auf dem Rücken etwa zwanzig Meter entfernt, tiefer im Gebüsch versteckt. Ian hatte ihn nach dem Verenden ausgeweidet und seine Gedärme lagen wie verwickelte graue Würste im trockenen Gras. Im Tod waren der fleischige Hals und die mächtigen Backen erschlafft, sie hingen nach unten, als würde das Tier vor Entrüstung über dieses würdelose, unkriegerische Ende die Zähne blecken.
Ian spielte weiter mit dem Pitbullpenis, während vom West London Stadium her ein kleiner Transporter über das Gras geholpert kam. Der Transporter war rostrot und trug an den Seiten das verwitterte Emblem des Hammersmith Council. Zwei kräftige Männer saßen in dem winzigen Führerhaus und unterhielten sich sehr laut miteinander.
»Da haben diese Arschlöcher schon wieder einen Abfallkorb angesteckt«, sagte der eine, ein mürrischer, stämmiger Jamaikaner.
»Was erwartestes denn, Mann?«« erwiderte sein Kamerad, ein lebenslustiger Trinidader.
»Ay-yai-yai.«
»Wenigstens habenses gründlich gemacht.«
Gut zehn Meter von Ian entfernt hielten die Männer an und stiegen aus ihrem fahrenden Schuhkarton. Sie trugen kurzärmelige weiße Hemden mit Schulterstücken und Sergehosen. »Schau mal.« Der Trinidader schnalzte mit

der Zunge. »Tsch, tsch, tsch. Die haben sogar einen Grillanzünder reingesteckt und ein Häufchen drüber gemacht, damit's ja richtig brennt.«
»Mann, sag doch gleich, daß sie was fürs Gemeinwohl getan haben.«
»Na ja, vielleicht.« Sie nahmen zwei Spaten von der Ladefläche und machten sich daran, den geschmolzenen Boden des Abfallkorbs, der sich in die steinige Erde gebrannt hatte, auszugraben.
Ian hatte genug. Mit einem lauten »Flupp« spuckte er den Pitbullpenis aus. Die beiden Männer hielten einen Augenblick inne und schaufelten dann, mit ihren Spatenstichen Staub aufwirbelnd, weiter. Ian wartete, bis er sicher war, daß sie das »Flupp« vergessen hatten, richtete sich dann auf alle viere auf und kroch, immer die beiden Parkwächter im Blick, rückwärts und mit großer Geschwindigkeit durch das Gestrüpp. An der Stelle, wo ein schlaglochübersäter Schlackepfad den Park von der Straße trennte, tauchte er mit dem Hintern zuerst aus dem Gebüsch auf, stand auf, klopfte sich den Staub ab, steckte einen heraushängenden Hemdzipfel in die Hose und ging auf die M-40-Überführung zu.
Ian Wharton sprang vom hinteren Perron des Busses und landete auf den Füßen auf der City Street. Er trug noch immer die zerknitterte Zwillichhose und das schmutzige Viyella-Hemd, in denen er die Nacht verbracht hatte. Er hatte Splitter von Hundeknorpeln am Kinn, und wäßrigbraune Blutflecken umlagerten seinen breiten Mund. Die Fahrgäste, die mit ihm aus dem Bus gestiegen waren, zerstreuten sich schnell und verschmolzen mit der Menge der Fußgänger, doch um Ian machten sie dabei einen Bogen, da sie ihn für einen Penner oder einen Schizophrenen hielten.
Das Objekt ihres Ekels schlenderte auf das Old Street Roundabout zu. Im Gehen lockerte er seine verkrampften

Schultern und atmete tief die schale, in der Stadt gefangene Luft ein. Am Kreisverkehr bog er auf einen Pfad ein, der in die ungefähre Richtung des Norman House führte. Aus dem Pfad wurde ein Durchgang, der zwischen zwei hohen Holzzäunen ein Ruinengrundstück überquerte. Die Fläche links davon war bereits geräumt und die Bauarbeiten waren im Gange, Malocher und Bagger bewegten schnaufend Erdreich, doch der Platz hinter dem rechten Zaun war noch unberührt. Durch Lücken im Lattenzaun sah Ian ein Gestrüpp aus breit wucherndem Liguster, hoch aufgeschossenen Nesseln, wilden Blumen und Klee, das sich wie ein Tarnnetz über die Grundmauern des ausgebombten Gebäudes legte.

Im Gehen testete Ian jedes Stück des Zauns mit der Schulter. Etwa auf halber Höhe gab eins der Bretter freundlicherweise nach, und Ian zwängte sich durch die Lücke. Er fand sich in einer kleinen versunkenen Welt wieder. Die Vegetation summte vor Insekten, Spinnen hatten alles mit ihren klebrigen Fäden verziert, die Blätter waren perforiert von Bissen und inmitten des grünen Wildwuchses erkannte er eingesponnen Puppen Tausender von Raupen. »Perfekt«, sagte Ian zu sich, »könnte nicht besser sein.« Er drehte sich wieder zum Zaun um und kauerte sich hin, so daß er durch ein Astloch hinausspähen konnte.

Der Anzug ließ nicht lange auf sich warten. Anfangs existierte er nur im Auge seines psychopathischen Betrachters. Ian prophezeite sich seinen Anzug. Die Augen geschlossen, entrollte er die lange Zunge eines roten Laufstegteppichs in eine violette Leere. Über diesen Laufsteg stolzierte die Form der Zukunft, die Anzugform. Um genau zu sein, war es eine modische blaue Anzugform; und um es noch präziser zu sagen: ein blauer Leinenanzug mit einem dezenten Karomuster, das Sakko einreihig mit Schalkragen, der sich zum einzelnen Knopf hin verjüngte. Die Hose war taillenhoch, mit acht Bundfalten und

geraden, scharf gebügelten Beinen. Die Taschennähte und Ärmelenden des Anzugs waren verstärkt mit weichem Sämisch- oder Saffianleder.
Der Anzug paradierte, auf groteske Art belebt, auf und ab. Er hob einen Arm und saugte ein cremefarbenes Hemd aus der Leere, ein klaffendes Beinloch empfing Boxershorts mit Streifenmuster wie ein Matratzenbezug. Dann schwebten hellblaue Socken herab und fügten sich unter die Anzughose – sie steckten bereits in schwarzen Schuhen. Schließlich fiel eine Krawatte aus der Dunkelheit wie eine Schlange, die von einem Ast glitt, und strangulierte den leeren Kragen. »Perfekt«, sagte Ian noch einmal, »könnte nicht besser sein.« Nun konzentrierte er sich wieder auf den Pfad.
Dieser Weg über das Baugrundstück war eine Abkürzung für etwa viertausend Angestellte, die alle an der Old Street ausstiegen und sich so ins Hinterland der Bürohäuser durchschlugen. Sie benutzten diesen Durchgang, Männer und Frauen aller Größen und Formen, alle mit präzisen, schnellen Schritten. Ian beobachtete sie durch seine Astlochlinse, die ihre Schultern und Köpfe mit einem Kreosotring umgab.
Ian genoß die Spannung, denn er wußte, daß er maximal eine halbe Stunde hatte, um den Anzug zu finden, sonst würde er für die anberaumte Sitzung zu spät kommen. Anzug folgte auf Anzug, doch keiner war tragbar. Nicht dieser Breitgestreifte, nicht dieser muffige Tweed, nicht dieser graue Serge – igitt. Weg damit. Doch dann kam er, der Anzug, er schwebte in Ians Blickfeld, und diesmal bewegt von einem Träger aus Fleisch und Blut, nicht nur von seinem prophezeihenden Geist.
Auch Bob Pinner war spät dran für eine Sitzung. Als Importeur numismatischer Kuriositäten, die in einer Blechhütte außerhalb von Kuala Lumpur von verschwitzten Arbeitern in Plastik eingeschweißt wurden, war Pinner

auf dem Weg zu einer Besprechung mit seiner Marketingagentur, nicht D.F. & L., aber einer ähnlichen. Pinner war geblendet vom morgendlichen Sonnenlicht und dachte an rein gar nichts außer an das Geräusch, das seine Füße – in Schuhen von Hoage's – auf dem Teerbelag machten.
»'tschuldigung.« Pinner hörte die Stimme, konnte aber nicht erkennen, woher sie kam. »'tschuldigung, Kumpel.« Eins der Zaunbretter kippte nach oben, und darunter zeigte sich das Gesicht Ian Whartons, der zu Pinner hochsah. Alles, was der Plastikfabrikant erkennen konnte, waren die braunen Flecken am Mund, die Knorpelstoppeln am Kinn und die ruinierte gute Hose.
Pinner bückte sich und fragte: »Was willste?« Er ärgerte sich, denn er war zwar stolz auf seine Freigebigkeit Bedürftigen gegenüber, doch wie viele Leute aus der Mittelschicht wollte er die Bedingungen seiner Wohltätigkeit selbst festlegen. Ian spähte den Durchweg in beide Richtungen entlang – zum Glück war gerade niemand zu sehen. Sie waren kaum mehr als einen halben Meter voneinander entfernt, als Ians Hand plötzlich vorschoß und ihn am Hals packte.
In dieser Bewegung lagen enorme Kraft und Präzision wie auch Schnelligkeit. Ian drückte die Kuppen von Daumen und Zeigefinger so fest auf Pinners Halsschlagader, daß der Plastikfabrikant fast ohnmächtig geworden wäre, und riß ihn dann, den Kragen seines Hemds als Würgeschlinge benutzend, zu Boden, wie ein Cowboy einen Stier überwältigt, indem er ihm die Hörner zur Seite dreht. Dann zerrte er den widerstandslosen Anzugspender durch die Lücke.
Ian ließ Pinner keinen Augenblick los. Unter den Arm geklemmt wie eine Teppichrolle, schleifte er ihn in den Wildwuchs. Pinner war ein ziemlich kräftiger Mann – etwa von Ians Statur –, doch nicht einmal seine Füße berührten den Boden. Ian zwängte sich durchs Unterholz, bis sie die

Kellergrube des alten Gebäudes erreicht hatten, und dann rutschen sie gemeinsam den Abhang hinunter. Er war ziemlich steil, aber alle paar Meter ragten Mauerreste aus dem Boden, die Ian als Bremsklötze benutzte. Unten am Boden herrschte wieder die Vegetation und mit ihr der scharfe Geruch von Chlorophyll. Ian schleppte seinen Anzug in die vom Zaun am weitesten entfernte Ecke und versuchte ihn dort aufzuhängen. Doch es war ärgerlich, denn kaum ließ er den Hals des Dings los, schrumpelte es zusammen. Das ging natürlich nicht an, und so mußte er es am Kragen aufrecht halten und ihm gut zureden.
»Alles, was ich von dir will, sind deine Kleider«, sagte Ian zu dem Anzug. »Zieh sie aus, und ich tu dir nichts, aber wenn du nicht gehorchst, werde ich dich, äh ... mal sehen ... werde ich dich sexuell quälen und erniedrigen. Und anschließend werde ich dich töten müssen.«
Bob Pinner fing an, sich auszuziehen. Obwohl sein Verstand von rotem Nebel umwölkt war, hatten seine Muskeln und sein Nervensystem die Botschaft von Ians Kraft sehr wohl verstanden. Auf diese Art war er seit seinem dritten oder vierten Lebensjahr nicht mehr getragen worden. Diese kurze Strecke vom Zaun auf den Grund der Grube, die er, halb erstickt und mit im Kopf rauschendem Blut, an Hüfte und Hals fest gepackt, geschleppt worden war, hatte ihn direkt in seine Kindheit zurückgeworfen.
Sein Eindruck von Ian war der eines elterlichen Riesen, der den halb schlafenden Bobby vom Lederrücksitz des Autos in die Baumwoll- und Linoleumwelt seines Schlafzimmers trug, ein Riese, der sich mit sehniger Geschmeidigkeit bewegte und die Treppe hochstieg, ohne seine warme Fracht zu stören, seinen Bobby am orangen Saum des Schlafes nur so weit weckend, daß er spürte, wie er in den Traum zurückglitt.
Bob Pinner war in der Kindheitserinnerung versunken – wie vor fünfunddreißig Jahren stand er vor der Heiz-

schlange, leicht schwankend auf feuchten Füßen, die am glatten Boden saugten, die Hände nach den stützenden Schultern des Riesen ausgestreckt, und er zog sich aus. Herunter kam das Sakko (wurde es ihm abgenommen und in einen Schrank gehängt oder über eine vorstehende Wurzel geworfen?); herunter kam das Hemd, gestärkt und noch frisch; herunter kam die Hose, das war schwierig, und Bobby hätte es nicht geschafft ohne Ians Hilfe (was würde er nur ohne Ian tun?); die feuchten Socken rollten sich ein, und herunter kamen die Schuhe, er streifte sie ab wie ein Kleinkind, trotz unzähliger Ermahnungen (aber in diesem Alter haben sie ja wirklich noch Schwierigkeiten mit den Senkeln, nicht?), so daß der eingedrückte Halbmond in der Ferse des einen, den die als Ausziehhilfe benutzte Spitze des anderen hinterlassen hatte, sich langsam wieder ausbeulte.
Schließlich stand Bob Pinner nackt da bis auf Boxershorts und Socken. Die Augen gegen das Licht zugekniffen, schwankte er leicht hin und her und wartete, daß der freundliche Riese ihn ins Bett steckte. Er spürte bereits, wie die straffe kühle Enge der Laken und Decken sich in einen warmen Kokon verwandelte.
»Ach du meine Güte, du hast dich ja naßgemacht«, sagte Ian, nicht ohne eine gewisse Zuneigung. Es stimmte, ein grauer Fleck breitete sich auf der verstärkten Front von Bobs Unterhose aus. »Na, na.« Kopfschüttelnd tastete Ian den Schritt der Anzughose ab. »Alles in Ordnung, die ist noch trocken, da haben wir aber Glück gehabt, daß wir sie noch rechtzeitig ausgezogen haben, was?« Bobby nickte stumm, die Augen fest zusammengekniffen.
Ian kleidete sich schnell an. Die Zwillichhose und das verschwitzte Hemd ließ er liegen, wo sie hinfielen. Er schleuderte seine versauten Schuhe weg und zog Bob Pinners Hemd, die Krawatte, den modischen Anzug und die Schuhe an. Alles paßte hervorragend, aber mehr als die Paßform

war es der Stil gewesen, der die beiden zusammengebracht hatte.

Ian ging ein paarmal in der Grube auf und ab, um den neuen Anzug in verschiedenen Körperstellungen auszuprobieren. Er stützte die Hände in die Hüften und nahm eine ernste, nachdenkliche Haltung an. Dann probierte er es lässiger, steckte die Hände in Pinners Hosentaschen und stützte den Fuß auf das mächtige Kinn eines Mauervorsprungs, das nach fünfzig Jahren noch immer mit blumengemusterter Tapete bebartet war. Je mehr Ian sich in den Kleidern bewegte, desto wohler fühlte er sich in ihnen – er hatte den Eindruck, daß ihr leicht schriller und unorthodoxer Charakter genau das richtige war, um im Geschäft Eindruck zu machen –, und Barries' war ja schon seit der Universität sein bevorzugtes Bekleidungsgeschäft.

Ein langes, weißes, nacktes Bein, das in sein Blickfeld ragte, riß ihn aus seinen Träumereien. Bobby schwankte noch immer vor Schock, war noch immer gnädig in der lebendig gewordenen Vergangenheit gefangen. Ian ging zu ihm, den fürchterlichen Anakonda-Arm ausgestreckt, zwei Finger gespreizt, wie um den bösen Blick abzuwehren.

Die Finger fuhren in Bob Pinners Augen und zerquetschten die Äpfel, so daß die Flüssigkeit herausspritzte. Sie stießen weiter, die zerfetzten Netzhäute auf den Kuppen, folgten den gewundenen Tentakeln der Sehnerven und stachen direkt in Pinners Hirn. Er war tot in weniger als einer Sekunde, aber im letzten Viertel davon litt er mehr Schmerzen, als Sie sich je vorstellen können, und in der vorletzten Viertelsekunde mehr Furcht und Todesangst, als Sie sich je ersinnen können, auch wenn sie allein in einem dunklen Zimmer liegen und kühl und rational über das Grauen nachdenken, das die Zukunft womöglich für sie bereithält – für Sie allein.

SO BIN ICH ALSO zu dem Anzug gekommen«, sagte Ian, und das Merkwürdige war, daß er überhaupt kein Gefühl hatte für den Mann, der ihn früher getragen hatte. »Das ist wahrscheinlich besser, als Läden abzuklappern.« Er schüttelte leicht den Kopf und klopfte sich auf die Schenkel, um den Kreislauf wieder in Schwung zu bringen, denn das Retroszendieren konnte eine betäubende Erfahrung sein.

»Ja, so bist du zu ihm gekommen, mein lieber Junge«, erwiderte Der Dicke Kontrolleur. »Falls du wieder soweit erholt bist, sollten wir drei uns auf den Weg machen. Wir haben eine Verabredung im Barbican.«

»Ach ja?« Ian war neugierig. »Und mit wem genau?«

»Natürlich mit dem Geldkritiker, ich will seine Meinung zu ›Schmacko‹ hören. Kommen Sie mit uns, Hieronymus?«

»Selbstverständlich«, sagte Gyggle. »Das möchte ich auf keinen Fall verpassen.« Er stand auf und löste seinen Bart von Pullover und Hemd, mit denen er eine ziemlich enge Verbindung eingegangen war.

Sie stapelten ihre winzigen Stühle auf andere derselben Art hinter einem hüfthohen Raumteiler mit Fingerzeichnungen, der diese Nische vom Rest der Eingangshalle abtrennte. Dann gingen sie zu den Glastüren und traten hinaus.

Draußen war heller Tag, und die drei Illuminati manifestierten sich auf der Roman Road. »Mhm«, machte Ian. »Ich sehe, wir sind auf der Roman Road.«

»Ja, sind wir.« Der Dicke Kontrolleur wühlte in den Taschen seines Anzugs, vermutlich suchte er nach einer Zigarre. »Solange das Bad wegen Renovierung geschlossen ist, stellt es einen recht praktischen Zugang zur Welt des Noumenon dar, weißt du. Ich habe eine Übereinkunft mit einem korrupten Gemeinderat. Ein weiterer Vorteil ist der, daß die Vallance Road gleich ums Eck liegt, und ich schaue hin und wieder ganz gern bei Mumsie vorbei. Nicht, daß es besonders amüsant ist mit ihr oder sonstwas, aber ich habe das Gefühl, ich sollte mit ihr in Verbindung bleiben, und wenn's nur um der alten Zeiten willen ist.«

Ein übergewichtiger griechischer Zypriot mit beginnender Glatze hielt in einem Kombiwagen am Bordstein an. »Tut mir leid, daß ich zu spät komme«, keuchte er, als er das Fenster herunterkurbelte.

»Leid tun ist nicht gut genug, Souvanis«, sagte Der Dicke Kontrolleur. »Das ist es nie.«

Die drei stiegen ein, Der Dicke Kontrolleur vorne, Ian und Gyggle hinten, und Souvanis reihte sich wieder in den Verkehr ein.

Eine Zeitlang sagte keiner etwas. Souvanis fuhr gut, er bremste mit den Gängen und beschleunigte, ohne zu rucken. Sie überquerten die Bethnal Green Road und fuhren auf die Old Street zu. Der Dicke Kontrolleur rauchte, und Gyggle schien den Spliß seiner Bartenden zu untersuchen. Ian überlegte sich, wie einfach doch alles war, wenn man nur erst einmal die Welt mit den Augen Des Dicken Kontrolleurs sah. »Es ist einfacher, nicht?« bemerkte sein Magus.

»Ja, viel weniger peinigend, da ich jetzt weiß, daß ihr Fleisch so undifferenziert ist wie das einer Frucht.«

»Sehr richtig, genau.«

»Aber sagen Sie mir, warum haben Sie mich mein ganzes Potential nicht schon früher erkennen lassen? Das hätte mir viele Seelenqualen erspart.«

»Mein lieber Ian, es gibt verschiedene Initiationsgrade in diese Welt, und man kann sie nicht einfach überspringen. Ich bin der Gandolf des Galimathias, der Gnade aus Grieben zaubert, wie konnte ich da zulassen, daß auch nur ein Aspekt deines Erwachsenwerdens einen direkten Verlauf nimmt?«

»Verstehe.«

»Außerdem ist das jetzt, da du glücklich bist, doch alles unwichtig. Es amüsiert dich, nicht?«
»Mir gefällt die absolute Sinnlosigkeit meiner Eskapaden, die finde ich wirklich drollig. Den Mann zu töten wegen seines Anzugs, die alte Frau wegen eines großgedruckten Buchs; die junge Studentin auszuweiden, nur weil mir ihre ausgefranste Nagelhaut nicht gefällt –«
»Ja, sehr amüsant, sehr amüsant, und nicht zu vergessen die Frau im Theatre Royal –«
»Das haben Sie mir eingebrockt, ich war damals ja noch ein kleiner Junge.«
»Ich weiß, aber was für ein Junge, du warst von Anfang an voll in deinem Element. Ich sage es nicht gerne, aber bei dir ist der Apfel wirklich nicht weit vom Stamm gefallen.« Der Dicke Kontrolleur drehte sich zu Ian um, soweit seine Masse es erlaubte, und legte ihm onkelhaft die Hand aufs Knie. »Denk dir nichts, wenn du eine Zeitlang ein wenig durcheinander bist«, sagte er und sah mitfühlend in Ians blutunterlaufene Augen. »Es gibt Unmengen unterdrückter Erinnerungen, die du dir erst bewußt machen, viele kleine Eskapaden, durch die du dich retroszendieren mußt, aber in ein paar Monaten bist du wieder ganz auf der Höhe. Okay?«
»Bestimmt.«
»Großartig, großartig.«
Niemand außer Souvanis hatte auf die Umgebung geachtet. Jetzt bemerkte Der Dicke Kontrolleur, daß sie hoffnungslos in einem Verkehrsstau feststeckten, der sie an den Finsbury Square fesselte. Viele Autos hupten, und die Straßen quollen über vor Fußgängern auf dem Nachhauseweg und stehenden Fahrzeugen. »Was soll denn das, Souvanis? Was ist denn hier los?«
»Tut mir leid, Meister, aber ich kann nichts dagegen tun, der Verkehr ist zu dicht.«
»Der Verkehr ist zu licht? Der Verkehr ist zu licht? Was

reden Sie denn da, Mann, hier ist überhaupt nichts licht
– wir sind völlig eingeschlossen und« – er sah auf seine
Rolex – »kommen zu spät.«
»Ich glaube, Sie haben mich nicht richtig verstanden,
Meister, ich habe gesagt ›dicht‹.«
Einige Herzschläge lang herrschte Stille, bis Der Dicke
Kontrolleur dies verdaut hatte, und dann begann er natürlich zu lachen. »Ahahaha! Hahahaa! ›Licht‹ für ›dicht‹,
ahahaha! Das ist sehr gut – ausgezeichnet, finden Sie nicht
auch, Hieronymus?«
»Außerordentlich amüsant«, schleimte Gyggle, »und das
erinnert mich daran, daß wir unserem jungen Freund hier
Mr. Souvanis vorstellen müssen –«
»Oh, ich weiß, wer er ist«, unterbrach ihn Ian. »Er produziert die Broschürenständer für D.F. & L., hat eine kleine
Firma in Clacton mit dem Namen Dyeline.«
»Genau«, sagte Der Dicke Kontrolleur. »Und wir werden
ihm den Vertrag für die ›Schmacko‹-Stehboxen geben.
Ich hoffe, er kann ihn wirklich erfüllen – er wird so feist,
daß ich um sein geschwollenes Herz fürchte, vielleicht
versagt es eines Tages einfach seinen Dienst, oder er
bekommt einen schrecklichen Krebs im Fett, verschwindet
in der riesigen, schmierigen weißen Trüffel eines Sarkomas, igitt!«
»Was er wirklich braucht«, bemerkte Ian, der seine Worte
mit Bedacht wählte und sie in der schwülen, ausgelassenen
Atmosphäre im Auto sorgfältig plazierte, »ist ein Oinkologe.«
»Ha-ha-ha!« Der Dicke Kontrolleur platzte fast vor
Lachen, sein dicker Hals schwoll rot an, wie Dizzie Gillespies, wenn er einen hohen Ton spielte. »O mein Gott,
nein! Hahahahaha! Das ist einfach zu gut, ›ein Oinkologe‹.
Wie gefällt Ihnen das, Souvanis? Sie sind schon ein feistes
kleines Schweinchen, nicht?« Er packte eine Falte des Fettlappens unter dem Kinn des Griechen und zerrte daran,

im Wechselrhythmus mit seinem Singsang: »Schweinchen, Schweinchen, Schweinchen, oink, oink, oink – Oinkologie!« Nach einer Weile tat Ian es ihm gleich, er packte eine Falte von Souvanis' Hals, und Gyggle ebenfalls; und so verbrachten die drei den Rest der Fahrt, quälten und verspotteten den armen Mann.

DER GELDKRITIKER sah von seinem Fenster zu den drei Männern hinunter, die im spätnachmittäglichen Sonnenlicht den zentralen Innenhof des Barbican überquerten. Den Dicken, der vorauswatschelte, kannte er als Samuel Northcliffe, Banker und Finanzier. Den großen Mann mit dem grotesken Bart kannte er als Hieronymus Gyggle, ein Psychiater, der sich einbildete, die Psychologie des Marktes zu verstehen. Den dritten Mann, einen viel jüngeren mit unangenehm weichem und konturlosem Gesicht, kannte er nicht.
Der Geldkritiker wandte sich vom Fenster ab und bahnte sich einen Weg durch den Hauptraum der Wohnung zur Gegensprechanlage, die an der gegenüberliegenden Wand montiert war. Das Gesicht zu einer verzweifelt lauernden Fratze verzerrt, wartete er auf das Summen. Er hatte es Northcliffe, als der anrief, um einen Termin auszumachen, am Telefon sehr deutlich gesagt: »Bitte achten Sie darauf, den Summer nur sanft anzutippen, drücken Sie ihn nicht ganz rein – es ist überhaupt nicht nötig, ein sehr leichtes Antippen, mehr braucht es nicht. Sie müssen wissen, daß auch nur das leiseste Geräusch äußerste Qual für mich bedeutet, ich bestehe auf Stille, ehrfürchtiger Stille.« Dennoch war er überzeugt, daß Northcliffe diese Ermahnung vergessen würde – und er hatte sich nicht getäuscht.
In der Nanosekunde, in der er sich seine Bitte noch einmal ins Gedächtnis gerufen hatte, ertönte der Summer, und für das Ohr des Geldkritikers klang es entsetzlich laut

und hartnäckig. (Obwohl er den Mechanismus so hatte einstellen lassen, daß das Geräusch kaum lauter war als das schnelle Flügelschlagen eines Insekts.) Er griff mit schmerzverzerrtem Gesicht nach dem Hörer, drückte ihn sich an sein großes, knorpeliges, empfindliches Ohr und hauchte: »Ja?«

»Northcliffe hier«, bellte Der Dicke Kontrolleur aus der Gegensprechanlage. »Ich habe Dr. Hieronymus Gyggle und Ian Wharton von D.F. & L. Associates bei mir. Dürfen wir hochkommen?«

»Ja, meinetwegen, aber bitte, bitte, denken Sie daran –«

»Ich weiß, ›das geringste Geräusch ist äußerste Qual‹ für Sie, wir wissen es, machen Sie sich deswegen nicht in die Hosen.«

Der Geldkritiker drückte auf den Knopf, um sie ins Haus zu lassen, und zog sich dann ins Allerheiligste seines Lehnsessels zurück.

In der Aluminiumkiste war kaum Platz für sie drei. Als der Aufzug anfuhr, blaffte Der Dicke Kontrolleur: »Pah!« und besprühte Gyggle und Ian mit schalem Speichel. »Pah!« wiederholte er. »Der Mann ist eine absolute Schwuchtel. ›Das leiseste Geräusch ist äußerste Qual für mich.‹« Er ahmte den gehauchten Tonfall des Geldkritikers nach. »Ich glaube, der Mann ist ein Betrüger.«

»Ja, schon, vielleicht –« Gyggle starrte beim Sprechen die Decke an. »Aber ob Betrüger oder nicht, er ist erfolgreich, und die Leute hören auf ihn.«

»Ach ja«, sagte Der Dicke Kontrolleur, »als wenn ich das nicht wüßte.« Das Trio verstummte. Sie verließen den Lift und gingen zur Wohnungstür. Der Dicke Kontrolleur wollte sie schon einschlagen, hatte den Tiefkühltruthahn seiner Hand bereits erhoben wie einen Vorschlaghammer, als sie aufschwang.

Der Geldkritiker trug eine bodenlange Dschellaba von unvergleichlicher Kostbarkeit, gemustert mit einander überschneidenden geometrischen Formen und finanziellen Symbolen. Trotz des gedämpften Lichts in der Wohnung irisierte das Gewand. Kaum hatte der Geldkritiker die Tür geöffnet, begab er sich zurück in seinen hochlehnigen Queen-Anne-Sessel, nahm seine Bone-China-Tasse zur Hand und trank einen Schluck verfeinerten Kräutertees. Er lud das Trio nicht ein, sich zu setzen, und er hätte es auch gar nicht tun können, da es keine anderen Stühle oder Sessel gab.

Statt dessen war der ganze Boden des Zimmers, in das die Wohnungstür sich öffnete, bedeckt mit unregelmäßigen Stapeln und Haufen von Geld. Geld jeder Art: ordentliche Päckchen frisch gedruckter Banknoten, glatt und glänzend wie Briefpapier; zu Ellbogen geknickte Rollen mit neuen Münzen; gebrauchte Scheine aller Währungen und Werte, zu losen Bündeln gestapelt; Halsketten aus Kaurimuscheln; bunte Stapel aus Blei- und Eisenstäben; gekerbte Knochen; die spitzen Zähne des Narwals; Votivtäfelchen; unzählige verschiedene Arten von Anteilszertifikaten, Schatzwechseln, Aktien, Bonds (Junk- und andere) aus allen zweihundertzweiundfünfzig Ländern der Erde; Waschsalonmünzen; *chitties* der Staatlichen Indischen Eisenbahn; Pemmikan; Piltjurri; Kugeln aus Rohopium; Töpfe mit Kokapaste; Gold (in Barren der Regierung Ihrer Majestät und amerikanischer Prägung aus Fort Knox sowie Kriegsbeute der Reichsbank mit dem aufgeprägten Adler der Nazis); andere Barren aus wertvollen Metallen; Diamanten, Perlen, Smaragde und Papierkörbe voller Halbedelsteine; und alle Arten von Plastikgeld – darunter eine riesige Verwehung allein aus Telefonkarten, die den Eingang zur Küche versperrte.

Hier und dort waren auch Dinge zu erkennen, die Möbelstücke hätten sein können, kaum sichtbar unter dem Chaos aus Kohle, aber der Gesamteindruck dieses Geldkritikerzimmers war der einer Reliefkarte aus Währungen, auf der die Konzentrationen und Erhebungen der verschiedenen Sorten ihre relative Liquidität und Wertigkeit bezeichneten.

Das Zimmer des Geldkritikers war das Zimmer eines Mannes, der Geld mit Inbrunst kritisierte; denn diese teuren Landzungen und Vorgebirge des Mammons bezeugten unmißverständlich ein sorgfältiges bildhauerisches Arrangement. Das Ganze war nicht im geringsten vulgär, es wirkte eher so, als hätte der Verstand, der diese Sammlung als eine Demonstration der nackten Mechanismen des Geldes erschaffen hatte – seines großen Räderwerks, das sowohl sich selbst wie die untergeordnete Welt der Dinge am Laufen hielt – darüber hinaus beschlossen, die Dinge-die-Geld-sind als Objekte von eigenständigem ästhetischem Wert zu betrachten. Ein Brautschleier aus Spitze, gespickt mit hochziffrigen Drachmenscheinen, hing über dem Lampenschirm; das Sonnenlicht fiel gefiltert durch eine Abakussammlung, die, ein jedes Gerät wie eine Minijalousie, auf dem Fenstersims aufgereiht stand.

»Na, ist das nicht gemütlich«, rief Der Dicke Kontrolleur. Er schob sich zur Mitte des Zimmer und blieb dort, durch seine Schofar-Nase schnaufend, stehen.

»Bitte«, sagte der Geldkritiker mit zitternder Stimme. »Ich kann nicht arbeiten, wenn es akustische Belästigungen –«
Er brach ab, das leise Klappern von Metall auf Papier drang aus einem angrenzenden Zimmer.

Ian sah in die Richtung des Geräuschs. An einem Ende des L, das der Balkon dieser Wohnung bildete, befand sich ein weiteres, kleineres Zimmer, vollgestopft mit leise ratternden Telex- und sanft schnurrenden Faxgeräten und einer Reihe von Monitoren, auf denen grüne und gelbe Zeichen miteinander Fangen spielten. Ein riesiger wirrer Haufen von Computerausdrucken ruckte, wackelte und glitt dann auf sie zu; darunter zum Vorschein kam ein zerzauster kleiner Mann in einem altmodischen Kammgarn-

anzug. Er befreite sich aus dem Haufen und trat dann mit einem Blatt dieses Endlospapiers aus dem Telekommunikationszimmer. Er ging zum Sessel des Geldkritikers und verbeugte sich ehrerbietig, bevor er ihm das Blatt reichte.
Der Geldkritiker studierte ausführlich das Papier, als wollte er seinen Sinn enträtseln, und verkündete dann: »Torfig, mulchig, modrig – beinah tetanussig …« und verstummte. Der kleine Mann schlurfte in sein Kommunikationskämmerchen zurück und gab das Urteil in die Computer ein.
»Was war denn das?« fragte Der Dicke Kontrolleur, der sich von der weihevollen Atmosphäre nicht abschrecken ließ.
»Staatsanleihe, fünf Jahre Laufzeit, Papua Neuginea.« Der Geldkritiker klang abgelenkt; man merkte allzu deutlich, daß er dies als mindere Arbeit betrachtete. Seine Stimme verklang, und er wandte sich einem großen Band mit Farbdrucken von Vermeer zu, der auf einem strategisch plazierten Lesepult ruhte.
Ian unterdrückte ein entrüstetes Schnauben – es war unerhört, daß jemand sich Dem Dicken Kontrolleur gegenüber so aufführte, doch der schien es sich gefallen zu lassen. Er zog eine lederne Aktenmappe unter dem Faß seines Armes hervor und holte Broschüren und Formulare heraus. Es war, wie Ian erkannte, das Material, das D.F. & L. für »Schmacko« produziert hatte.
»Hier ist es«, sagte Der Dicke Kontrolleur und gab die Papiere dem Geldkritiker. »Sagen Sie uns, was Sie davon halten, aber merken Sie sich eins, keine Ausflüchte. Ich durchschaue das sofort.«
Der Geldkritiker warf ihm einen vernichtenden Blick zu, sagte aber nichts. Er nahm die Dokumentation zur Hand, schnupperte hin und wieder an einer Seite oder biß zaghaft ein Stückchen ab.

Unterdessen hatte Der Dicke Kontrolleur sein kanonenmetallenes Zigarrenetui hervorgezogen und geöffnet. »Hrrm.« Der Geldkritiker räusperte sich. »Wenn Sie nichts dagegen haben – mir wäre es lieber, wenn Sie nicht rauchten.«

»Nicht rauchen! Nicht rauchen!« Trotz der Ermahnungen des armen Mannes trompetete Der Dicke Kontrolleur jetzt. »Was zum Teufel erwarten Sie eigentlich, daß ich tun soll, wenn ich nicht rauchen darf, hm? Haben Sie Angst, daß Ihnen der Rauch in Ihre verdammten Ohren dringt?«

Der Geldkritiker blieb ihm eine Antwort nicht schuldig. »Es ist nur die Zigarre, gegen die ich etwas habe«, erwiderte er. »Aber eine Pfeife Opium dürfen Sie ruhig rauchen, wenn Sie wollen, oder ein Bidi.«

»Ein Bidi?« Der Dicke Kontrolleur war verdutzt. Der Geldkritiker winkte seinem Assistenten, der davoneilte und mit einer reich verzierten Opiumpfeife von der Größe eines Baseballschlägers zurückkehrte. Umständlich machte er sich daran, diese vorzubereiten, wobei er allein Ewigkeiten brauchte, um ein schmuddeliges Kügelchen Opium auf eine Nadel zu spießen. Als ihm das Mundstück schließlich von dem Zausel entgegengestreckt wurde, nahm Der Dicke Kontrolleur einen tiefen, halsblähenden Zug und atmete dann aus, worauf sich das Zimmer mit dem süßlich morbiden Aroma des Rauchs füllte. Er warf die Pfeife beiseite, und sie landete auf einem Ballen Jaquiri-Häute.

Der Geldkritiker achtete nicht weiter auf diese Vorgänge, er las einfach weiter und schnupperte und knabberte an der »Schmacko«-Literatur, und hin und wieder notierte er sich etwas mit goldenem Drehbleistift auf fliederfarbenem Papier.

»Nun?« fragte Der Dicke Kontrolleur nach einer Weile mit inzwischen etwas ruhigerer Stimme. »Was halten Sie davon?«

»Ich halte es für eine lächerliche Idee«, sagte der Geldkritiker, »die sich nie durchsetzen wird.«
Ian ging zum Fenster und sah auf den großen Innenhof hinunter. Neben dem Eingang zum Theater, auf der Moorgater Seite des Komplexes, hatte eine kleine Bar bereits geöffnet, obwohl es noch nicht fünf war. Etwa zwanzig oder dreißige Büroangestellte hatten sich hierher auf einen Drink geflüchtet, und sie standen mit Biergläsern in den Händen neben bepflanzten Betonschalen. Ian fiel eine junge Frau auf, die Jane Carter nicht unähnlich sah. Er dachte an ihre gemeinsame Zukunft, an die Liebe, die er für sie empfand, und wie sehr er sich schon darauf freute, das Gefühl wie die Frau zu zerreißen.

10 DAS NORDLONDONER BUCH DER TOTEN (WIEDERAUFNAHME)

Der Träumer macht dabei die Entdeckung, daß sich in ihm – einem besonderen Raum seines Bewußtseins sozusagen – ein abscheuliches, fremdes Untier eingenistet hatte und von dort aus eine geheime, widernatürliche Korrespondenz mit dem Herzen des Träumers unterhielt, die seiner Kontrolle bis dahin völlig entzogen war. Wie, wenn sich hier seine eigene Natur halbiert hätte – und dieser Dualismus auch nach der Entdeckung fortbestünde? Wäre nicht allein die einfache Aufteilung seines Bewußtseins ein zu gewaltiger Fluch, als daß er sich mit ihm abfinden könnte? Wie, wenn nun das fremde Wesen seinem eigenen widerspricht, es bekämpft, es in Verwirrung bringt und schließlich auslöscht? Wie weiter, wenn nicht nur ein einziges solches Fremdwesen, sonder zwei, drei, vier, fünf in den Raum eindringen, den er so lange für das unantastbare Heiligtum seines Selbst gesehen hat? Das sind die wahren Schrecknisse der Anarchie und der Finsternis, zu zerstörerisch, um der Verborgenheit entrissen und zur Schau gestellt zu werden.   DE QUINCEY, *Die englische Postkutsche*

JANE UND ICH heirateten binnen drei Monaten nach diesem Nachmittag, als ich, auf die Stadt hinausstarrend, dagestanden und zugehört hatte, wie Der Dicke Kontrolleur versuchte, den Geldkritiker zu einem günstigen Urteil über »Schmacko« zu bewegen. Selbstverständlich hatte der Geldkritiker mit seinem Urteil recht behalten, »Schmacko« wurde ein totaler Flop. Die Markteinführung fiel genau mit einer Rezession und einem dramatischen Abflauen der Nachfrage nach innovativen finanziellen Produkten zusammen.

Die sechzig von D.F. & L. in Auftrag gegebenen und von einem von Steve Souvanis angeheuerten Team gebauten Stehboxen waren in ganz London aufgestellt worden. Eine Zeitlang waren sie ein Kuriosum, über das sogar in der Lokalpresse berichtet wurde. Die Leute stellten sich hinein, sahen die Welt draußen an sich vorbeiziehen und knabberten die ausgelegte eßbare Literatur. Doch bald waren die Boxenwände zerkratzt, fleckig und angenehm matt – das heißt, angenehm für die Leute, die nun ihre Hauptbenutzer wurden.

Der harte Kern der hauptstädtischen Junkies hatte ziemlich schnell gemerkt, wie nützlich diese Boxen sein konnten, aber nachdem die Scheiben milchig geworden waren,

wurden sie zu Leuchttürmen für jeden Giftler, Crack-Schädel und Nadel-Freak der Metropole. Die günstig plazierte Ablage war ideal, um sich einen Schuß zusammenzubrauen oder die für eine Crackpfeife nötige Zigarettenasche zu häufeln; und die ambige Transparenz der Boxen – es war viel einfacher hinaus-, als hineinzusehen – bedeutete, daß man die Polizei schon von weitem entdecken konnte.
Bald war es so schlimm, daß die Boxen überquollen vor benutzten Spritzen und zusammengeknüllten Alufolienkügelchen. D.F. & L.s Aufstellerlaubnis wurde widerrufen, und Souvanis' Team bekam die traurige Aufgabe, sie überall wieder abzubauen. Sie endeten schließlich bei all den anderen platonischen Formen in dem staubigen Lagerhaus in Clacton.
Dennoch gab Der Dicke Kontrolleur »Schmacko« nicht auf. Ihn amüsierte die Übernahme der Boxen durch die Junkies. Ja, er förderte diese Entwicklung sogar, indem er über den gestrengen Dr. Gyggle Einfluß nahm auf seinen Geheimbund der Süchtigen. Er ließ sich nicht von der Überzeugung abbringen, schuld an dem ganzen Debakel wäre allein die etwas unglückliche Tatsache gewesen, daß sich »Schmacko« als Name für das erste wirklich eßbare finanzielle Produkt im Bewußtsein der Öffentlichkeit festgesetzt hatte, und er bedrängte Hal Gainsby bei D.F. & L., immer neue Benennungsteams zusammenzustellen, die sich alle vergeblich bemühten, etwas Besseres zu erfinden.
Ich wollte für unsere Hochzeit nur eine bescheidene Zeremonie im Standesamt, doch Janes Eltern hatten sich eine große Sause in den Kopf gesetzt. So wurde auf dem ausgedehnten Rasen ihres Hauses in Surrey ein Zelt aufgebaut, ein Partyservice wurde engagiert, und Einladungskarten für vierhundert Leute wurden gedruckt. Es gab kaum jemand, den ich einladen wollte – mein Leben hatte mich nicht gerade mit einer Mannschaft amüsanter Kum-

pel ausgestattet, sondern höchstens mit einer Melange von Monstrositäten.

Natürlich kam Samuel Northcliffe. Er fungierte sowohl als Begleiter meiner Mutter wie als Trauzeuge. In der Kirche in Reigate stand er starr neben mir, während wir zum hölzernen Schmerzensmann hochblickten, der über den Altar genagelt war. Als ich während des Gottesdienstes einmal den Blick senkte, sah ich, daß seine linke Hand – groß und träge wie ein Rad Gouda – wie beiläufig vor seinem Geschlecht hing, als wollte er die Prokreationsorgane vor dem bösen Blick schützen.

Gyggle lud ich nicht ein – das wäre doch etwas zu weit gegangen. Obwohl Jane nie wieder im Lurie Foundation Hospital erschienen war – ihr Probetermin hatte genau das Resultat gezeigt, das er erwartet hatte –, hätte sie ihn sofort wiedererkannt. Er ist kein Mann, der in der Menge untergeht, wie groß und ausgelassen die auch sein mag. Und ich hatte, wohl durchaus gerechtfertigt, den Eindruck, daß Jane ein bißchen befremdet wäre, wenn sie herausfände, was genau hinter unserer Wahlverwandtschaft steckte.

Jane war eine wunderschöne Braut, strahlend in einem cremefarbenen Satinkleid, bei dessen Fertigstellung sie selbst mitgeholfen hatte. Als sie am Ende der Zeremonie den Schleier hob, damit ich sie küssen konnte, staunte ich aufs neue über den absolut vertrauensseligen und unverstellten Ausdruck in ihrem Gesicht.

Sie war sehr aufgeregt – beinahe schon übererregt. Es war ein einigermaßen sonniger Tag, die Gäste schwärmten aus dem Zelt und bevölkerten in kleinen Gruppen den lichtbesprenkelten Rasen; Kinder pinkelten ins Pampasgras, und beschwipste ältere Tanten lachten oder weinten, wie ihnen gerade zumute war.

Die Reden waren überdurchschnittlich. Janes Vater, der in seiner aktiven Zeit Börsenmakler in der City gewesen war, hatte die Klassiker zu seinem Hobby gemacht, und so war sein Text gespickt mit literarischen Anspielungen und poetischen Bildern. Sie kam sehr gut an, wie auch die von Samuel Northcliffe.

Hatten Janes Eltern Bedenken wegen der Heirat ihrer Tochter mit mir gehabt – und ich wußte sehr genau, daß sie welche gehabt hatten, schließlich waren sie so versnobt, wie Engländer nur sein können, und hatten, trotz der makellosen Erziehung meiner Mutter, für ihre Tochter eine bessere Partie erhofft als einen Marketingmann in der zweiten Generation –, so waren diese wie weggewischt, als sie erfuhren, daß Mr. Samuel Northcliffe mein Vormund war.

Es mußte bei meinem dritten oder vierten Besuch in Janes Elternhaus gewesen sein, als dies zur Sprache kam.

»Northcliffe, sagen Sie? Hmm.« Mr. Carter stocherte beim Sprechen in dem (unjahreszeitgemäßen) Feuer im offenen Kamin, ein Sherryglas in der siegelberingten linken Hand. »Ich begegnete ihm ein paarmal, als ich noch in der City war; er war einer der Wortführer in einem Lloyd's-Konsortium, mit dem ich zu tun hatte – ein ziemlich imposanter Mann, nicht?«

»Ja«, erwiderte ich, »er wirkt manchmal ein wenig anmaßend, obwohl das nicht seine Absicht ist.«

»Und Sie sagen, er war ein Freund Ihres Vaters?«

»Soweit ich weiß. Sie lernten sich in den Sechzigern kennen, mein Vater leitete damals eine Marketingagentur.«

»Natürlich, natürlich. Und nach der Trennung Ihrer Eltern kümmerte er sich um Ihre Ausbildung?«

»O ja, sehr intensiv, und ich muß sagen, ohne ihn wäre ich nicht, was ich heute bin.«

»Soso.« Er stocherte noch ein wenig im Feuer, während Jane und ich auf dem Sofa die Verschwörerblicke von Verliebten wechselten.

Als er schließlich auf der Hochzeit erschien, merkte ich sofort, daß mein frischgebackener Schwiegervater und seine Kumpel aus der City einen Heidenrespekt vor ihm hatten. Er sah aus wie aus dem Ei gepellt, makellos gewandet in einem Cut mit wehenden Schwalbenschwänzen, einem schwarzen Halstuch mit Smaragdnadel, einer kanariengelben Seidenweste, einer kleinkarierten Steghose und riesigen Lederschuhen sowie weißen Gamaschen mit Perlmuttknöpfen. Meine Mutter ging an seinem Arm, auch sie schick und elegant, hatte sie doch lange genug entsprechenden Umgang gepflegt.

Ich hatte die schlimmsten Befürchtungen wegen seiner Rede, doch dieser Beelzebub des Blabla blamierte mich nicht durch zu langes Schwadronieren. Er sprach kurz und prägnant, in aufrechter Haltung, den glänzenden Zylinder noch immer auf dem Belvedere seines Kopfes. Er riß ein paar gute Witze über die Institution der Ehe, ließ durchblicken, daß ich ein ruhiger und verläßlicher – wenn auch nicht zu gescheiter – Kerl sei, und setzte sich dann unter Applaus, der um so mehr von Herzen kam, als er weniger als fünf Minuten gebraucht hatte.

Nach unserer Hochzeitsreise zogen wir in ein Haus, das ich in einer Nebenstraße der Edgeware Road gemietet hatte. Es war zwar ein Stück vom Zentrum entfernt, aber es war ja auch nicht für immer gedacht. Jane reduzierte ihr Arbeitspensum. Nachdem ihre Fernsehserie noch während unserer Verlobung ausgelaufen war, schrieb sie noch hin und wieder für einige Handarbeitsperiodika und benutzte ansonsten ihre freie Zeit, um uns ein hübsches Zuhause zu suchen. Ich arbeitete weiter bei D.F. & L. Associates und versuchte, einen Ausweg aus der Situation zu finden, in die ich mich selbst gebracht hatte.

Man könnte natürlich sagen, ich hätte Jane nie heiraten dürfen, nachdem ich wußte, was mit mir los war. Das Problem war nur, ich wußte nicht so recht, wie die Wahrheit aussah.

Nach meinem letzten Ausflug ins Land der Kinderwitze

und Des Dicken Kontrolleurs retroszendierender Enthüllung meiner mörderischen Aktivitäten, meiner »kleinen Eskapaden«, war ich zu einer wahrhaft gespaltenen Persönlichkeit geworden. Es war alles nur eine Frage des Willens. Wenn ich es wünschte, war ich ganz der seine. Die Ereignisse meines früheren, so furchtsamen Lebens erschienen aus dieser Perspektive in einem erfreulich anderen Licht. Ich war der aktive Partner in unserer Beziehung gewesen, ich war es, der ihn überredet hatte, mich in die dunkleren Künste einzuführen, ich, der im Theatre Royal begierig nach dem vergifteten Regenschirm gegriffen hatte, als er ihn mir anbot, da ich ihm unbedingt beweisen wollte, daß ich sein Interesse wert sei.

Später dann war ich freudig mit bei der Sache, als wir die arme June in meinem Caravan hypnotisierten, unter Drogen setzten und mißbrauchten. Jetzt war es kein Geheimnis mehr, warum sie danach nicht mehr mit mir reden wollte. Obwohl sie während der ganzen Zeit ohnmächtig gewesen war, mußte ihr doch eine gespenstische Erinnerung geblieben sein.

Kaum war ich in London mit seiner wuselnden Anonymität angekommen, blühten meine Aktivitäten auf. Über fünf Jahre lang gab es keine Woche ohne eine meiner Eskapaden. Morde, Mißhandlungen, Kindsentführungen, Überfälle, willkürliche Erpressungen, es gab nichts, was ich nicht versuchte. Unter Des Dicken Kontrolleurs strenger Anleitung entwickelte ich eine unnatürliche Kraft, die mir sehr zugute kam, als ich Bob Pinner wegen seines Anzugs beseitigte und Fucker Finchs Pitbull quälte. Dennoch waren diese Taten nur Persiflage im Vergleich zu meinen besser inszenierten Spielchen.

Was mich am meisten mit Stolz erfüllte, war die Eskapade, bei der ich dem Penner in der U-Bahn den von der Zeit zerschundenen Kopf abriß und mich dann über seinen Halsstumpf hermachte. Erinnern Sie sich daran? Der Zug war auf halbem Weg zwischen Golders Green und Hampstead im Tunnel stehengeblieben. Ich war allein im Abteil mit diesem Penner, der nach reichlichem Genuß von Portwein oder Kochsherry seinen Rausch ausschlief. Es war keine großartige Idee gewesen, aber der eigentliche Spaß daran war die Unsicherheit, ob ich es schaffte, mich zu verabschieden, bevor der Zug in Hampstead einfuhr. Ich schaffte es.

Ein anderer Riesenspaß war die Sache mit der alten Dame gewesen. Ich war ihr nach Hause gefolgt und hatte mich bei ihr eingeschlichen, indem ich ihr das Märchen auftischte, die Bibliothekarin der örtlichen Leihbücherei hätte mir gesagt, sie hätte ein Buch, das ich dringend benötigte, etwas, das ich für meine gewissenhafte, gemeinnützige Arbeit lesen müßte.

»Ich habe nur die Großdruckausgabe, mein Lieber«, sagte sie. »Ich bin so kurzsichtig, daß ich was anderes gar nicht lesen kann.«

»Das macht nichts«, erwiderte ich und trank einen Schluck von dem Tee, den sie mir angeboten hatte. Und als sie dann das Buch aus ihrem Schlafzimmer geholt hatte, schlug ich sie in aller Seelenruhe damit tot. Ha! Kein Wunder, daß ich immer das Gefühl hatte, nur im Jetzt zu leben, von der Geschichte entfremdet zu sein.

Die größte und makaberste Ironie meines gespaltenen Lebens lag jedoch darin, daß ich, wenn ich mir eingestand, daß ich es gewesen war, der all dies begangen hatte, befreit war von allen Gewissensbissen. Ganz im Gegenteil, ich betrachtete mich, wie mein Mentor, als über jede Moral erhaben, als Übermenschen, dessen Taten aus den Niederungen der Sterblichen heraus nicht überblickt, geschweige denn beurteilt werden können. Dennoch war es für mich auch weiterhin völlig plausibel zu leugnen, daß ich mit all diesen Entsetzlichkeiten irgend etwas zu tun hatte. Die meisten Eskapaden waren in Schnipselchen und Fitzelchen geborgter Zeit begangen worden, es waren irrlichternde Taten, Bruchstücke des Holocaust, Überreste eines Gulag. Obwohl es mir Spaß gemacht hatte, meine Opfer zu quälen, hatte ich mir selten so lange Zeit genommen wie mit dem Pitbull. Normalerweise war für mich nach einer entspannten Stunde des Fleischverschmorens, Nägelziehens und Strychnininjizierens Feierabend.

Und wenn ich mich dazu zwang, wenn ich es wirklich glauben wollte, dann verschwand das Wissen um meine kleinen Eskapaden aus meinem Gedächtnis, wurde gelöscht wie eine Computerdatei. Ach, und dann traf der Faultank auf die Umwälzpumpe, ich wurde ängstlich, schuldbewußt und gehetzt. Mehr als besorgt um meine geistige Gesundheit. War ich vielleicht wirklich eine Borderline-Persönlichkeit, wie es Dr. Gyggle vor so vielen Jahren an der Sussex University gesagt hatte?

Meine Eidetik, das erkannte ich jetzt, war weiterentwickelt worden. Die neue Version machte aus meinem Geist ein billiges Stück virtueller Realität, das mir nur zwei Spielmodi gestattete. Ich konnte verrückt spielen, oder ich konnte böse spielen, und die beiden Simulationen würden bis in alle Ewigkeit parallel verlaufen, ohne sich je zu überschneiden. Und mehr noch, wenn ich nicht wachsam blieb, würde ich wie ein verschlagenes Kind heimlich zwischen den beiden hin und her schalten: verrückt/böse, verrückt/böse, verrückt/böse. Es könnte ziemlich verwirrend sein.

Sie sehen also, ich glaubte, die Heirat mit Jane würde für mich ein Ansporn sein, ein für allemal die Wahrheit herauszufinden. Auch wenn meine Liebe für sie allein nicht genügte, war ich mir doch sicher, daß die Aussicht auf Kinder, auf die Gelegenheit, meine ganz speziellen Eigenschaften einem neuen Individuum einzupflanzen, mich zwingen würde, mich mit mir selbst auseinanderzusetzen.

Aber eigentlich war mir das alles egal. Die Eskapaden waren ein Spaß gewesen, eine Sause, und sie lieferten mir genügend stimulierendes Material, in das ich mich in meiner Freizeit eidetisch vertiefen konnte. Es gibt so wenig echte Ekstase in der modernen Gesellschaft – warum sollte ich mich meiner kleinen Fehltritte schämen, wo doch der Welt soviel sinnloses Leid aufgezwungen wird, und das von Leuten, die nicht einmal die Möglichkeiten haben, es zu genießen? Meinen Sie nicht auch?

Wenn ich wollte, hätte ich mich zum Demiurgen der Dissoziation stilisieren können, wegen meiner so entzückend getrennten Bewußtseinszentren; und wenn sie sich vermischten, entstand eine süße Melancholie neben den Schrecken der Dunkelheit und der Arroganz des gerechten Sünders.

Es dauerte nur zwei Monate, bis Jane schwanger wurde. Ich kann nicht behaupten, es habe daran gelegen, daß ich besonders priapisch oder besonders fruchtbar gewesen wäre. Nein, der Grund, warum es nur zwei Durchläufe ihres menstrualen Zyklus dauerte, war der, daß Jane sehr entschlossen und außerdem mit einem praktischen Heimgerät bewaffnet war, mit dem sich feststellen ließ, wann die Progesteronwerte als Zeichen des Ovulationsbeginns anstiegen. Sie rief mich dann in der Arbeit an, wo ich in meinem Büro saß und Entwürfe studierte oder mit Kollegen konferierte. Das Telefon klingelte: »Vanda von der Rezeption hier, Mr. Wharton, Ihre Frau ist am Apparat.«

»Stellen Sie sie durch, ist okay, ich bin in keiner Besprechung.«

»Ian, bist du das?«

»Ja, Liebes.«

»Meine Werte steigen, du kommst besser nach Hause.«

Wenn die Werte stiegen, blieben uns nur vierundzwanzig bis sechsunddreißig Stunden, um eine Spermakapsel auf ihrem Trabantenei zu landen. Der Sex war ziemlich mechanisch – sobald ich ihn nach einem Mondschuß wieder hochbrachte, packte sie ihn und führte ihn erneut ein.

Als Jane dann unbezweifelbar schwanger war, entspannte sie sich und bekam den selbstzufriedenen Gesichtsausdruck werdender Mütter auf der ganzen Welt. Ich sah zu, wie sie anschwoll, und eine meiner inneren Stimmen lachte, während die andere wimmerte aus Angst vor dem, was da herauskommen mochte.

Ich bin ein aufmerksamer werdender Vater, besuche mit Jane die Geburtsvorbereitungskurse, helfe ihr, die Atemübungen zu trainieren und achte darauf, daß sie sich nicht überanstrengt. Es ist zum Schreien, diese Treffen mit all den anderen werdenden Eltern, mit denen man Tips über die günstigsten Babyspezialgeschäfte austauscht und die Vorzüge der diversen Entbindungskliniken vergleicht, während ich die ganze Zeit denke: Wenn die wüßten.

Samuel Northcliffe hat sich seit unserer Heirat eher rar gemacht. Hin und wieder kommt er vorbei, für gewöhnlich unangekündigt, aber immer mit einem Geschenk für Jane, einem Blumenstrauß oder einer Flasche Wein. Jane mag Samuel Northcliffe, sie findet seine wunderliche Art zu reden amüsant und hält ihn für einen nicht annähernd so skrupellosen Geschäftsmann, wie die Leute sagen. Die »Schmacko«-Geschichte führt sie als Beispiel dafür an, wie charmant quichottesk und vertrottelt exzentrisch er tatsächlich ist.

Da »Schmacko« so gut wie vom Markt verschwunden war, erwartete ich nicht mehr, daß unsere beruflichen Wege sich noch einmal kreuzten, und da nun auch meine Seele, wenn man so will, bereinigt war, war ich mir sicher, daß es auch mit seinen Eingriffen in mein privateres Leben aus war, zumindest auf der weltlichen Ebene. Aber heute morgen rief er mich im Büro an: »Du kannst mich den Tiresias

der Transmigration nennen«, alphornte seine Orakelstimme aus dem Hörer, »weil ich die Geheimnisse des Knochenmanns zerstörerischer Kunst durchschaue.«
»Gibt's was Wichtiges?« fragte ich. »Ich habe ziemlich viel zu tun.«
»Ich habe mir gedacht, du möchtest vielleicht in der Mittagspause ins Lurie Foundation Hospital kommen«, röhrte er. »Gyggle und ich haben eine kleine Zeremonie inszeniert, der du vielleicht beiwohnen möchtest. Es ist äußerst lehrreich, ein höchst wirkungsvolles Ritual. Wir haben unseren Abschaum wochenlang gedrillt, und jetzt, da wir sicher sind, daß sie es schaffen, möchten wir es angehen.«
»Was denn genau?«
»Nun ja« – er klang beinahe schüchtern –, »das Nordlondoner Buch der Toten natürlich.«
Ich war neugierig geworden, auch wenn ich es besser hätte wissen müssen. Zur Mittagszeit ließ ich das Marketing-Exposé für eine neue Restaurantkette mit dem Namen »Nur Salat«, an dem ich gerade schrieb, liegen und fuhr mit einem Taxi nach Euston.
Ich fand sie beide in Gyggles Büro. Der Bart sah ziemlich fettig und zerfranst aus, er hatte ihn wohl des längeren vernachlässigt. Auch Gyggle selbst sah müde aus, also war es vermutlich genau andersherum, der Bart hatte ihn vernachlässigt. Schockierender noch war das Erscheinungsbild meines Magus – er hatte sich zu dem zurückentwickelt, was er Anfang der Siebziger gewesen war, als er sich bei uns in Cliff Top eingemietet hatte. Er trug sogar dasselbe grelle Hahnentrittmodell wie an jenem Tag, an dem ich sein Lehrling geworden war.
»Ach, da bist du ja!« bellte er. Er paffte eine billige Panatella, die ihm offensichtlich nicht besonders schmeckte. »Komm rein, komm rein, bleib doch nicht so in der Tür stehen, Junge, was ist denn los mit dir? Du siehst aus, als hättest du eben einen Geist gesehen.«

»Ähm, ah, ich weiß nicht so recht, wie ich's sagen soll –«
»Ist es mein Aussehen, das dir die Augen aus den Höhlen treibt? Komm schon, Junge, spuck's aus, kotz es dir von der Seele, drück die lexikalische Grapefruit aus, mit einem Wort: sag's mir.«
»Ja, das ist es.«
»Und du fragst dich, was es zu bedeuten hat, nicht?«
»Ja.«
»Nun, alles zu seiner Zeit, aber wir sind nicht deswegen hier, wir sind hier, um Gyggles Junkies zu erleben – nicht, Hieronymus?«
»Natürlich, Samuel, sie sind alle versammelt«, zischelte der haarige Seelendoktor. »Sollen wir beginnen?«
Er führte uns durch die Korridore mit ihren löchrigen Linoleumböden und dirigierte uns in ein kleines, kabinenartiges Zimmer, in dem sich nur ein wackeliger Tisch und zwei Stühle aus stabilem Spritzgußplastik befanden. An der Wand war eine Art Lautsprecher befestigt, und daneben war die Tür eines in die Wand eingelassenen Schranks zu sehen. Bevor Gyggle uns verließ, öffnete er diese Tür; dahinter kam ein merkwürdiges Fenster mit Längsstreifen zum Vorschein. »Was ist das?« fragte ich.«
»Ein Spionglasfenster«, erwiderte er, während der Bart ihn aus dem Zimmer führte.
Wir setzten uns. Der Dicke Kontrolleur zog ein Päckchen billiger, in Zellophan eingewickelter Panatellas heraus und nahm sich eine, ohne hinzusehen. Er zündete sie sich mit einem Schwefelhölzchen, das er an der Schuhsohle anrieb, an, und nachdem er eine Weile daran gesabbert hatte, sagte er: »Verdammt schlechte Gewohnheit, ich glaube, ich werde es bald aufgeben.«
»Wie bitte?« Ich konnte mir nicht vorstellen, wovon er sprach.
»Das Rauchen, du Trottel, was denn sonst?« Doch bevor ich diese jüngste Merkwürdigkeit verdauen konnte, kam

aus dem Lautsprecher ein Knistern. Wir drehten uns zum Fenster um und sahen, daß eine Gruppe von Gyggles Junkies sich im angrenzenden Raum versammelt hatte.

Die Stimme, die das Knistern ausgelöst hatte, war Gyggles – er rief seine Therapiegruppe zur Ordnung. Mehrere Junkies saßen auf schäbigen Polsterstühlen in einem ungefähren Kreis. Sie hatten die Füße auf die Metallkisten gestützt, die in der Drogenklinik als Aschenbecher dienten, und sie rauchten alle, wobei sie die malträtierten Filter mit drei spitzen Fingern an die schorfigen Lippen führten. Sogar ich, der ich kaum Ahnung habe von Drogen, merkte, daß sie alle voll waren mit Heroin. Einige von ihnen konnten kaum die Augen offenhalten, und einer, ein ziemlich dümmlich aussehender Schwarzer, der mir irgendwie bekannt vorkam, war komplett weggetreten.

Gyggle sagte eben: »Ihr wißt ja, wie das hier abläuft – wir stellen uns jetzt alle der Reihe nach vor. Außerdem hätte ich gern, daß ihr mir sagt, in welchem Stadium ihr bei eurer Entwöhnung seid, okay?« Der Bart zuckte den Kreis entlang wie eine Möchtegern-Wünschelrute und blieb bei einem hageren Mann mit einem Pferdeschwanz hängen.

»John«, sagte der Mann, »achtzig Milliliter.«

»Ich weiß, wer dieser Mann ist«, flüsterte ich Dem Dicken Kontrolleur zu. »Sehen Sie seine Kinnpartie mit den Blasen, die aussieht, als wäre sie irgendwie verschmort?«

»Natürlich sehe ich sie, ich bin vielleicht alt, aber nicht blind.«

»Na, das war ich.«

»Wirklich?«

»Ja, ich habe die ganze lose Haut mit einer Ratsche verdreht und dann mit einem Lötkolben geglättet. Gut, nicht?«

»Sieht nach professioneller Arbeit aus. Gratuliere.«

»Billy«, sagte nun der nächste Junkie, »und ich bin herunten auf sechzig Milliliter.« Er lallte.

»Hör mal, Billy«, sagte Gyggle streng. »Bist du sicher, daß du nichts gedrückt hast? Wenn nicht, bist du nämlich viel zu stoned für jemand, der auf Reduktionsentwöhnung ist, und wir werden deine Methadondosis ein wenig schneller herabsetzen müssen, hmm?«

»Hä?« machte Billy, doch als ihm dämmerte, daß ihm etwas entzogen werden sollte, fügte er schnell hinzu: »Nee, nee, hab ich nich, bestimmt nich, Doc. Um ehrlich zu sein, mir is heut so schlecht, daß ich bibbere.« Um dies zu beweisen, hob er seine grauschwarzen Hände zu den Schultern und umklammerte sie wiederholt mit fahrig zitternden Bewegungen, doch Gyggle hatte ihn bereits aufgegeben und sich dem nächsten im Kreis zugewandt.

»Den kenne ich auch«, sagte ich, »den Schwarzen, der jetzt eingedöst ist.«

»Aber natürlich«, erwiderte Der Dicke Kontrolleur. »Deshalb habe ich dich ja gebeten zu kommen. All diese Junkies wurden von Gyggle und mir benutzt, um das Land der Kinderwitze zu konstruieren, mein adipöser kleiner Akolyth. Eine Dosis heroininduzierter Phantasmagorien ist besser als ein ganzes Jahr gewöhnlicher Traumzustände. Das ist der Grund, warum Gyggle diese Stellung hier angenommen hat, wir wollten einen soliden Materialbestand bei der Hand haben.«

»Verstehe.«

»Der pickelige in der Anorakweste ist Richard Whittle, das ist der, mit dem sich deine gute Frau hätte anfreunden sollen. Sein Geist ist ausgesprochen fügsam und beeinflußbar –«

»Ja, jetzt erinnere ich mich wieder, die dicke Frau in dem orangen Rock ist Big Mama Rosie und der, der aussieht wie ein Zigeuner, ist ihr Alter.«

»Martin.«

»Genau, Martin. Es ist komisch, sie alle hier in dieser Klinik zu sehen.«

»Nun, mein lieber Junge, wenn dir das schon komisch vorkommt, frage ich mich, was du hiervon hältst.« Während er das sagte, richtete er sich unter gewissen Schwierigkeiten auf – der Plastikstuhl hatte sich an seinem Hintern festgeklemmt. Ich half ihm, sich zu befreien und aufzustehen. Es war das erste Mal, daß der fette Mann vor meinen Augen unbeholfen oder lächerlich wirkte.
Er durchquerte das kleine Zimmer und öffnete die Tür zu einem zweiten Spionglas. »Komm her und wirf hier mal ein Auge drauf«, sagte er. »Ich glaube, das wird dir gefallen.« Durch dieses Fenster war eine ganz andere Form von Gruppensitzung zu sehen. Hal Gainsby saß dort, zusammen mit Patricia Weiss von der Agentur; bei ihnen war ein Trupp der üblichen Gestalten, die für so etwas auftauchen, ein D.F. & L.-Benennungsteam nämlich. »O Gott!« rief ich. »Was tun die denn hier?«
»Drollig, was?« sagte er und spielte mit einer neuen Billigzigarre. »In einem Zimmer die Junkies und im anderen die Marketingspezialisten. Oberflächlich betrachtet ein ziemlicher Gegensatz, aber im Grunde genommen sind beide mit derselben Sache beschäftigt –«
»Wir geben zu«, sagte Gainsby, und sein Bostoner Akzent klang durch den Lautsprecher nur ein wenig mehr verzerrt, als er sowieso schon war, »daß der Testlauf in London nicht gerade ein Erfolg war, aber wir akzeptieren nicht, daß das etwas mit dem Produkt selbst zu tun hat. Unserer Ansicht nach muß es uns nur gelingen –«
»Soll das etwa heißen, daß Sie schon wieder ein Benennungsteam für ›Schmacko‹ ins Leben gerufen haben, hier in der Drogenklinik?« Ich konnte es kaum glauben.
»Ich verstehe nicht, was daran so lustig ist«, keifte er. »Die Klinik muß sich jetzt selbst finanzieren, wie das bei jeder Stiftung der Fall ist, deren Mittel zur Neige gehen. Gyggle hat ein kleines Nebengeschäft mit Zimmervermietungen organisiert, und ich habe Gainsby darüber informiert. Ist

doch ein praktischer Tagungsort für ein Benennungsteam. Und außerdem, wenn du dem eßbaren finanziellen Produkt ein wenig mehr Aufmerksamkeit geschenkt hättest, müßten wir uns nicht immer noch damit herumschlagen. Aber das alles nur nebenbei, Gainsbys Truppe ist nämlich nicht das Benennungsteam, das ich dir zeigen wollte –«
»Soll das heißen, hier ist noch eins?«
»Aber ja doch, natürlich, und zwar eins, bei dem du eigentlich dabeisitzen solltest, aber wir müssen den rechten Augenblick abwarten, denn bei diesem Benennungsteam brauchen wir eine ganz spezielle Form der Einführung.« Er ging wieder zum anderen Fenster und setzte sich. Ich folgte ihm.
»Nee«, jammerte Big Mama Rosie, »nee, ich bin so fertig, ich find nich mal mehr 'ne Vene.« Sie betrachtete unglücklich ihre Arme, als wären sie ihr über Nacht von einem durchgedrehten Transplantationsteam angenäht worden.
»Blödsinn«, sagte Gyggle. »Vene findest du bloß keine mehr, weil du viel zu fett bist. Außerdem sind wir nicht hier, um über deinen Drogenkonsum zu reden, sondern wegen etwas ganz anderem. Wie geht's ihm?« Er nickte zu Käfer-Billy hinüber, der zusammengesunken auf seinem Stuhl kauerte.
John stand auf, ging zu Billy, öffnete ihm mit dem Daumen ein Lid und ließ es wieder zufallen. Dann tastete er am Hals des VW-Mechanikers nach dem Puls. »Es geht schnell abwärts«, sagte er. »Puls ist kaum noch zu spüren.«
»Ausgezeichnet«, sagte Gyggle. »Aber jetzt los, ihr wißt alle, was ihr zu tun habt.« Die Junkies verrutschten ihre Stühle, bis sie in einem Kreis um Billys Kopf saßen.
»Was läuft denn da ab?« fragte ich, aber Der Dicke Kontrolleur hielt sich nur einen Wurstfinger an die Lippen. Im anderen Zimmer fingen die Junkies an zu murmeln – zuerst verstand ich nicht, was sie sagten, aber dann dämmerte es mir: Sie sagten die Namen von Produkten auf.

»Tempo«, sagte John. »Labello«, sagte Big Mama Rosie. »Hoover«, sagte Richard Whittle. »Coke«, sagte ein sehniger Kerl mit Drahtbrille. »Tesa«, sagte ein Lycra-Träger. »Holiday Inn«, sagte Ethel, die doofe Tussi. »Dr. Scholl's«, sagte Dr. Gyggle hinter seinem Bart hervor, und dann ging es wieder reihum: »Nintendo«, »Krups«, »Big Mac«, »Painstyler«, »Nescafé«, »Jiffy-Tasche«, »Letraset«, und dann noch einmal von vorne: »Überkinger«, »Polaroid«, »Walkman«, »Xerox«, »Magic Marker«, »Visa«, und sie leierten diese Produktnamen, bis ihre Stimmen zu einem beschwörerischen Murmeln verschmolzen.

Schließlich sagte ich zu Dem Dicken Kontrolleur: »Ich hab's, ich weiß, was sie da treiben, diese Produkte sind alle Generika, nicht?«

»Genau. Das ist das Nordlondoner Buch der Toten, eine Sammlung von Instruktionen, die vor Sterbenden rezitiert werden, damit sie nicht zurückkehren, damit ihre unsterblichen Seelen abgewickelt, ausgelöscht, getilgt, vernichtet, ausradiert und unwiederbringlich ausgemerzt werden. Du siehst, mein lieber Junge, ich bin, wie du immer vermutet hast, der Vajrasattva der Verlorenen Seelen, ich reduziere das Menschliche aufs Stoffliche, ganz und gar. Und jetzt ist es, wenn ich mich nicht sehr irre, Zeit für den Abgang.«

Die Junkies hatten ihre Rezitation beendet. John tastete noch einmal nach Billys Puls. Dann richtete er sich auf und sagte: »Das war's, er hat sich verabschiedet, ist über die Klinge gesprungen, hat den Löffel abgegeben, ist abgetreten, hat den Arsch zugekniffen, ist über den Jordan, kurz gesagt, er ist woanders.«

»Sollen wir uns zu ihm gesellen?« fragte mein Guru.

UND DANN waren wir wieder im Land der Kinderwitze, und Der Dicke Kontrolleur sagte zu Doug: »Schüttle den Niggerbengel mal kräftig durch, klar? Ich kann es nicht leiden, wenn die Leute in meinen Benennungsteams wegdösen.«

»Moment mal«, rief ich, »wir waren hier schon mal, das habe ich Sie schon einmal sagen hören.«

»*Plus ça change plus c'est la même chose* – das Leben ist ein Ringelspiel, mein lieber Junge, warum mußt du so halsstarrig sein?« Der Szenenwechsel schien ihn frisch belebt zu haben, und irgendwo in den Taschen seines fadenscheinigen Anzugs hatte er sogar eine Voltiger gefunden, der man wenigstens zugute halten mußte, daß sie von der Größe her zu seiner Hand paßte, auch wenn sie ziemlich zerdrückt und mit Staubflusen verziert war. Er zündete sie mit der schwachen Flamme eines Wegwerffeuerzeugs an.

Wir waren in der Eingangshalle zum Land der Kinderwitze, in dem Schwimmbad an der Roman Road, das Der Dicke Kontrolleur sich mit korrupten Mitteln angeeignet hatte, zu noch korrupteren Zwecken. Dieselben Anzeigen für Kinderschwimm- und Fitneßkurse hingen noch an den Anschlagtafeln, und wir saßen auf denselben winzigen Stühlen, von denen acht vom Stapel genommen und zu einem unregelmäßigen Kreis zusammengestellt worden waren.

Doug, der mir gegenübersaß, stand auf, und wieder schlug sich der arme Mann seinen Spaten an der Feueralarmglocke an: »Pling!« »Um Himmels willen«, blaffte Der Dicke Kontrolleur, »kannst du nicht aufpassen mit deinem blöden Ding! Ich hätte gedacht, du hättest den Dreh inzwischen raus – das ist doch auch nicht schwerer, als die Breite eines Autos einzuschätzen.«

»Mmh, nein«, erwiderte Doug. »Noch nicht so ganz.« Der Zusammenstoß hatte den Spaten in seinem Kopf verrutscht, und er hatte offensichtlich Schmerzen, trotzdem rappelte er sich wieder hoch und ging zu Käfer-Billy, der der Welt entrückt auf seinem Stuhl saß.

Der Welt vielleicht, aber nicht dem Land der Kinderwitze. Doug schüttelte ihn an der Schulter, und er rührte sich, stöhnte, blinzelte ein paarmal, setzte sich schließlich auf und rieb sich die Augen.

»Schon besser«, sagte Der Dicke Kontrolleur. »Na, sind alle da? Können wir beginnen?«

Ich sah mich im Kreis um, sie waren wirklich alle da. Neben Käfer-Billy und Doug saßen Pinky, der dünne Mann, das Baby mit den Rasierklingen und ein weiteres Baby, das ich bei meinem letzten Besuch noch nicht gesehen hatte. Dieses Baby war etwa so alt wie das rote und hockte in der Nähe des Durchgangs zu den Umkleidekabinen. Sein Gesicht konnte ich nicht erkennen, weil es eine Plastiktüte über dem Kopf hatte, die unter seinem Kinn verschnürt und von seiner Atemluft angelaufen war. Trotz der erstickenden Haube atmete das Baby kräftig. Bei jedem Ein- und Ausatmen zog sich die Tüte zusammen und dehnte sich wieder aus. »Süß, nicht?« fragte Der Dicke Kontrolleur und zeigte mit dem feuchten Ende seines Stumpens auf das arme Kleine.

»Schon, aber worum geht's hier eigentlich?«

»Wir müssen uns einen Namen für dich ausdenken, Ian, darum geht's.«

»Ja«, pflichtete ihm Pinky bei. »Jetzt, da du bei uns bleiben wirst, sozusagen bei uns eingezogen bist, brauchst du eine ordentliche Bezeichnung, wie wir alle –«

»Schließlich«, unterbrach ihn der dünne Mann barsch, »können wir dich nicht einfach Ian nennen, o nein, mein Teurer.«

»Also kommt, Leute, laßt uns die Sache vernünftig angehen, ich will nicht, daß ihr alle nur herumplappert, ohne daß etwas dabei herauskommt«, sagte der Vajrasattva der

Verlorenen Seelen. »Außerdem müssen wir nicht nur einen Namen für ihn finden, wir brauchen auch noch die richtige sisypheische Pose für ihn, nicht?«
»Nennt mich doch den Prometheus des Painstyler«, spottete ich. »Schließlich pickt ihr doch nun schon seit Jahren an meiner Leber herum –« Ich wollte noch ätzenderes anfügen, aber in diesem Augenblick wurde die Aufmerksamkeit meines Benennungsteams abgelenkt von einer Bewegung am anderen Ende des Eingangsbereichs.
Eine Gruppe junger Männer in der losen Baumwollkluft von Krankenhausgehilfen versuchte, etwas durch die Tür zu den Umkleideräumen zu bugsieren. Das Ding hätte eine Tennistasche sein können, nur daß es viel größer war. »Beeilung«, rief Der Dicke Kontrolleur ihnen zu. »Wir haben schon angefangen, also bringt es gleich hier rüber.« Sie ignorierten ihn, doch sein Befehl fiel genau mit einem mächtigen Ruck zusammen, mit dem sie ihre schwere Last in die Eingangshalle wuchteten.
Es glich von der Form her wirklich einer Tennistasche, allerdings mit PVC oder einer anderen glatten Substanz überzogen und aus der klaffenden Öffnung schwappte Wasser heraus. An der Seite konnte ich das Wort »Porto-Dolph« in einem Fischsymbol entziffern, und daran erkannte ich, worum es sich handelte, um einen Transportbehälter für große Fische, kleine Walartige oder andere Tiere, die permanent feucht gehalten werden mußten.
Es waren vier junge Männer, die das PortoDolph trugen, jeder an einer Ecke, sie stolperten durch die Halle und verspritzten bei jedem schwankenden Schritt Wasser. »Stell das Ding hier ab, Bimbo.« Er sah den Anführer der jungen Männer – der zufällig ein Schwarzer war – nicht einmal an, als er dies sagte, er warf es nur beiläufig hin.
Die vier jungen Männer traten in die Mitte des Kreises und ließen das PortoDolph dort hinplumpsen, so daß die Laschen des taschenähnlichen Gebildes aufklappten

– drinnen lag Bob, der vierfach Amputierte, auf einem Bett aus Kühlbeuteln. »Imma mit da Ruhe, Spezi«, rief er, zu Dem Dicken Kontrolleur gewandt. Gleichzeitig versuchte er, in seinem schlüpfrigen Behälter einen Halt zu finden; die Doppelgrübchen seiner Schultern leuchteten in dem künstlichen Licht grell violett. Erstaunlicherweise schaffte er es, er stützte sich am spitz zulaufenden Ende der Tasche ab und richtete sich auf. »So«, sagte er, als er sich stabilisiert hatte, »i bin soweit. Jetzt kann's losgehn.«
Doch jetzt gab es eine weitere Ablenkung. Der Anführer der Träger, der Schwarze, den Der Dicke Kontrolleur Bimbo genannt hatte, zog, nachdem er seine Ecke des PortoDolph abgesetzt hatte, ein Klappmesser aus seinem Baumwollblouson. Er ließ es mit einem lauten »Klick« aufschnappen, das von den Wänden widerhallte.
»Keiner redet mich so schwach an«, sagte er zu Dem Dicken Kontrolleur. »Dafür muß ich dich aufschlitzen, Alter.« Er ging zu seinem Beleidiger, riß ihm die Voltiger aus der Hand und warf sie zu Boden. Der Dicke Kontrolleur saß bewegungslos da und sagte nichts. Der Träger drückte Dem Dicken Kontrolleur das Knie auf die Brust und hielt ihm die Spitze des Klappmessers an den Ochsenfroschhals. Auch wir anderen saßen stocksteif da; sogar der dünne Mann hatte aufgehört, sein Stöckchen zu schwenken und »Ch, cha, *cha!*« zu murmeln. Ich wartete auf den Zornesausbruch, der zweifelsohne bevorstand. Was würde er tun? Nun, ich in seiner Lage hätte dem jungen Mann das Messer abgenommen und ihn damit vom Brust- bis zum Schambein aufgeschlitzt. Dann hätte ich wohl einem seiner Kollegen die Kehle durchgeschnitten und dessen toten Kopf dem Messerschwinger in den sterbenden Bauch gestopft. Dann hätte ich sie so liegen lassen, als biomechanische Skulptur, als Tableau mit der klaren Botschaft: Das passiert, wenn man Den Dicken Kontrolleur schwach anredet.

Aber er tat nichts dergleichen. Ich sah in sein Gesicht, und es war weiß, nicht vor Wut, sondern vor einer Empfindung, die ich bei ihm noch nie gesehen hatte, einem Anflug von Angst vielleicht? Nein, das konnte nicht sein, das konnte einfach nicht sein.
»Es tut mir sehr leid, wenn ich Sie beleidigt habe«, sagte Der Dicke Kontrolleur. »Es war gemein und gefühllos.«
»Es war verdammt noch mal nicht gemein und gefühllos, es war sehr dumm, Alter, und es ist mir egal, ob du dich entschuldigst, ob du rumschleimst, ich werd dich trotzdem aufschlitzen müssen.«
»Ian...« Die Stimme des großen Mannes zitterte. »K-könntest du mir zur Hand gehen?«
Ich stand von meinem winzigen Stuhl auf und durchquerte den Kreis. Der Mann mit dem Messer sprang hinter Den Dicken Kontrolleur, doch ohne die bohrende Spitze seiner Waffe von der Stelle zu nehmen, wo sich vermutlich die Halsschlagader des übergewichtigen alten Mannes befand. »Keinen Schritt näher«, rief er» »sonst ist er dran.«
»Oh, keine Angst«, erwiderte ich. »Ich werde nichts tun, ich bin nur aufgestanden, um zu gehen.« Ich drehte mich zu den Kinderwitzen um. »Doug«, sagte ich, »Pinky, dünner Mann, Babys, man sieht sich.« Dann wandte ich mich dem Großen Weißen Geist, dem Manitu der Malefizienz zu. »Und Mr. Broadhurst, auch wenn es nicht gerade nett war, Sie zu kennen, interessant war es auf jeden Fall.«
Als ich die Glastüren erreichte, die auf die Roman Street hinausführten, rief er mir nach: »Ian?« Ich drehte mich noch ein letztes Mal um. »Mein lieber Junge, es tut mir wirklich leid, daß du uns jetzt so überstürzt verlassen mußt, ich dachte doch, daß dich das alles hier vielleicht amüsiert.« Etwas Erbärmliches, Verzweifeltes schwang in seiner Stimme mit, ein schmeichelndes Flehen, das seinen gewohnten Baß aushöhlte.

»Es wird langsam spät«, sagte ich. »Wir sind heute abend zum Essen eingeladen, und ich muß noch einmal ins Büro, bevor ich nach Hause gehe.«
»Ah ja, gut, gut, und bitte vergiß nicht, deiner verehrten Frau meine herzlichsten Grüße auszurichten.«
»Werde ich nicht.«
»Oh – und Ian?«
»Ja?«
»Es war doch ein Spaß, alter Junge, nicht?«
»Aber ja«, rief ich über die Schulter. »Es war eine Menge Spaß – nur nicht, was ich mir drunter vorstelle.«
Und dann war ich auf der Roman Road und ging mit schnellen Schritten durch die Menge der nachmittäglichen Einkaufsbummler zur Bethnal Green Station. Der Obst- und Gemüsemarkt war noch geöffnet, und die Budenbesitzer priesen ihre Waren an. »Schöne Tomätchen, zwei Pfund für nur 50 Pence, kommen Se, meine Damen, greifen Se zu!« »Na schön, und was krieg ich für das da?« Das da war ein Plüschhund, bedeckt mit einem schreienden Synthetikpelz.

JETZT WISSEN SIE, warum ich müde war auf der Party heute abend, warum ich mich nicht konzentrieren konnte, ich hatte einen anstrengenden Tag hinter mir. Ich saß da, trank Rotwein und hörte mir an, wie sie den schwankenden Stab des Gesprächs von einem zum andern wandern ließen, wie eine schlecht trainierte Staffelmannschaft. Ich ließ mir alles durch den Kopf gehen und kam zu dem Schluß, daß vielleicht die Stadt selbst eine gewisse Rolle gespielt hatte.
London, das behaupten zumindest seine Bewohner, ist eine Ansammlung von Dörfern. Ich sehe das überhaupt nicht so. Ich sehe die Stadt als mächtigen Mutterkornpilz, der sich direkt aus der Erdkruste heraustreibt, ein

wucherndes, mutierendes Etwas, das eine phantastische Fülle von Formen annehmen kann. Die Menschen, die in dieser halluzinogenen Siedlung leben, laben sich an ihren Serotoninen, und so widmet sie sich den geheimen Träumen ihrer Bewohner. Ich hatte – das erkannte ich jetzt – genug davon. Es war Zeit zu gehen.

Ich wollte eben die Agentur verlassen, als Hal Gainsby in mein Büro trat und mir eröffnete, daß sich mir die Gelegenheit biete, nach New York zu gehen. Jemand muß sich dort um das Marketing für ein weiteres finanzielles Produkt kümmern, das die Sudanesische Bank von Karmarathon auf den Markt werfen will. Ich glaube, ich nehme dieses Angebot an.

Ach, bevor ich gehe – vermutlich fragen Sie sich, was mit Jane ist, die oben in ihren Daunen liegt, den runden Bauch in die Matratze gedrückt. Ich bin da am Anfang etwas unklar geblieben, nicht? Aber kein Mensch hat mir gesagt, daß ich das nicht dürfte.

Jetzt ist Zeit fürs Bett, nicht? Zeit, die enge Treppe hinaufzusteigen und reinen Tisch zu machen mit meinem Schicksal. Wie heißt es gleich wieder – »vor der Zeit aus dem Mutterleib gerissen«? Genau. In diesem Fall reden wir jedoch von einer etwas anderen Art der Abtreibung, vielleicht wäre »vor der Zeit und mit der mechanischen Gefühllosigkeit eines Haushaltsgeräts aus dem Mutterleib gesaugt« eine angemessenere Formulierung. Ich glaube, das ist die Methode, die sie in diesen Privatkliniken in Edgware benutzen. Man sitzt mit verheulten Mädchen aus Spanien und Irland in einem Wartesaal, und alle paar Minuten kommt von oben ein surrendes Geräusch wie von einem riesigen Staubsauger. Es ist die Hausarbeit der Ewigkeit.

Zufällig weiß ich auch, daß dies eine der intimsten Ängste meiner Frau ist. Passend, was?

Was wollen Sie? Ach ja, Ihre Gelegenheit zum Mitmachen, wie dumm von mir, das hätte ich fast vergessen … Natürlich können Sie, wenn Sie wollen, aber überlegen Sie es sich gut, überstürzen Sie nichts. Denken Sie daran, ich mag getötet haben, ich mag gequält haben, ich mag alle möglichen schrecklichen Sachen angestellt haben, aber es hat auch mir weh getan, ich bin ja nicht gefühllos, wie Sie wissen.

EPILOG

*An der Austernbar
in der Grand Central Station*

DIE SCHUHPUTZJUNGEN und die Cops zogen am Ausgang der Grand Central Station an der 42nd Street eine Show für die Touristen ab. Die Schuhputzjungen streckten die Beine auf den Bürgersteig, kippelten auf ihren Kisten und alberten allgemein herum. Es waren agile und ausgelassene Kerle, so geschmeidig wie die Polierlederlappen, mit denen sie potentiellen Kunden vorm Gesicht herumwedelten.
Die Cops waren einfach nur Cops, sie standen mit herausgestrecktem Arsch da, wie Cops es eben tun, so daß die Handschellen und Revolver so prominent wie möglich zur Geltung kamen. Sie bestanden nur aus Ellbogen und Hemdepauletten, diese Cops, todlässig.
Es war ein schwüler Nachmittag Ende Mai, und die Cops wollten die Bürgerschaft wissen lassen, daß so ungefähr das Beste, was sie in dieser Stadt der durchgeknallten Serienkiller für sie tun konnten, ihre massive, mit den Schuhputzjungen herumalbernde Präsenz war. Nur nicht aus der Ruhe bringen lassen.
Gelbe Taxis kamen den Zubringer vom Überführungsteil der Lexington Avenue herab und luden Reisende am Bürgersteig vor dem Bahnhof hab. Salopp sich schlängelnd, wie New Yorker Taxis es eben tun, stießen sie die steile

Rampe herab und bugsierten sich dann durch den Verkehr an den Bordstein.

In der großen Schalterhalle im Inneren des Bahnhofs war es kühl, ein zweiundzwanzigköpfiges Gamelan-Orchester aus Indonesien spielte am Eingang zur U-Bahn, und die perlenden Melodien stiegen hoch und verklangen in den luftigen, marmornen Höhen der Schädeldecke des Bahnhofs.

Gegenüber dem Eingang an der 42nd Street führten breite, mit behauenem Stein verkleidete Gänge zu den unterirdischen Gleisen des Tunnels. Die Gänge waren so breit, daß hundert Hethiter mit einer Ladung Lehmziegel für eine urzeitliche Zikurrat Platz gehabt hätten, und dies verstärkte noch den Eindruck, daß dieser Bahnhof zu einer versunkenen Kultur gehörte, in ein Zeitalter, in dem Monumentalismus mit Königsverehrung und Gemeinschaftsbewußtsein einherging.

Draußen hatte es zu regnen begonnen. Die Cops und die Schuhputzjungen beendeten ihre Vorstellung, die Touristen, die Reisenden und die Städter suchten hektisch einen Unterstand. Es war ein heftiger Regenguß, der aus großer Höhe zu kommen schien. So ist das in New York, die Wolkenkratzer strafen die Erhabenheit der Natur Lügen, indem sie die kümmerlichen Wolken höher und höher schieben, so daß die Tropfen aus einer Höhe von zwanzig, fünfzig, ja hundert Stockwerken in die Tiefe stürzen. Es ist nicht so wie in London, in London ist der Regen zwei Stockwerke hoch, maximal.

Die Austernbar im zweiten Tiefgeschoß des Bahnhofs war geöffnet. Obwohl es schon mitten am Nachmittag war, gab es noch immer Leute, die einen Teller Coney Island Bluepoints und ein Glas Budweiser wollten.

Der *maître d'* hatte an diesem Vormittag eine Reservierung für einen Kindergeburtstag aufgenommen. Er hatte der Anruferin – der Sekretärin irgendeiner Bank – entweder

einen Tisch im Hauptraum oder vielleicht sogar im Saloon Room vorgeschlagen. Sie hatte sich für den Hauptraum entschieden, und er hatte die Tischvorbereitung persönlich überwacht und dafür gesorgt, daß Konfetti und Luftschlangen das rotkarierte Tischtuch zierten.
Er hatte eine Gruppe von fünf oder sechs erwartet, doch als die Gesellschaft dann erschien, bestand sie nur aus einem Erwachsenen und einem komisch aussehenden Kind. Der Mann war groß, englisch und feist. Er entschuldigte sich umständlich bei dem *maître d'* und meinte, seine Sekretärin habe da wohl etwas mißverstanden. Er gab dem *maître d'* zehn Dollar und fragte, ob er mit seinem Sohn direkt an der vernickelten Bar sitzen könne. Der *maître d'* fragte, ob es nicht schwierig sei für den Jungen, auf die hohen Hocker zu klettern. Doch der Mann erwiderte – ohne den Jungen zu fragen –, das mache nichts.
Auch Carlton, der auf einem der drei Podeste hinter der Bar kochte, fand das Paar etwas merkwürdig. Er stand da, rührte die Muschelsuppe in dem auf einem Dreifuß montierten Edelstahlkessel und sah zu, wie der Junge sein zweites Dutzend Austern verputzte. O Mann. Der Junge war erst drei oder vier Jahre alt. Carlton hatte noch nie ein Kind in diesem Alter gesehen, das mehr als einen Bissen vom Meeresfrüchteteller seiner Eltern aß, aber dieser stämmige Kleine hier schwang die Gabel wie ein Connaisseur und tauchte Molluske um Molluske in die bereitgestellten Saucen. Und wie seltsam er aussah, dieser Junge, fast völlig kahl außer einem Schnurrbart aus feinen blonden Haaren über den Falten seines kleinen, fleischigen Nackens, so gut wie keine Augenbrauen und dann diese hervorquellenden Augen.
Carlton hätte eigentlich am liebsten zu niemandem einen Ton darüber gesagt. Das war nicht seine Art. Seit seiner Ankunft in New York hatte er sich bemüht, ein ruhiges, gesetztes Auftreten zu kultivieren – Jamaikaner hatten in dieser Stadt einen schlechten Ruf. Obwohl er in Kingston

als *commis chef* gearbeitet hatte und so ziemlich alles über die Zubereitung von Meeresfrüchten wußte, war es nicht einfach für ihn gewesen, überhaupt eine Arbeit zu finden. Er wollte nichts tun, was die Aufmerksamkeit auf ihn lenken würde. Er wollte in Ruhe arbeiten und genug Geld sparen, um Frau und Kinder herüberholen zu können.
Aber ob es ihn nun in Schwierigkeiten bringen würde oder nicht, Carlton wußte, daß er zum *maître d'* etwas sagen mußte, denn er war sich ganz sicher, daß er gesehen hatte, wie der große Engländer seinem Sohn immer wieder von seinem Whiskey zu trinken gab, und jetzt, da der Junge sein zweites Dutzend aufgegessen hatte, wandte er sich an seinen Vater, und Carlton hörte ihn sagen: »Ich fürchte, für meine postprandiale Zigarre werde ich mich wohl aufs Wasserklosett begeben müssen.«

ANMERKUNG DES ÜBERSETZERS

*Die Insel Sodor und
die Lokomotivenmenschen*

Gordon, Henry, Edward, James – diese vermenschlichten Dampflokomotiven und ihr Dicker Kontrolleur sind in Großbritannien und in großen Teilen der englischsprechenden Welt bei Kindern und Erwachsenen so bekannt wie bei uns die Figuren aus der Sesamstraße oder den »Geschichten mit der Maus« und, dank Merchandising, auf Tassen, Handtüchern, Schulmäppchen etc. so allgegenwärtig wie Mickey Mouse, Donald Duck oder Superman. Es sind Figuren aus Geschichten, die The Reverend W. Awdry, ein anglikanischer Pfarrer, eigentlich für seinen masernkranken Sohn Christopher schrieb und die ab 1946 in Form von illustrierten Kinderbüchern einer breiteren Öffentlichkeit bekannt wurden. Inzwischen gibt es 38 dieser bebilderten Eisenbahnabenteuer, die letzten bereits von Sohn Christopher verfaßt, eine Fernsehserie und Videos. Obowhl in Stil, Graphik und Weltsicht nicht mehr unbedingt modern, gehören sie noch immer zur britischen Kinder- und Alltagskultur.

Die Geschichten folgen dem bewährten Strickmuster aller antropomorphisierenden Märchen: Auf der Insel Sodor, einem fiktiven Land, das aber nach Geographie und Kultur nur zum britischen Inselreich gehören kann, erleben die Lokomotivenmenschen, Dampfloks unterschiedlicher Größe und Stärke, also verschiedenen Alters und Charakters, mit freundlichen Gesichtern auf der Front ihrer Kessel, diverse interessant-alltägliche Abenteuer unter der Oberaufsicht des Dicken Kontrolleurs, einem der wenigen echten Menschen in diesen Geschichten und einer Figur, die, so der Biograph des Reverend, Brian Sibley, »für die Lokomotiven ... einen ehrfurchterregenden, gottähnlichen Status hat, mit der Macht zu strafen und zu belohnen«.

Will Self bedient sich also aus einem Bilderfundus, der jedem Briten aus seiner Kindheit präsent ist, er beschwört Erinnerungen herauf an die heile Welt dieser Geschichten und pervertiert diese, denn The Reverend Awdrys Dicker Kontrolleur ist bei ihm kein gütig führender Gott mehr, sondern der tückisch verführende Teufel.

KLAUS BERR

Wir danken für die freundliche Abdruckgenehmigung von Auszügen aus

DE QUINCEY, *Die englische Postkutsche* in *Bekenntnisse eines englischen Opiumessers und andere Schriften*, übersetzt von Walter Schmiele, Goverts Verlag, Stuttgart 1962;
MARCEL PROUST, *Auf der Suche nach der verlorenen Zeit*, übersetzt von Eva Rechel-Mertens, Suhrkamp Verlag, Frankfurt am Main 1953 (»Es gibt nichts Angenehmeres ... Lohnt es sich um Sie oder nicht?«, M. de Charlus in *Die Welt der Guermantes*);
MARY DOUGLAS, *Reinheit und Gefährdung*, übersetzt von Brigitte Luchesi, Reimer Verlag, Berlin 1985;
JAKOB SPRENGER, HEINRICH INSTITORIS, *Der Hexenhammer (Malleus maleficarum)*, übersetzt von J.W.R. Schmidt, Deutscher Taschenbuchverlag, München 1982.

Editorische Anmerkung: Wer sich fragt, warum das zehnte Kapitel »Wiederaufnahme« des »Nordlondoner Buchs der Toten« heißt, tut das zu Recht. Im Deutschen ist der hier vorausgesetzte Erzählband *The Quantity Theory of Insanity* bisher noch nicht erschienen.

Die Originalausgabe erschien 1993
unter dem Titel *My Idea of Fun*
bei Bloomsbury Publishing Ltd., London
Umschlaggestaltung C. Günther / W. Hellmann
(Foto: nonstock/Bilderberg; Tim Lewis)
Autorenfoto © Jerry Bauer, Rom

Will Self
Die schöne Welt der Affen

Roman, 1998. Aus dem Englischen von Klaus Berr
448 Seiten, gebunden

Ein erfolgreicher Londoner Szenekünstler wacht nach einer ganz normalen Nacht (Alkohol, Drogen, Sex) auf und versteht die Welt nicht mehr. Er hat zwar keinen Kater, aber seine Freundin ist ein Schimpanse. Und nicht nur das – die ganze Welt ist voller Affen, er selbst gilt mit seinem »Menschenwahn« als verrückt.
Mit dieser großartigen Satire über die Krone der Schöpfung hat Will Self sich endgültig in der Nachfolge von Jonathan Swift und Aldous Huxley etabliert.

»*Eine böse, sehr komische Satire auf Evolutionstheorie und Psychologie, auf Oxford-Professoren und vor allem auf den Kunst und Medienbetrieb, auf all jene, ... die sich den Ritualen von Klatsch und Coolness hingeben.*«
Der Spiegel

»*Mit* Die Schöne Welt der Affen, *seinem bisher überzeugendsten Buch, etabliert sich Will Self als Alpha-Männchen in der Hierarchie der britischen Literatur. Er verdient von jedem ein donnerndes ›HooGraaH‹!*«
The New York Times

LUCHTERHAND